刀城言耶の活躍と
阿武隈川烏の僖若無人を
どうぞお楽しみ下さい。

敬請期待刀城言耶的活躍
與阿武隈川烏的傍若無人吧。

三津田信三

如生靈雙身之物

生霊の如き重るもの

三津田信三

瑞昇文化

目次

【解說者】

既晴

民國64年（1975年）生於高雄。畢業於交通大學，現職為IC設計工程師。曾以〈考前計劃〉出道，長篇《請把門鎖好》獲第四屆皇冠大眾小說獎首獎。主要作品有長篇《魔法妄想症》、《網路凶鄰》，短篇集《病態》、《感應》等。譯作有「少女的書架系列」《與押繪一同旅行的男子》。

如死靈蹣步之物

死霊の如き歩くもの

一

「前方明明沒有半個人，剛落下的新雪上卻印著一排點點的腳印……」

燈光昏暗的客廳裡，井坂淳則端正的五官在暖爐火焰映照下顯得格外陰森。

「針對『什麼是恐懼？』這個問題，托爾斯泰的答案是以上這種光景最可怕。」

「這是一種透明怪談呢。」

都林成一郎附和。

「幾乎所有的幽靈都可以稱得上是看不見的透明怪談呢。」

上澤志郎以因為感冒而有點鼻塞的聲音語帶譏嘲地說。

「可是，上述的狀況是明明沒有形體，雪地上卻自顧自地踩出一排腳印——那種畫面確實非常駭人。」

刀城言耶也忍不住搭腔。

「歐美的怪奇小說中也有一些作品描寫到人類肉眼看不到的恐怖故事，例如莫泊桑的《奧爾拉》、比爾斯的《幽靈》、庫奇的《一雙手》和希琴斯的《被鬼附身的紀爾迪亞教授》。以我最近看到的短篇小說為例，愛爾蘭作家歐伯蓮……」

見他一副還想繼續說下去的樣子，本宮武面露笑容，委婉地把話題拉回來：

「刀城同學，我們晚一點再仔細聆聽你的怪奇小說講座，現在可以先聽井坂說嗎？」

「啊……好的，非常抱歉。」

這裡是本宮家洋房「本屋」的客廳，座落在離都心[①]有段距離的郊區，奇蹟似地逃過無數次空襲的摧殘。還是學生的言耶之所以會來拜訪在國立世界民族學研究所擔任教授的本宮武，是經由大學恩師木村有美夫的介紹。

「不過啊，刀城同學，本宮教授問你除夕夜到元旦能不能去他家過夜，不知你意下如何？」

言耶當然不會拒絕，反正回老家面對父親牙升也不是一件愉快的事，更令他動心的是能聽到遠赴國外進行田野調查的學者在當地體驗到的活生生怪談，如果因為過年就放過這麼寶貴的機會未免太可惜了。

本宮以研究非洲的面具儀式闖出了知名度，對於培養後進不遺餘力，還提供本宮家的別館「四隅屋」給他們做研究，因此從戰前到戰後一共有四位學者在他家進進出出。

現在正準備開始交代自身體驗的井坂淳則是城南大學的助理教授[②]，專業領域是巴布亞紐幾內亞的狩獵採集民族——斯古岫，主要研究土著的精靈信仰。

伊野田藤夫則是天谷大學的助理教授，專攻沓里島的神話，是四個人當中最早結識本宮武、

---

① 都市的中心地帶，此指東京都的核心區域。

② 原文的「助教授」於二〇〇七年改為「准教授」，相當於現在的「副教授」，但是考慮到時代背景，還是保留「助理教授」的譯法。

也是最早開始利用四隅屋的人。

上澤志郎跟井坂一樣在城南大學擔任助理教授，主要研究非洲的面具部落，但不太擅長親臨實境的田野調查，因此在許多地方都受到本宮諸多照顧。

都林成一郎是國立世界民族學研究所的助手，戰後才開始出入本宮家，是四個人當中最資淺的。

言耶很快就發現，這四個人之所以會在研究所和本宮家出入，不光只是因為尊敬本宮武身為民族學者的成就、崇拜他的人格。井坂坐在暖爐的右側，而他正前方的美江子肯定也是吸引眾人在本宮家齊聚一堂的主要原因，四個人的言行舉止皆毫不掩飾地表達出對美江子的愛慕之意。

美江子是本宮武的獨生女，去年春天自女子大學畢業之後就在父親的研究所幫忙。從瀰漫在四個人之間那股不知該如何形容的緊張感就不難想像，過去可能因為美江子還是學生，所以眾人還不敢對她有非分之想，可是當美江子開始在研究所工作後，顯然也吹皺了一池春水。

其實一年也只有幾次機會能在本宮家讓這四個人齊聚一堂，過年期間是最萬無一失的機會。畢竟他們都是要在研究地域過上好幾個月當地生活的民族學者，至少在新年期間還是會想回到自己的國家度過吧。所以如果想聆聽他們的經驗談，就絕不能錯過這段期間。

言耶的學長阿武隈川烏原本也想同行，但恩師臉上露出了為難的神情。

「我可以很有自信地把刀城同學介紹給對方認識，可至於你嘛……」

言耶也不想帶上他，所以好不容易甩開硬要跟來的阿武隈川，最後總算抵達了本宮家。

本宮武請他們吃了跨年蕎麥麵，還讓他們先去梳洗，等所有人都輕輕鬆鬆地坐在客廳裡，這時才邊喝洋酒、邊發表怪談奇聞。一開始是本宮先分享、再來是伊野田，現在則是輪到井坂了。

「斯古岫族屬於狩獵民族，他們會從特殊的草根木皮萃取出毒藥，塗在吹箭上，用來射殺獵物。當然吹箭也都是手工製作……」

井坂一面說明，一面拿出實際的吹箭和箭筒給大家傳著看。吹箭是以某種堅硬的木頭削磨而成，箭筒則是打通竹節的竹子，長度大約有五十公分。

「這枝吹箭沒有塗上毒藥，但還是要小心拿。毒藥裝在這個瓶子裡。」

井坂又在大家面前拿出一個透明的瓶子，裡頭裝有紅黑色的液態毒藥。

「他們在狩獵的時候非常勇敢，但是村子裡一旦有人死去，不管是生病還是意外導致，他們都會認為是死靈或精靈所為。」

「峇里島也相信惡靈會棲息在地底下，為人間帶來災禍。」

伊野田插嘴。

「不過比起惡靈，峇里島人更怕被巫師下詛咒。」

「其實斯古岫族也認為死亡是因為受到詛咒，只是跟本人或其家人沒有直接關係，所以比較棘手……」

「這是什麼意思？」

「以某位病死的少年來舉例，是因為他的祖父生前在河邊強姦過好幾個村子裡的女人，其中一個女人在死後變成死靈，依附在河邊的大石頭上，少年好死不死地剛好踩到那塊石頭，所以受到死靈作祟而丟了小命。」

「親人造的孽，報應在子女身上嗎？」

上澤打了一個震天價響的噴嚏，半開玩笑地說。井坂的表情蒙上一層陰霾，看起來不太開心。

上澤這個人實在很不會說話——言耶毫無自覺地在心裡批評對方時，伊野田若無其事地說：

「你的意思是說，要是少年沒踩到石頭，就不會沖犯到那個女人的死靈嗎？」

「沒錯，這就是有趣的地方了。因為犯罪者的子孫，不一定會受到女人死靈的報復。」

「我想也是。若是依附在河邊的石頭上，就算是加害人的子孫，只要別靠近那裡就不會有事了。」

「可是斯古岫族人認為自己住的地區，在任何一個角落都有死靈、祖先的靈魂或精靈作祟，這是因為大自然中各式各樣的事物都棲息著眾多不同的靈，不小心碰到的話，立刻就會受到影響。」

「也不能隨便出門呢。」

井坂放棄掙扎，對上澤語帶譏嘲的感想露出苦笑。

「當然，就算沖犯到也不一定會死。」

「話說回來，怎麼知道是那個女人的靈害死少年？」

伊野田要井坂繼續說下去。

「但凡有人死去，他們一定要舉行某種儀式。這麼一來，精靈——也可能是死靈或祖先的靈魂就會告訴他們出人命的原因。我這次去做田野調查時有幸參加上述的儀式，就是剛才提到的那位少年——」

接下來，井坂淳則終於開始說起自己的體驗。

斯古岫族的住家是高架式的房屋，建築物與地面有段距離，底下什麼也沒有，儀式就在這個場所舉行。他們會先在中央放上一片木板，接著把比較粗的竹子鋸短，再垂直剖成兩半，各自鑽洞、穿上繩子，看起來很像日本的木屐。整齊地把這雙竹屐放在木板的正中央，周圍灑水，充分地將地面打溼。準備好以上的前置作業後，村子裡的長老和巫師、死者的家人再進到屋子裡。

所有的人在架高的房子裡，以像是圍著放在下方地面上的木板那樣的形式，圍坐成一圈，眾人與巫師一起誦念咒語，靜待精靈降臨。精靈有時很快就來了，但也會出現等到地老天荒也不來的情況。不過只要精靈一出現，大家馬上就會知道，因為底下的那雙竹屐會開始在木板上走來走去。

那天晚上，村子籠罩在漆黑的夜色裡，沒有一個人在外頭遊盪。據說在舉行儀式的時候外出，若是在路上遭遇精靈的話，就會被帶走，因此太陽一下山，人們就全部都躲在家裡。還會在村內走動的，只剩下偶爾不安地仰天長嘯的狗，以及沒完沒了地叫個不停的蟲子。

因為井坂參加的這場儀式遲遲等不到精靈降臨，於是家人開始躁動起來，那位巫師從圍坐成一圈的人群中不時朝自己投來一瞥，眼神看起來很讓人畏懼。

「就是因為有這個外地人在場，精靈才不出現！」

井坂如坐針氈，深怕巫師隨時就會說出這句話。如果只是從這間房子裡被掃地出門還好，但難保不會被趕出村莊。不，搞不好還有性命之憂。所以當底下傳來咯噠……的聲響時，比起驚訝，井坂更多的是鬆了一口氣的感覺。

然而當耳邊連續傳來咯噠……咯噠……咯噠……那種竹屐踩在木板上的聲音時，脖子頓時冒出一片雞皮疙瘩。

底下明明沒有半個人……。

不知不覺間，狗吠聲和蟲鳴聲都消失了，不只如此，就連剛才還在村子裡徘徊的狗，氣息也跟著消失得一乾二淨。

這時，巫師開始提出問題，腳步聲也變得愈來愈激烈。腳步聲的次數、音頻的高低和響度都代表了各式各樣的意義，巫師的任務似乎就是要負責解讀，為大家解釋精靈的意思。除此之外，據說也可以從竹屐的律動是平穩、緩慢、莊重、高昂、激烈還是慌亂匆促等情況，來判斷降臨的是哪一種靈。平穩的腳步聲是精靈，因此可以放心；莊重的腳步聲是祖先的靈魂，所以千萬不能怠慢；至於激烈的腳步聲則是死靈，一定要提高警覺。因為萬一掉以輕心，可能就會被靈所附身。

「來到屋子底下的是死靈。」

少年的父親坐在井坂旁邊，利用巫師問問題的空檔，在井坂耳邊小聲地說。或許是心理作用，總覺得長老望向這邊的眼神意味深長。

難不成是認為現場如果有人會被死靈纏上，那個人將會是我嗎……。

坐在地板上的屁股涼颼颼。高架式住宅的地上只鋪了木板，到處都是空隙。一想到死靈可能隨時都會從那些空隙入侵、再附在自己身上，井坂就覺得快要坐不住了。

不過，現在還聽得到竹屐的聲音，所以應該不要緊吧。

腳步聲咯噠咯噠地回答巫師的問題，雖然事前他們某種程度上已經向井坂解說過聲音的種類還有它們所代表的意涵，但井坂還是有聽沒有懂。聽著耳邊傳來馬不停蹄的腳步聲，井坂的腦海中忽然閃過一個可能性。

對了……肯定是村子裡的人在裝神弄鬼。

被現場的氣氛牽著鼻子走，差點就要信以為真了，但如果說有什麼極其合理、極其單純的解釋，真相只有這一個。

然而，也有某些問題沒有得到腳步聲的回答，可是巫師卻壓根兒不放在心上，繼續拋出下一個問題。可以這樣嗎？井坂感到不解，當然現在這種場合之下他也沒有勇氣去問別人。

儀式終於逐漸迎向終點，眾人再度與巫師一口一聲地唱誦咒語，請死靈離開。這個階段，若是靈遲遲不離開，附身於在場某個人身上的可能性就會大增；如果腳步聲比儀式進行的時候還更急更快，則表示靈不願意離開。

聽到屋子下方踩踏木板的聲音變得更加激烈，也讓井坂冒出了一身冷汗。

幸好腳步聲沒多久就開始逐漸變慢、變小，活像死靈正一步一步走遠似地，然後……戛然而止。

井坂忍不住嘆了一口放心的大氣，室內繃得死緊的緊張氣氛頓時煙消雲散。

根據巫師斷斷續續地轉述死靈的指示，只知道少年的死是因為踩到村外河邊的一塊大石頭，沖犯到依附在那裡的靈所致。

但還是完全不知道關鍵的靈是何方神聖，不是嗎？

由於下方的死靈已經離開了，井坂開始有餘力能冷靜思考起這個問題，甚至還心生不滿，覺得這個結果跟先前訪查村民所得知的內容都不一樣嘛。

這時長老先站起身子，接著是眾人跟在巫師和少年家人的後面，魚貫地離開。井坂也趕緊爬下梯子，這時其他人已經在下方的地面處圍成一圈，井坂跟著擠過去看，卻被眼前的光景嚇得目瞪口呆。

放在這塊地中央的木板周圍，有竹屐走過的痕跡……。

那些腳印與其說是走來走去，看起來更像是在同一個地方原地踏步，地面上到處留有這樣的痕跡。

有些問題腳步聲並沒有回答，而**這個**肯定就是答案。

看樣子，井坂的猜測似乎沒錯，巫師邊詢問長老的意見，開始一一解釋每個腳步的意思，結果得知附在河邊大石頭上的死靈就是過去被少年祖父強姦的村中女性。

然而，比起靈的來歷，井坂此時此刻更在意一件事。他們站的位置與殘留在木板四周的腳印離得相當遠，木板周圍灑了一地的水，變得濕漉漉的，但是卻沒有留下任何痕跡。倘若是村民在裝神弄鬼，那個人究竟要如何走到放在中間的木板，然後又該怎麼離開呢？

井坂下意識地仰頭觀察上方相當於此處天花板的屋子底部。他認為如果用繩子吊起來，或許就能像泰山那樣移動自如，但各處都遍尋不著可以用來掛繩子的地方，而且就算要布局這種詭計，應該也會在灑了水的地面留下足跡。

「當時死靈真的來到屋子下方了。」

井坂淳則以這句話為故事劃下句點。

他閉上嘴巴，室內頓時陷入一片死寂，暖爐的火照亮了所有人的臉，看起來就像是被什麼東西附身了。這或許也證明大家都被斯古岫死靈的故事給吸引住了，沒有人開口說話，眾人都沉浸在不寒而慄的餘韻裡。

這時，言耶突然舉手發言：「我有問題。」井坂似乎有些意外，但隨即換上笑臉說：

「請說，刀城同學，有什麼疑問嗎？」

「請問在儀式進行的過程中或結束之後，真的出現過被死靈附身的人嗎？」

「很遺憾，並沒有讓我遇到。但據說過去曾發生過好幾次真實的案例。雖然被附身肯定是件很不得了的事，但其實也有好處。因為死靈可以藉由被附身者來發表意見。」

「就像恐山的巫女[3]讓死者附在自己身上發言嗎？」

「斯古岫族不會呼喚特定的靈，雖然也有祖先的靈魂偶然降臨，或是降臨的靈剛好認識家族中的先人之類的情況，但這種情況極為罕見。不過單從現象來看，的確很像恐山的巫女讓死者附在自己身上發言也說不定。」

「被死靈附身的例子中，有出現過什麼恐怖的故事嗎？」

言耶情不自禁地追問，井坂露出一抹苦笑，隨即恢復嚴肅的表情回答：

「聽說發生過有人在儀式進行中被附身，突然衝回收著狩獵工具的家裡，把塗了毒藥的吹箭刺向自己脖子的悲劇。因為沒有解毒劑，聽說他全身痙攣了足足三十分鐘才斷氣。」

「附在那個人身上的死靈與他祖先有什麼恩怨嗎？」

「刀城同學的觀察力真是敏銳耶。儀式基本上是由長老、巫師與被害人的家屬進行，但人數太少的時候也會讓不相干的村民加入。這麼一來雖然機率微乎其微，還是發生了這樣的憾事。」

「真令人毛骨悚然……」

上澤喃喃自語。起初還會講些夾槍帶棍的話來緩和氣氛，但他顯然很不喜歡這種話題。之所以會傳出他身為民族學者，卻還排斥去當地田野調查的流言蜚語，或許也是因為這個緣故。

「井坂老師，你該不會還特地從斯古岫族的村子裡帶了石頭或草木等自然之物回來吧。」

上澤戰戰兢兢地問道，都林立刻反應過來。

「啊！這樣搞不好也會把死靈一起帶來這裡。」

這時井坂拿出還連著枝葉，貌似細竹枝的植物給他們看。

「這是斯古岫族人用來製作吹箭筒的野生竹子。」

二

本宮家的腹地內除了東西各有一棟洋房的本屋外，本宮武的曾祖父孟治郎還另外蓋了名為

③ 原文為「イタコ」。日本東北地區的一種靈媒職業，擔綱者皆為先天或後天因素導致弱視或失明的女性。能通靈占卜，給予人們指示。津輕與羽後地區的イタコ信仰已被指定為國家選擇無形民俗文化財。

本宮家別館（四隅屋）平面圖

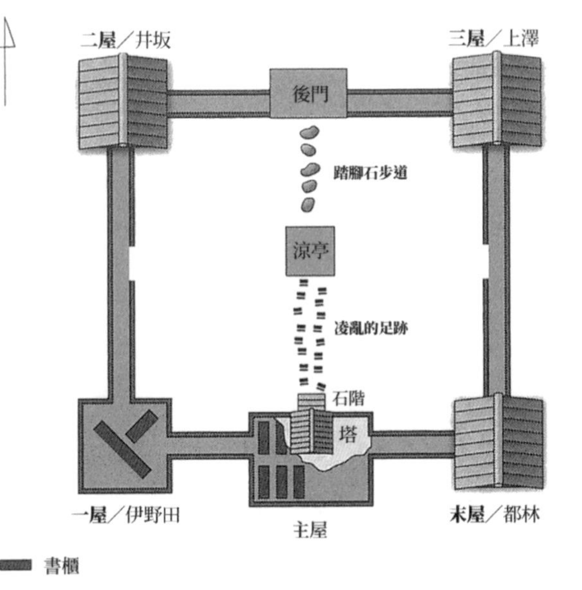

「四隅屋」的別館。從正上方向下看，四隅屋看起來剛好是個「口」字，而且顧名思義，四個角落各有一個房間，由長廊連起來。另外，面向南面的走廊正中央有一棟長方形的建築物，屋頂北端有座塔，類似在京都的町家時有所見的望樓，可以將四個房間盡收眼底。與這棟建築物遙遙相對的北側走廊有扇氣派的門，是前往四隅屋唯一的出入口。

四隅屋位於西南角的房間稱為「一屋」、西北角的房間為「二屋」、東北角的房間為「三屋」、東南角的房間為「末屋」。之所以不稱為「四屋」，大概是為了避開與「死屋」相近的發音。一屋與末屋間的長方形建築物則稱為「主屋」。大宅洋房之所以稱為「本屋」，無疑是因為四隅屋已經有主屋了。至於北側的那扇門，明明相當於玄關，卻稱為「後門」。「口」字的內側為中庭，中間有座涼亭，從涼亭有一條踏腳石步道通往後門。

孟治郎蓋四隅屋的目的十分明確，就只是因為坐擁三妻四妾。他還真的讓情婦住在這裡，最多同時養了四名情婦。主屋有廚房、餐廳和浴室，廁所設置在中庭裡靠近後門的地方，完全是別墅級的構造。

光是這個事實就已經夠匪夷所思了，但孟治郎構思出的四隅屋設計比什麼都還更不正常。四個房間乍看之下各自獨立，其實不然。連結兩個房間的長廊並非是從四個房間的外圍繞過，因此假如要從一屋走到三屋，就勢必得先經過二屋或末屋的室內。長廊兩側都圍上木板牆，所以也出不去。也就是說，一旦走進四隅屋，無論要去哪裡，都一定要穿過四個房間和主屋、長廊。

孟治郎死後，本宮家一直讓四隅屋處於閒置狀態，直到本宮武這一代才進行改建。他把主屋改成圖書室、四個房間改成研究室，並拆除了廁所。至於四邊的長廊，除了在東西兩側的走廊中央開了出入口，方便大家進出之外，基本上沒有做什麼變動，因此還保留著四隅屋的特殊構造。

「主要是因為本宮教授希望能與待在這裡的學者多些交流，所以才故意保留以前的格局……」

伊野田藤夫站在四隅屋的後門前，苦笑著對言耶說。

昨晚根據親身體驗來分享的怪談發表會在進入新年的那一刻原地解散。散會後，井坂淳則和美江子去新年參拜，其他人則直接上床睡覺。今天早上大家一起享用年糕湯和用年菜做的早餐後，便各自享受悠閒的上午時光。特別是感冒遲遲不見好，一直在咳個不停的上澤志郎。而言耶則是在井坂和美江子的邀請下，在本屋的院子裡打起了板羽球。

「言耶同學，你待在這裡的期間，可能得一直陪井坂先生玩新年遊戲了。」

因為要吃午飯而暫停打板羽球時，言耶內心就有種終於解放的感覺，但此時美江子卻悄悄地附在他耳邊這麼說著。

「這話是什麼意思？」

「回到日本的時候，他會很堅持要做一些日本人都在做的事。平常到了過年期間，我那個還在讀小學的表弟會來這邊玩，所以都由他陪著井坂先生，但表弟今年因為感冒來不了，所以就只剩下我和言耶同學能陪他玩。」

「欸……」

「都林先生雖然有製作陀螺的興趣，但自己不喜歡玩。伊野田先生是個正經八百的人，不可能玩那種小孩子的遊戲，而且又是井坂先生的前輩，所以井坂先生也不太敢找他玩。至於上澤先生嘛，或許激他一下，他就願意陪井坂先生玩了，因為他很擅長打板羽球，幾乎是想反擊哪裡，都能確實把球打回去。不過他感冒還沒好，恐怕沒辦法奉陪。如果是玩板羽球的話我也能參加，但如果是放風箏或打陀螺……還是得讓男生，而且是年輕點的男生來玩比較好玩。」

「沒、沒這回事，我也不太擅長……」

「沒關係，反正井坂先生放風箏也放不高，玩陀螺也是玩那種稱為鬥陀螺、以破壞對方陀螺為樂的遊戲，但至少用的不是言耶同學的風箏或陀螺，別擔心。」

美江子露出一抹惡作劇般的微笑，走進本屋，一副「接下來就交給你了」的態度。

怎麼這樣……。

昨晚關於斯古岫族的死靈經驗談非常有趣，所以言耶今天也打算繼續請井坂多說一點，可是一個搞不好，可能整天都得陪井坂玩過年的遊戲。

吃過午飯，言耶立刻跟著本宮進書房，打著只要和他聊天，井坂大概也不好意思來找他玩的如意算盤。但是本宮卻表示機會難得，比起跟自己，言耶應該多去和其他四個人交流交流。就在無可奈何之際，伊野田剛好走進書房，說他要去四隅屋的研究室，言耶趕緊自告奮勇陪他一起去。

伊野田在前往四隅屋的途中，向他解說了那棟奇特建築物的來歷。

「話說回來，孟治郎先生為什麼要打造這種長廊？」

言耶提出再單純不過的疑問，不過伊野田卻有些難以啟齒地說：

「我不想批評本宮教授的曾祖父，但他的『性趣』好像有點異於常人。」

聽說他希望自己和其中一位小妾同床共枕的時候，另外幾位情婦為了前往某些地方，也得這麼進到這間房間來。另外，他也喜歡鬼鬼祟祟地從某一個已經入睡的小妾房間經過。

「要求研究學者在基於這種目的而建造的四隅屋裡進行親密的交流……。呃，剛才那句話當我沒說，因為本宮教授並沒有惡意。」

穿過後門的地方有個鞋櫃，他們在那裡換上拖鞋。中庭種了幾棵樹，中央是一座涼亭，對面那一側就是主屋。因為季節的關係，現在這裡沒有一絲綠意，冷清清的景象看來非常殺風景。

言耶抬頭仰望主屋的那座塔，隱約有個人影映入眼簾，好像有誰爬到上面去了。

「好像有人在那裡。」

「咦？哦，你指那座塔嗎，肯定是都林吧。」

從伊野田的語氣不難聽出，他對於都林成一郎身為研究者的評價非常不以為然。

緊跟在伊野田身後，從後門右轉，沿著走廊往前走，兩側的木板牆壁只到離地面三分之二的高度，因此外面的冷空氣仍源源不絕地湧進來。走廊的長度約為四十公尺以上。

走到二屋前，言耶這才後知後覺地想起這是井坂的研究室，不免有些慌張。要去伊野田的一屋，無論如何都得先經過二屋。伊野田是井坂的前輩，所以井坂應該不會勉強他陪自己玩，但是如果井坂說：「刀城同學，待會見。」言耶就無法拒絕了。問題是如果先經過上澤的三屋和都林的末屋，再經由主屋去到一屋，也繞得太大圈了。而且要是提出這種要求，只會讓伊野田覺得莫名其妙。

但願井坂老師不在研究室裡——。

就在言耶於心中祈禱時，正要伸手開門的伊野田突然回過頭來說：

「對了對了，我先告訴你四隅屋的規矩。經過別人的房間時，要先敲三下門再打開，然後迅速且安靜地經過室內，就算看到什麼基本上也都要當作沒看見，除非房間的主人主動叫住你，否則都要遵守這個規定。」

「好、好的。」

言耶答應後，伊野田敲了三下，打開門，接著頭也不回地走進二屋，言耶連忙跟上去。眼前突然出現了一個書櫃。從進門處到通往西側長廊的那扇門之間，左右兩邊都擺滿了書櫃。

原來如此，用書櫃在室內隔成走道啊。

這麼一來，不管誰從這兩扇門進來，都不會撞見彼此。室內傳來聲音，可見井坂在屋裡，但是從這裡也看不到。雖然書櫃並非連成一排，中間仍有幾處空隙，但是可以看清楚的範圍非常有限。井坂大概也知道來人是伊野田，所以沒放在心上。其他三個房間肯定也下了類似的工夫。

離開二屋，走在西側的長廊上時，言耶說出了自己的猜想。

「沒錯，我想每個房間都有別出心裁的格局，但是因為二屋和三屋經常會有人經過，所以才刻意用書櫃隔開。像是我的一屋，頂多只有井坂老師去主屋或是都林去找井坂老師的時候才會有人經過。如果是後者，都林可能也會取道三屋。」

「房間的分配是依照各位搬進來的順序嗎？」

「對。井坂老師其實是第二個搬進來的，所以也可以使用末屋，但他無論在哪裡做研究，都能交出優秀的成績單，而且待人接物的態度也都無懈可擊。嗯，不過這兩者之間沒有任何關係就是了。」

伊野田這句話說得充滿言外之意。除了揶揄井坂身為學者的成就、與美江子的私交外，似乎也暗指都林沒資格使用條件和他相同的末屋。

「到了，請進。」

伊野田招呼他進一屋。甫踏進屋裡，沓里島的魔女冉達和神獸巴隆的面具、描繪黑魔術師與白魔術師暗無天日的戰爭繪畫立刻映入眼簾。然而，有一排奇妙的書櫃斜斜地切過房間的右手邊，比擺了滿屋子的面具和木頭雕刻更令他好奇。

「我這裡是用書櫃把室內斜切成兩個部分，這一邊是用來接待客人的會客室，對面則是作為工作室的空間。」

「如此一來就能在不打擾老師工作的情況下經過一屋了。」

「會客室中央也擺了書櫃，所以打開其中一扇門的時候看不到另一邊的門。因為通往工作室的出入口位在設置於對角線上的書櫃左右兩端，萬一從其中一扇門進來的訪客是自己不想見的人，還能從另一扇門逃走，而且不被對方發現。」

言耶猜想，伊野田不想見到的人不是井坂淳則，就是都林成一郎。

參觀過伊野田的工作場所後，言耶被帶到靠近主屋的會客室，聽他說了和名為「Ngaben」

的公開火葬有關的怪談。就在兩人交談的過程中，北側的門傳來三下敲門聲，之後原尾君惠就走了進來。她是住在本宮家的老婦人，負責洗衣、燒飯及打掃等工作，並非是受雇的女佣，而是本宮武的朋友所介紹來的人。

似是不想打擾到他們談話，君惠低眉斂眼地說：

「老爺在本屋，請刀城先生過去一趟。」

「我們已經聊得差不多了……那麼就回本宮教授的書房吧。」

伊野田說得沒錯，兩人剛好聊到一個段落，但是他突然又站起來對言耶說：

「可以再等一下嗎？我有些資料想讓你過目。」

然後一溜煙地鑽進工作室那邊。

問題是，等了老半天也等不到伊野田回來，言耶失去耐心，站起來開始瀏覽書櫃的書，但全都是外文書還不打緊，而且都是專業的書籍，完全看不懂。

雖然想眺望一下中庭，但幾乎所有的窗戶都被書櫃擋住。這麼說來，井坂的房間也如出一轍。即便如此，唯有在通往主屋的門旁邊，窗戶微微露出一角，言耶不以為意地往外看，不由得驚呼一聲。

「啊！下雪了。」

除夕夜到新年一直下著滴滴答答的綿綿細雨，今天早上好不容易放晴，結果又開始下起雪來。雪並不大，但風很強，所以可能積不了多少雪，真令人遺憾。

不過，或許這樣才好。因為要是積太多雪，井坂肯定會要他一起堆雪人。就在已經把井坂視為危險人物的言耶想先回座再說的時候。

「咦……」

因為隔著窗戶目睹了令人難以置信的景象，讓言耶忍不住懷疑起自己的眼睛。他全身僵硬，脖子也冒出了大片的雞皮疙瘩。

但是他也只在剎那間愣住，下一個瞬間，言耶急忙地貼在窗玻璃上往外看。

明明沒有半個人影，一雙木屐卻自顧自地往前走……。

三

只有木屐在雪地上行走……。

言耶視線前方是從主屋通往中庭的石階。下了石階，再筆直地往前走，就會走到蓋在中庭正中央的涼亭。從言耶所在的位置看起來，就像是只有木屐從那邊走過來，正要爬上石階。映入言耶眼簾的光景就是這麼匪夷所思。

怎麼可能……。

石階只有三級，言耶清清楚楚地看見木屐從第一階爬到第三階，然後就像是被隨興地脫下來那樣，直接扔在那裡的景象。

人類看不見的死靈正在走路……？

昨天晚上的話題倏地在腦海中甦醒，鮮明地想起井坂敘述他經歷斯古岫族死靈儀式的親身體驗。

「不會吧……」

言耶不由自主地喃喃自語，奔出一屋東側的門，衝過短短的走廊，跑進主屋。

如伊野田所說，主屋規畫成圖書室，除了擺放得整整齊齊的書櫃以外，什麼都沒有。言耶下意識地火速檢查西半邊的空間，確定沒有人躲在這裡。

走到主屋的中間，有座貌似通向塔上的螺旋階梯，在另一頭的南側窗邊，君惠正坐在藤椅上織毛線，旁邊還有個小巧的暖爐。

「請問一下，剛才有人從中庭經過這邊去末屋嗎？」

言耶鼓起勇氣問道，專注編織的君惠連眼皮也不抬一下。

「沒有，沒有任何人來過喔。我只有在剛開始織毛線的時候看見都林先生上塔，除此之外——」

「君惠女士，妳是什麼時候開始在這裡織毛線的？」

「我洗完午餐的碗盤後就來這裡了，大概是一點半左右吧。」

在那之前她只花了幾分鐘就經過一屋來到這裡。現在還不到兩點。也就是說，將近三十分鐘的時間內，沒有人經過主屋的東半邊。

而我卻在幾分鐘前看到獨自行走的木屐。

再向君惠確認一次，她說言耶出現前，她只看到爬上塔的都林又走下來。不過，都林原本要去一屋，聽到君惠說言耶已經先去了，於是又轉身上塔。

「君惠女士來這裡時，有沒有看見門前的石階上有一雙木屐？」

這個問題似乎有點讓她感到不悅。

「沒有。我雖然有點耳背，但眼睛還好得很。管它是木屐還是草鞋，要是我看到了，一定會收進鞋櫃裡頭。」

這時，她的視線總算從毛線上抬了起來。

「這麼說來，就在您來之前沒多久，門口那邊好像確實傳來過木屐咯噠……咯噠……的腳步聲，可是沒有任何人進來過。」

背脊閃過一陣涼意。明明暖爐就在旁邊，卻感覺有股陰冷的寒氣從腳底往上竄升。

假使沒進到主屋的東半邊，也沒爬上螺旋階梯，就只能往西半邊去了，可是言耶人就在一屋，無論是前來這裡時經過的走廊，還是圖書室的西側都沒遇到半個人，這點無庸置疑。

木屐的主人消失到哪裡去了……？

不對，難道**那傢伙**的身影從一開始就消失了……？

言耶向君惠說聲打擾了，提心弔膽地走向中間的門。其實他剛踏進主屋時，原本打算先檢查石階，不過他還是先行確認西側的空間，然後就看見了君惠，於是便心想既然如此，應該先問她有沒有看到什麼人。但是在剛剛與君惠對話的過程中，他的視線一隅始終緊盯著通往中庭的門不放。

如今問完君惠，就應該快點去門口檢查石階那邊的情況，但言耶遲遲邁不出腳步。因為他總覺得**有什麼東西還站在那裡**，心裡毛得不得了。

明明是冬天，門卻開著沒關。這時雪差不多已經停了。往下一看，通往地面的石階一共有三級，剛剛那雙木屐就躺在最上面的那階，擺得有些凌亂，看起來就像是有人脫下來後就隨意扔在那裡。夾腳綁帶朝向這邊，這個景象宛如真的有個人從中庭走來，爬上石階之後將鞋子留在此處的狀態……。

雖然就連自己也覺得荒謬，但言耶還是朝眼前空無一物的空間揮出雙手。他在相當於木屐正上方的地方揮了好幾下，想當然耳，沒有任何障礙物，只有雙手徒勞地劈開空氣，摸不到任何東西。

望向石階前方，木屐的腳印零零星星地分布在被一直下到凌晨的小雨所淋濕的地面上。剛才飄下一場細雪，但積得不夠厚，所以足跡還一清二楚地印在地面上。

真是奇怪……。

言耶的視線順著木屐的腳印往前移動，發現腳印從半路開始就變得歪七扭八，大惑不解地再往前一看，不由得瞪大雙眼，血色頓時從臉上褪盡。

有人倒在涼亭裡……。

言耶趕緊換上鞋櫃裡的草鞋，衝向中庭。他留意著不要踩亂木屐的腳印，從左手邊繞了好大一圈，靠近涼亭。

「井坂老師……」

身穿和服的井坂淳則側身倒在涼亭裡，頭朝向涼亭的桌子、雙腳朝著主屋的方向，左手壓在身下，右手貼著臉頰，身體不住痙攣，那樣子可怕到令人忍不住別開雙眼、不敢直視。仔細觀察他右邊的臉頰，發現有道擦傷般的痕跡。

「我、我這就去叫人……」

來幫忙——話還沒說完，井坂的痙攣戛然而止，生氣迅速從他臉上流失，即使一般人也看得出來那意味著他已經一命嗚呼。

言耶立刻轉身回到主屋，但是在那之前，他先冷靜地觀察了四件事。事後就連言耶自己也感到驚訝，當時居然還有餘力去注意那些地方。

第一點，從涼亭延伸到後門的踏腳石步道，上頭的積雪沒有留下任何腳印。不，不光是那裡而已，除了那些詭異的木屐腳印以外，中庭各處都沒有留下任何痕跡。第二點，有個前端折斷的竹筒掉在涼亭南端，言耶認出那大概是吹箭筒。第三點，涼亭內的桌子底下有本攤開的外文書，倒臥的井坂就像是趴在那本書上。第四點，木屐的腳印看起來非常不自然。

「君惠女士！井坂老師倒在涼亭裡面。等等，妳別過來，我過去妳那裡。請妳從門口看著涼亭，等到我把伊野田老師找過來。」

言耶拚命阻止一心想衝向中庭的君惠，接著就往一屋狂奔。伊野田還窩在工作室裡，聽完他的說明之後也嚇得目瞪口呆。言耶情急之下的判斷就是先攔住就要慌慌張張地衝出房間的伊野田，並且向他借了相機。

言耶拜託伊野田踩在自己穿著草鞋從主屋門口走向涼亭的腳印上，帶他走到涼亭。

「死了……」

伊野田測量井坂手腕的脈膊，為求慎重起見，還探向脖子的脈膊，喃喃低語。

「他這個樣子……或許是因為中毒。」

在言耶還沒描述他目擊到井坂的模樣之前，伊野田就先說出了自己的判斷。

「真的是非常難以理解的狀況。」

言耶簡單地說明截至目前的經過，同時也迅速地用相機拍下周圍的狀態。

「你是說只有木屐自己在走路？」

「對。」

「你是真心認為自己目睹了那種不可能發生的現象，不是在開玩笑嗎？」

伊野田看著言耶的眼神充滿了懷疑。

「確實沒錯。不過老師，就算木屐走路是我看錯了，但兇手逃進主屋也是千真萬確。」

「也對，因為有木屐的腳印嘛。」

「問題是君惠女士說沒有人從中庭進來。」

當言耶告訴伊野田自己檢查過西半邊，君惠負責監視主屋東半邊的結果後。

「怎麼可能……。既、既然如此，肯定是從後門逃走了。」

「請仔細看，不只是踏腳石步道、通往後門的地上都沒留下任何足跡，連通往東西兩邊走廊的地面也都沒有腳印。」

「那是因為下雪——」

「不不不，我到中庭的時候，雪已經快停了。而且這場雪本來就不大，木屐的腳印並未完全消失就是最好的證據。我發現井坂老師時，他的身體還在痙攣，然後……就我看來是隨後就死掉了。換句話說，兇手很可能是在下雪時動的手。」

「……」

「即便如此，到處都看不到兇手從涼亭逃走的足跡，唯一留下的就是通往主屋的木屐腳印，但是既沒有人上塔，也沒有人進入東西兩側的長廊，您不認為兇手行凶的時候，那座涼亭是處於一種密室狀態嗎？」

四

趁伊野田從後門那邊、君惠從主屋門口監視涼亭的這段時間，言耶奔赴本屋。本宮武立刻報警，之後也趕往四隅屋。回到案發現場，原本在塔上的都林已經與君惠會合、先前人在三屋的上澤也與伊野田碰頭，現場瀰漫著一股人心浮動的氣氛。目前只有美江子還不知道井坂的死訊。

警察抵達後，現場蒐證與偵訊進行到三更半夜。所幸美江子沒有像言耶擔心的那樣方寸大亂，但是在被刑警問了一大堆問題後，還是顯得心力交瘁。她似乎認為井坂是因為自己才遇害的。言耶昨晚的猜測沒有錯，那四個男人為了爭奪美江子，檯面下的炮火交鋒十分猛烈。

井坂遭毒殺的可能性相當高，雖然在分析結果出爐前還無法斷定是否為斯古岫族使用的毒藥，但是從遺體的特殊狀態來看，不難判斷並非是尋常的毒藥。警方似乎認為遺體右臉頰的傷痕是由掉落在現場的竹筒上那處斜斜折斷的剖面前端所造成。換句話說，警方研判兇手折斷竹筒的前端，把岔出利刺的部分浸泡在毒藥裡，再用來攻擊井坂。在二屋裡的桌子上也發現了裝毒藥的瓶子，很有可能是兇手偷出去**使用完後**再放回去的。

案發當時，包括死者在內，四位學者都在四隅屋裡。伊野田藤夫在一屋、上澤志郎在三屋、都林成一郎在塔上，井坂淳則在涼亭——。想也知道，警方對他們的偵訊滴水不漏，長達好幾個小時。對於原尾君惠也同樣嚴格，但她完全沒有殺害井坂的動機。這點不只本宮武，所有的相關人士都為她作證。所以她頂多只能算是重要的證人。

只不過言耶現在可沒有心情同情那四位學者，儘管他比誰都還用心保存現場的完整，還拍下了照片，但這麼做卻給警方造成最糟糕的心證。倘若相信他的證詞，兇手當時絕對無法從涼亭——正確來說是中庭——逃走，但是因為他堅持木屐是自己往前走的，也難怪刑警會用凌厲的目光檢視他。

不僅如此，關於木屐的腳印其實還留有一個很大的問題，那就是言耶發現井坂倒在涼亭裡，在跑向一屋之前所觀察到的四個疑點中的最後一點。起初因為實在太匪夷所思，他還覺得可能是自己想太多了，但是再怎麼看也**只能那麼判斷**。雖然本宮武告訴言耶警方也抱持相同的意見，讓他稍微鬆了一口氣，但也沒有多大的幫助。

從涼亭走向主屋的木屐腳印在前進到大約三分之二的地方轉了方向，以**面向後方**的方式倒退走，在石階處再度轉回正面，爬上三層石階——看起來是這樣。

兇手為何要在半路倒著走呢？

首先能夠想到的可能性是為了確認死者的狀況。不過這時又會出現一個問題，假設井坂是被斯古岫族的毒藥殺死，難道兇手不知道中毒後要經過三十分鐘左右才會死去嗎?如果兇手確實不清楚這一點，看到井坂一直痙攣、遲遲不斷氣的模樣，應該會再找機會折回去確認才是。但兇手卻以倒退的方式走到石階，採取這種奇怪的動作到底有什麼意義?

針對這點，起初搜查陣容中一位姓曲矢的刑警看得很樂觀，大概是認定不是言耶看錯，就是言耶開了一個惡劣的玩笑，再不然就是偵探小說迷撒的謊。

然而根據對四位學者及君惠的偵訊，再加上中庭與涼亭的現場蒐證，不得不開始面對四隅屋命案不可能有人犯案的事實。看到奉命用最快速度洗出來的照片後，無疑又為這個事實增加了客觀的證據。這麼一來，除非能推翻言耶的證詞，不然警方只能承認這是一樁奇妙的密室殺人案，因此才一直沒完沒了地進行執拗的偵訊。

「我告訴你，要是繼續扯這種無聊的謊話，就永遠別想回家喔。不僅如此，可能還會被送去吃牢飯喔。」

曲矢利用單獨向言耶問案的機會一再語出威脅，只是不管他的威脅再怎麼嚇人，言耶也不為所動。

「真受不了……你這傢伙還真頑固。可是啊，再這樣下去，人會變成是你殺的喔。」

終於被當成殺人犯了，饒是言耶也開始緊張起來。

因為往返涼亭的足跡就只有他的腳印。君惠並沒有看到地上只留下木屐腳印的光景。當她和伊野田望向中庭的時候，中庭已經印上言耶的腳印了。當然，沒有動機這點對他還是有利的，但是就物理層面來看又只有刀城言耶能動手殺人——倘若這點被證實的話，自己會有什麼下場呢？要是事情變成這樣，那個詭異的木屐腳印恐怕會被解釋為偵探小說迷設置的偽裝工作吧。

「不，我比較喜歡怪奇小說，偵探小說倒是還好……」

「不都一樣嗎！」

換言之，目前的狀況不容許他有任何輕忽大意。

第二天也從一早就開始進行現場蒐證與偵訊，言耶利用空檔，輪番向每個人詢問案情。一想到再這樣下去，自己可能會成為嫌疑最大的人，他就靜不下心來。

「哦，當時我一直在等你回來。」

伊野田說他進工作室找「Ngaben」的資料，直到言耶來叫他為止，一直都窩在裡面。

「剛好看到別的資料，想到另一件事，不知不覺就專注在那件事上了。不過也正因為如此，你才會望向窗外，察覺異狀，發現井坂老師的遺體，所以這未嘗不是一件好事。」

才不好，拜他所賜，自己就快要蒙上不白之冤了，但是想也知道，言耶沒有真的說出口。

「我一直待在三屋。」

上澤的感冒尚未痊癒，又是咳嗽，又流鼻涕，一臉不堪其擾地回答。

「吃過午餐，我先在本屋待了一會兒，後來就去四隅屋。咦？哦，只有都林經過三屋，除此之外沒有看到任何人。你說窗戶？四隅屋的研究室幾乎每個房間都塞滿書櫃和檔案櫃，所以沒辦法從窗戶看到中庭。對了，涼亭那本外文書是我的。因為除夕那天下午的天氣很好，我在那裡看書，當時突然對正在研究的問題靈光一閃，所以就直接回三屋，把書忘在那裡了。」

都林也說他吃完午餐後在本屋待了一會兒，然後就同樣回末屋了。

「我從後門進去，經過三屋——對，上澤老師也在——我在末屋選好櫟木，爬到塔上製作陀螺。沒錯，因為櫟木很硬，很適合做陀螺。嗯，颳著北風，的確很冷，但塔裡有擺火盆，所以還好。我只在剛下雪的時候看到井坂老師從後門走向涼亭的身影，之後的情況就完全不清楚了。」

接著又向他確認待在主屋的君惠，他說自己爬上螺旋階梯前曾經向她打過招呼。

言耶把向三位學者以及君惠打聽到的情況和本宮武從警方口中得到的事實，再加上自己的記憶，整理成「四隅屋相關人員的案發前後動向」，內容如下。

一點　　吃完午餐。
五分前後？　　井坂進入二屋？
十分　　伊野田和言耶通過二屋，進入一屋。
二十分　　上澤進入三屋。
三十分　　君惠向言耶轉告武在找他後，進入主屋。開始下雪。

三十五分　都林上塔。井坂從後門走向涼亭。

五十分　都林下塔，但隨後又再次爬上去。

五十五分　言耶目擊到木屐在從中庭進入主屋的石階上自己行走。

兩點

五分　言耶進入主屋。

十分　言耶發現留在中庭的詭異木屐腳印。雪停了。

言耶走向涼亭，發現倒在裡頭的井坂。

結果顯示出一個令人毛骨悚然到不行的事實，就在言耶和伊野田通過後門時，看到塔上出現人影，伊野田說大概是都林，而言耶在主屋和君惠說話時，也知道都林已經在塔上了，所以也不覺有異。但是言耶從後門看到塔上有人的時刻，都林還在本屋，他是二十五分鐘後才上塔。當時伊野田和言耶在一起，井坂應該還在二屋，若是上澤確實也在本屋的話，那麼塔上的人影究竟是誰……。

當然也可能是上澤或都林在說謊，問題是他們有必要說謊嗎？倘若井坂真的是被斯古岫族的毒藥毒死，犯案時間恐怕是一點四十分左右。因為據說那種毒素進入體內要花上大約三十分鐘才會讓被害人全身痙攣致死。換句話說，即使一點過後人在塔上，也不用擔心嫌疑會落到自己頭上。不止如此，無論犯案時間人在四隅屋的任何一個角落，只要奇妙的密室之謎無法解開，就不會受到警方的懷疑。

順帶一提，塔上的人影可以排除本宮武和美江子，還有君惠。因為武不可能趕在言耶他們之前先進到四隅屋，而美江子和君惠那個時間正在洗午餐的碗盤。

「可是，光是這樣啊……」

言耶看著整理在筆記本上的「四隅屋相關人員的案發前後動向」，嘆了一口氣。如果想探討整件事，無論如何都需要警方的情報。將案發時刻鎖定在一點四十分，充其量也就是他的推測而已。最重要的是，他連兇手是不是用斯古紬族的毒物行凶都不知道，根本無從著手。

然而到了隔天下午，警方對言耶的態度幡然一變，言耶起初還一頭霧水，隨即就意識到是怎麼回事。

警方知道他的父親是誰了。

父親刀城牙升是以冬城牙城這個名字在業界活躍的私家偵探。本來民間的偵探與警察可以說是水火不容的關係，唯獨他例外，因為冬城牙城解決過許多起匪夷所思、光怪陸離的案件，甚至連報紙都讚譽他是「昭和的名偵探」，讓警方也不得不對他刮目相看。他和警方的高層亦有很深厚的交情，因此每次發生驚世駭俗的大案子，警方經常會私底下請教他的意見。得知言耶是冬城牙城的親生兒子，刑警對他的態度突然產生一百八十度的轉變誠屬正常也未可知。

不過看在與父親非常不對盤的言耶眼中，他反而很氣警方翻臉跟翻書一樣快的態度。再加上他想自己洗刷自己的嫌疑，所以才更加不滿。

「刀城同學，關於令尊——」

本宮把言耶叫到書房，表示想委託冬城牙城處理這次的案子，這也讓言耶大吃一驚。看樣子武從一開始就知道自己的身分了，只是這與他來本宮家的目的無關，所以就沒特地提到他的父親，可是當家裡發生驚悚的凶殺案，情況又另當別論了。

「這我當然沒有意見……不過我與家父……」

「別擔心，等我和警察討論過，得到他們的首肯後，由我親自打電話給令尊。我只是認為應該先跟你說一聲。」

「噢……謝謝教授。」

「不過令尊那麼忙碌，不知道願不願意馬上接受委託。」

「那個……至少他不會因為這件事與我有關就立刻趕來。」

「哎呀，你誤會了，我不會利用你請令尊出馬。」

看到本宮苦笑的臉，心想他該不會早就知道自己與父親之間的糾葛吧。想是這麼想，但言耶也無從確認。

「那我先告辭了。」

在言耶行了一禮，離開書房之後，這次換成曲矢要找他。

五

「你為什麼不說？」

才剛踏進提供給警方用來問案的房間，曲矢就質問他：

「為什麼不說你父親就是冬城牙城？」

「因為他跟這件事一點關係也沒有。」

「這我當然知道，我想說的是，為什麼——」

曲矢充滿試探地觀察言耶的表情，嗤之以鼻地冷笑。

「無所謂，無論你有什麼背景，你是唯一有機會殺害井坂的人，這件事是改變不了的。」

「咦，你還在懷疑我嗎？」

「那當然，就算你是警視總監的兒子，可疑的傢伙就該受到懷疑。在你完全擺脫嫌疑前，我可不會手下留情。」

「也對……這才是正常的作法。」

「哼，你這人還真古怪。對了，你的偵探遊戲有什麼收穫嗎？」

「你、你知道了啊？」

「你以為我沒發現你找所有人問話嗎，未免也太小看我了。」

「這就是所謂的魔高一尺，道高一丈嗎。」

「好說好說。所以呢，有什麼發現？」

「你這樣問我，我也……」

這次換言耶觀察對方的表情，曲矢以直來直往的口吻說：

「只要一五一十說出你感覺到的事、想到的事、正在思考的事就行了。」

「可是，你問這個的用意是……」

「我要你說，你說就是了。還是人真的是你殺的？」

「才不是。」

明知是激將法，但以言耶此時此刻的立場來說並沒有說不的權利。不過，這或許也是打聽警方掌握到什麼線索的好機會。於是言耶重新振作起來說：

「就算我想繼續玩偵探遊戲，還是有太多關鍵的部分不清不楚，所以正處於一籌莫展的狀態……」

「例如什麼？」

「例如井坂老師的死因……」

「驗屍的結果確定是斯古岫族的毒藥。從死者的體內驗出裝在瓶子裡的毒藥。那種毒藥一旦進入人體，即使只有一點點，也會先引發痙攣，然後使人昏迷，大約三十分鐘就會致人於死，是種很可怕的毒素。想當然耳，也會讓人發不出聲音來，所以也無法呼救。」

「我發現井坂老師時，他還在痙攣，不過沒多久就死了，這也就表示……」

「沒錯，他大概是在一點四十分左右遇襲的。兇手折斷吹箭用的竹筒前端，將毒藥塗在有許多利刺的斷面上，劃傷井坂的臉頰。」

「為何要這麼做？」

「我要是知道的話，早就抓住兇手了！」

曲矢氣急敗壞地怒吼，嚇得言耶噤若寒蟬。

「還沒找到那截被折下來的前端部分嗎？」

「就掉在涼亭南側的地上。」

「當成凶器的竹筒就在那附近，可是我並沒有看到折斷的部分。」

「因為你是外行人嘛。不過遺體旁邊還有另一個竹筒。」

「吹箭用的竹筒嗎？」

「以吹箭筒來說太短了。」

「是井坂老師掉的，還是兇手留下來的呢？目前還無法判斷嗎？」

「很遺憾，是的。但是比起較短的竹筒，凶器竹筒那段被折斷的前端更不尋常。」

「怎麼說？」

「洞裡裝了吹箭。」

「真、真的嗎？可是沒有人提到這件事，就連本宮教授也……」

見言耶掩不住臉上的驚訝，曲矢用一臉瞧不起人的表情說：

「這還用說嗎，警察才不會什麼都告訴你們。有時候為了讓偵訊順利進行，想問出警方想要的線索，就不得不透露案情到某種程度，甚至會成為必要的戰術。但不該讓你們知道的部分，就絕對不會讓你們知道，所以你也別說出去喔。」

最後這句根本是威脅了，言耶只能先答應再說。

「問題是，為什麼兇手不把毒藥塗在吹箭上，直接用吹箭行凶呢？」

「問題就出在這裡。」

曲矢罕見地露出鄭重其事的表情。

「兇手只要使用吹箭，你口中那個莫名其妙的密室之謎就迎刃而解了。」

「這倒是……吹箭實際上沒有用到嗎？」

「沒有。箭上沒有毒藥。而且死者身上也沒有任何被箭刺中的傷痕，所以也不可能是用別支箭行凶。」

「這太奇怪了。兇手明明有吹箭和竹筒，還有裝了毒藥的瓶子，卻沒使用吹箭當凶器……

啊，吹箭和毒藥是兇手從井坂老師那邊偷來的嗎？」

「恐怕是。據美江子所說，除夕夜，井坂去新年參拜前好像先去了二屋一趟。大概是在那個時候把吹箭和毒藥瓶留在研究室裡面。肯定有人在元旦中午前把那些東西偷走了。」

「也就是說，兇手是預謀犯案嗎……？」

「倒也不見得，這個案子的棘手之處就在這裡。」

「因為兇手把折斷的竹筒當凶器使用嗎？」

「這個行為可以說是衝動之下的犯行吧。」

「兇手有殺意，可是又不急著立刻送井坂老師上西天，而是伺機而動，你是這個意思嗎？」

「差不多。說不定兇手偷走毒藥就心滿意足了，結果沒想到這麼快就有機會派上用場。我是這麼認為的。」

「有道理……說不定井坂老師當時正在找吹箭和毒藥。」

言耶向曲矢說明他和伊野田前往一屋途中，經過二屋時，聽到室內有動靜。

「我們調查過二屋，並沒有翻箱倒櫃的痕跡，而且架子上還亂七八糟地放著一些可疑的瓶子，所以兇手大概沒花太大工夫，就拿到裝有毒藥的瓶子。」

「也有野生的竹子那種用來製作吹箭筒的材料嗎？」

「哦，你是指被死靈附身的東西嗎？有啊。不過最引人注目的還是雙陸棋、百人一首、板羽球、福笑拼圖、陀螺、紙牌等過年的玩具。」

「與美江子小姐說的並無出入是嗎。」

「畢竟井坂只找了三十分鐘左右就去涼亭了。」

「井坂老師大概很喜歡那裡吧。」

「好像是。不過他當天的目的是去那裡打陀螺。」

從死者的和服口袋裡找到兩個陀螺和繩子。其中一個陀螺是都林的作品，看樣子井坂打算一個人玩鬥陀螺。

「又不是小孩子了，就算大過年，也不必一個人玩陀螺……」

「會不會約了都林先生？」

「那傢伙是兇手嗎？」

「不是。因為案發時刻他人在塔上……」

「正常情況下，他應該是再理想不過的目擊者才對，都處在視野那麼好的地方了，那傢伙竟然什麼也沒看到。雖然就算從塔上望向中庭，也會被涼亭的屋頂擋住，什麼也看不見啦。」

「君惠女士說他下來過一次，本來想去找伊野田老師，但是聽說我在那裡，就又回到塔上了。他不僅沒時間去中庭，也比井坂老師遇害的一點四十分晚了十分鐘。」

「即便從塔上把吹箭筒扔出去，恐怕也扔不到涼亭那麼遠，就算順利扔過去，也射不中人在屋頂下的死者。」

「在那之前，應該會先嘗試一下吹箭吧。」

「這還用你說嗎！」

曲矢破口大罵，隨即又一副什麼事都沒發生過的樣子問：

「伊野田怎麼樣？」

「如果要去一屋，必定會先經過二屋。從這個角度來說，伊野田老師出現在二屋很自然，所以他可以說是最容易偷走毒藥瓶和吹箭的人也說不定。」

「原來如此，但是案發時刻，他和你在一起對吧。」

「一點四十分的時候，他還在工作室，我兩點前衝出一屋，十分鐘後才回去，只有這段時間沒看到伊野田老師。」

「有沒有可能趁你不注意的時候溜出一屋？」

「有。因為我人在靠近東側那扇門的會客室空間，與靠近北側那扇門的中間有書櫃擋著，他可以神不知、鬼不覺地從西邊的走廊溜走。」

「確實是這樣。」

「只不過，假如伊野田老師是兇手的話，為什麼他不利用吹箭？」

「如果想從西邊的走廊狙擊涼亭裡的人，其實是沒有任何障礙物的。根據鑑識人員的看法，如果是使用那種吹箭，應該還在射程範圍內。」

「我猜伊野田老師恐怕沒試過吹箭。不過比起用折斷的竹筒扔對方，吹箭的命中率顯然高多了。」

「沒錯。那種毒素只要稍微擦傷對方的皮膚就會發作的知識可能也是從井坂口中聽來的。」

「能想到的理由之一，或許是因為當時的風勢很強。」

「擔心吹箭無法筆直地往前飛嗎？」

「至少是可以接受的理由啦……」

「你看起來不太能接受。」

「因為風不會分分秒秒吹個不停，逮住風稍微靜止的空檔使用吹箭應該不是那麼困難的事。」

「原來如此。」

「還有，假設伊野田老師就是兇手，這裡會出現一個問題，那就是他要怎麼知道井坂老師當時人在涼亭裡。」

「對耶……」

「老師所在的工作室空間位於與中庭相反的另一邊，不可能偶然看到。再說了，四個研究室的窗戶幾乎都被書櫃和檔案櫃擋住了。」

「伊野田也是清白的嗎……」

曲矢嘀咕了這句話後，重新打起精神說：

「上澤在一點二十分進入三屋，其間只有都林在三十分左右經過三屋時看到過他，可以自由行動的時間還挺長的。」

「三屋那邊可以從北側或東側的長廊出去。」

「選擇比伊野田多一點，但再來就一樣了，還是沒解開犯人為何不使用吹箭的謎團——喂，怎麼啦？」

曲矢一臉狐疑地看著注意到某件事、不由得睜大雙眼的言耶。

「你發現什麼了？」

「犯人為什麼不使用吹箭的理由。」

「你、你說什麼！」

「大概是想用也不能用。」

「怎麼說？」

「因為感冒了，會咳嗽和打噴嚏——」

「啊……」

曲矢目瞪口呆地露出驚愕的表情，但隨即恢復正色說：

「上澤從除夕開始感冒，他說因為前一天天氣很好，可能是在涼亭裡看書時不小心著涼的也說不定。」

「但過完年也不見好，反而還更嚴重了。」

「所以實在是無法使用吹箭……」

「剛才說過，假如兇手是伊野田老師，會出現他怎麼知道井坂老師人在涼亭的問題，但如果是上澤老師……」

「對了！他是要去拿忘在那裡的書！」

曲矢的語氣充滿興奮。

「那時他發現井坂在涼亭，而且四下無人。於是上澤回三屋拿了偷來的吹箭和毒藥，到這裡還好。但是因為感冒，所以他無法使用吹箭，只好直接前往涼亭，用竹筒那塗了毒藥的斷面攻擊井坂，然後就這樣逃到主屋——有什麼好笑的？」

「雖然這話是我自己說的，但就算因為感冒無法吹箭，也可以直接使用吹箭本身，大可不必特地折斷竹筒。只要能靠近死者，比較短的吹箭應該會比竹筒好用。」

「說得也是。」

「而且既然要從涼亭逃走，前往主屋不是很不自然嗎？如果兇手是上澤老師，我猜他應該會返回三屋；如果是伊野田老師，應該就會回到一屋。」

「那麼兇手就是人在主屋塔上的都林嗎？」

「都林先生於一點三十五分上塔，當時他是從末屋過來。五十分的時候曾經下來一趟又再爬了上去。而兇手是在一點四十分到五十五分之間從中庭的南側走向主屋，所以他沒有嫌疑。」

「案發時間下著雪，假設上澤從後門踩著踏腳石步道走到涼亭，犯案後又以相同的方式走回三屋，這個想法不是很自然嗎。踏腳石步道上的腳印當然是被雪蓋過去了。」

「那場雪並沒有那麼大，或許能消除井坂老師的足跡，但有辦法連兇手的足跡都蓋過嗎？假設兇手緊跟著井坂老師走到涼亭，或許能消除去程的足跡，但絕對會留下回程的足跡。最重要的是現場清楚地留下了從涼亭延伸到主屋的木屐腳印，不能對這點視而不見。」

曲矢臉上浮現出自討沒趣的不愉快表情。

「話說回來，警方將嫌犯鎖定為四隅屋的三位學者嗎？」

「算是吧。本宮武沒有動機，如果他不喜歡井坂，直接別讓他來就好了。」

「本宮教授的話，就算想讓井坂老師在民族學界喪失立足之地大概也不是一件難事。」

「至於美江子，老實說，我也還沒解除對她的懷疑。但不只她本人，伊野田、上澤和都林都作證井坂和她發展得很順利，因此目前尚無犯案動機，也欠缺案發當時，她在四隅屋出入的證據。」

「本宮教授和美江子小姐或許都去了後門的北邊走廊或西邊走廊，不過應該沒有從那裡靠近涼亭。」

「君惠雖然人在主屋，但她是最沒有動機的人，而且她織的毛線也成了有力的不在場證明。」

「什麼意思？」

言耶不解地反問，曲矢洋洋得意地回答：

「君惠去主屋前，曾經讓美江子看過她織的毛線。案發後，我們抵達現場，美江子接受偵訊累倒時，君惠守在她的床邊照顧她，這時美江子又看到她織的毛線，比去主屋前多織了三十分鐘左右的量。」

「哦，這是刑警問出來的嗎？」

「是啊。包括本宮在內，從其他人的證詞也能判斷君惠從案發到照顧美江子的這段期間應該沒有空織毛線。所以說，她沒有時間殺害井坂。」

沉默一時半刻橫亙在兩人之間，充斥著一股彼此都覺得哪裡有問題，但是又不好意思說出口的氣氛。因為雙方感受到的情緒是完全相反的——。

「喂……你還是不打算收回那句異想天開的證詞嗎？」

曲矢終於打破沉默，從他沒好氣的口吻不難知道這個謎團讓他非常不悅。

「當時細雪紛飛，因此導致視線不良也說不定，但是雪並沒有大到看不見穿木屐的人。」

「要是雪下得那麼大，根本連木屐都看不見。」

「沒錯，所以我只看見了木屐。只有木屐自己在走路……」

「你這傢伙，開玩笑也要有個限度……」

「我有必要開玩笑或說謊嗎？我完全沒有做出這種荒謬證詞來害自己的動機。」

「你不是很喜歡鬼故事和莫名其妙的怪談嗎？」

「所以捏造了這種偽證？」

曲矢目不轉睛地看著言耶。

「不，你應該沒有蠢到這個地步。」

「就算是我眼花看錯好了，地上也確實留下了謎樣的木屐腳印。」

「確實如此。」

曲矢附和，嘆了一口大氣。

「跟君惠確認過了，扔在主屋石階上的那雙木屐不屬於任何人。後門和主屋這兩邊都有鞋櫃，備有好幾雙室內用的拖鞋以及讓人穿去中庭的木屐及草鞋。井坂腳上穿著木屐，而你和伊野田前往涼亭的時候都踩著草鞋。」

「是的。」

「君惠每次前往四隅屋，都會檢查那兩個鞋櫃，以確認兩邊的鞋子夠不夠穿。」

「案發當天呢？」

「她說沒有任何可疑之處，亂歸亂，但也沒有亂到需要整理的地步。」

「換句話說，兇手沒有必要非把木屐放回鞋櫃不可——」

「沒錯。兇手大概是從後門所在的北邊走廊跟在井坂後面走進涼亭，在那裡趁隙攻擊死者，之後便逃往主屋。」

「然後就消失了……」

言耶接著說，被曲矢惡狠狠地瞪了一眼。

「我就姑且相信你的證詞，先假設兇手是透明人好了。可是啊，這樣也會產生一個很不自然的狀況喔。」

「什、什麼狀況？」

「井坂明明是一點四十分左右遭受襲擊，你看到透明人穿的木屐卻是在五十五分。假設兇手行凶後又在涼亭待了幾分鐘，表示也花了十分鐘以上才走到主屋那邊不是嗎？」

「……」

「一般人應該只想盡快逃離現場吧。」

「說不定——」

「怎麼了？」

「木屐的腳印之所以會在途中變成倒退的狀態，或許就是因為犯人在那邊耗費了十分鐘的緣故。」

「為什麼要這麼做？」

「呃……這我就不知道了。」

「我說你啊……」

「又多了一個新的謎團呢。」

與仰天長嘆、束手無策的曲矢互為對照，言耶盯著虛空中的一個定點，專心地思考。

思考圍繞著奇也怪哉的木屐腳印的那些不可思議謎團……。

六

刀城言耶躺在客房床上，迎來了難以入眠的一夜。他下榻的本屋西棟都是客房，但因為發生了四隅屋殺人事件，原定造訪的客人一個也沒來，因此沒有其他房客。大概是因為處得與家人無異，伊野田等人與本宮家的人都待在東棟。

本宮家蓋在離都心有一段距離的郊外，平常籠罩在寂靜裡，其中又以目前只有言耶一個人住的西棟更是經常處於空盪盪的狀態，從除夕到今天，不時給人廢墟般的感覺，再加上夜已深，甚至讓人覺得彷彿睡在地下室的太平間。

言耶喜歡能在旅途中感受到的自然閑靜。可以讓他心情平靜，集中注意力思考，從而進入深沉的睡眠。但絕不是無聲的狀態，一定會有風的呼嘯或潮水的喧囂、蟲吟、鳥叫、蛙鳴等大自然的聲音。那些都屬於靜謐的一部分，雖然聽得到，卻完全不會使人心煩，反而能幫助他靜下心來思考，讓心情變得平穩、安寧。

問題是本宮家的客房完全不是這麼一回事。不對，準確的說法是命案發生後的客房……從除夕夜就讓人感覺安靜得過分，但言耶絲毫不以為苦，因為他本來就喜歡有點陰森的氛圍，尤其是在聽完陌生國度的怪談之後，言耶沉浸在不可思議的情調裡，心滿意足地就寢。

然而，如今他不僅成了殺人事件的目擊者，也被當成嫌犯，還目睹到匪夷所思的現象，在那之後，睡在西棟客房這件事也就變得很恐怖了。人躺到床上，原本為他所熱愛的靜謐只剩下寂寥，沉甸甸地壓在身上。呼嘯而過的夜風吹得樹葉窸窣作響，聽起來更加擾人清夢。屋子裡安靜得連一根針掉在地上都聽得見，那種壓迫的氣氛令人感覺頭皮發麻。

這天晚上，言耶也躺在床上熬過輾轉反側的時光。本來可以好好思索整件事，但實在太安靜了，反而妨礙思考，不僅如此，思緒還無意識地一直飄向別的方向，完全不受控制。彷彿有某種邪惡至極的東西潛伏在周圍的寂靜裡，促使察覺到這一點的防衛本能進入備戰狀態……。

今天——已經跨過換日分界了，所以該說是昨天——吃晚餐的時候，上澤提起言耶的來歷，搞得所有人都知道了。言耶雖然覺得這也無妨，但餐廳裡的氣氛突然變得很尷尬。這股尷尬的氣氛直至眾人移動到客廳也沒有消散，讓言耶感覺如坐針氈。

這股尷尬的氣氛究竟是怎麼回事……？

言耶感到一頭霧水，想破頭也想不明白。不過，隨著與大家繼續聊下去，他大概知道是怎麼回事了。

他們希望我破案。不，他們相信我能解決這個問題——。

當然，這只是他們一廂情願的期待。言耶只是冬城牙城的兒子，並不是偵探，對這個案子沒有任何義務或責任。再說了，大家明明也都知道他看到怪異的現象，正為此一籌莫展，這股莫名其妙的信賴不知道是從哪裡來的，真是不可思議。難不成是因為自己長時間跟曲矢關在同一個房間裡，讓他們產生了不該有的誤會嗎？

名偵探的兒子正在和刑警討論案情——。

他們大概會這麼想吧。言耶苦笑，已習慣黑暗的雙眼仰望著客房的天花板。

自己受到懷疑時，他是有想過只能靠自己解開謎團，但現在他已經沒有嫌疑了。想必曲矢絕對不會承認吧，但是刀城言耶的名字肯定已經從警方的嫌犯名單上劃掉了。曲矢會告訴他那麼多搜查上的機密就是最好的證據。在兩人交談的時候還反應不過來，但事後冷靜下來回想，才發現曲矢提供了非常多線索。

難不成就連那位刑警也對我有所期待……。

只有這個合理的解釋了。曲矢似乎是個具有反骨精神的人，肯定不會因為自己的父親是某某人就給予特別待遇。即便如此，他還是向言耶透露了那麼多內幕，大概是因為自己身上有什麼讓他看得上眼的地方吧。

問題在於言耶本人一點也不想上勾。既然已經洗刷嫌疑，就沒必要學偵探辦案了。

兇手之謎、犯案手法之謎、中庭的密室之謎、奇妙的腳印之謎、看不見的死靈之謎……他對這些謎團當然抱有好奇心，但也不認為凡事都要靠自己一探究竟。除此之外，他也覺得這些謎團超出了自己的能力範圍。凶殺案是擺在眼前的現實沒錯，但是萬一其中牽涉到真正的怪異現象，人類最好別不知死活地牽扯進去。

九座岩石塔殺人事件④……。

過去驚心動魄的記憶即將甦醒過來，言耶拉高棉被，蓋過頭，勉強自己入睡，睡意卻遲遲不肯降臨。

順帶一提，本宮武說他已經接到偵探事務所的回覆，因為冬城牙城從去年底就忙著處理雄家的西式庭園殺人案，無暇顧及這邊的委託，但聽說父親已經向警方調到四隅屋殺人事件的資料過目了。

「其實令尊還交代事務所的人，要我轉告你一句話──」

本宮臉上浮現出困惑的表情。

「他說……南太平洋的死靈不會在四隅屋走動，西洋的鹽之惡魔正在跳上竄下——不過我完全聽不懂這句話是什麼意思。」

言耶也聽得一頭霧水。拜這句話所賜，他更睡不著了。

不知輾轉反側了多久，還是在不知不覺間睡了過去。突然間，言耶驀地睜開雙眼。

好像有什麼聲音……？

感覺像是意識受到從遠處傳來的聲音刺激，才讓自己醒了過來。既不是風的呼嘯、也不是樹葉的窸窣作響。

是什麼啊……？

言耶屏氣凝神地豎起耳朵，那恐怕不是大自然的聲音，感覺是更不自然……而且很危險……令人毛骨悚然的聲音……。

本宮家的西棟沒有其他人，所以也不會出現門的開關聲、走廊上的腳步聲、洗手檯的流水

④ 依系列的劇情設定，本事件發生於《死靈》事件的數年前，為刀城言耶於九十九原遭遇的最初事件。日後言耶以「東城雅哉」為筆名，撰寫《九座岩石塔殺人事件》一書，作家出道。現實中截至二〇二〇年初，三津田老師都尚未正式發表描寫此事件的作品。老師亦曾在二〇一九年拿此事件作為愚人節的玩笑，號稱是篇幅長達 9999 張稿紙的作品，預計在二〇二〇年的愚人節推出。順帶一提，本書收錄的《死靈》、《天魔》、《屍蠟》、《生靈》、《無臉》等五起事件依序發生於昭和二十四年的一月、二月上旬、二月下旬、四月、六月。

聲、躺在床上翻身的聲音、竊竊私語等一切聲響。只要言耶不動，就只會聽見他自己的心跳聲和呼吸聲。

在這個萬籟俱寂的無聲世界裡，從遠方傳來了非常詭異的聲音。

咯噠……叩囉……。

聽起來就像是有人踩著木屐，走在西棟走廊上的腳步聲，傳進了言耶所在的房間。

咯噠……叩囉……咯噠……叩囉……。

想到《牡丹燈籠》裡阿露的亡靈踩著木屐，每晚去找新三郎的腳步聲，一把冷汗順著言耶的背脊往下流。

並不是幻聽，確實聽得到木屐的腳步聲。這種三更半夜，而且是屋內，還是在本屋的西棟，究竟是誰、又有什麼理由要穿上木屐走路？

不，還不只是這樣，令人不寒而慄的腳步聲正一步一步地靠近言耶住的客房。腦中歷歷在目地浮現出在中庭目擊到死靈那**肉眼無法看見**的身影。原本只看到自顧自地往前行走的木屐，曾幾何時，言耶的眼前甚至開始出現了透明魔物的幻象。

咯噠……叩囉……。

那個東西大概又要出現了。應該正衝著唯一的目擊者，也就是言耶踱步而來。

咯噠……叩囉……。

木屐的腳步聲愈來愈清楚，正一步一步地朝這裡靠過來。

咯噠……叩囉……。

言耶爬下床，披上睡袍，迅速地在房間裡看了一遍，然而這裡卻沒有任何一件能當成武器來使用的道具。

咯噠……叩囉……。

腳步聲已經來到了隔壁房間的門前，言耶連忙靠在與門打開的方向相反的牆邊，屏住呼吸。

咯噠……叩囉……咯噠……叩囉……。

腳步聲靜止了。木屐的聲響在言耶房間前戛然而止。

寂靜一股腦兒又回來了。只不過，周圍的空氣十分緊繃，感覺室內和走廊都籠罩在異樣的氣氛下，隔著房門也能感受到門外冷進骨子裡的空氣，想必不只是因為冬天的關係，言耶不禁撲簌簌地發起抖來。

有什麼邪惡的東西就站在走廊上……。

絕對不會錯。問題是他有勇氣直接與對方對峙嗎？敢正面迎戰對方嗎……。

但也不能一直動也不動地呆站在原地，言耶悄悄地握住門把，在心裡數「一、二、三」，然後一口氣打開房門。

門口只有一雙腳尖朝向室內的木屐，木屐上大剌剌地擺著用來製作吹箭筒的野生竹子。

七

所有與命案有關的人全都聚集在本宮家的本屋客廳裡，召集人是曲矢。言耶告訴曲矢昨晚發生的木屐事件，並提出自己因此想到**一件事**時，曲矢便要他自己親口向大家說明。

「由我來說好像不太對……」

刀城言耶先向大家致歉，曲矢立刻打斷他：

「開場白就免了，趕快給我進入正題。」

「好……那麼——」

他先報告了昨晚的體驗，眾人開始交頭接耳，客廳也頓時被躁動不安的氣氛給填滿。不只是膽小的上澤志郎，都林成一郎和美江子的臉色也變了。言耶靜待大家冷靜下來後，才繼續往下說。

「不瞞各位，我非常害怕。可是當我看到放在木屐上的野生竹子，立刻反應過來，兇手做得太過頭了。」

「南方的死靈走來了……你現在不這麼想了嗎？」

曲矢開玩笑地說，但是從他的語氣中聽不出半點調侃的意思。

「就算死靈依附在野生的竹子上，竹子本身也不會動吧。」

「據井坂老師所說，確實是這樣沒錯。」

伊野田藤夫附和之後，曲矢又接著說：

「在場的所有人都知道你在學偵探辦案，也知道你是那位冬城牙城的兒子。另一方面，大家也察覺到你正在為奇妙的木屐腳印之謎傷透腦筋，同時好像又有點害怕。所以兇手為了增加你精神上的壓力，於是再次讓肉眼看不見的死靈走路，但是還用上野生的竹子就有點畫蛇添足了。」

「沒錯，我也這麼認為。如果是真的死靈，只要走到客房門口再消失就好了，但如果是活生生的人類，必須從那裡光著腳丫子走回去才行。當我在腦海中描繪出那個畫面，終於注意到一點——這次的命案，或許我們都陷入了巨大的陷阱。」

「巨大的陷阱是指？」

本宮武代表其他人問道。

「認為奇妙的木屐腳印是兇手從涼亭逃往主屋時留下的足跡，完全沒有考慮到那其實是**被害人從主屋走向涼亭的腳印**也說不定。」

「你、你說什麼……你說那是井坂老師的腳印？」

伊野田驚呼，除了曲矢以外，所有人都嚇了一大跳。

「可、可是刀城同學，為什麼井坂老師走到一半要刻意倒退走呢？」

「因為他在放風箏。」

「啊……」

美江子輕喊了一聲。

「井坂老師下了石階，曾經在那裡轉身，抬頭看向塔上，然後面向涼亭，走到三分之一的地方，接著以倒退走的狀態開始放風箏。」

「是這樣啊……」

「我和伊野田老師經過二屋時有聽到聲響，就覺得井坂老師在屋裡，所以誤以為他是從後門所在的北側走廊前往涼亭，但井坂老師當時其實在塔上。」

「原來如此！所以刀城同學那時看到的人影是——」

「是井坂老師。或許是想在放風箏前確認一下風向吧。就在君惠女士從一屋前往主屋的短暫空檔，井坂老師下塔，走向中庭，明明只差幾十秒就能遇到了。但君惠女士只望了望石階，沒注意到井坂老師。」

「所以當時在二屋的是……」

「正在偷吹箭和毒藥瓶的兇手。」

「你的意思是說……」

「沒錯，兇手就是你，都林先生。」

遭到言耶指名道姓，都林全身僵硬。所有人都盯著他看。

「你說你從北邊的走廊看到井坂老師走向涼亭，為什麼要說這種謊呢？」

「我、我沒有說謊，你能證明這是假話嗎？」

「倘若當時在二屋的人是井坂老師，正在尋找吹箭和裝有毒藥的瓶子，很難想像他沒找到東西還興沖沖地想去打陀螺。」

「說不定他根本沒發現東西被偷，只是在工作啊。更何況案發當時，我人在塔上，不可能靠近井坂老師。」

「我和曲矢刑警討論的時候，得到兇手雖然偷走吹箭和毒藥，但大概不是有計畫地想殺害井坂老師的結論——兇手只是僥倖地利用了天上掉下來的機會。」

「你倒是說說，人在塔上的我到底哪來的機會殺人？」

「井坂老師放的風箏**勾到塔上**了——不就是這個瞬間嗎？」

「……」

血色一股腦兒從都林臉上褪去。

「井坂老師去中庭的時間比君惠女士到主屋的一點三十分還早，然後風箏線在你上塔的三十五分前後勾在塔上，又或是風箏飛進塔裡。無論如何，你們之間應該有過『幫我解開風箏』、『沒問題』之類的對話。研究室的窗戶都被書櫃和檔案櫃擋住，君惠女士正專注在織毛線上，再加上有點耳背，所以誰也沒有聽見二位的對話。你想解開風箏線，不料比想像中多花了點時間，你應該也這麼告訴井坂老師了。井坂老師無事可做，四下張望，發現放在涼亭桌上的外文書，於是便拿起來看。」

「所以那本書才會掉在地上嗎？」

上澤發出恍然大悟的喟嘆。

「那個時候，你看到井坂老師抓住的風箏線剛好越過他的右肩，往塔這邊延伸過來，突然想到一個非常瘋狂的計畫，折斷剛偷到手的竹筒，讓斷面露出充滿棘刺的破口，塗上毒藥，將這個臨時湊和的凶器**穿過風箏線，讓它順勢往井坂老師的右臉滑衝過去**——這就是你的犯案手法。」

「這也太天馬行空了……」

伊野田一臉難以置信地看著臉色蒼白的都林。

「這麼做能比射出吹箭更確實地弄傷死者的臉頰，讓毒素進入體內。當然，如果能使用吹箭再理想不過，但風箏線無法讓吹箭穿過，所以情急之下才利用竹筒。」

「可是他能當場想到這個方法，立刻付諸實行嗎……」

「都林先生在塔上製作陀螺，身上應該帶著刀子，要割斷風箏線易如反掌。」

「原來如此。」

「美江子小姐說過，井坂老師的風箏放不高，想必風箏線應該很短吧，所以行凶後要收回風箏線也不成問題。只不過，唯有放風箏時用來纏繞風箏線用的短竹筒掉落在遺體身邊。」

「的、的確是這樣。」

美江子露出夾雜著恐懼與悲哀的表情說：

「井坂老師和都林先生有陀螺這個共同的話題，所以我想他應該很了解井坂老師的風箏。」

「至於那個風箏嘛……」

言耶望向曲矢說：

「刑警先生調查二屋的時候，發現了各種過年的遊戲道具，其中唯獨沒有風箏。我認為是井坂老師放完風箏後，風箏就不曉得消失到哪裡去了。」

「那具風箏後來怎麼了？」

伊野田問道。

「只要用刀子割成碎片，用塔上的火盆燒掉紙的部分，最後就只剩下竹子和線，要藏在衣服裡太容易了。」

「刀城同學──」

本宮武以嚴肅的眼神盯著都林看。

「他之所以會動手行凶，是因為在那種情況下，自己絕對不會受到懷疑嗎？」

「是的。君惠女士能證明他絕對沒有下塔，但不只是那樣。」

「你是指還有別的原因嗎？」

「都林先生同時想到一件事，只要能讓大家誤以為井坂老師走向涼亭的腳印是兇手逃回主屋的足跡，就能讓伊野田老師成為代罪羔羊……」

「你、你、你說什麼！」

伊野田錯愕之餘，也氣得火冒三丈。

「你先別激動。」曲矢好言相勸。

「君惠女士在主屋西側，上澤老師在三屋，他們都能證明進入主屋的兇手沒逃到這裡來。」

「所以就要栽贓給人在一屋的我嗎——」

「那個……」

君惠趕在伊野田又要發火前，戰戰兢兢地開口。

「都林先生從塔上下來的時候，我告訴過他，刀城先生在一屋……」

「沒、沒錯，我的確從君惠女士那裡知道了這件事。」

都林趕緊附和。

「既然如此，我怎麼可能還想著讓伊野田老師當代罪羔羊。」

「不，當時你已經動手殺人了，所以當下也無計可施。還有君惠女士，妳是不是也告訴都林先生，伊野田老師知道本宮教授在找我之後，就說我們已經聊完了？」

「啊，這麼說來……」

「所以你是不是把可能性賭在發現井坂老師的遺體時，我已經不在一屋了。話說回來，你其實是想下塔後，成為第一個發現遺體的人吧。」

伊野田一臉詫異地說：

「他之所以下塔又上塔，是為了向君惠女士打聽我的動向嗎？」

上澤馬上接著說：

「可是那樣不是很危險嗎？與其貿然讓她留下印象，不如在塔上觀察，反而能讓不在場證明牢不可破。」

「不是這樣的，正好相反。都林先生之所以會下塔其實是有另外的目的，向君惠女士問起伊野田老師也是為了掩飾這個目的。」

「什麼目的？」

「為了弄到一雙木屐。」

「什麼……」

「君惠女士織毛線的時候幾乎不會抬頭，所以都林先生就算邊跟她說話邊從鞋櫃拿出木屐，她也不會發現。」

「難不成那雙木屐……」

「沒錯，必須讓大家確實誤認腳印是從涼亭走向主屋的兇手留下，所以只要把木屐脫下來丟在腳印兩頭的其中一邊，任誰都會以為是走到那裡才停下腳步的。」

「等一下──」

上澤插嘴。

「可是君惠女士說他馬上又上塔了，要把木屐放在石階上，動作也太快了吧。」

「不是這樣的，雖說君惠女士都不抬頭，中庭的出入口還是在她的視線範圍內，靠近那裡太危險了。而且她聽到木屐的腳步聲是在我趕到主屋的稍早之前，當時都林先生已經又回到塔上了。」

「對呀，再說了，是你自己說看到木屐自顧自地往前走的，不是嗎？」

「所以我剛好目擊到都林先生用風箏線把木屐從塔上垂降到石階上的畫面。」

「你說什麼……？」

「他偷偷帶木屐上塔，把兩隻腳擺在一起，將風箏線穿過夾腳綁帶，讓木屐剛好吊在風箏線呈現的『U』字形的下方，小心翼翼地保持平衡，放下風箏線，想把木屐放在石階的最上層，可惜事與願違，掉在最下面那階，於是你拉扯風箏線，想把木屐移到最上層。看在我眼中，那樣子就像木屐自己爬樓梯。因為飄著細雪，看不到風箏線，反而更像木屐自己在走路。」

「這也太費工夫了吧……」

上澤半是訝異、半是佩服地說。

「將木屐移動到最上層後，接下來只要放掉風箏線的一端，另一端往上拉，就能輕易地收回風箏線。只可惜木屐在移動的時候終究無法保持兩隻腳靠攏在一起的狀態，但是那樣看起來反而更像隨意脫下的木屐。」

「被一再發生的偶然救了一命呢。」

「從這個角度來說，中庭的密室也可以說是偶然之下的產物。對了，折斷的竹筒前端雖然可以扔向涼亭，裝毒藥的瓶子可不能比照辦理。因為萬一陷進泥濘的地面，就會被人發現是從高處扔下來的。因此他先藏在衣服裡，打算下塔後，趁眾人發現井坂老師的騷動時，再藏在一屋的某處。但是沒想到我一直待在一屋，無計可施之下只好放在二屋的桌上。」

「你、你有證據嗎……」

都林氣若游絲地反駁言耶，但是看他的樣子，顯然已經放棄掙扎了。

「可以借一步說話嗎？」

曲矢站起來，走到門口，把警察喊了進來。

「都林成一郎先生，請你跟我們去警署一趟。」

曲矢以還算恭敬有禮的態度要求都林同行。

「……」

都林默不作聲地轉過去背對大家，與警官一起走出客廳。本宮與美江子露出萬分痛惜的眼神，一瞬也不瞬地目送他離去。

「刀城同學……」

門關上，本宮武猛然想起似地提出疑問。

「令尊口中『西洋的鹽之惡魔正在跳上竄下』那句話到底是什麼意思？」

「那個字應該不是食鹽的鹽，而是潮汐的潮⑤。」

「潮之惡魔？」

「我猜正確的說法是『西洋人口中的惡魔魚正在跳上竄下』。」

「惡魔魚……啊，你是指章魚嗎？」

「是的。他想讓我由此聯想到飄揚在空中的風箏⑥，但又覺得惡魔魚給的提示太多了，所以才改說潮之惡魔……」

「原來如此，那是因為他相信你能解開謎團吧。」

見言耶無言以對，曲矢帶著他來到走廊上。

「接下來交給我們。已經知道犯案手法了，一定能找到物證。動機除了美江子以外，肯定還有其他的原因，例如在學術界的立場不同而產生的嫉妒及自卑感等等。」

「嗯……說得也是。」

相較於自信滿滿的刑警，言耶顯得諸多保留，但再來的確是警方的工作了。

「只不過……」

曲矢的態度突然變得很扭捏。

「關於那個啊，感覺好像還是不對勁。」

「嗯？你說的那個是指？」

「案發後，本屋和四隅屋都一直在警方的監視之下。我問過昨天晚上負責在本屋東棟巡邏的警官，他說沒有看到任何人從屋子裡出來。」

「咦……可是都林先生……」

「他也窩在房間裡，一步也沒踏出過房門。也就是說……昨晚根本沒有人去過西棟。」

說完想說的話，曲矢頭也不回地走了。

「那，那雙木屐和野生的竹子……」

刀城言耶喃喃自語，從走廊上的窗戶凝望突然靜靜飄落的雪花，茫然佇立。

---

⑤ 鹽與潮的日文讀音同為「しお」。

⑥ 風箏與章魚的日文讀音皆為「たこ」。有說法認為是風箏長尾在空中飄動的樣子很像章魚，因而得名。隨區域不同而存在著多種稱呼，也有某些地區會稱之為「烏賊」（いか）。

雪地上的詛咒

新年時節，刀城言耶受邀，赴民族學教授本宮的家宅作客，並結識了同時入住的四位學者。他們利用一棟稱為「四隅屋」的別館進行研究，其中一位名為井坂，專攻巴布亞紐幾內亞土著的精靈信仰，晚間的閒聊中，他提到自己在返國前，曾參加了當地的死靈召喚儀式，並帶回一段土著用來製作毒箭吹筒的竹子。

之後，他中毒死於「四隅屋」的涼亭，身邊棄置了斷裂的吹箭筒。然而，無法合理解釋的是，刀城親眼目睹了一對木屐自動地在雪地上行走。這也是井坂的死亡現場，唯一留下的足跡。

超自然的死亡傳說、構造奇妙的封閉舞台，是「不可能犯罪」型推理小說的兩大元素。人數限定、看似無法行兇的案件關係人，則是作者追求「公平遊戲」的一項明示，也是邀請讀者一起動腦揭密的挑戰信。在這個開門見山的前提下，你不用在意關係人的心理狀態、感情糾葛，只需要專心享受這個謎團解析的智力遊戲即可。

「不可能犯罪」的宗師，自然是約翰・狄克森・卡爾（John Dickson Carr）了。他在《三口棺材》（The Three Coffins，1935）中，將古往今來的密室製造手法進行歸納，寫成〈密室講義〉，此一流派的創作者，均將此文視為巨人的肩膀。

二階堂黎人為卡爾的追隨者，則在處女作《吸血之家》（1999）中效法，也來了一段〈無足跡殺人詭計講義〉。確實，在詭計開發逐漸陷入瓶頸的今日，唯有持續進行本質、理論的研究，才有可能突破既有的思考框架，設計出耳目一新的詭計。

相對於「密室」的定義較為嚴謹，是用來稱呼自內鎖住、兇手在邏輯上無法自由行動的封閉空間，二階堂所稱的「無足跡犯罪現場」，是處於開放空間、定義較寬鬆的不可能犯罪。另有一種稱呼，叫做「準密室」——意思是，死者陳屍於一個開放、或半開放的場所，看似可以自由進出，但死者周遭並無腳印、或僅有死者自己的腳印。本作即屬此類。

當然，這是專指現場能夠留下腳印的地面，如雪地、濕地、沙地、泥地、油漆或柏油未乾的地面。不過，本作的特殊之處，在於死亡現場的不合邏輯，並不僅僅是靜態的，更是動態的。雪地唯一的足跡，是無人穿履的木屐在自動行走後所留下，而刀城親眼目擊了這一幕。此番設計，不禁讓我聯想到，卡爾短篇〈新隱形人〉（The New Invisible Man，1940）裡，那隻放在桌子中央，卻能自行活動、開槍殺人的手套。

密室殺人詭計，除了案件發生時間出現誤認的心理性詭計以外，機械性詭計的設置，大多不脫繩線、滑輪、支點的組合，可說是一種需要巧手的高精度細活。

相對而言，準密室殺人詭計，場域非常空曠，動用的機關、特技可就多得多了，鞦韆飛人、高空鋼索，超乎想像的極限運動，並不少見。記憶中，最讓我嘆為觀止的，應該是英國推理作家諾曼・貝羅（Norman Berrow）的《撒旦的足跡》（The Footprints of Satan，1950）了。遺體旁的足跡可以一下子飛、一下子跳，充滿了怪誕的氣氛。而，本作亦不遑多讓，各種奇妙的道具，一應俱全，說是細活與特技的融合，絕不為過。

如天魔跳躍之物

天魔の如き跳ぶもの

一

「有一戶人家供奉著奇特的屋敷神[1]。」

今天大學的課程結束後，刀城言耶來到神保町的舊書店，尋找《新青年》[2]中那些將怪奇小說整理成特輯的過期刊，這時有人在他耳邊說話。

「黑兄！你什麼時候出現的？」

言耶下意識回頭，高頭大馬的阿武隈川烏學長正不動聲色地站在他身後的書架前，嚇了言耶一跳。順帶一提，「黑兄」這個稱謂單純是從「烏」這個罕見的名字聯想到「黑色」而來的綽號。

明明長得這麼高大，但這個人只要有心，就能像隻黑貓那樣，安靜而迅速地靠近……。

想像阿武隈川鬼鬼祟祟地靠近自己的模樣，言耶就覺得又好笑又可怕，感覺十分複雜，然而注意力隨即被學長所說的話給吸引住了。

「奇特的屋敷神指的是什麼？」

但阿武隈川只是面向書架不回答，自言自語地說：

「咦，這不是一月出版的《偵探小說傑作選》[3]嗎。」

「我說學長……」

「嗯，副標是〈偵探小說年鑑〉，看來每年都會出刊呢。」

「那個……」

「哦，附錄看起來也很充實。」

「黑、黑兄？」

「居然連推理作家的地址都登出來了，這也太……」

「阿武隈川學長！」

言耶戳了戳對方的手臂，大聲喚道，阿武隈川這才終於把上半身轉了過來。

「怎麼，你也在啊。」

此地無銀三百兩的態度，簡直像是演技超蹩腳的演員在念台詞。不僅如此，他對自己過去這輩子給別人添了多少麻煩全都視而不見，正經八百地開始對言耶說教：

「別在書店發出這麼大的聲音，這樣會打擾到其他客人。」

「是，真是對不起。所以呢，那個奇特的屋敷神到底是什麼？」

---

① 守護家宅及建物所在地的守護神，類似台灣的地基主信仰。其規模小至一個家庭，大至可能成為家族甚至聚落的信仰中心。

② 自一九二〇～一九五〇年於日本出版的雜誌，為當時的代表性刊物之一。雖為綜合性的娛樂刊物，但作為介紹日本國內外推理小說的媒介，加上江戶川亂步、橫溝正史等推理小說家以此為舞台活躍的關係，也讓本刊物在日本推理小說史上扮演了重要的角色。

③ 原文完整書名為《探偵小說傑作選　探偵小說年鑑》，收錄日本推理作家協會賞相關作品，自一九四八年開始編纂的短篇推理傑作選集。歷經岩谷書店、寶石社、東都書房等出版社及數次更名，自一九九八年開始由講談社以《ザ・ベストミステリーズ推理小說年鑑》之名出版。至今已經有七十多年的歷史。

但言耶也習慣了，對於阿武隈川異於常人的言行舉止早已免疫，也懶得進行無謂的口舌之爭，所以乖乖認錯，再問了一次他想知道的事，這次當然壓低了聲線。

「你說什麼？」

不料阿武隈川竟裝傻充愣。明明是自己提起的話題，卻假裝不知道的樣子。

「不是學長剛才自己說的嗎，說有一戶人家供奉著奇特的屋敷神——」

「欸，我有嗎？」

「學長……」

「我只是到這裡來看看書而已。」

「我也是，可是我正在找《新青年》的時候，學長突然從背後——」

「因為我很有教養嘛。」

「什麼啊？你在說什麼。」

阿武隈川的老家位於京都，是一座麻雀雖小但歷史悠久的神社，因此他的確出身自家教甚嚴的家庭沒錯，而他也毫不避諱地有事沒事就把這件事掛在嘴上，但因為本人的低俗程度與高貴的家世實在相差太多了，幾乎所有人都會感受到莫大的衝擊。

「你從剛才就怪怪的喔。」

不過，其實你無時無刻都很奇怪啦——差點就要接著說下去了，言耶趕緊閉上嘴巴。雖然完全不知道出了什麼事，但阿武隈川顯然正在鬧彆扭。既然如此，也沒必要繼續惹他不高興。

「因為我有一顆體貼的心。」

阿武隈川還在說著令人作嘔的話，所以言耶認為自己的判斷沒錯。

「學長的體貼與奇特的屋敷神有什麼關係呢？」

「拍我馬屁也沒用。」

「請問黑兄體貼又寬厚的心與奇特的屋敷神有什麼關係呢？」

「瞧你說得言不由衷……」

「請您告訴我阿武隈川烏先生那顆充滿寬容與慈愛的高貴之心與奇特的屋敷神到底有什麼關係呢？」

「你真的這麼想嗎？」

「那當然，而且我平常就受到學長諸多關照……」

其實是自己照顧他才對，但言耶此時此刻只想知道那個屋敷神到底是什麼，所以打定主意極盡吹捧之能事，直到對方開口為止。沒想到阿武隈川卻露出皮笑肉不笑的笑容說道：

「是嘛，可是你卻把這麼照顧你的學長晾在一邊。」

「欸，我什麼時候把學長晾在一邊了？」

「恩將仇報就是在形容你這種人。」

「我有嗎……？」

「可是就算這樣，我依然不計前嫌，一聽到有趣的傳聞，就想告訴可愛的學弟，我這個人真是太善良了……」

言耶聽得目瞪口呆，這世上大概只有阿武隈川烏這傢伙敢這樣自吹自擂，還沉醉在自己對自己的溢美之辭裡。可是下一瞬間，言耶差點「啊！」地喊出聲音。

他**還在**記恨本宮家的事！

去年年底，恩師木村有美夫介紹了國立世界民族學研究所的本宮武教授給言耶認識。每年歲末年終之際，前往世界各地進行民俗調查的學者都會聚集在本宮家，徹夜暢談各自體驗到的奇人異事，言耶也被詢問要不要參加本宮家在除夕夜舉行的聚會。不用說也知道言耶大喜過望，拜託恩師：「請務必讓我參加！」

阿武隈川聽到這件事之後，表示自己也想去，但木村沒有答應。木村是非常溫厚、非常為學生著想的教授，因此也是個非常有常識的人。「我可以很有自信地把刀城同學介紹給對方認識，可至於你嘛……」木村難得直截了當地拒絕了。但言耶心裡有數，阿武隈川烏才不是那種因為這樣就會知難而退的人。不過這次是由同樣也是阿武隈川恩師的木村斬釘截鐵地說不行，饒是阿武隈川也不敢違抗師命吧。

去年除夕夜傍晚，言耶懷抱著些許對學長的歉意前往本宮家。一路上就發現大部分與他擦肩而過的人態度都很古怪，大家都以十分詭異的眼神看向自己的身後。言耶大惑不解地回頭看，有個根本無法被豎立在圍牆邊的電線桿遮掩的龐大身影映入眼簾，原來是阿武隈川。言耶嚇得差點倒退三尺。看樣子他從宿舍出來後就一路跟著言耶，現在也自以為躲得很好。

因為是那位學長，萬一開口叫他，他肯定會理所當然地與言耶同行。

言耶下定決心假裝沒發現，繼續往前走。就在他轉彎時又確認了一下，阿武隈川果然還在。而且起初還會裝出躲在電線桿或郵筒後面的樣子，後來逐漸連裝都懶得裝了，只撇開臉，一副只要沒對上眼，就不算被發現的態度。

阿武隈川的態度令言耶大為傻眼，決心想甩開他。結果沒多久便拉開距離，勝負已分。

如果只有這件事，或許他也不會記恨這麼久。不，他很可能還是會記恨……。關鍵在於言耶在本宮家的別館「四隅屋」目擊到肉眼看不到的死靈穿著木屐走路的畫面，還攤上發生在涼亭的密室殺人事件。據阿武隈川的說詞，這成了「只有你遇到這麼有趣的體驗，真是太奸詐了」。即使向他說明自己被性格很刁鑽的曲矢刑警視為頭號嫌犯，受了很多活罪，他也聽不進去，反而更羨慕、更不甘心。

真受不了……。

言耶在心中嘆氣。

「嗯哼，我從沒聽過那麼詭異的屋敷神呢。」

阿武隈川以煞有介事的口吻煽動言耶的好奇心。

「黑兄，你就別再吊我胃口了……我好想知道，求你告訴我這個後生晚輩。」

言耶雙手合十，一個勁兒地向他低頭懇求。身為眼中只有怪談的人，簡直是好奇心能殺死一隻貓。足以讓阿武隈川烏說到這個份上，想必是非常稀奇特別的例子，言耶無論如何都想知道。唯有這方面，言耶非常信任這位學長，所以無法不繼續追問下去。

「求你了，黑兄、學長、阿武隈川大人、烏大明神！」

「喂喂喂，我還沒死，別隨便拜我。」

「可是，如果要把黑兄送上神壇，應該就要奉為烏大明神比較合適不是嗎？」

「……這倒是。」

「屆時請務必成為我們家的守護神……」

「你不是住宿舍嗎？」

「我是指將來嘛，再也沒有比學長變成屋敷神更令人安心的事了。」

「好說，誰叫我是仁德遠播四海的人……」

「我會用最高級的縞柿木打造供奉你的祠堂，在祠堂前蓋好幾座鳥居，掛上烏大明神的旗幟。」

「有必要搞得那麼誇張嗎？」

說是這麼說，表情倒是很開心。

「才不會，比起黑兄偉大的功績，這麼做只能算是小意思。其實應該要建造雄偉的神社，但是那樣對凡事低調的學長反倒顯得失禮了……」

「倒也不用顧慮這麼多啦。」

看來他是想愈極盡華麗之能事愈好。

「不好意思，因為過去沒有為像學長這麼偉大的人興建祠堂的先例，所以有很多難題必須克服，我得從現在開始學習各種關於屋敷神的知識才行，敢問黑兄剛才提到的屋敷神究竟是何方神聖？」

「咦?哦，那個不是人類喔。」

「是神明嗎？」

「不是，是比較類似妖怪的東西，像是天狗那種……」

「欸，怎麼稱呼呢？」

「叫作『天魔』，寫成天空的『天』和魔物的『魔』……」

「天、天、天魔！」

言耶突然大聲嚷嚷起來，因為熱愛怪談勝過一切，所以這也成了他的一個壞習慣。一旦被他得知有什麼自己還不知道的妖怪或怪物，或是聽到了以前從沒聽過的怪談，他就會激動到忘了自己是誰，完全看不見周遭的一切，所有的注意力都集中在未知的怪物或怪談上，有時還會引起軒然大波，是非常棘手的毛病。

「原本所謂的屋敷神，多半是指那戶人家的祖先或世世代代的故人。因為根底是祖靈信仰，無論如何都會侷限在與那戶人家有關的人物。當然裡頭也包括大自然的神祇、一般的神明，再到狐狸、天狗、鵺等妖怪之類的存在，但天魔的話……」

「喂，你太大聲了，小聲點——」

「啊，對了！那個屋敷神供奉在哪裡？是屋宅所在腹地內的某個角落？鄰接腹地的某個角落？腹地的後山？還是離腹地有一段距離的自有山林或田地那邊呢？跟據地點就能稍微推測出你口中的天魔到底是一種什麼樣的存在……」

「都說了，叫你小聲一點——」

「嗯，如果離家近的可能就只有那一戶人家，若是離那一家的範圍愈遠，由全村人共同祭祀的傾向就愈高。而且就算只有特定的那戶人家，也能再分成只有本家祭祀，以及包含分家在內，同族人一起祭祀的例子。另一方面，就算是全村人都有共同的信仰，但還是有家家戶戶各自祭祀自家屋敷神的情況呢。考慮到這一點……」

「你、你冷靜一點，阿言——」

事已至此，就連阿武隈川也阻止不了言耶，為了讓他閉嘴，只能告訴他關於那個屋敷神的事了。

只不過，這時舊書店的老闆被惹惱了。「在店裡嘰哩呱啦地吵死人了！要聊天的話都給我出去！」一番怒吼讓言耶難得恢復正常。或許是因為由毫無關係的第三者開口罵人，才會讓他一下子就恢復正常也說不定。

兩人被舊書店老闆掃地出門後，便前往他們在神保町最常去的咖啡廳「Hill House」。

「那裡有我想買的書說……。都是你害的，害我暫時不能去那家店了。」

阿武隈川抱怨連連，但言耶比誰都清楚，這個人根本沒那麼膽小。再說了，他現在才不在乎學長想買什麼書。

「黑兄。」

「知道了，知道了啦……我告訴你就是了。」

阿武隈川誇張地擺出仰天長嘯的姿勢，板著臉開始娓娓道來。

「武藏茶鄉有個名叫箕作，代代都擔任庄屋④的人家。那戶人家的後院有片茂密的竹林，相傳從以前就有類似天狗的東西棲息在那裡，實際上也發生過好幾次人被天狗帶走的怪事。」

「這是什麼時候的事？」

「久遠一點的到江戶時代，比較新的則發生在昭和初期，以距今二十幾年前的案子最廣為人

④江戶時代的村莊首長，對聚落擁有一定程度的支配力。多為當地的名家、大地主、豪農等等。

知。」

「難不成有人目擊到你口中類似天狗的東西……」

「沒有，遺憾的是沒有任何人看到過，頂多是竹林上方傳來窸窸窣窣的聲響，感覺好像有什麼東西在那裡，大概就只是這樣而已。所以比起被天狗帶走，用消失來形容還比較正確……」

「消失！」

言耶大聲叫喊起來，阿武隈川連忙環顧店內。

「喂，你可不要害我們又被店家轟出去。」

「啊，抱歉。」

「真是個麻煩的傢伙啊你。」

「言歸正傳，黑兄，關於那件昭和初期的案子是怎麼回事？」

阿武隈川依舊繃著一張臉，無可奈何地接著說：

「箕作家東側，也就是相當於後院的地方有個偏屋，退隱的宗明爺住在那裡。某個夏末的傍晚，當時宗明爺和三個孫子都在後院裡，他拿生長在周圍的竹子當材料，為孫子製作玩具槍和水槍、竹蜻蜓、平衡人偶等等。就算是小孩，只要有一把肥後守小刀就能做，但孫子年紀還小，所以宗明爺卯足了勁。不久之後，宗明爺為了尋找更好的材料，走進了竹林，然後就像憑空消失似地，消失無蹤。三個孫子從頭到尾目睹了整個過程。」

「雖說是竹林，通常不會長得那麼密集吧。」

「沒錯，感覺稀稀疏疏，但也絕對無法躲在比較粗的竹子後面，因為本來就沒有長得比人體還粗的竹子嘛。三個孫子都看到爺爺在四、五棵竹子中間倏地消失，而且消失的樣子就像是被吸到空中。」

「天狗的神隱……是嗎？」

「如果是以前，肯定會這麼說吧。其實後院的竹林往北方延伸，東側那邊再走一段路就是斷崖，因此大人聽到爺爺消失時，都以為爺爺是掉下懸崖，認為看在孩子的眼裡，爺爺掉下懸崖的景象就跟瞬間消失一樣。」

「原來如此，的確是極為合理的解釋。只是這種感覺與彷彿被吸到空中般的消失完全相反呢。」

「對呀。而且懸崖底下也找不到爺爺的身影。更重要的是，根據孫子的證詞，爺爺消失不見的地點距離懸崖邊還有五公尺左右，不僅如此……」

明明是不情不願地開口，阿武隈川這時卻故意賣起關子來。

「出去找宗明爺的其中一個家人，說他在爺爺消失的地點聽到聲音了。」

「是那位宗明爺的聲音嗎？」

「沒錯，而且還是從頭上傳來……想也知道爺爺不可能爬到樹上，即便抬頭張望也不見半個人，但那個家人確實聽到爺爺的聲音。當時宗明爺以十分微弱的聲音說著：『救救我……』」
「聽起來好像大衛・朗的失蹤案。」
「那是什麼？」
「一八八〇年九月二十三日，住在美國田納西州的白人農夫大衛・朗離開家門，準備前去田裡的時候就忽然消失了。待在家裡的妻子和兩個孩子，以及人在農地附近的妻舅和剛好經過的朋友都清清楚楚地目睹了那個瞬間。他消失的地方是片草原，那裡一棵樹都沒有，視野十分開闊。所有人都衝向他消失的地方，可是除了雜草微微變黃以外，什麼也沒有……」
「草還變了顏色，聽起來好可怕。」
「就是說啊。這故事還有後續，幾天後，大衛的女兒說她站在父親消失的地方，聽到貌似父親求救的聲音從地底下傳來。」
「哦，果然很像呢。」
「只不過……」
這次換言耶故意吊胃口似地停頓了一下，阿武隈川沉不住氣地催他：
「快說啊，不要賣關子嘛。」
「安布羅斯・比爾斯的短篇小說裡有個非常類似的故事。」
「是嗎。」

「是以〈Mysterious Disappearances〉為題發表的三部作之一，名為〈The Difficulty of Crossing a Field〉——」

「啊，我知道。你直接翻成〈謎之失蹤〉與〈橫切過原野的難度〉不就好了。不過也有可能是比爾斯以那個案例為題材創作的故事吧。」

「從作品發表的年代來看，或許會給人這種印象，但大衛・朗的失蹤案出現在雜誌的報導上，其實是在比爾斯的短篇問世幾十年之後。雖然號稱是根據採訪大衛的女兒所獲得的資料而寫下的真實故事，但後人都懷疑那篇報導是不是參考了比爾斯的作品。」

「什麼嘛，結果還是瞎掰的故事嗎？」

「後來反而是比爾斯的作品被當成實例介紹，消失案發生在一八五四年七月，地點是距離阿拉巴馬州的塞爾瑪六哩處，消失的是農園主人威廉森。最有意思的莫過於三部曲的作品最後以〈備受矚目的科學〉為題，引用了萊比錫大學的海倫博士的學說。」

「他說了什麼？」

「一言以蔽之，就是世界上存在著非歐幾里得幾何學的空間。」

「哦，你是指比長、寬、高的三次元還多次元的空間嗎？」

「人類的可視範圍內有個稱為『無』的黑洞，一旦掉進那個洞裡，就會進入不可視範圍，聽不見聲音也看不到人。」

「傳導光的乙太介質有空洞——是這個意思吧。不過，這個理論不是重點啦，重點是箕作家的爺爺是真的人間蒸發，而且——」

阿武隈川又賣了一個討人厭的關子，才接著說：

「後來還出了人命。」

二

「欸……宗明爺的遺、遺體被發現了嗎？」

刀城言耶驚訝地問道，阿武隈川烏搖搖頭說：

「那倒沒有，老爺爺還是下落不明，後來是箕作家的長子宗壽——宗明爺的兒子——在倉庫裡找到於江戶時代撰寫的《武藏茶鄉風土記》。文獻裡提到了棲息在箕作家竹林裡的天魔。宗壽大吃一驚，於是砍光宗明爺消失地點附近的竹子，在那裡蓋了座小祠堂，除了用來安撫天魔，也是為了供養宗明爺。」

一想到終於要推進到奇特屋敷神的話題了，縱然言耶感到有些疲憊，但也只是一閃即逝的疲憊。

「把恐怕已經變成不歸人的父親和害父親變成不歸人的天魔一起祭祀，這確實很稀奇呢。只有前者的話屬於祖靈信仰，可以看出希望獲得先人庇佑的目的。但後者應該算是若宮信仰？」

「該怎麼說呢，所謂的若宮[5]信仰，是把會帶來災厄的怨靈放在位階更強大的神明底下供奉著，以鎮壓其怒氣。」

「哦，確實……問題在於箕作家的屋敷神並非是擁有強大神格的神明吧。」

「之所以把怨靈當成屋敷神供奉，是為了讓怨靈強力作祟的憤怒向外發散，好保護自己的家，同時也透過虔誠的祭祀來召喚幸福。換句話說，就是把怨靈強大的力量分成向外的力量和向內的力量。所以只要能好好地供奉天魔，基本上就不會出亂子……」

「結果沒有想像中順利嗎？」

「砍掉竹子的時候當然也不是悶著頭亂砍。因為孫子說爺爺消失在兩棵竹子中間，所以便留下那兩棵比較高的竹子，只砍掉四周擋路的竹子。宗壽好像把其中一棵竹子當成宗明爺、另一棵則視為天魔，小祠堂就蓋在兩棵竹子的另一邊。」

「從正前方看過去，那兩棵竹子豈不是像極了狛犬[6]嗎？」

「原來如此，或許也想達到這個效果。」

「已經這麼小心謹慎了，還能發生什麼問題呢？」

---

⑤ 除文中的解釋外，亦有意指將神明分靈迎至他處祭祀的新宮，或祭祀本宮主神之子（御子神）的神社等意涵。

⑥ 配置於神社或寺院前的成對守護獸。相傳是源自古代近東地區守護聖域的獅子像，之後經由印度、中國、朝鮮半島，再傳進日本，演變成狛犬的形式。

「這是戰爭時候的事了——」
或許是因為話題總算漸入佳境，阿武隈川的語氣愈來愈激動。
「從那年春天開始，箕作家經常有糧食被偷，當夏季接近尾聲，某個驟雨初歇的傍晚，犯人終於被抓到了，是附近姓田村的小農家兔崽子，名叫穗，才十歲而已。聽說是因為看家人餓得前胸貼後背，無計可施之下才忍不住起了盜心。」
「是在偷東西的現場被箕作家的人逮個正著嗎？」
「是啊。穗偷溜進主屋的廚房，正在翻箱倒櫃的時候，被剛好從外面回來的宗壽長媳悅子人贓俱獲。穗驚慌失措地逃走，但因為他已經無法從闖入的土間⑦後門出去了，只能往屋子裡跑。於是他穿過主屋，從長廊跑向後面的偏屋。悅子連忙追了上去，但是一看到穗躲進偏屋後，也只能呆站在走廊上不知所措。」
「怎麼說？」
「因為宗壽當時已經住進偏屋，他的脾氣非常暴躁，即便是家人，倘若沒有事先徵得他的允許，都不准靠近偏屋。就算是為了追趕小偷才闖進偏屋，可能也會使他大發雷霆，所以悅子才會因此裹足不前。」
「哦，原來如此。」
「沒想到屋子裡靜悄悄的，宗壽似乎不在房裡。萬一他人在屋裡，應該會大吵大鬧才對。這時悅子也開始擔心起另一件事。要是讓公公知道自己不在的時候，有個小毛賊闖進房間裡，而悅子卻只是眼睜睜地看著，不知道會生多大的氣……」

「真是個難搞的老爺爺啊。」

簡直跟阿武隈川烏一樣。言耶想歸想，當然沒有說出口。

「正當悅子還在舉棋不定的時候，宗壽從偏屋走出來了。一問之下，老人說他剛從田裡回來。事實上——悅子提心弔膽地向他報告了穗偷東西的事，但宗壽臉上並無怒氣，而是浮現出不可思議的表情，喃喃自語地說：『如果是那樣，我應該會撞見他才對……』」

「以時間上來說，是這樣沒錯。」

「對呀，所以悅子和宗壽一起走進偏屋。仔細一看，榻榻米上確實有小孩子的鞋印。從南側緣廊延伸出去的踏腳石步道通往東側的竹林，踏腳石步道左邊的地面也有相同的鞋印。換言之，穗衝進偏屋後，就直接從緣廊跑出去，往後院的方向逃走。」

「可是如果是那樣，應該會與從田裡回來的宗壽老人狹路相逢才對……」

「就是說啊。悅子和宗壽沿著踏腳石步道一路找，往前走了十公尺左右的地方，踏腳石步道往南彎，再往前便會通向一扇不起眼的後門。宗壽就是從那扇南側的門去田裡，又從那邊回來。

⑦ 傳統日式屋宅中與地面同高、沒有鋪設地板的泥土地面，介於戶外與屋內起居空間之間的區域。於現代住宅中多轉變為鋪設地磚或混凝土的玄關形式。

穗如果要逃走，勢必得從同一扇門出去。附帶一提，踏腳石步道轉角處到後門的路程雖然比較短，但彎來彎去，無法一眼看到底。」

「話雖如此，但是從偏屋出來後就只有這麼一條路，所以兩人沒在踏腳石步道上碰到是一件很離奇的事……」

「這個疑問很快就解開了。悅子發現驟雨初歇的潮濕地面上留有穗的腳印，在踏腳石步道開始往南彎的地方筆直地往東前進。穗恐怕是察覺有人從後門進來，情急之下想躲進竹林，或是繞到小祠堂後面。」

「也就是說，宗壽老人從踏腳石步道轉過來的時候，穗小弟已經衝進竹林裡了。」

「錯了。」

還以為答案一定是肯定的，卻被毫不留情地否決了。

「兩人沒有狹路相逢，並不是因為穗躲進竹林或小祠堂後面。」

「那是為什麼？」

「因為穗在空中消失了。」

「什麼……？」

從截至目前的對話內容聽下來，某種程度可以預料到會出現這種現象，但言耶還是愣了好大一下。

「你是指穗小弟也跟宗明老人一樣消失了？」

「穗走在踏腳石步道左邊的腳印在踏腳石轉向右方、也就是往南邊轉彎的地點和踏腳石岔開路線，一直線地往小祠堂的方向前進……然後就突然斷掉，消失不見了。」

「在前往小祠堂的路上嗎？」

「踏腳石步道的轉角距離小祠堂大概有五公尺，前四公尺那裡還有腳印，再過去就沒有了。」

「會不會是跳到小祠堂上頭……」

「然後呢？」

「呃……爬到竹子上？」

「又不是猴子！不過因為三餐不得溫飽，或許比同年齡的孩子瘦小、輕盈也說不定，可是竹子表面那麼光滑，爬得上去嗎？即使爬得上去，總是要下來吧，遲早會留下足跡的。」

「果然不太可能嗎。就算要走回頭路，以穗的身手應該也跳不到四公尺外的踏腳石步道。」

「假裝逃進竹林，其實是踩著踏腳石步道回到偏屋的說法嗎？聽起來不賴。但是如你所說，無法跳到四公尺外。不僅如此，腳印明顯是用跑的，要是轉一百八十度回去，應該會留下痕跡。」

「也就是說，他是跑著跑著就消失了……」

「從現場的狀況來看，確實是那樣沒錯呢。而且因為是跑到一半，比起鑽進地底，感覺更像被吸到空中不是嗎？」
發生在宗明身上的現象也發生在穗身上了嗎？
「黑兄，難不成穗小弟……」
「沒錯，發現他的遺體了。」
剛才他說「後來還出了人命——」所以言耶也猜測會不會是這樣，少年果然死了。
「太陽都下山了，穗還沒有回家，田村家的人很擔心，就在附近一帶到處找，後來也找到箕作家這邊來。悅子一五一十地告訴他們自己看到的狀況，田村家的婆婆大吵大鬧地說：『都是宗壽搞的鬼！』雖然這個旁若無人、脾氣還特別大的老頭子平時的風評就不太好，不過他是當地最有勢力的人，就算是孩子不見了，應該也沒有誰敢拿他問罪吧。而且啊，我猜田村家的人大概也隱約知道穗偷東西的勾當。」
「因為孩子沒回家就找箕作家要人這點很不自然嗎？」
言耶立刻點破推理的根據，阿武隈川一臉掃興地說：
「就是這麼回事。通常會以為他跑去哪裡玩吧。就算在附近找，但直接找上箕作家肯定有什麼原因。」
「穗的祖母一口咬定是宗壽老人搞的鬼，大概也是因為這樣。」
「所以田村家的人一面安撫怒髮衝冠的婆婆，卻又突然想從廚房的後門衝進屋裡找人。宗壽為此勃然大怒，事情一發不可收拾。雖然最後田村家的婆婆被家人帶回去了……但第二天，婆婆趁宗壽出門時又偷偷溜進箕作家，被悅子撞見不說，還要求悅子帶她去後院找，真是個膽大包天的老婆婆啊。」

「這次找到穗小弟了……」

「在後院東邊的懸崖下發現後腦勺破裂的穗，不知是被什麼東西打破頭，還是從懸崖上掉下去的時候撞到岩石。悅子和田村家婆婆在竹林裡找的時候，下過一場大雨，沖走了所有的線索。」

「懷疑是宗壽老人下的毒手嗎？」

「田村家的婆婆是這麼說的。這件事當然也鬧到警察那邊了，但是從林林總總的狀況來看，證明那老頭是清白的。」

「怎麼說？」

「首先，完全找不到從踏腳石步道的轉角走向東邊懸崖的腳印。從穗消失處的腳印那裡有一條黃土路通過小祠堂的右側，延伸到懸崖那裡。那條路在後院的竹林裡蜿蜒蛇行，通往箕作家北側，但一路上沒有任何痕跡。諷刺的是那可是田村家的婆婆在下雨前親自確認過的，所以就成了毫無破綻的證詞。」

「只要穿過竹林，靠近懸崖……」

就不會留下痕跡——言耶想這麼說，但阿武隈川搖頭否認。

「那樣一定會留下痕跡。再說了，有辦法完全不踩在黃土路上靠近懸崖嗎？」

「假如宗壽老人抓住穗小弟後，或抱或拖地把他帶到懸崖邊，將他推下懸崖，肯定會留下痕跡。」

「沒錯。其次是宗壽進後門前，站著跟鄰居聊了一會兒，然後才在通往偏屋的走廊上碰見悅子，中間只有短短五分鐘的空白。雖然說年紀雖大但精神矍鑠、身體硬朗的老頭對上營養不良的小鬼，怎麼看都是老人家還比較占上風，但想必穗也會拚命抵抗，所以再怎樣也不太可能只花五分鐘就把他帶到懸崖那裡再推下去，之後回到偏屋，出現在走廊上。」

「而且也會留下痕跡呢。」

「第三，田村家的婆婆同樣親眼看到了穗那段奇妙的腳印也是問題，假設腳印是老頭加工的也太勉強了。」

「所以到底是——」

「因為是發生在戰爭時的事，最後不了了之。對外的說法是意外死亡。畢竟對方是當地有權有勢的人，再加上田村家也因為穗偷竊在先，心裡有愧，沒立場大聲說話，只有婆婆一個人另當別論就是了。」

「腳印之謎啊……」

這時言耶回想起發生在本宮家四隅屋的涼亭殺人事件，沉默了下來。但這事最好不要提出來掃阿武隈川的興。

「當地人都謠傳天魔出現了，這點對箕作家很有利。因為這麼一來就能推說不管是宗明爺還是穗，都是天魔手下的受害者。」

「啊，有道理。」

「不僅如此，有人在穗消失的時刻剛好經過箕作家的後院附近，那個人聽見竹林上方傳來了聲音……這句話讓天魔的存在更帶了幾分真實性。」

「那個人聽到的聲音也是『救救我……』嗎？」

「這就不確定了，據說是聽起來不像是人類、非常陰森的叫聲。」

「不是穗小弟，而是天魔的聲音嗎……？」

「或許是吧。事實上，穗的臉和手腳都有無數的擦傷和割傷。」

「你是指穗小弟被天魔抓到空中後，先被帶到竹林上方長滿了細細枝葉的地方再丟下懸崖，所以才會造成那些傷痕嗎？」

「也有人這麼認為吧。而且令人毛骨悚然的事還不止如此，過了一段時間後，長在小祠堂旁邊的兩棵竹子中，被視為是宗明爺的那棵竹子開始漸漸枯萎。」

「咦……」

「宗壽氣得跳腳，說這樣太不吉利了，於是連同天魔的竹子在內，把兩棵竹子都砍掉了。」

「什麼！」

確實是很不吉利的現象，但是因為這樣就砍掉竹子未免太本末倒置，而且連好端端的竹子都一起砍掉更是亂來。

「倘若供奉的屋敷神是怨靈，不只房屋本身的改建，移動小祠堂四周的樹木或岩石時也要非常謹慎小心，因為一個弄不好就會受到詛咒。所以更別說是要砍掉原本奉為天魔來祭祀的竹子……」

「真是瘋狂的老爺爺。」

「後來沒發生任何事嗎？」

「小孩不見了。」

「又、又來了……難不成又是在那種不、不可思議的狀況下——」

「不，這時已經無從分辨是不是天魔幹的好事了。」

「怎麼說？」

「在田村穗的事件後，當地的孩子們都把箕作家的後院視為可怕的魔域。」

「我想也是。」

「但如果要說大家都害怕得不敢靠近，又不是這麼回事。」

「嗯，我懂。明明充分地感受到天魔的恐怖——不，正因為充分感受到天魔的可怕，才更想去一探究竟的心情人皆有之，更別說是小朋友了。」
「怎麼，你從小就是個變態嗎，雖然現在也好不到哪裡去。」
「你、你說誰是變態，而且還說現在也好不到哪裡去——」
阿武隈川不耐煩地對言耶的抗議充耳不聞，接著說：
「有一天傍晚，來了好幾個跟你一樣心理異常的小鬼，偷偷溜進箕作家的竹林，可是什麼也沒發現、什麼也沒發生。沒想到回家後，其中一個小孩發現肥後守小刀不見了，連忙跑回去找。」
「一個人嗎？」
「沒錯。因為大家一起去的時候什麼也沒發生，不好意思再找人陪他去找吧。」
「有道理……話說回來，肥後守小刀讓人想起宗明老人，感覺毛毛的……」
「這件事後來好像也變成流言傳開了。」
「也就是說，回去找小刀的孩子就這麼不知去向嗎？」
「那是畠持家名叫豐太的九歲男孩。只是啊，沒有任何證據可以證明豐太是在箕作家的後院消失的。」
「朋友們沒看見他走進竹林嗎？」
「因為那時大家都已經回家了，住在豐太家附近的孩子只知道他要去找小刀，沒有人實際看見他走進箕作家的後院。」

「原來如此。」

「不過首當其衝的還是那片竹林，所以得到宗壽的許可後，畠持家和左鄰右舍的人都進到竹林裡搜索，但什麼都沒找到，也沒摔落懸崖。於是宗壽勃然大怒，認為所有人都在找他麻煩，結果那孩子就這麼人間蒸發了。」

「嗯……」

故事太過於離奇，言耶不禁念念有詞。阿武隈川一臉不當回事地說：

「如此這般，要請你會一會那個老頭。」

「什麼!?」

三

車窗外是一大片綿延不絕，難以想像同樣身處東京的田園風光。東京都內雖說曾經被空襲燒得寸草不生，一度變成什麼都沒有的荒漠，但是才過了短短幾年，就取回了大都市的面貌。更重要的是，湧入東京的人口多如過江之鯽，總是充滿了活力。相較之下，武藏茶鄉的景觀看起來就像是幾十年、幾百年都不曾改變過。

平疇野闊武藏野　明月無山可憑依

自草地升起　自草地墜落

當然不可能真的原封不動地呈現出奈良時代《萬葉集》中所吟詠的當時模樣，但刀城言耶望著自眼前飛逝而過的雜木林及田野景色，雙眼彷彿也看到了虛幻的景象。

緊貼在身旁的阿武隈川烏不假思索地說出心中所想：

「傻了你，這一帶有製造飛機的工廠，至少也被美軍轟炸過十來次，連民宅都難以倖免。」

表現出極為真實的反應。

「黑兄，這點常識我還有喔，我不是這個意思——」

「話說回來，我真想敲開你的腦袋來瞧瞧，在這種情況下，你怎麼還能沉浸在這麼無憂無慮的田園風情妄想裡。」

也難怪阿武隈川會調侃他，兩人搭乘的是戰後的採購火車，車上擠得水洩不通，幸虧還沒有人得坐到窗口或車廂頂上，所以還算好的，但還是擠得像沙丁魚罐頭。

「瞧你講話夾槍帶棍的，原來已經中午啦。」

四周都是要去鄉下採購糧食的人，就算再不情願，食欲也會受到刺激。阿武隈川一旦變得急躁、陰險、凶暴，肯定是因為肚子餓了。雖然就算處於吃飽的狀態，此人的性格也稱不上良善……。

「啊，這下正好，可以直接讓箕作家請我們吃午餐。」

「怎麼？你認識他們家的人嗎？」

「認識誰？」

「當然是箕作家的人啊。」

「嗯，見是見過啦。」

「什麼意思？」

「當然是去找天魔的時候啊。」

「那時候才第一次見面嗎？」

「這還用說嗎。」

光這樣就指望對方請自己吃飯的想法未免也太可怕了。而且再怎麼想，都不覺得這個男人會給對方留下好印象。

在武藏茶鄉的車站下車後，言耶拚命攔住想直接找上箕作家的阿武隈川烏，把他拖進車站前的蕎麥麵店。這麼一來，基於「是你拉我進來」的這個理由，他不得不請阿武隈川吃了蓋飯和蕎麥麵。家裡還沒寄錢來，錢包本來就夠瘦了，這下子更是大失血。

那天從一早就灑滿不像是二月的暖陽，然而隨著火車逐漸駛離市區，天上的烏雲愈來愈大片，到了兩人離開蕎麥麵店時，已經是一副隨時都要下起雨來的模樣，實在不適合飯後散步。但是既然來了，也不能就此回去，於是兩人慢吞吞地朝著箕作家走去。

沿路上，言耶鉅細靡遺地詢問阿武隈川是怎麼蒐集到有關天魔的資料。因為就這麼直接找上箕作家實在太令人不安了。

結果得知阿武隈川是硬從當時剛好在家的悅子口中套話，接著又纏上田村家的米子婆婆，也就是穗的祖母，問出更多的情報。因為他說的話都對自己有利，言耶只好挖洞給他跳，阿武隈川這才招認自己跟悅子說話的時候被宗壽撞見，沒兩下就被轟出去，以及後來逢人就抓住左鄰右舍打聽的事。

真受不了，先問清楚狀況果然是明智之舉。

要是在什麼都不知道的情況下上門拜訪……光是想像就流出一身冷汗。雖然單就結果而言，阿武隈川確實相當仔細地調查了與天魔有關的案情，問題在於他在調查過程中給相關人等留下的印象。想也知道他大概絲毫沒有考慮到對方的心情，只顧著沒禮貌地追問自己想知道的事。言耶認為從某個角度來說，正因他以那種厚顏無恥的態度進行調查，才能做出那麼觀察入微的說明。

「不是我說，那個老頭子的脾氣簡直壞透了，田村家的婆婆也很難應付。」

阿武隈川的語氣簡直像是在宣揚自己的功勳。

「因為你特別得老人家的緣，爺爺奶奶就交給你了。」

原來這就是他把言耶拖來的原因。

「黑兄，怎麼這樣……」

你之前可沒告訴我你與對方發生過爭執——言耶正想抗議，發現四周的樣子不太對勁，許多與他們擦身而過的人皆以見到鬼的眼神望著他們。言耶還以為會不會是因為自己身上穿的牛仔褲在日本還不常見，但那些人的視線很明顯是朝向阿武隈川。

啊，該不會這麼快就遇到遭學長胡亂採訪的當地人吧……。

可是本人似乎早已忘記對方的長相，連尖銳到幾乎要把人刺穿的眼神也不痛不癢，不僅一臉置身事外地佯裝不知，還指著前方映入眼簾的豪宅，大聲地說：

「你看，那就是箕作家。」

此舉反而引來更多人的注意，再也沒有比這個更尷尬的事了。

「學長，快走吧。再拖拖拉拉的就要下雨了。」

言耶催促走得一派悠閒的阿武隈川，加快腳步走向箕作家。

鑽進雄偉的長屋門⑧，雨真的淅瀝嘩啦地下了起來，還好沒有淋濕，但現在也卡在屋簷下，進退不得。

「請帶路！⑨」

阿武隈川突然沒頭沒腦地對著警備室大喊，也不知道他是認真的還是在開玩笑。

「敢問有哪位在家？」

「這裡不會有吧。」

「……」

「既然來到這種地方，就應該遵守這裡的禮數。」

「沒想到我會有讓黑兄教我禮數的一天……」

「這也是前輩的使命嘛。」

阿武隈川回答得正經八百，但言耶不想再陪他抬槓下去。

等雨稍微小一點，兩人就衝向正面玄關，這次換言耶叫門，有個貌似下人的女孩從裡面走出來。言耶報上大學的名稱，說明自己是來調查稀奇的屋敷神，無論如何都想拜見一下箕作家的天魔大人。

於是少女說：「請稍等。」之後便先行退下。又過了一會兒，換上一位滿臉驚惶，年約四十五到五十歲之間的女性。言耶心想她大概就是悅子，於是再度自報家門，詢問了對方的名字，果然是悅子。面前的這個女性說得好聽是老實，說難聽點就是沒有自我的樣子，言耶不免有些同情，肯定是受制於學長不由分說的態度，不得已只好唯唯諾諾地答應他的要求吧。悅子一開始就表現出畏畏縮縮的模樣，大概也是聽少女轉述來客的目的，想起了阿武隈川烏帶來的惡夢所致。

「突然來打擾真不好意思，其實是因為——」

⑧江戶時代，有一定層級的武家屋敷多會設置這種大型門。庄屋、富裕的農家也會設置，門左右兩側建築體的內部空間可作為警備室、倉庫等空間來運用。

⑨原文為「頼もう」。過去武士在拜訪別人家時請對方應門的招呼，相當於現在的「有人在家嗎？」。

言耶從頭開始說起。民俗田野調查在大學裡也是課業的一環，所以他已經很習慣在這種場合要怎麼說話了。根據恩師木村有美夫的形容，言耶似乎與生俱來就擁有討人喜歡的特質，無論對方再難取悅，通常用不了多久都能有說有笑地打成一片，而且樣子十分自然。

這次也沒花太多時間就讓悅子敞開心房。宗壽現在不在家，所以不能隨便讓他們看屋敷神……悅子雖然說得吞吞吐吐，但言下之意不難聽出她其實想趁公公回來前帶他們參觀的意思。

「別這麼說，這不是正好嗎。」

阿武隈川突然插一腳進來。看樣子言耶進門時，他並沒有跟在後面，而是從外面偷偷窺探屋子裡的狀況。

「上次只聽了故事，還沒來得及拜見最重要的小祠堂，那個老頭……不是，老爺爺就回來了。」

「啊……你、你、你是……」

悅子凝視著突然冒出來的阿武隈川，所有的表情都凍結在臉上。

「先帶我們去參觀吧。哎呀，熱茶什麼的就待會兒再進屋裡坐下來慢慢喝，當然我不介意再來些點心，如果要請我們吃晚飯，我很樂意接受招待，就算要留我們住下來也沒問題，但我想先拜見屋敷神，這是研究者的天性——」

阿武隈川自顧自地滔滔不絕，還立刻脫下鞋，就要這樣大剌剌地踏進屋裡。

「慢、慢、慢著……」

悅子連忙想阻止他。

「啊，不用麻煩了，我知道要怎麼去偏屋。」

阿武隈川也不等悅子回答，大步流星地逕自往屋子深處走去。

「黑兄，這樣不好啦。」

言耶大驚失色地企圖阻止他，但阿武隈川已經走得不見人影。

「對、對不起，失禮了！」

言耶向呆若木雞的悅子行了一禮，也脫掉鞋子，追向阿武隈川。

他隨即就看到阿武隈川在走廊上邁步前進的背影，但阿武隈川突然停在某個房間前，那裡好像是個佛堂，裡頭有座又大又氣派的佛壇。言耶一頭霧水，不知是什麼吸引住阿武隈川的目光。

順著他的視線望過去，原來是供奉在佛壇上的水果和糕餅，不禁羞愧到無地自容。

「你知不知道自己在做什麼。」

語氣不由得變得強硬起來。

「老頭不在家喔，這麼好的機會豈能放過。」

阿武隈川回嘴，大步大步地往前走。

「但也不能因為這樣就擅自闖進別人家啊。」

「沒關係啦。我認識那個太太，上次也跟她提過我出身自京都的高貴神社。」

「這算哪門子認識啊。再說——就算要看小祠堂，也沒必要到偏屋去啊。」

「你是傻瓜嗎？如果只是要繞到後院看屋敷神，就算老頭在家的時候也可以去。但是如果想體驗穗走過的路，就只能趁老頭不在的時候。」

「為何要這麼做？」

「你傻啦，只要回溯相同的路徑，就能有所發現也說不定。」

「是這樣嗎？」

「傻瓜！這種事還需要我教嗎。」

「不要一直喊別人傻瓜、傻瓜好嗎，學長——」

「傻瓜就是傻瓜啊。」

「你剛才在佛堂想對佛壇上的供品下手吧？」

阿武隈川突然沉默不語，走向通往偏屋的長廊。這時剛好悅子追上來，引起一陣不算小的騷動。

「要是被公公知道我趁他不在時讓你這種人進偏屋，公公一定會殺了我。」相較於嚇得臉色發白的悅子，阿武隈川明明沒有任何根據，卻拍著胸脯保證：「放心，他一定不會發現的。」見言耶表現出一副轉身欲走，打算改天再來打擾的樣子，阿武隈川又說道：

「因為這個人突然冒出來，所以我忘了說，剛才有個孩子跑進偏屋了。」

「欸……」

「怎麼可能……」

悅子和言耶不約而同地驚呼，但言耶立刻以眼神詢問對方：

「黑兄，難不成——」

你是信口開河，想藉此蒙混過去吧。

「真的，我沒騙妳。我只看到一眼背影，但無疑是個小孩的身影。」

「難道是畠持家的豐太小弟……？」

「怎、怎麼可能……事到如今，他還出來做什麼？」

悅子嚇得魂不附體，阿武隈川窮追猛打地接著說：

「根岸鎮衛的《耳囊》[10]第五卷就有個這樣的故事呢。以前在近江國有個名叫松前屋市兵衛的有錢人娶了個老婆，後來在某一天晚上，他要下女掌燈送自己去上廁所，可是過了好半天也不回房，老婆懷疑他跟下女有染，跑去一看，只見下女還站在廁所前等。老婆喊了丈夫幾聲都沒有回應，推開廁所門一看，裡面沒有半個人……市兵衛只是去上個廁所，人就不見了。即便不惜任

[10] 亦有「耳袋」之稱。由江戶時代的武士、之後擔任南町奉行的根岸鎮衛花費三十多年撰寫成的隨筆。內容收錄了他向耆老或同儕聽來的奇聞怪事。

何代價派人四處尋找，但都找不到。老婆無可奈何，只好再招了一個贅婿來繼承松前屋，日子就這麼過了二十年。有一天，廁所裡發出了聲音，往裡頭窺看之後，發現市兵衛就蹲在廁所裡，穿著打扮還跟當年消失時一模一樣。問他去了哪裡，他也答得含糊其詞，只說自己肚子餓了。給他飯吃的時候，身上的衣服忽然化為塵土，消失不見，導致市兵衛變得一絲不掛。這個故事的標題是〈經過二十年才回來的人〉，相比之下，豐太消失的時間才──」

「學長，你比較這個要做什麼？」

與此同時，偏屋的門嘎啦一聲打開，一個老人走了出來。

「公、公、公、公公……」

杵在膽戰心驚、不知所措的悅子旁邊，阿武隈川也難得露出狼狽的模樣。

「呿……」

從他們的反應來判斷，言耶立刻察覺到老人就是宗壽。雖然外觀看上去已經七十好幾，但是他身材高大，雙肩和身軀也都很壯碩，目光炯炯有神，一點也不像是會待在偏屋享受隱居生活的人。

「您、您好……」

言耶下意識地問好，簡短地交代了事情的前因後果，做好隨時會被掃地出門的心理準備。

沒想到──。

「哼，進來吧。」

宗壽居然乾脆地招呼言耶他們進屋。比起阿武隈川，悅子受到的驚嚇還更劇烈，啞口無言地當場愣住。

「不愧是阿言，真有你的，呦！老人家殺手！」

另一方面，阿武隈川將樂天的態度發揮到淋漓盡致，他一邊跟在言耶背後，一邊小聲地低語。

迎接兩人的偏屋是個四坪大的房間，正面的左手邊是壁櫥的紙門，右手邊則是壁龕。壁櫥上方有一幅偌大的長方形七福神裱框畫，壁龕的掛軸上描繪著正從赤富士[11]往天空飛升的龍，不過看起來十分廉價。放在左側牆邊靠近角落處的是一格一格疊成階梯狀的五斗櫃，牆面中間有個小流理台，兩人所在位置的旁邊擺著裝有玻璃門的書櫃，小流理台和書櫃之間有扇小小的窗戶。紙門緊閉的右側大概是緣廊。靠近房間後段的榻榻米上並列著矮桌和火盆。宗壽背對壁龕坐在矮桌前。看樣子他的寢室還是設在主屋那邊，並不在這裡。

「有點疏於打掃，請勿介意。」

一如宗壽所說，火盆周圍飄著灰塵，壁櫥前面滿是塵埃，就連榻榻米踩起來也沙沙的，感覺很不舒服。或許是因為平常他都不讓家人進來打掃的關係。話說回來，他原本就沒有要招待客人的意思，不過言耶和阿武隈川也沒資格挑三揀四……。

⑪ 晚夏至初秋的早晨，因為雲霧的影響，讓朝陽照射下的富士山呈現紅色的景觀。亦是廣受文人墨客喜愛的創作題材。

言耶鞠了一個躬，就在矮桌前坐了下來，阿武隈川嘟嘟囔囔地說著：「沒有座墊嗎？」也在他身邊坐下。

「在您外出的時候上門打擾已經很失禮了，還承蒙您這麼熱情地招待我們進屋，真是感激不盡，方才也稍微解釋過……」

言耶連忙打斷學長的抱怨，開始詳細地說明他們此行的目的。

宗壽始終保持沉默，表現出專心聽他說話的模樣，但是看起來其實不怎麼感興趣。雖然讓他們進屋，但也彷彿隨時都會要他們「滾出去！」，令言耶內心捏著一把冷汗。

沒想到老人卻說：「那麼事不宜遲，就讓你們見識一下我們家的天魔大人吧。」然後就打開紙門，看也不看啞口無言的兩人一眼，逕自走到緣廊上。

「這邊的鞋隨便你們穿。」

仔細一看，供人穿脫鞋的沓脫石上頭亂七八糟地散落著木屐和草鞋。

「怎麼了？你們不是要來拜見我們家罕見的屋敷神嗎？」

「是、是的。」

言耶連忙站起身來，阿武隈川也慢吞吞地跟在他背後。

「嗯，沒想到你這麼會哄老人……。原來你那張還算端正的臉不只對老太婆有效啊，這老頭該不會有那方面的癖好吧。」

都怪阿武隈川附在他耳邊講這些沒營養的話，言耶的脖子冒出一顆顆的雞皮疙瘩，下了緣廊也不敢正眼瞧宗壽。

宗壽老人、刀城言耶、阿武隈川烏依序在踏腳石步道上前進。宗壽依舊沉默不語，言耶則是低著頭，阿武隈川還在繼續小聲地發牢騷：「真的不端茶和點心出來嗎？」如此莫名其妙的一行人魚貫地走在箕作家後院裡的模樣，在旁人眼裡看起來一定很詭異。

然而，三人之中唯有言耶最早留意到**那個**，連忙出聲叫喚：

「請等一下。」

「什麼事？」

「怎麼了？」

言耶看也不看分別站在自己前後的那兩個人，指著踏腳石步道旁邊的地面。

「這裡留下的**腳印**是什麼？」

回頭檢視，腳印從緣廊下星星點點地留在踏腳石步道左側，一路往前延伸。

「這是……小孩子打赤腳的腳印。」

「不瞞您說——」聽到阿武隈川的喃喃自語，言耶便將阿武隈川看到有小孩跑進偏屋的事情告訴宗壽。

「小孩……？」

「對。我們猜那會不會是畠持家的豐太小弟……」
「說什麼蠢話。」
「可是以前這裡的確發生過與屋敷神天魔大人有關的怪事，例如府上的宗明先生下落不明，還有田村家的穗小弟在匪夷所思的情況下消失，後來又在別的地方發現他的遺體……」
「胡說八道，那個叫豐太的小孩在我們家竹林消失什麼的，根本就是田村家的老太婆編造的謊言，是無憑無據的謠言。」
「哦，這樣啊。」
「煽動畠持家的人，把事情鬧大的也是那個老太婆。戰爭時，她讓自己的孫子來我們家偷東西，一旦人不見了，就侵門踏戶來要人，最不可饒恕的無非是把事情賴到天魔大人頭上。光這樣還不夠，如今就連豐太那孩子不知去向，也要把責任推到我們家頭上。在那之後，凡是有小鬼進入後院，就會立刻被我趕走。對了，不只小鬼，但凡野貓野狗，都不許牠們進入我們家的竹林——。言歸正傳，現在既然出現了腳印，就表示又有哪家的小鬼偷溜進來了。」
宗壽氣得暴跳如雷，開始沿著地面上的足跡往前走，言耶和阿武隈川也跟在後面。當他們來到踏腳石步道轉向右手邊的地方，腳印就像岔開的樹枝，筆直地朝東方前進，最後在前往屋敷神祠堂的途中戛然而止。
「這、這是……」

眼前的景象令言耶驚訝得說不出話來。

「跟那時候一模一樣……」

宗壽以膽怯的口吻，細聲細氣地說。

四

「就像是……在跑向小祠堂的途中，突然消失了。」

聽著阿武隈川的聲音從背後傳來，言耶回到了偏屋的緣廊。因為他剛才幾乎是一路低著頭走到踏腳石步道轉向右手邊的地方，所以現在想再仔細地檢查一下四周。

下了緣廊，左手邊就是竹林，每棵竹子大概都有五、六公尺高。離偏屋幾步之遙的地方有間小小的儲藏室，向宗壽詢問裡面有什麼，據說是各種農耕用具。踏腳石步道的右手邊也是一片鬱鬱蒼蒼的茂密樹林，因為也有相當的高度，所以看不見另一頭。這片由大自然形成的圍籬，讓樹林和踏腳石步道之間的空間顯得很狹小。

那排神秘的腳印看起來像是從偏屋的緣廊跳下去後，就在踏腳石步道左側的地面狂奔。步伐的間距幾乎都一樣，也保持一致的步調經過了儲藏室的前方，然後在踏腳石步道轉向右手邊的地方貌似曾停下腳步，再繼續筆直地前進，最後在與小祠堂之間的中間地帶突然消失不見。

言耶在踏腳石步道上走來走去，觀察腳印的狀況。

「如何，有什麼發現嗎？」

阿武隈川從頭到尾都只出一張嘴，還要言耶報告觀察的結果。

「我猜是小孩的腳印，從偏屋的緣廊跳下去，直接往前跑，看起來像是突然逃走的樣子。不過腳印在踏腳石步道通往後門的轉角前停住了。」

言耶轉頭問宗壽：

「請教一下，您從偏屋出來前，是不是曾經外出過，再經由後門回到偏屋？」

「嗯，你猜得沒錯。我到田裡去了一趟，可是突然下起大雨。」

「腳印的主人或許在這裡——」

言耶指著貌似有人突然停下腳步的地點說：

「發現有人從後門進來，下意識地停下腳步思考，放棄從後院離開的念頭，決定藏身在竹林裡也說不定。」

「所以腳印又往前跑，跑到一半忽然消失嗎？」

「——好像是呢。」

言耶試圖對眼前不可思議的現象提出合理的解釋，阿武隈川則在一旁附和。

「跟那時候一模一樣……」

宗壽再次喃喃自語。

「您是指田村穗小弟的那件事嗎？」言耶問道。

對於言耶的詢問，老人默不作聲地點點頭，慢條斯理地望向小祠堂的方向。但是與其說是望向屋敷神，視線貌似是落在更遠的地方。

懸崖……。

言耶領悟到宗壽的思緒遠飄到位於竹林東郊的那處懸崖，便問他：

「慎重起見，可以讓我看一下懸崖下的情況嗎？」

「有道理，走吧。」

結果回答的卻是阿武隈川，他還自顧自地往前走。

「黑兄等等……。啊，不要踩到腳印——」

「我知道啦。別當我是外行人！」

不曉得他自以為是哪一方面的內行人，總之阿武隈川與腳印保持距離，走在腳印的右側。這麼一來，宗壽自然而然地跟在他後面，言耶則是殿後。

從踏腳石步道的轉角處沿著幾乎筆直往前延伸的黃土路前進，在小祠堂前方的左右兩側，各有一棵被砍斷的竹子映入眼簾，那就是原本一棵代表天魔，一棵代表宗明的竹子。

「請問哪一棵是宗明先生的竹子？」言耶問宗壽。

宗壽回過頭來，盯著言耶的神情寫著「這個學生怎麼連這個都知道」的疑問，手指向了位在左手邊的竹子。

黃土路在屋敷神的前方從右側繞過去，然後緩緩地迂迴前行，兩側叢生著茂密的竹子，到了這裡終於有了進到竹林裡的感覺。不過，因為四周突然變得昏暗，感受上不太舒服，充滿了讓人懷疑天魔真的在高聳的竹子上方飛竄的氣氛。

再往前走一段路就來到懸崖，大概再走個三、四公尺應該就會摔下去了。雜草叢生的地面上到處都可以看到岩石探頭的景象。

「不像是有小孩掉下去的樣子呢。」

「來這裡的一路上都沒有任何痕跡。」

言耶為求謹慎，還檢查了從懸崖這一側往北通往竹林的黃土路，卻只看到被午後雷陣雨淋濕的地面。

「不曉得是哪一家的小鬼——」

宗壽看著言耶說。

「會不會是在剛才腳印消失的地方發生了跟田村穗相同的遭遇？」

「呃……看起來是那樣沒錯啦。」

「該不會明天又在懸崖下發現他吧。」

「這、這個嘛……我也不知道……」

言耶一下子答不上來，一旁的阿武隈川開始滔滔不絕地發表高見：

「這個可能性很大呢。消失時的狀況雷同到這個程度，推測接下來的發展也大同小異是很自然的想法。話說回來，談到人類憑空消失這種現象啊，不分古今中外，從以前就有……」

但他高談闊論的不是這次的奇妙腳印之謎，而是把昨天言耶告訴他的大衛・朗失蹤案說得繪聲繪影，活像是自己從文獻裡查到的資料。即使聽眾是宗壽這種人，只要能讓他暢所欲言地賣弄一番，他大概也就心滿意足了。

然而宗壽老人完全視阿武隈川如無物，臉由始至終都只對著言耶。

「這下子該怎麼做才好？要等到明天再去懸崖下看嗎？還是現在先去竹林裡找一下？」

「我也認為有必要進竹林搜索，但當務之急得先搞清楚腳印的主人是誰不是嗎？」

「哼，反正一定是把這裡當成魔窟的鄰居小鬼。」

「既然如此，就更應該快點……」

「你是要老夫挨家挨戶地去問這附近有小孩的人家嗎！」

「啊，不是，在那之前……」

一方面也是為了安撫火冒三丈的宗壽，但言耶對一件事確實頗為在意。

「怎麼了？」

「雖然我那位阿武隈川學長說這次的情況和田村穗小弟的案子一模一樣，但我覺得……」

「你認為不像嗎？」

「為了確認，可以再回去看一次那些腳印嗎？」

言耶與宗壽開始往回走，還在自顧自地喋喋不休的阿武隈川連忙從後面跟上。

「那傢伙是你大學的學長啊？」

老人問道。這是他第一次主動開口。**那傢伙**指的想必是阿武隈川烏吧。言耶回答：「是的。」

「奉勸你還是要慎選一下朋友。」

宗壽深深地嘆了一口大氣，語重心長地說。既沒有反駁的必要，也沒有心情和理由可以反駁，所以言耶很老實地點頭稱是。

回到彎彎曲曲的黃土路上，他們漸漸靠近隔著叢生的竹子只能窺見一半面貌的屋敷神祠堂。陰雨過後的天空布滿烏雲，使得在昏暗的竹林裡看到這幅情景，就感覺好像**有什麼東西**正從竹林陰影處直勾勾地凝視著這裡，令言耶兩條手臂爬滿了雞皮疙瘩。

「你倒是說說有哪裡不一樣。」

回到腳印中斷之處，阿武隈川立刻發難。還以為他沉醉在自己發表的高見裡，沒想到還是有在聽言耶他們說了什麼。

「首先是與踏腳石步道的距離。聽說穗小弟消失時大概跑了四公尺，腳印才消失。」

言耶看著宗壽，向他確認。宗壽回答：「有這回事嗎。」

「可是這次的腳印只前進了兩公尺左右，就在踏腳石步道轉角處和小祠堂之間幾乎正中央的地方消失了。」

「看得真仔細啊，確實是那樣沒錯，可是就算距離縮短了，人消失依舊是事實。還是怎麼著，你想說如果是這個距離，就可以回到踏腳石步道上嗎？如果是那樣的話……」

「你說到重點了，黑兄！」

言耶興奮地指著中斷前的最後一個腳印。

「穗小弟的腳印是跑向小祠堂的狀態，所以不管距離多長，都不可能回到踏腳石步道上。可是這個腳印——仔細看，雖然同樣是用跑的，但是在最後的地方有點不太一樣，看得出來嗎？」

人類奔跑的時候，由於主要是腳尖觸及地面，所以腳印不會有腳跟的痕跡。但消失前一刻的腳印卻清清楚楚地留下了腳跟的痕跡。

「嗯……」

阿武隈川發出令人不舒服的呻吟聲，目不轉睛地盯著那排奇怪的腳印看。

「話雖如此，也不是在這裡轉換方向，跳回到踏腳石步道上吧。」

「確實是這樣。」

「不就只是停下腳步嗎？」

「嗯，從這個痕跡上來看的話——。不，這或許只是直覺的感受……」
「什麼嘛，別賣關子了，快點說。」
「你不覺得看起來像是小孩跑到一半，突然就被抱到空中嗎？」
言耶望向竹林上空，阿武隈川和宗壽也順著他的視線抬起頭。彷彿承受不了三個人的視線，竹子開始搖晃了起來，耳邊傳來葉片沙沙作響的聲音，有如天魔正在跳躍……。
下一瞬間，天搖地動。
「哇！地、地震嗎？」
「好晃啊。」
言耶與阿武隈川大驚失色地抱頭鼠竄，一旁的宗壽則是站穩腳步，一動也不動。雖然晃動很劇烈，但所幸很快就停了。
「呼……嚇死我了。」
「腳邊好像還殘留著踩不到地的感覺。」
地面簡直變得跟豆腐一樣。正因為一心認定大地是堅硬且踏實的，所以變得軟綿綿的搖晃感才更令人覺得莫名恐懼。
「這種程度的地震應該還不至於——」
造成太大的災情。言耶正想這麼安慰宗壽，心裡倏然一驚。因為老人的臉色變得很難看。起初還以為是因為剛才那場地震的關係，不過宗壽和他們不一樣，地震時非常鎮定，反而是在地震平息後，才突然變了臉色。

「怎麼了？這一帶經常發生地震嗎？」

言耶覺得不太對勁，出言關心。

「嗯，沒錯。」

宗壽反射性地點頭，但緊接著又說：

「可以了吧。」

沒好氣地丟下這句話後，宗壽轉身就要離去。

「咦……但這些腳印該怎麼解釋？」

「與老夫無關。」

「可是——」

「我帶你們看了天魔大人的祠堂，也在竹林轉了一圈，就連懸崖那邊的狀況都確認了，應該心滿意足了吧。」

「謝謝您陪我們走了這麼多地方，真的感激不盡。但是這麼不可思議的腳印就這樣放著不管的話……」

「那你們明天再來，明天直接下到懸崖底下去看看。」

「我們當然也想這麼做，可是在那之前得先找到腳印的主人……」

「我說過了吧，這跟老夫沒有關係。擅自偷溜進來，又擅自消失不見的小孩是誰，根本不關我什麼事。」

「沒有要您陪我們找的意思，只是……」

「你們可以離開了！」

「請等一下，你們說消失的小孩……」

這時突然有第三個人的聲音插入兩人之間。

「小孩怎麼了？消失又是怎麼回事？」

定睛一看，有個老婆婆正從後門三步併成兩步走來，後面則是臉上掛著提心弔膽表情的悅子身影。

「這位同學，你說小孩不見了，這句話是什麼意思？請再說清楚一點。」

老婆婆緊緊地抓住言耶的右手，言耶已然心裡有數，請教老婆婆尊姓大名，果然是穗的祖母——田村米子。

「悅子！妳搞什麼鬼！」

被宗壽氣沖沖地瞪了一眼，悅子嚇得渾身顫抖。

「對、對、對、對不起。因、因為田、田村家的婆婆……來、來、來問我，美、美野里有沒有來我們家……我、我、我告訴她，來我們家的大學生說他看到有個小、小、小孩……」

言耶一面拚命安撫怒氣行將爆發的宗壽，同時又要安慰悅子，還得從驚慌失措的米子口中問出來龍去脈。但凡這種緊要關頭，阿武隈川總是派不上任何用場。

美野里是小穗六歲的妹妹，今年九歲。儘管哥哥不見的時候她才三歲，但是對於哥哥還留有極為淺薄的記憶，據說也很崇拜哥哥。

「美野里真的來過這裡嗎？」

言耶向米子確認，米子點頭，欲言又止。

「哇啊……」

米子突然發出比尖叫還要淒厲的聲音，慌不擇路地衝向踏腳石步道的轉角處。

「這、這、這個腳印是……」

「沒錯，看起來是小孩的腳印，不過還不知道是不是美野里的……」

「宗壽先生！」

米子猝不及防地轉過身，目光如炬地瞪著宗壽。

「你把美野里藏到哪裡去了？把美野里還給我。」

「老夫怎麼知道！」

「少來了，一定是你。穗和畠持家的豐太都是你弄不見的。」

「妳有什麼證據——」

「三個孩子都是在這片竹林裡消失的不是嗎！」

「妳這是欲加之罪何患無辭！」

「那個大學生看到有小孩跑進你的偏屋，而且小孩的腳印是從偏屋延伸到這裡，所以一定是在府上的竹林裡不見的。」

「就算是這樣好了，那跟老夫又有什麼關係？」

「我從後門進來以前，問過在附近站著聊天的中田先生和川添先生，他們說看到你回來之後就沒有人從後門進出過。根據悅子的說法，看到小孩的身影後又過了一會兒，你就從偏屋走出來了。這不就表示你從後門走向偏屋的途中遇到過那孩子、遇到過我們家的美野里嗎！」

「如果是這件事，這兩個人已經找到合理的說明了。小孩發現老夫回來，刻意讓我以為她是要從後門逃走，其實是躲進竹林裡。」

「然後就消失了不是嗎?留下這些莫名其妙的腳印，這就是最好的證明。」

「只是在我家後院留下奇怪的腳印而已，憑什麼賴到老夫頭上?如果妳硬要指控是老夫把小孩變不見還是害死他們什麼的，就說看看老夫是怎麼辦到的啊。說啊!說個能讓老夫心服口服的理由來聽聽！」

兩人橫眉豎目地死盯著對方。悅子依然驚魂未定，言耶則是陷入沉思，唯有阿武隈川看起來似乎很享受眼前這幕針鋒相對的景象。

這時，米子突然一屁股跌坐在地上，哭喊著：

「求求你，把美野里還給我。要是連那孩子都沒了，我……美野里是無辜的。都怪我……都怪我老是跟那孩子提起穗的事……美野里肯定是想自己調查，才會從這裡的廚房走向偏屋……走上跟她哥哥相同的道路……」

「哼，自作自受。」

「想也知道她沒有絲毫惡意，她還只是個孩子……是個思念哥哥的善良孩子……都是我不好。」

「沒錯，都是妳不好。」

「你說的都對……是我不好……所以請把美野里……把那孩子……」

米子跪在踏腳石步道上不住磕頭。言耶看不下去，便伸手想拉她起來，但米子死活不肯起來，為了孫女一再地磕頭。

就在這不知該如何形容的悲壯氣氛中，冷不防地傳來阿武隈川那狀況外的聲音：

「啊，在場的各位，請不用擔心，我這位不肖的徒弟將會破解這個不可思議的腳印之謎——」

五

「你、你在瞎說什麼啊。」

言耶大驚失色，阿武隈川則繼續在一旁大放厥詞：

「不瞞各位，我其實是在京都也算是歷史悠久、很有傳統、不可輕忽的神社繼承人，從小就被當成神童，大家都說我很可靠，背負所有人的期望，是個具備不世出的才華與人格、前途無量的好青年。像我這種德高望重的人經常都有一個困擾，就是一直有人慕名而來——這位名叫刀城言耶的毛頭小子就是其中之一。雖然他的血統沒我這麼高貴純正，但這傢伙的父親其實出身自沒落的華族⑫，只可惜他這個繼承人太不中用了，所以暫時跟在我身邊，向我學習，該怎麼說呢……」

「慢著黑兄——你在胡說八道些什麼？」

言耶想糾正他的地方實在太多了，但是更擔心他在這個節骨眼上說出什麼不該說的話，所以拚命想阻止他亂講。但阿武隈川根本不當一回事，繼續吹捧自己、也持續貶低學弟。

正當言耶不知該拿阿武隈川如何是好時，只見宗壽、米子和悅子全都一臉茫然地看著阿武隈川，剛才還尷尬到不行的氣氛早已煙消雲散，真令人難以置信。

難道這才是學長的目的——。

言耶差點就要佩服起來了，但是經過長時間的相處，言耶比誰都清楚那是不可能的。話說回來，阿武隈川不說關西腔的語氣真的是噁心到極點。

「——總而言之，這傢伙是我的徒弟之一。」

還以為他的演說終於告一段落。

「對了，說到這毛頭小子、不肖弟子的父親，其實就是那位大名鼎鼎，被譽為『昭和名偵探』的冬城牙城，哎呦，嚇到大家了嗎？雖然對冬城牙城而言，這傢伙是個不成材的兒子，但我依然抱著一絲希望，希望他多多少少也繼承了一點點名偵探的才能，所以才一直指導他到今天。」

阿武隈川哪壺不開提哪壺，提起了言耶最不想觸碰的話題。

刀城家過去真的是華族，但父親牙升非常討厭特權階級，未來也不想繼承公爵的爵位，因此離家出走，後來當上私家偵探。他解決了幾樁困難又離奇的案子，一步一腳印地成為名實相符的名偵探。因為被老家逐出家門，於是他並沒有使用刀城牙升這個本名，而是改以冬城牙城示人。

這位偉大的父親與言耶之間其實存在著一言難盡的心結。如同父親離家出走，言耶也像是要從父親身邊逃開似地展開現在這種住校生活。不過，光靠打工難以兼顧學費和生活費，因此還是必須接受家裡的援助，這點也讓他耿耿於懷。

⑫ 明治二年（1869）因應版籍奉還政策，廢止了過去的公家、諸侯階級，轉為華族。明治十七年（1884）頒布華族令，將華族當家之主定為「公」、「侯」、「伯」、「子」、「男」等五種爵位階級，是握有諸多特權的世襲制度。其中也包含雖然在維新前並非出身公卿大名，但因為對國家建有功勳而獲封爵位的「新華族」（勳功華族）。

雖然不知道詳情，但學長應該也很清楚自己與父親不和。明知如此，卻還故意提到父親，到底意欲何為呢？

言耶心裡源源不絕地湧出對阿武隈川的憤怒。開玩笑也該知道分寸——就在言耶正想對他發火的同時。

「這位學生偵探！拜託你，救救美野里，算我求你。可能沒辦法致上什麼厚禮，但只要那孩子能平安回來，我一定會盡我所能地報答你。求求你了，請救救那孩子……」

米子突然跪倒在言耶腳邊，開始苦苦哀求。

「欸……妳、妳誤會了……我並不是那、那種偵探……」

言耶手足無措地回答，阿武隈川則是用曉以大義的口吻對他說：

「言耶老弟，這位老太太都這樣拜託你了，難道你不能體會祖母擔心孫女的純真心情嗎？真是慚愧啊，我可不記得有把你教育成這種人。」

自己根本沒有被他教育過的印象好嗎。但是跟阿武隈川爭辯這個也只是白費唇舌，所以言耶當作沒聽見。只不過，對米子就不能這樣了。

見言耶陷入沉思，阿武隈川立刻打蛇隨棍上。

「你這樣會讓名偵探冬城牙城的威名蒙羞喔。」

「這跟我爸沒關係吧。」

「如果是冬城牙城，大概早就解開這個謎團了。」

「那你就去委託我爸啊。」

「什麼話，現在人在這裡的是你耶。再說了，那位名偵探哪看得上這種程度的謎團。」

「這種程度……我說黑兄，你這句話說得也太過分了，事關美野里的生死耶。」

「正是如此，所以才需要偵探啊。」

「我又不是偵——」

「——不是偵探嗎？你要逃避嗎？還是要袖手旁觀？」

「就、就算你用激將法……」

「反正你就是比不過令尊啊，解決本宮家的四隅屋命案也是瞎貓碰上死耗子。啊，對了，那也是多虧有令尊的提示……」

「才怪。」

言耶的語氣與方才截然不同，阿武隈川總算閉嘴，隨即又一臉事不關己地說風涼話：

「哦，單靠你自己的推理能力也能解決嗎？先前那個案子也跟奇妙的腳印有關，如果你真的是靠一己之力破的案，卻對眼前這個謎團視而不見，不是很奇怪嗎？還是說如果少了令尊的力量——」

「才不需要他的幫忙。」

言耶斬釘截鐵地一口拒絕。他先溫柔地扶起還跪在腳邊的米子，然後走到踏腳石步道的轉角處。阿武隈川和米子、悅子也自然而然地跟在他身後，唯獨宗壽文風不動，只有視線一瞬也不瞬地緊盯著言耶。

「關於穗小弟的消失之謎，其實在來到這裡之前，我就萌生了一個想法。」

言耶輪流打量其他人的臉。

「但那終究只是基於間接證據的推理，所以在親眼看到現場以前，什麼都說不準。遺憾的是，實際看過現場後，也只得到更間接的證據——」

「我想知道！」

米子再次抓住救命稻草似地請求。

「無論事實如何都無所謂，請告訴我——那孩子到底出了什麼事？」

「好的，只是……」

「你還在猶豫什麼？就算只有間接證據也沒關係吧。」

阿武隈川從事到如今還在猶豫不決的言耶背後推了一把。

「不，並不是有沒有關係的問題。就算沒有任何物證，只要能解釋清楚所有的狀況就已經很厲害了。如果能讓此時此刻在場的所有人都能接受，就等同於真相了，不是嗎？」

「求求你了，請告訴我。」

米子又哭著乞求。言耶終於開口說明：

「穗小弟的腳印從偏屋筆直地走在這條踏腳石步道的左側，朝著屋敷神所在的小祠堂前進。踏腳石步道與右手邊的樹林之間的空間很小，所以可以理解他為什麼要走在左側。問題是他為什麼不從後門出去，而是走向天魔大人的小祠堂呢？」

「難道不是因為在他一直線地走在踏腳石步道上時，發現老頭回來了嗎？」

阿武隈川回答的態度彷彿在反問「事到如今，你還說這種理所當然的廢話做什麼？」而且他大概也沒意識到剛剛自己稱宗壽為老頭的事。

「你說得沒錯。可是宗壽先生從後門走到踏腳石步道的轉角處**之前**，穗小弟已經經過岔路，消失在小祠堂前方——這種猜想其實一點根據也沒有。」

「咦？這麼說來……」

「穗小弟發現有人從後門進來，那個人或許是宗壽先生的可能性很大，所以他沒有從踏腳石步道的轉角處那裡轉過去，而是繼續前進、想躲進竹林裡，但是可能**來不及**了。」

「你是指被老頭發現了嗎？」

「是的。從後門到踏腳石步道的轉角處那段路距離雖短，但彎來彎去，無法一眼望穿，所以宗壽先生在走到那裡之前也沒有看到穗小弟。」

「既然如此，這到底是怎麼一回事。」

「我猜大概是宗壽先生下意識地喊了聲『喂！』之類的，另一方面，穗小弟肯定很害怕會被抓住，因為擔心自己很快就會被追上，於是心想一定要躲起來。」

「嗯嗯，然後呢？」

「所以他就跳起來了。」

「……跳到小祠堂上嗎？」

「不是，是跳到生長在小祠堂旁邊的竹子上。」

「我說你啊……就算能跳到竹子上，也無法在竹子之間移動吧。要從這棵竹子移動到那棵竹子上，根本沒辦法……」

「我不是這個意思，穗小弟並沒有要移動到旁邊的竹子，而是順著跳上去的那棵竹子**往上爬**。」

「他爬上去了？喂喂，這麼一來不是更逃不掉嗎？你該不會是想告訴我們，他就這樣直接在天空消失了？」

「雖不中亦不遠矣。」

「你說什麼？」

「也就是說，他**爬過頭**了。」

「……」

「因為爬得太上面，竹子承受不了穗小弟的重量，結果就往宗壽先生所在的方向彎折。」

「啊……」

「後院的竹子有五、六公尺高，而小祠堂左右的那兩棵竹子又長得更高，從踏腳石步道的轉角處到小祠堂大約有五公尺，因此彎折的竹子前端剛好落在宗壽先生的頭上。高頭大馬的宗壽先生伸手拉過竹子，究竟是為了把穗小弟拉下來，還是純粹只想搖晃竹子嚇唬他，就不得而知了，只是當他抓住竹子前端時，也不知道是有意還是巧合，宗壽先生突然放開手，或是不小心讓手鬆開，那一瞬間，彎折到極限的竹子因為慣性作用往回彈，而竹子在回彈的過程中所產生的反作用力都作用在穗小弟身上。換句話說，他被彎折到西側的竹子回彈的反作用力甩向了東側的懸崖。」

「嗯……倒也不是完全不可能呢。」

「推測穗小弟消失的那段時間，經過後院附近的人曾提過自己聽到從竹林上方傳來的叫聲，那恐怕真的是穗小弟的尖叫聲。」

「啊啊……」米子把臉埋在兩隻手裡呻吟。

「我猜穗小弟爬上了正對小祠堂看過去位在左手邊的那棵竹子。」

「此話怎講？」

「因為小祠堂右側的竹子到懸崖間是一條黃土路，一路上幾乎都沒有竹子。但他的臉和手腳都留下無數的擦傷和割傷，足以證明他被竹子彈開的時候曾經過茂密的竹林。」

「原來如此。」

「還有一點，穗小弟的事件發生後，小祠堂左手邊的竹子開始枯萎，可能是因為過度的彎折傷害到竹子，所以才會枯掉。」

「宗壽先生！這位同學說的是真的嗎？」

米子痛哭失聲，但依舊堅毅地仰起臉，質問老人。

「那麼久以前的事，老夫早就不記得了！」

宗壽立刻逞口舌之快地回嘴，但是並沒有正面否認，看得出來他也很狼狽。

「穗的事就算了……」

米子接著說。

「當然我並不是要既往不咎，但畢竟已經過去了……可是美野里……至少美野里……請把那孩子還給我。」

「喂，你這小子！」

宗壽突然凶神惡煞地瞪著言耶。

「你說是老夫害穗被竹子彈到懸崖底下，那美野里該怎麼說。關鍵的竹子已經砍掉了，但美野里的腳印就跟穗一樣消失了，這你要怎麼解釋？你想誣賴老夫對美野里做了什麼嗎？」

「阿言，沒問題吧……」

阿武隈川擔心地低聲問道。因為宗壽說得沒錯，假設發生在哥哥身上的悲劇好死不死地也同樣發生在妹妹身上好了，重點是最關鍵的竹子已經被砍了，這又該怎麼解釋呢？

「美野里的消失與穗小弟的情況完全無關。」

但言耶始終保持冷靜的態度。

「相較於穗小弟的腳印一路走到小祠堂前面，美野里的腳印只走到一半，相差甚遠。」

「你是指就算竹子還在，從那裡也跳不過去嗎？」

「這只是原因之一，還有一個理由是她最後的腳印不只腳尖，也留下了腳跟的痕跡，可見她沒有往前跳。」

「所以是……往上跳嗎？」

「但是腳印消失的地點上方沒有任何東西。」

「那她到底跑去哪了？」

「只剩**後面**了。」

「後面？可是沒有轉身的痕跡啊，再怎麼樣也沒辦法不轉身就跳到踏腳石步道的轉角那裡吧。」

「她不是用跳的，而是**被拉過去的**。」

「咦……被宗壽老頭拉過去嗎？可是要怎麼做？怎麼看也無法把手從踏腳石步道的轉角處

伸到腳印消失的地方。」
「我猜是用鐵鍬——他從田裡回來，想必帶著鐵鍬。用長長的握柄代替手臂，用前端的刀刃代替手指，勾住美野里的衣服，一口氣拉過來。宗壽先生不但高大，而且身形魁梧、精神矍鑠，要抓住一個小女孩簡直易如反掌。」
「那把鐵鍬證物就藏在偏屋旁邊的儲藏室嗎？」
「對。我猜穗小弟那時候，他也是鐵鍬的尖端勾住竹子枝頭，把竹子拉到手邊。因為比起竹子一開始就垂到宗壽先生伸手可及的位置，硬把竹子扯下來，讓竹子發揮無與倫比的反作用力，把穗甩到懸崖那邊的推斷還比較合邏輯。」
「那、那麼……美野里她……」
「我猜不是藏在收納農具的儲藏室，就是關在偏屋的壁櫥裡。」
言耶回答米子的問題。
「哇……」
阿武隈川發出不知該說是感嘆還是嘆氣的聲音。
「我不清楚宗壽先生抓到美野里後，兩人之間發生過什麼事。以下頂多只是我的想像，會不會因為美野里拚命反抗，宗壽先生情急之下動手打她，把她打得奄奄一息……」
「可是為什麼要把美野里藏在偏屋裡？」

「若不是想殺了美野里，就是不想讓人知道他對小孩拳打腳踢的暴行，總之是基於自保的念頭。這時，美野里從偏屋走向小祠堂的腳印映入他的眼簾，正巧與穗小弟消失時的狀態一模一樣。於是他起心動念，想布置成妹妹也跟哥哥遭遇到同樣的現象……這麼一來就必須先藏起美野里。但如果踏進竹林就會留下自己的腳印。中田先生和川添先生站在看得見後門的地方聊天，所以也不能從那裡出去，那麼只剩下外面的儲藏室或偏屋的壁櫥。藏好美野里後，他離開偏屋，走向主屋，打算隨便找個家人討論奇妙的腳印，不管是誰都好。」

「想趁雨還在下、腳印尚未消失之前讓家人為他作證嗎？」

「沒想到我們就在這起事件從後院一路發展到偏屋的前一刻上門了，而且黑兄還看到美野里進入偏屋的背影，更坐實了少女在不可思議的情況下消失的謎團，讓宗壽先生又可以展現穗小弟消失時、自己在人前裝成沒遇到小孩的演技。」

「我們成了再好不過的證人啊。」

「你不覺得很奇怪嗎？」

「哪裡奇怪？」

「他很乾脆地請我們進偏屋。」

「……」

「我雖然在走廊上簡單地解釋過我們此行的目的，但是仔細想想，光靠那樣就能得到他的理解，不是很奇怪嗎？對照傳聞中宗壽先生的性格，顯得更加不自然。」

「嗯……確實如此……」

或許是想起自己曾一派天真地調侃言耶很會討老爺爺歡心，阿武隈川雖然承認言耶說得有道理，表情卻也有些怏怏不樂。

「假裝和我們一起發現腳印的時候，宗壽先生露出驚魂未定的表情說：『跟那時候一模一樣……』你不覺得這種反應很不像他的作風嗎？」

「哦，這麼說倒也是，我也覺得怪怪的。」

阿武隈川往自己臉上貼金地說，就在這個時候。

「喂！小夥子，你們胡言亂語地說夠了嗎？」

宗壽以壓抑著怒火的語調大喝一聲，並且以挑釁的眼神惡狠狠地瞪視言耶。

六

「不，還沒結束呢。您試圖暗示我們，讓我們產生『明天是不是要再來一次，去檢查懸崖底下』的想法。這代表什麼呢？您是不是想趁今晚下雨之際，將美野里扔到懸崖下面？」

米子發出短促的悲鳴。

「我現在非常擔心美野里的安危……」

「哼，比起小鬼，你還是先擔心自己吧。」

「什麼意思？」

「你說小鬼不是在外面的儲藏室，就是在偏屋的壁櫥是嗎？」

「是的。」

「要是都沒有的話，你要怎麼向我賠不是？」

「一定有，因為除了那兩個地方，沒有其他場所可以把她藏起來了。」

「很好！那你現在就去搜啊！要是都找不到小鬼，你們就要向我磕頭認錯。這樣可以吧，別以為亂誣陷人還可以沒事喔。」

「什麼？我也要嗎？」

阿武隈川一臉與我無關的表情，宗壽當然沒有理會他的抗議。

「喂，阿言……真的沒問題嗎？」

阿武隈川又在他耳邊輕聲耳語，但言耶信心十足。

如同他對宗壽撂下的推斷，除此之外沒有任何能藏起美野里的空間，而且老人的態度不太對勁，雖然表現出絕對無法在儲藏室或壁櫥裡找到小孩的態度，但是又隱約透露著不安。換句話說，他可能只是在**虛張聲勢**。否則從他的性格來看，應該會更堂堂正正，主動帶他們去搜才對，但老人不過就只是在觀察言耶會怎麼出招。

「那我們就去看看吧。」

看到言耶開始走回踏腳石步道，宗壽臉色大變，但還是什麼也沒說，跟著邁步前行。阿武隈川、米子、悅子尾隨在兩人後面。走到儲藏室前，所有人都停下腳步。

「可以打開嗎？」

言耶徵求宗壽的同意，宗壽倨傲地點頭。米子心急如焚地注視著這一切。

「那麼——」

言耶把手伸向儲藏室的木板門，一口氣推開。

儲藏室裡雜亂無章地塞滿鐵鍬和鋤頭等用來翻土、除淤泥、挖水溝的工具，以及鎌刀和尖鉤等刀刃類，還有耙和碎土機等要用到牛馬的農耕器具。然而，不用把那些工具清出來也能知道，美野里並不在儲藏室裡。

「我檢查過了。」

言耶慎重其事地關上木板門，宗壽一言不發地從供人脫鞋的沓脫石踏上緣廊，拉開紙門，走進偏屋。言耶、阿武隈川、米子、悅子也依序跟著走進去。

「來啊，你打開壁櫥看看吧。」

一踏進偏屋，宗壽又恢復了目空一切的態度。

「做好心理準備了吧。只要你們現在向我下跪磕頭，我或許還能原諒你們喔。」

「喂……」

阿武隈川有話想說，但言耶不由分說地舉起右手制止他，緩緩地站到壁櫥前。他先慢慢地打開右邊的紙門，探頭進去檢查一番，再打開左邊的紙門，比照辦理。然後轉過身來，把所有人的臉環顧過一遍後報告：

「美野里也不在壁櫥裡。」

「怎麼可能……」

「你、你、你說什麼！」

米子哭倒在地，阿武隈川慌了手腳，一旁的悅子臉色鐵青，大概是被偏屋裡劍拔弩張的緊張感嚇壞了。唯有宗壽臉色十分紅潤，還露出了令人痛恨的笑容。

「這下好了，你要怎麼收拾這個殘局？」

阿武隈川以令人難以置信的速度自顧自地開始檢查擺在北側牆邊的階梯狀五斗櫃、小流理台、裝有玻璃門的書櫃，但宗壽不僅好整以暇地任由他翻箱倒櫃，甚至還一副看好戲的嘴臉。

「所以呢，找到小孩了嗎？」

宗壽以充滿惡意的眼神注視著把所有的抽屜都打開來看、茫然佇立在那裡的阿武隈川。

「難道你覺得老夫是用鐵鍬或鐮刀把孩子大卸八塊，然後藏進五斗櫃或流理台裡嗎？看樣子比起徒弟，你這個當師父的頭腦更不靈光呢。」

與此同時，言耶已經正襟危坐，伸直背脊，雙手放在膝蓋上，以坦然的目光抬頭望向老人。

「哦，而且徒弟也比你乾脆多了。」

言耶低著頭，上半身往前傾，雙手開始在榻榻米上移動。想當然耳，他這輩子還沒向誰下跪磕頭過，但現在非這麼做不可，這不只是向宗壽認輸，也是因為他一心想救美野里。

老人肯定知道些什麼，而且一定跟美野里的消失有關。

言耶深信不疑，可惜自己太沒用了，無法幫助她。既然如此，就只能請宗壽把線索告訴他了，為此下跪磕頭根本不算什麼。

「就是這樣，要誠心誠意地道歉。可是啊，別以為這樣我就會放過你……這麼說來，令尊不是有名的偵探嗎？子女犯錯就是父母的責任。請你那位在社會上很有地位的名偵探父親——」

言耶低垂的頭突然靜止不動，然後慢條斯理地抬起來，回到剛才正襟危坐的姿勢，視線定定地停格在老人的臉上。

「——負起責任來，然後——喂，你怎麼不動了？」

宗壽說得眉飛色舞時，卻見言耶停下磕頭的動作，於是眉間擠出皺摺，大聲嚷嚷起來。

「有人磕頭像你這麼不情願的嗎！這樣根本一點誠意也沒有。給我雙手擱在榻榻米上，額頭貼在地上跪好！」

言耶依舊直視著宗壽，但他其實不是在看老人。他正拚命轉動腦筋，以無與倫比的集中力回想截至目前的所見所聞。

「喂！你也說句話啊！」

宗壽氣得跳腳。

「你再擺出這種態度，我就要向你那位前華族的名偵探父親提出嚴正的抗議，讓整個家族為你蒙羞！」

「您考慮到萬一的情況——」

「什麼？」

「您考慮到萬一的情況，所以沒把美野里藏在最容易被發現的地方。」

「萬一的情況？是怎麼回事？」

阿武隈川龐大的軀體原本蜷縮在房間角落，敏感地察覺到情勢似乎開始出現變化，立刻出現反應。

「穗小弟消失的時候，米子女士未經您的許可就闖進來試圖搜索，您擔心這次或許也會發生相同的狀況。萬一她又闖入偏屋，最先搜索的肯定是壁櫥，所以您先排除了壁櫥這個藏身之處。」

「說得有道理……可是，偏屋裡還有其他可以藏小孩的地方嗎？而且我們最清楚這老頭沒有抱著孩子從偏屋過去主屋。」

「嗯，確實沒錯，所以美野里**還在這個房間裡**。」

「真、真的假的！」

阿武隈川驚呼，米子臉上的陰霾頓時一掃而空。

「當我推理美野里被藏在儲藏室或偏屋的壁櫥裡時，宗壽先生接受了我的挑戰。」

「嗯，看上去是那樣沒錯。」

「儘管如此，他的態度卻隱隱透露出有些不安的情緒。」

「有嗎……算了，有沒有並不重要，重點是這中間的矛盾意味著什麼？」

「因為美野里並不在儲藏室或這裡的壁櫥裡，他才敢接受我的挑戰。可是還有別的因素令他感到不安，這麼思考就合理了。」

「原來如此。」

「於是我想起我們在小祠堂附近時發生過地震，當時他的臉色就變了。」

「啊，我也看到了。」

「假如他是從那時候開始覺得不安的話……」

「這是什麼意思？」

「然後一進到偏屋，他的不安就消失了……我其實有留意到他在進到這個房間的同時就恢復自信了。」

「也就是說？」

「也就是說，地震或許會對美野里的藏身之處造成某種影響，令他感到不安，可是一進偏屋，確定逃過一劫後，他就恢復自信了。」

言耶說到這裡便站了起來，走向房間的東北角，爬到階梯狀五斗櫃上，從掛在壁櫥上方的長方形巨大裱框畫後面救出了一個奄奄一息的小女孩。

「美、美野里！」

「黑兄，來幫個忙，小心點，輕輕地把她放到榻榻米上……」

將少女交給米子和阿武隈川後，言耶爬下階梯狀的五斗櫃，對悅子說：

「可以麻煩妳去請醫生過來嗎？」

悅子瞥了宗壽一眼，忙不迭地點頭答應，往主屋跑去。

幸好美野里只有輕微的腦震盪。後來宗壽終於從實招來，他抱著美野里進入偏屋，把她扔在地上時，不小心讓她的頭撞上火盆，當時的衝擊讓火盆裡的灰散了一地。看到美野里死掉似地動也不動，他心急如焚。這時又聽見走廊上傳來了說話聲，腦子裡頓時閃過許多念頭，他靈機一動，就把美野里藏在裱框畫後面。壁櫥前的灰塵應該就是當時從畫框上抖落的。

宗壽強調美野里是不法侵入，主張自己做的一切皆屬於正當防衛。但言耶還是報了警，並且請警方搜索那片竹林。起初警方還站在這位在地仕紳那邊，直到阿武隈川抬出了冬城牙城的名號，他們的態度就突然翻轉了一百八十度。第二天還派出警犬進行了大規模搜索，結果挖出了推測是畠持豐太的孩童遺骨。宗壽依棄屍罪嫌被捕，隨即又以殺人罪嫌遭到起訴。

「你怎麼知道豐太的遺體埋在竹林裡？」

接受完警方的偵訊，終於沒他們的事了。當兩人坐上火車、踏上歸途時，阿武隈川這麼問言耶。

「我也沒有十足的把握，只是那個老人說在豐太小弟的失蹤騷動後，不只小孩，就連闖進竹林的野貓野狗也會馬上被他趕出去，這句話令我耿耿於懷。」

「對耶，他大概是擔心野狗把遺體挖出來吧。」

「我猜他當時肯定是不小心說溜嘴。」

「話說回來，居然可以把小孩子藏在裱框畫的後面卻不會掉下來。」

「我救出美野里時看到了，為了不讓畫框掉下來，下面釘了好幾根釘子補強。」

「可是他應該沒有時間釘釘子吧？」

「不是那個時候釘的，應該是更早之前，為了因應地震釘上去的。那個地區經常發生地震，畫框肯定已經掉下過好幾次了。」

「不過這次的經驗真是令人難以忘懷啊。」

阿武隈川顯然已經忘了自己差點就要陪著磕頭謝罪，不過以他的個性來說，想必會想盡各種藉口，讓自己全身而退。

這次真的是受盡折騰……。

言耶看著學長無憂無慮的臉，在心中犯嘀咕，但又重新告訴自己能及時救出美野里真是太好了。幸好特地跑一趟來看箕作家的屋敷神，才能剛好在場、才能剛好救回少女一命。從這個角度來說，或許還得感謝阿武隈川烏也說不定，但言耶終究還是打消了這個念頭。

話可不是這麼說的。

幾天後，言耶在宿舍房間裡重看坂口安吾在《日本小說》[13]上連載的《不連續殺人事件》單行本版時，阿武隈川跑來了。

「出大事了！」

「怎麼了？學長吃河豚中毒了嗎。」

「怎麼可能，我才不會輸給食物呢。」

這不是輸贏的問題吧，但是看他的樣子非同小可，言耶便從書本裡抬起頭來。

「昨天啊，警方在箕作家的竹林裡蒐證時——」

「該不會還挖到其他小孩的遺體吧……」

⑬ 先後由大地書房、日本小說社推出的藝文雜誌。坂口安吾於第三期（1947年9月號）連載代表作《不連續殺人事件》，並於1948年推出單行本，榮獲「第二屆偵探作家俱樂部賞」（現「日本推理作家協會賞」的前身）肯定。

言耶不假思索地追問，阿武隈川搖搖頭。

「不是，發現豐太的遺骨時已經徹底地調查過竹林了，這次是要那個老頭同行，名符其實的重回現場。」

「莫非是到了這個節骨眼，他還否認犯案？」

「並不是，他消失了。」

「什麼……」

「重回現場模擬犯案手法時，那老頭從竹林裡消失了……」

「可、可、可是……手銬呢？還有腰繩……」

「手銬和腰繩都繫上了。結果只有腰繩留下，但腰繩就像被咬斷似地在中途斷掉……手銬則是到處都找不到。」

「警察就在旁邊吧？沒有人看到他消失的那一刻嗎？」

「沒有。手裡拿著腰繩的刑警當時剛好轉頭看向別的地方，再轉回來的時候，人就已經不見了。現場當然引發軒然大波，大家在竹林裡翻了個遍，不過什麼也沒找到，結果好像當成失蹤人口處理了。」

在那之後，阿武隈川有好一陣子都在關注箕作宗壽那起匪夷所思的失蹤案有沒有什麼新的消息或進展。可惜什麼也沒有，他也就逐漸失去興趣了。

然而就在案發過後大約一個月的某天傍晚，阿武隈川突然跑來宿舍找言耶，還說了一句莫名其妙的話。

「話說那個箕作家啊，現在好像已經完全人去樓空了。」

「箕作家的人呢？」

「都搬走了吧。過去代代擔任庄屋的家族，一家之長居然殺了人，而且殺的還是小孩，這事一傳出去，怎麼也待不下去了吧。」

「說得也是。」

「所以那棟房子如今已經徹底變成鬼屋了。」

「有什麼奇怪的傳聞嗎？」

「哦，你很敏銳嘛。可是傳聞不是跟建築物，而是和後院那片竹林有關。」

「咦……」

「聽說大白天也會從陰暗的竹林裡傳出咖嚓咖嚓……咖嚓咖嚓……的怪聲，可是即便仔細看也什麼都沒發現，但聲音確實是從竹林裡傳出來的。」

「那到底是什麼聲音？」

「我在猜會不會是手銬摩擦發出的聲音……」

竹林裡的神隱

日本歷史上的「天狗」一詞，最早出於《日本書紀》舒明天皇九年（637）二月十一日的紀錄：「巨大的流星自東方空中朝西方飛去，發出了如雷般的聲響。眾人皆稱流星發出鳴聲，但是自唐歸來的旻僧卻說，那不是流星，而是天狗。因為發出了如雷般的聲響。」

旻僧所言，是他從中國帶回來的知識，並非杜撰。《史記・天官書》：「天狗，狀如大奔星，有聲，其下止地，類狗。」而《太平御覽》則將天狗歸為妖星：「天狗所下之處，萬人伏屍，狗食血；戍下之邑，大兵起，國易攻，人相食，千里流血，四方相射，破軍殺將，兵喪並起，國破滅已。」極為凶險。

平安時代，天狗與日本神道教的自然神靈信仰融合，繼承了流星飛翔、騰空的特質，轉變為匿居山林之間的鳥神。《平家物語》如此描述：「似人非人、似鳥非鳥、似犬非犬，足手為人、頭為犬，左右有翼，能飛行之物。」

其後，天狗在佛教盛行的年代，漸漸被視為妨礙佛法的魔物。《源平盛衰記》記載，無心求佛的僧人、高傲自負的學匠，死後因無道心而不能成佛、亦因持佛法不能往地獄去，只能墮入魔界的天狗道，即為天魔。也就是說，天魔是他們死後、徘徊於陰陽兩界之間所化身的一種天狗。

也由於天狗形象邪佞，加以藏身森壑、神出鬼沒，因此，人們便把所有無法解釋、不可思議之事，全數都推給天狗了。例如「天狗倒」，意指自山中傳來樹木倒下的聲響，但朝著聲音的源頭看去，什麼事都沒發生；「天狗礫」的意思則是，山中的天空遽然落下碎石、砂土，然而，往上空一望，只看到天空毫無異狀。

本作的謎團，則發想自「天狗隱」——這是「神隱」的一種類型。武藏茶鄉的箕作家旁有一座竹林，一日，箕作的家長憑空消失於竹林，原因不明，只能認為是天魔作祟。箕作家立即蓋了一座小祠堂，用以安撫天魔。詎料，後來仍陸續發生了三起兒童失蹤事件，根據現場腳印的跡象顯示，失蹤者均像是突然遭上方擒而騰空，彷彿天魔自空中捕捉。

「天狗擄童」的鄉野傳說，由來已久。據聞，天狗誘拐兒童後，會帶他們到天狗聚居之處參觀，甚至定居下來。江戶時代的文政三年（1820）間，一名名為寅吉的江戶少年失蹤數年後復歸，稱他是被一位自稱十三天狗首領的老人帶到常陸國（現今為茨城縣）岩間山中的「仙境」，並與他們一起修行。寅吉還說，天狗烤魚、鳥食用，但不吃牛、豬等四足動物；也喜歡吃水果。此外，他們年齡在二百至一千歲之間。

此事引起國學大師平田篤胤的注意，立即邀他同住，並將其經歷寫成了《仙境異聞》（1822）。這亦是篤胤研究神秘學的開端，影響了後來柳田國男、折口信夫的民俗學研究。

這樁奇事，固著了「天狗擄童」、造成「神隱」的大眾印象。當然，現實世界恐怕不是那麼有趣。柳田國男推測，「天狗擄童」的諸多事件，真相很可能是部分歹毒的入山修行者為了滿足個人色欲、進村強行誘拐男童後，迫使被害者虛構出來的。

如屍蠟滴落之物

屍蝋の如き滴るもの

一

「所、所以說，他真的即身成佛了嗎？」

刀城言耶難掩興奮地問道，這也讓本宮武浮現出有些困擾的表情。

「對於當事人而言，恐怕是那樣沒錯。問題是，那可以稱之為即身成佛嗎……」

身為學生的言耶，現在人正在離都心有段距離的本宮家洋房「本屋」的會客室裡聽武說話。相較於都心的復興速度固然日新月異，但是還殘留飽受戰禍的深刻痕跡，這裡卻宛如另一個世界，氣氛截然不同。

本宮武是國立世界民族學研究所的教授，專門研究非洲的面具儀式，因此在這間用來接待客人的會客室裡，四面牆都是高度頂到天花板的書櫃和檔案櫃，密密麻麻地塞滿了數量龐大的藏書和面具。很多學者的研究資料都在空襲中付之一炬，所以這可以說是他們夢寐以求的光景，就連還是學生的言耶也不例外。

處在這樣的環境下，再加上聽本宮說了很多光怪陸離、不可思議的習俗，感覺就像是暢遊在無憂無慮的仙境裡。雖說只是暫時，倒也真的差點忘了幾年前才剛發生過戰爭。

這是言耶第二次見到本宮武，第一次是在大學恩師的介紹下，參加從去年除夕夜到今年元旦在本宮家舉行的「怪談會」。本宮對於栽培後進也相當熱心，這一點是眾所皆知的。當時在他家裡也聚集了四名年輕的學者。

沒想到其中一位學者竟在本宮家的別館「四隅屋」慘遭殺害，兇手在現場留下奇妙的腳印，就消失得無影無蹤，不僅如此，言耶還看到自己往前行走的木屐，讓案情變得更撲朔迷離。因為現場的狀況十分詭異特殊，言耶還被負責偵辦的刑警當成嫌犯。最後甚至連他的父親——素有「昭和名偵探」美譽的冬城牙城——也被抬了出來。由於父子倆的關係實在一言難盡，言耶無論如何都得靠一己之力解決那個難題。

結果雖然有很多不盡人意的地方，但言耶還是努力地找出了真相。本宮武這一次就是為了答謝言耶，招待他吃了豪華的晚餐，還說了很多他最愛聽的奇人異事，而且都是稀奇古怪的海外民俗怪談。不用說也知道，言耶簡直樂壞了。

本宮的怪談講到一個段落後，換言耶開始發表關於怪奇小說的知識。他向本宮談起在戰後的偵探小說雜誌創刊熱潮中出道的新銳作家作品，可是就在提到經常於《書齋的屍體》連載作品的伊乃木彌勒時，本宮的樣子變得不太對勁。言耶問他是不是不喜歡伊乃木彌勒的文風，才知道本宮其實跟伊乃木彌勒很熟。

「他和我一樣都是民族學者。」

言耶恍然大悟，難怪伊乃木彌勒的作品多半都是以海外的窮鄉僻壤為舞台，描述在當地流傳、令人毛骨悚然的儀式，例如〈詛咒的祭壇〉或〈死者們的棺木〉之類的怪奇短篇作品。

「怪奇小說家伊乃木彌勒的本尊，其實就是城南大學的土淵庄司教授，他的專業領域是埃及的——」

「咦……請、請等一下。」

本宮不假思索地拆穿作者的真實姓名，讓言耶有些慌張。

「那個……我可以知道這麼重要的事嗎？」

「哦，沒關係啊。因為我也跟土淵提到過你，說有個眼中只有怪談奇聞的學生，神乎其技地解決了四隅屋的命案。」

「是噢。」

「他的性格非常一板一眼，之所以用筆名寫怪奇小說肯定也是為了轉換一下心情。這件事當然沒讓校方知道，所以你也小心別說溜嘴。」

「好、好的。」

「對他而言，像你這樣的學生可以說是再好不過的同好。」

「是這樣嗎？」

本宮對看起來沒什麼自信的言耶露出惡作劇般的微笑。

「還有還有，我告訴他這位刀城言耶同學也在寫怪奇小說，土淵就說他一定要會會你。」

「什麼！不、不對，比起這個，本宮教授怎麼知道我在寫作的事？」

本宮樂不可支地盯著又驚又喜的言耶看。

「上次的案子落幕後，我和木村教授碰了個面，過程中就聊到你的事。他說你的筆記本裡寫滿了怪奇短篇小說。」

本宮是言耶的恩師木村有美夫介紹給他認識，這麼想來就沒什麼好不可思議的了。然而，意外的展開還是令言耶大吃一驚。

「其實土淵也跟你一樣，曾經把短篇寫在筆記本裡。或許是因此對你產生了親近感，所以想和你見上一面，好好聊個幾句，屆時也想拜讀你的小說——」

「別、別嚇我了。」

言耶忙不迭地搖頭。

「就算是業餘的興趣，伊乃木彌勒老師除了《書齋的屍體》以外，也在其他商業雜誌上發表作品，是不折不扣的專業作家，我的作品只會弄髒他的眼睛……」

「如果是練習作品，更應該給土淵看了，讓他看完之後請益一下意見不是很好嗎?他說自己起初也是基於興趣才開始寫作的，所以或許會對你的作品產生興趣喔。」

「是噢……」

「很少有機會能讓現役的怪奇作家閱讀自己的作品、聽到本人的感想對吧。」

「您說得沒錯啦……」

本宮給還在猶豫的言耶致命一擊：

「再說了，土淵家的院子有你非常感興趣、符合你奇怪嗜好的東西喔。」

「……什、什麼東西？」

明知這是對方挖坑要給他跳，言耶還是沒有辦法不往下跳。

「建築物的南側有座寬敞的庭院，院子裡有座池塘，池塘的正中央有座被稱為彌勒島的小島。據說原本是想做成築山①的島嶼版，並不是為了要特別供奉什麼東西才打造的。」

本宮似乎是想起了什麼，說到這裡就停頓了一下。

「距今約莫十六、七年前的某一天，土淵的父親庄三先生突然被神靈降駕。」

「是被神靈附身了嗎？」

完全無法預期本宮要分享的內容是什麼，總之先附和再說。

「大概是吧。關於這件事，土淵並沒有說太多細節，所以我也不是很清楚。我只知道被神靈附身的庄三先生開始崇拜起彌勒信仰，還創立了名為彌勒教的宗教團體。」

「所謂的彌勒是指彌勒菩薩嗎？傳說將在五十六億七千萬年後，為了拯救世人而降生人間的那一位。」

「從後面的發展來看，好像是那樣沒錯。」

「請恕我多問一句，土淵家是——」

「聽說家族裡過去從未出現過任何的宗教人士，從過去開始就是學者世家，庄三先生也是研究國學的學者，在大學擔任助理教授。因為他連這個鐵飯碗也不要了，土淵著實慌了手腳。但庄三先生心意已決，後來甚至剷平庭院，打造成教團總部。」

「來真的呢。」

「明明信徒只有小貓兩三隻，卻蓋成三層樓的氣派總部。因為被彌勒教洗腦的人——而且還有三個——提供了資金。」

「那些人是純粹地信奉彌勒教嗎？」

「聽說他們除了尊庄三先生為教祖外，也很熱心傳教。說到底，那三個也是教團的重要幹部。如果只是從事一般的宗教活動，教團或許能撐一陣子也說不定。因為彌勒教的教義保證教徒都能創造美好的未來，考慮到當時不景氣的世道，很容易吸引人入教。」

「所以是庄三先生和那三個幹部做了什麼不妥的行為或是會被有關當局盯上的活動嗎？」

從本宮的態度來看，言耶猜測問題非同小可。

「你應該知道彌勒菩薩現世的五十六億七千萬年後是從什麼時候開始算起吧。」

「從釋迦牟尼佛涅槃入滅開始算起。空海在高野山圓寂也是為了與彌勒菩薩一起現世。」

「沒錯，因此流傳著空海即身成佛的說法，至少學者們都認為山形縣庄內地方的即身佛就是

① 以石頭或土堆積成的人造山，用來進行觀測或當成庭園造景的一部分。

受到彌勒信仰與空海入定傳說的影響。」

「土中入定嗎？」

言耶也看過這一類的書，得知以前在出羽三山其中之一的湯殿山上，存在著修道之人戒斷穀物、讓身體的脂肪分解，然後在還活著的情況下埋入土中，進行斷食，經過三年三個月後再挖出來，將其變成木乃伊的肉體視為即身佛，供奉在寺院裡的信仰。

「凡是木村教授教過的學生，知道這些是理所當然的吧。」

言耶不知該做何反應才好，本宮又說出駭人聽聞的話。

「問題是庄三先生和三位幹部居然想嘗試即身成佛。」

「什麼……」

「當然實際要執行的人是庄三先生。那四個人是真心認為，身為彌勒教教祖的他，是最適合成為即身佛的人。」

「土淵教授沒有阻止父親嗎？」

「他完全被蒙在鼓裡。為了傳教，庄三先生經常外出，就算回來也不回土淵家，幾乎都住在教團總部。土淵也忙於大學授課和田野調查，待他回過神來，與父親已經好多年沒見了。再加上母親早已過世，兩位弟弟也各自成家立業，所以根本沒有家人知道庄三先生在做些什麼。」

「原來如此。」

「土淵認為明明是一家人，而且還住在同一塊區域內，這樣未免太不正常了，於是向三位幹部詢問父親的下落。不料他們每次都回答：『教組去哪裡哪裡傳教了。』始終見不著父親一面。土淵覺得事有蹊蹺，便找來三位幹部中比較好說話的人，在遠離教團的地方逼問他，結果才意外地知曉庄三先生居然在庭院裡那個池塘小島的土中入定。」

「那是什麼時候的事？」

「發現的時候貌似已經過了兩年以上。」

「所、所以說，他真的即身成佛了嗎？」

「對於當事人而言，恐怕是那樣沒錯。問題是，那可以稱之為即身成佛嗎……」

「怎麼說？」

「對土淵而言，這件事實在不能坐視不理。他想把父親挖出來，幹部則堅持為時尚早，所以拚命地阻止他。雙方起了很大的衝突。」

「換句話說，如果太早挖出來，就無法變成即身佛嗎？」

「刀城同學，問題不在這裡吧。」

看到本宮臉上浮現苦笑，言耶這才意識到自己問得太深入了。

「說、說得也是。即身成佛本身還不合法，所以那三個幹部應該犯了殺人罪，再不然也是加工自殺罪吧。」

「不，整件事就在不了了之的情況下落幕了。後來在警方的陪同下開挖池塘裡的小島，發現庄三先生懷裡捧著天皇陛下的肖像。」

「呃，這跟彌勒信仰……？」

「這方面的前因後果還不清楚，因為三位幹部的意見也很分歧。可以想見的是，為了吸引信眾，巧妙地利用了當時的天皇制。不過從教祖本身捧著天皇肖像的事實來猜測，庄三先生或許同時抱持著彌勒拯救眾生與天皇經世濟民的世界觀。」

「警方也不知該怎麼收拾殘局吧。」

「當時正值開始對出口王仁三郎②的大本教進行第二次鎮壓的時候，所以應該沒有閒工夫分神去打擊彌勒教，更何況那幅天皇的肖像也很棘手。」

「我想也是。」

「而且看到庄三先生的遺體時，三位幹部全身發顫，然後竟一溜煙地逃走了。」

「咦!?」

「因為庄三先生並沒有變成木乃伊，而是屍蠟化了。」

「啊……」

「在西方世界會將宗教人士屍蠟化的現象視為奇蹟，大多會被當成聖人看待。但是幹部們滿心期待會看到化成木乃伊的即身佛，所以當眾人看到出現在眼前的遺體幾乎還維持庄三先生生前的模樣時，大概讓他們嚇得魂飛魄散了。」

「彌勒教後來怎麼了呢？」

「沒兩下就解散了。庄三先生入定後，所有的活動皆由那三位幹部負責，所以他們一跑就群龍無首。」

「原來如此。」

「庄三先生的死被當成自殺，遺體埋在土淵家的腹地內也沒有任何問題。因此土淵為了貫徹已逝父親的意志，便重新將父親的遺體埋回池塘的小島上，稱其為彌勒島，還打造了入定的墓碑。」

「這麼說來，現在也……」

「沒錯，庄三先生還長眠在彌勒島上。」

「可、可是……這種家族祕辛可以不以為意地告訴我這種外人嗎？」

言耶覺得不太妥當，但本宮不當回事地笑著說：

「不要緊。土淵只不過是為了尊重庄三先生的意志，他自己對彌勒教或入定什麼的一點興趣也沒有。就算有興趣，頂多也只是對父親的遺體感興趣。」

---

② 原名上田喜三郎，明治三十一年（1898）和出口直創立神道系新興宗教「大本」，並列教祖，後來成為出口直的入贅女婿，被尊為「聖師」。

「什麼？」

「他的專攻是埃及的木乃伊。所以不光是世界各地的木乃伊，也會調查屍蠟化的遺體。換言之，他對庄三先生遺體的好奇頂多只是從純粹的學術角度出發而已，除此之外……」

「啊！」

儘管言耶大聲地打斷本宮的話頭，本宮依舊和顏悅色地問：

「怎麼了？」

「伊乃木彌勒這個筆名就是把木乃伊倒過來當姓，底下接上彌勒為名嘛。」

「你發現啦。從這個筆名也能看出，土淵已經全盤接受庄三先生的宗教活動與他的死亡。他說過——父親被神靈附身後，完全活出自己的樣子，所以應該很幸福。」

「這麼說也有道理。不過，雖說土中入定也是出於本人的意志，但三位幹部或多或少大概都從背後推了一把。」

「土淵也有同感。但是後來找到教祖的日記，證明庄三先生的意志十分堅定，所以土淵也接受父親入定的選擇。只不過，他似乎非常痛恨視父親的入定如無物、害父親的獻身白費的三位幹部。」

「我猜任何人都會這麼想。」

「再加上他的性格剛正不阿、一板一眼，幹部的行為看在他眼裡無疑是不可饒恕的背叛。」

「可是警方都以自殺結案了，也拿他們沒辦法。」

這時，本宮露出難以言喻的表情說：

「土淵是不折不扣的合理主義者，充滿學者風範。對父親創辦的彌勒教雖然不曾出言批評，但是也不表認同。只不過，他真的十分尊敬庄三先生對信仰的虔誠態度。」

「他認為信仰本身是很值得尊敬的行為吧。」

本宮慢條斯理地點頭。

「正因為如此，土淵對那三位幹部說出了他平常絕少會說的話。」

「土淵教授說了什麼？」

「事情演變成這樣，父親一定會感到無所適從吧。這麼一來，父親肯定會爬出彌勒島，前去拜訪各位，到時候還請大家多多指教。他似乎是對那三人這麼說的。」

「這大概是他竭盡所能的挖苦吧。」

「確實是這樣。問題是，他的預言成真了。」

「怎麼可能……」

見言耶無言以對，本宮以冷靜的口吻接著說：

「以下簡稱那三位幹部為甲乙丙好了，不過倒也不是全然無關的簡稱就是。」

「這話怎麼說？」

「以甲為例，他的名字裡就有個水田的『田』字。」

「原來如此，是這個意思啊。」

「附帶一提，土淵是從乙的口中問出父親入定的事。言歸正傳，挖出遺體的幾天後，黃昏時分，先是甲看到屍蠟化的庄三先生站在自家書房的窗外。」

「看、看得很清楚嗎？」

「因為天色昏暗，**那個**又包著頭巾，所以看得並不清楚。但頭巾確實是庄三先生入定時戴在頭上那條，長相也與故人非常相似。而且臉部的皮膚看起來還流淌著油亮的油脂。當**那個**消失後，甲再往窗外窺視，只見地上留下了貌似水滴滴落的痕跡，看起來就像滴落的油脂……」

言耶腦海中頓時浮現出已經屍蠟化的遺體，從臉部到身體一路滴著油脂往前行走的情景。

「甲立刻告訴乙和丙自己看到的事。隔週，時間同樣是傍晚，乙被家人發現死在廁所裡，死因是心臟痲痺。」

「乙也看到了屍蠟化的遺體嗎？」

「聽說從廁所窗戶可以看到庭院的地面，那裡果然也留有油脂滴落的痕跡。」

「那丙怎麼樣了？」

「**那個**也出現在第三位幹部的住處，後來又再次出現在甲的家。從此以後，彷彿心血來潮就會找上甲或丙，時間都固定是傍晚。話說當時從池塘中的小島挖出庄三先生時，據說就是日落時分。」

「甲和丙後來如何？」

「過了一段時間，甲在自己家的後院挖了個坑，把自己活埋在裡面死去了。」

「……」

「警方找土淵問案，但那個時候他剛好去參加研討會，所以有不在場證明。而且甲的死狀明顯是自殺，再加上甲以前也提過庄三先生的即身佛來找過他的事實，所以警方研判甲是在受到鼓吹庄三先生入定的罪惡感驅使下，才因此踏上了絕路。」

「就算是那樣，自己把自己活埋這種事……」

「不僅非常困難，無疑也伴隨著非常大的痛苦吧。」

言耶光是想像就覺得喘不過氣來。

「甲死去之後，丙就不知去向了，也沒告訴家人自己要去哪裡，就這麼消聲匿跡。」

「逃之夭夭呢。」

「不知是否為了找出丙，聽說**那個**後來又再出現了，從土淵家的庭院裡，那座池塘中的彌勒島地底下……」

二

透過本宮教授的介紹，刀城言耶帶著創作筆記，在二月某個從一大早就寒氣逼人的週末前往土淵家拜訪。

儘管早在上門拜訪前的那幾天，為了不讓大學學長阿武隈川烏得知此事，言耶小心翼翼地不敢露出任何馬腳，但阿武隈川那副龐大的身軀仍突然出現在言耶的宿舍裡，沒頭沒腦地對他說：

「你這傢伙是不是有什麼事瞞著我？」

「咦？沒有啊……我不知道學長為什麼會這麼問。」

言耶下意識裝傻，頭搖得宛如波浪鼓似的。

「很可疑喔。因為你身上隱約散發出一股好像即將發生什麼有趣大事的氣息。」

阿武隈川烏這個人對自己寬容得令人傻眼，但是對別人卻會死纏爛打到天涯海角。尤其在面對言耶這個學弟時，這個扭曲的性格更是發揮到淋漓盡致。對他而言，捉弄言耶可是至高無上的喜悅，真是難纏的傢伙。

偏偏這傢伙有著比狗還靈敏的嗅覺，不過對於這點，言耶也已經頗有心得。

「這真是太奇怪了，你確定不是食物的味道嗎？」

「……不是。」

阿武隈川對食物異常執著，甚至會把別人的糧食據為己有。他跟言耶一樣，都是眼中只看得到怪談的人，但食物仍是高於一切的存在。因此如果要分散他的注意力，把話題轉移到食物上是最聰明的選擇。

「貴為烏大明神，根本沒有任何食物能逃過你的法眼吧？」

「這還用說嗎。」

「既然如此，像黑兄這麼偉大的大前輩，根本不用浪費時間在我這種後生晚輩身上嘛。」

「嗯？啊，說得也是。」

雖然阿武隈川對於別人——特別是言耶——心眼壞到令人髮指的地步，但其實意外單純。從他的性格也可充分看出，他是那種會把別人誇張到近乎綿裡藏針的恭維當真的人。

「對於致力於蒐集全國怪談的學長來說，這些時間太珍貴了。」

「好說好說。不過指導毫無才能可言的學弟也是才華橫溢的學長應該背負的使命——」

「不，請黑兄務必再挖掘出像箕作家的屋敷神那種超乎想像又具有高度學術價值的實際案例。因為那是在不久的將來要背負整個日本民俗學界的烏大明神才能勝任的田野調查工作。」

「喔喔，阿言，你很識貨嘛。」

不管是「烏大明神」還是「黑兄」，都是從阿武隈川的名字「烏」這個字延伸出來的綽號。「阿言」則是阿武隈川心情好的時候，或者是為了籠絡言耶的時候才會用來喊刀城言耶的暱稱。

在那之後，阿武隈川把言耶房裡所有可以當場塞進嘴巴的食物都吃光後，才終於打道回府。

「我才沒有閒工夫陪你混呢。」

阿武隈川還撂下這句話才走，但言耶當然不會放在心上，反而鬆了一口氣。

「簑作家出了大事呢。」

先前阿武隈川告訴言耶，武藏茶鄉的簑作家供奉著極為罕見的屋敷神，兩人幾週前才去拜訪過……。

結果不只被捲入石破天驚的事件，而且拜阿武隈川的胡言亂語所賜，言耶不得不扮演起業餘偵探的角色，而且還是處在絕對不能失敗的狀態下。想也知道這一切都是阿武隈川造成的。

「我已經受夠與黑兄同行了。」

更何況這次還帶上創作筆記，無論如何都不能讓阿武隈川跟來。

阿武隈川並不知道言耶在寫小說，而且言耶這輩子也都不打算讓他知道。萬一讓學長跟到土淵家，自己在創作的事情就會曝光。這麼一來，阿武隈川絕對會吵著要看，看完之後肯定還會批評得很難聽。如果是針對作品的評論，就算被針砭得體無完膚，言耶也不會在意，不過若是阿武隈川的話，就只是想說他的壞話而已。

「以那個人的性子大概會拚命地雞蛋裡挑骨頭，挑到我完全喪失寫作的鬥志為止。」

阿武隈川離開後，一個人在房裡自言自語的言耶猛然回過神來。

「總之要珍惜生命，就得遠離學長。現在先專注在這件事上吧。」

言耶在書桌上攤開創作筆記，開始與只剩下一點點就能完成的最新怪奇短篇〈雨小僧〉大眼瞪小眼。

在那之後又過了幾天，終於來到要去土淵家拜訪的星期六。言耶為了避開阿武隈川烏，一早就離開宿舍，到傍晚為止都在圖書館和神保町的舊書店打發時間。

雖說暫時讓他放棄糾纏了，但要是小看阿武隈川的嗅覺，可是會吃足苦頭的。即使與食物無關，土淵家依舊有那位學長第二感興趣的怪談。不對，而且土淵也有邀請言耶共進晚餐，所以跟食物其實也有很大的關係。

仔細想想，居然真的能順利擺脫黑兄啊……。

即使人已經坐在土淵家的餐桌前，言耶也坐立難安，擔心阿武隈川不知道會不會突然在某個時間點冒出來，然後嚷嚷著：

「哎呀不好意思，我來晚了。啊，我叫阿武隈川烏，是京都某間知名神社的繼承人，前途似錦，所有人都對我的將來寄予厚望。同時我也是厚顏無恥地坐在那裡享用府上豪華晚餐的刀城言耶的學長，相當於他的監護人……」

言耶真的很擔心明明餐桌上根本就沒有他的座位，那個彪形大漢也會不由分說地坐下來，嘴裡還叨念著莫名其妙的廢話。

只要阿武隈川沒跟蹤言耶，再怎樣也不可能找得到土淵家。心裡雖然這麼想，但唯獨那個學長不能以常理推論，這也令言耶由始至終提著一顆心。

所幸言耶的憂慮只是杞人憂天，阿武隈川並沒有闖進來，在土淵家的晚餐也平安落幕了。

雖說是土淵家，但庄司他們都住在過去曾是彌勒教教團總部的那棟建築物裡。說來諷刺，土淵家的主屋在空襲中付之一炬，只剩下用磚頭蓋的三層樓總部奇蹟般地逃過一劫。因為房間很多，即使全家人都搬過來，戰後也還能出租一部分的房間給別人。

想當然耳，晚餐的席間只有土淵家以及和土淵家有往來的人士。首先是城南大學的教授、以伊乃木彌勒為筆名發表怪奇小說的土淵庄司，年紀約在四十五到五十歲之間。其次是在中學教歷史的菜鳥教師、平時有在研究中世武器的庄一。再來是次子庄次，高中生，在學校同時參加棒球社和校刊社。以上三位就是土淵家的成員，庄司的妻子則是在空襲時去世了。

除此之外，還有庄司的研究助理十和田祥子，年約二十歲左右，據說是庄司弟媳亡姊的長女，以及住在土淵家幫佣，五十開外的壽乃久美江和她死去妹妹的兒子，亦即她的外甥高志，年方十歲。

久美江專心為眾人上菜，即便庄司叫她坐下來一起吃，她也不肯就座。高志能與他們同桌吃飯，想必也是基於庄司的好意。或許正是因為這樣，才會讓久美江如此堅決地推辭也說不定。

飯後，庄司請言耶移動到客廳。不只一家之主，庄一和庄次兄弟倆、十和田祥子和高志也都一起進到客廳，這令言耶有些侷促不安。

這麼一來就不方便提起庄三先生的話題了。

庄司本人或許已經釋懷了，但庄三畢竟是庄一和庄次的祖父，而且當著祥子這種年輕女性和高志這個小學生的面，實在無法提起遺體因為入定而屍蠟化的話題。

然而，沒想到言耶的顧慮完全是多餘的。庄司不僅給他看了一整套與彌勒教教團相關的照片，還開門見山地問他：

「你已經從本宮教授那邊聽說家父庄三是以屍蠟化的狀態，埋在庭院裡的彌勒島地底下吧？」

「……是、是的。」

「也聽他提過那具屍蠟化的木乃伊從說是墳墓也不為過的島上爬出來、出現在背叛自己的三位幹部面前吧？」

「聽、聽說了……」

「從此以後，家父偶爾會冷不防地出沒一下，身上滴著油脂走來走去──本宮教授應該也告訴過你這件事吧？」

「那個……」

「你是怎麼啦?晚餐時瞧你還滿健談的，怎麼突然變得惜字如金?這可是刀城同學最喜歡的怪談喔，你不就是想知道家父的事，才請本宮教授介紹我們認識的嗎？」

「是這樣沒錯……」

言耶往四周瞅了一圈。

「我只是有點錯愕，現在適合在這裡提起那個話題嗎……」

「哦。」

庄司臉上浮現出「原來你是在擔心這個啊」的表情。

「無需擔心。」

「怎麼了嗎？」

庄一問父親，視線則看著言耶。

「刀城同學是顧慮到該不該在你和庄次面前提起你們祖父的事。」

「原來如此，那的確是你多慮了。」

與父親互為對照，庄一深深地嘆了一口氣。

「祖父入定的時候，我還是個孩子，當時的年紀比高志還小。直到從彌勒島挖出來以前，我都理所當然地以為他出遠門了，所以並沒有很驚訝。可是在那之後，聽說他陸續出現在三位叛徒面前，儘管是自己的祖父，還是嚇得全身發抖……」

「確、確實是這樣呢。」

言耶擠出再正常不過的反應附和，然而庄一卻開始搖頭。

「家人發生這種事，一般都很忌諱讓外人知道，但家父反而是逢人就拿來說嘴。」

「我那時候——」

庄次從旁插嘴。

「祖父被挖出來的時候，我只是個小嬰兒，所以還瞞得住。可是自從我懂事後，父親就把事情都告訴我了，而且連入定和屍蠟化的部分都說明得非常仔細。拜家父所賜，小時候即使是白天，我都還是會拉上面向庭院的窗戶窗簾，那座島，即便看到一點點都令人畏懼……」

「就是這樣，所以請不用顧慮我們喔。」

庄一的口吻帶著些許自嘲的意味。言耶不禁有點同情這對兄弟。儘管如此，或許多虧庄司具有身為父親的威嚴，父子的關係看起來還算良好。

「或許庄一和庄次從小就知道了，所以不成問題，可是……」

祥子與高志就不是這麼回事了。言耶心想。

「她的話也不必擔心。」

庄司立刻又眼尖地發現言耶的顧慮。

「祥子是我的研究助理，所以早就看過不少木乃伊的真品了。」

「哦，原來如此。」

這種事只要稍微思考一下就能明白，言耶對自己的不察感到很丟臉。

「可是——」

唯有高志不能聽吧？他的阿姨久美江肯定也不希望他聽到這種事。言耶如是想，但庄司十分乾脆地搖搖頭。

「這孩子明明很膽小，卻非常喜歡怪談呢，喜歡到我還沒告訴他家父的事，他就先主動問我了。」

「可是他的阿姨……」

「久美江的話就更沒問題了，因為她原本就是彌勒教的信徒。」

庄司告訴他，根本不需要顧慮任何人。

「我從不以家父為恥，反而認為他能貫徹自己的信仰，是個很了不起的人物。要是我有第三個兒子，還打算沿用家父的名字，為他取名為庄三呢。」

庄司臉上浮現出非常認真的表情，但隨即言歸正傳，開始說起關於土淵庄三入定的奇特過程。不愧是當事人的兒子，比本宮轉述的詳細多了，更重要的是充滿了臨場感。

言耶不知不覺捏著一把冷汗，擺出往前傾的姿勢，專心地聆聽庄司的敘述。

「呼……」

講到一個段落時，庄次呼出一口大氣。

「好久沒聽到關於祖父的事蹟了，內容實在很驚人。」

庄一也同意弟弟的看法。

「嗯，就是說啊。而且今晚聽到的是不是比過去都更詳盡？」

後半句問的是父親。

「因為我也已經有好一陣子沒跟外人提起這些往事了。」

庄司的反應有些激動。

「或許有些誇大了。自從告訴祥子以來，我大概再也沒有這麼仔細地說明過了。」

「不，老師，我也覺得好多內容都是今晚才第一次聽到。」

從頭到尾幾乎不曾說過話的祥子正經八百地回答。眾人之中唯有高志的表情相當緊繃，臉色鐵青。

這也難怪……。

言耶看著少年，不禁覺得他好可憐。就算再怎麼喜歡怪談好了，也不等於能接受**那個**就埋在自己住的建築物旁邊。庄一和庄次從小就知道這件事，所以某種程度應該已經免疫。祥子身為學者的助手，看樣子是個合理主義者。與他們比起來，高志簡直是誤入叢林的小白兔。

即便如此也還是想知道，或許這孩子身上流著獵奇愛好者的血液。

言耶自己身上也流著同樣的血液，所以比起同情，更多的是對少年惺惺相惜的同路人情誼。

「庄三先生的屍蠟化只是偶然發生的現象嗎？」

「日本濕度偏高，所以很容易屍蠟化呢。」

庄司立刻回答。

「遺體乾燥之後就會變成木乃伊，脂肪部分若難以腐爛分解，則會屍蠟化。說穿了只是一種化學變化。」

「那是什麼樣的變化？」

「難以腐爛分解的脂肪會先變成脂肪酸，然後再產生別的變化，變成屍蠟——」

庄司接下來的說明開始進入相當專業的領域，恐怕只有祥子才能理解他在說什麼。

「而且自然形成屍蠟化的案例，它們個別的生成條件也都不一樣。」

「您是指水中或土中這種環境問題嗎？」

好不容易回到言耶可以插嘴的話題。

「是的。只不過，即使同樣泡在水裡，狀態也會依水質而異。土壤也是相同的原理。還得再加上溫度的影響。與泡在水中或埋在土裡的時間長短也有關係。遺體的脂肪含量、水分的量當然也很重要。如果是自然形成的屍蠟，絕不會出現條件一模一樣的案例。」

「以上提到的生成條件，其差異會對什麼造成影響呢？」

「會對屍蠟的狀態造成影響。」

「……狀態？」

「雖然都稱為屍蠟，但實際案例百百種，從石膏狀的屍蠟到貌似魷魚乾的屍蠟，還有起司狀的屍蠟和泥狀的屍蠟等等，呈現方式琳琅滿目。」

「請問庄三先生是哪一種？」

「感覺介於起司狀與泥狀之間……挖出來的時候簡直臭不可聞。」

看著照片中的庄三，腦海中就快要具體地浮現出他在**那種狀態下的臉**，言耶趕緊停止想像。想也知道那絕不是什麼愉快的畫面。

「所、所以目擊到他的現場才會留下油脂滴落的痕跡啊。」言耶問道。

庄司的表情一直很嚴肅，至此總算浮現出淺淺的微笑。

「要是每次都在出沒的地方滴落那麼多油脂，家父遲早會從屍蠟的狀態變成完全乾燥的木乃伊吧。」

「咦……」

「屍蠟化的遺體起初白白的，接觸到空氣會逐漸變黑。問題是撞見家父的人沒有一個指認到處遊盪的家父出現過這樣的變化。」

「也就是說……」

「教團幹部看到的大概是他們心中的罪惡感所產生的幻影。」

「那其他的目擊者又該怎麼說？」

「雖說是新興宗教，家父依舊是彌勒教的教祖。這樣的大人物入定了，而且還傳出他在背叛教祖之人面前現身的傳聞。每個人心中或多或少都有些罪惡感。所以調查過所有見著家父而驚慌失措的人，或許可以認定他們之間都有一個共同點。」

「什麼共同點？」

「所有的人過去都是彌勒教的信徒。」

「啊……」

「幹部們陸續自然死亡、自殺、下落不明的時候，警方都會找上門來，當時我就已經挑明了說。」

雖然驚訝，但言耶也不是不能理解。只是若從這個角度解釋一切，總覺得有點不是滋味。

「本宮教授告訴我，土淵教授是個合理主義者。」

庄司沒有反駁言耶的評語。

「他還說您以伊乃木彌勒為筆名撰寫怪奇小說只是為了在本業的教學之餘喘口氣。那麼，請問您是站在什麼樣的立場享受怪談？」

「哪來的立場……」

庄司露出困惑的表情。

「因為我聽怪談的時候，都是純粹地當成故事來聽，不太在意是否真有其事。就算真的只是某種錯覺或誤解，對當事人而言，**那**就是現實。只要當事人認為自己有過那段體驗，那就會變成事實，由不得任何人否定。所以不如從一開始就當成故事來聽還比較有趣。不對，這時候該說是比較恐怖才對。總而言之，我很喜歡不可思議的氣氛，所以雖然不相信靈異現象，還是想會進鬼屋瞧瞧，想去享受現場瀰漫的恐怖氛圍。」

「很有道理。」

純粹享受怪談的態度與言耶如出一轍。不過他自己經常遊走於合理與不合理之間，總是處於懸在半空中的狀態，不傾向任何一方。

「話說回來，刀城同學——」

庄司恢復嚴肅的表情。

「可以請你詳細描述發生在本宮教授家裡的那起事件嗎？我已經徵得本宮教授同意，他說既然案子是你破的，想怎麼說都沒關係。」

「哪、哪裡，什麼破案……」

「你就別謙虛了。」

庄一與庄次跟著起鬨，就連高志也以充滿期待的眼神看著言耶。盛情難卻，言耶只好娓娓道來發生在本宮家別館的四隅屋殺人事件。講完後，他們又問言耶還有沒有別的體驗，言耶順勢連武藏茶鄉的箕作家事件也說了。

「哦，兩者的謎團皆與離奇的腳印有關啊。」

庄一很感興趣地說。

「既然要寫小說，爸爸你寫點偵探類的明明會更有意思嘛。」

庄次也緊接著發難，看樣子他平常就有這種想法。

「偵探小說的邏輯性比什麼都重要，這麼一來根本不能在工作之餘喘口氣。」

庄司一本正經地回答庄次後，卻又一臉匪夷所思地看著言耶。

「明明你確實已經漂亮地解開這兩個案子的謎團，為什麼兩邊都還留下怪異的現象呢？」

「這麼說倒也是……」

這次換言耶一臉困惑地說：

「我在想，會不會是因為我根本沒有觸碰到兩起事件的核心……」

「不，沒有這回事喔。」

「因為你解開了奇妙的腳印之謎，才至少讓最關鍵的命案因此畫下句點的。」

這個答案立刻被庄一否定掉了。

「嗯，這點無庸置疑。」

庄司也附和兒子的看法。

「因為如果放著腳印之謎不去破解，就只能接受四隅屋的命案是斯古紬族的死靈、箕作家的命案是由天魔那個怪物造成的解釋了。」

「但土淵教授不這麼認為吧？」

言耶不由自主地反問，庄司則以實事求是的表情回答：

「那是當然的。要是太過迷信，就無法從事挖掘木乃伊的工作。萬一當事人也接受眼前怪異的狀況，身為人類的思考就會停滯不前。換句話說，謎團之所以無法解開，某種程度上就是因為人類已經接受了那個謎團解不開的狀態。」

「也對。」

「而且警方也介入了四隅屋的命案，他們肯定無法接受那是精靈還是死靈幹的好事。但是，就算謎團一天不解開，他們還是不能接受那個結果吧。」

「但最後不管是哪一邊，都留下詭異的餘韻……」

言耶喃喃自語，庄司以不置可否的表情開解他：

「那又不是你的錯。話雖如此，但竟然有人能接二連三碰到這種莫名其妙的事件啊。」

庄司的言下之意或許是——該不會刀城言耶這個人本身就是個莫大的謎團吧？

然而此時此刻，就連言耶也沒有預料到，這次在土淵家又會被捲入一起沒有腳印的殺人事件。

三

高志回到自己位在二樓的房間後，立刻就爬上床鋪。換作平常，這個時間他早就睡死了，但今天意識卻異常清醒，翻來覆去也睡不著。

怎麼會這樣……。

大家圍著刀城言耶在客廳聊的話題十分刺激，說是怪談大會也不為過的內容一開始令高志聽得膽顫心驚，恐懼與戰慄相互交錯。即便如此，隨著夜色漸濃，還是抵不過睡魔的攻擊。途中他還去洗了個澡，結果反而讓身體更加渴望休息了。但這種機會千載難逢，所以高志拚命抵擋排山倒海而來的睡意，專心聽言耶說故事。

沒多久，時間來到午夜十二點，怪談大會終於畫下了句點。因為已經很晚了，庄司便留言耶住下，將他帶到三樓的客房。庄一大概是要去武器室，所以跟他們一起上樓。庄司則說他今晚打算窩在研究室拜讀言耶的創作筆記。庄司和庄一分別窩在三樓的工作空間也是稀鬆平常的事。

庄次和祥子、高志三人則不約而同地回到各自位於二樓的房間。祥子說她還要再看一會兒書，庄次則是睏到連眼睛都睜不開。至於高志也好不到哪裡去，只想趕快在床上躺平。

然而躺到床上，閉上雙眼，卻怎麼也無法入睡，輾轉反側，結果愈來愈清醒，腦海中不斷浮現出今晚剛聽到的恐怖故事。

一旦想起來就更睡不著了。

縱然心裡十分清楚問題所在，也努力放空、什麼也不想，但言耶絕妙的話術始終迴盪在耳邊，縈繞不去。除了自己遭遇過的案子，言耶還說了許多他過去蒐集的全國各地怪談。或許是受到他的刺激，庄司也分享了關於挖掘木乃伊的海外怪談。

庄司老師明明就不相信，為何還喜歡恐怖的故事呢？關於這點，言耶好像也提到過，但高志著實無法理解。順帶一提，若是只喊土淵老師，會搞不清楚是在叫誰，所以久美江和高志分別稱庄司和庄一為庄司老師、庄一老師。

明明不相信，卻又覺得老師說的故事很恐怖，究竟是為什麼呢？

高志睜著眼睛，躺在床上思考，怎麼也想不明白。這時，他發現一個事實。那就是比起庄司說的怪談，言耶說的怪談不知道為什麼還更恐怖一點。

起初還以為是因為內容差異的關係，但仔細對照之下，庄司說的怪談並不比言耶說的怪談遜色。

是因為說話的方式嗎？

庄司無論如何都會採取學者特有的說明式口吻，像是如此如此、這般這般；因為怎樣、所以怎樣。另一方面，言耶則是連現場的氛圍都能傳達出來，讓高志感覺彷彿就連自己也經歷了同樣的體驗，巧妙地將聽眾帶進他所說的故事裡。

庄司的怪談之所以恐怖，或許是因為故事本身就很可怕。既然如此，如果讓言耶來描述相同的怪談又會怎麼樣呢？肯定會覺得加倍恐怖吧。

問題不在主述者的差異，而在於他們對怪談的思考模式本來就不一樣。即使講的是同一個怪談，也會因為他們與怪談的距離感不同，讓聽眾感受到截然不同的氣氛，從而影響到恐怖的程度。

當然，高志並未繼續思考這個問題，只是停留在粗淺的理解，轉而重新回想今晚的體驗。

不過，刀城本人看起來既像相信怪談，又貌似不相信怪談……？

但話說回來，如果對怪異抱持肯定的態度，一再被光怪陸離的事件找上的他，想必無法扮演好業餘偵探的角色。

真是個奇怪的大學生啊。

高志在今晚的怪談會上領悟到一件事，那就是往後庄司說的怪談對他而言，可能就沒那麼可怕了。他還無法判斷這個結果對膽子明明很小卻又熱愛怪談的自己而言到底是不是可喜的變化，而且土淵庄三屍蠟化的木乃伊也絕不會因此就突然變得比較不駭人……。

在窗簾被拉上的那扇窗外，即為土淵家的庭院，**那個**就埋在鎮座於池塘正中央的彌勒島底下，剛剛好落在高志房間的正前方。埋葬明明是正確的說法，卻無論如何都無法視其為普通的墳墓。相當於墓碑的那塊碑一直讓人聯想到用來封印屍蠟化木乃伊的塚。

可是，**那個**卻從塚裡爬出來了……。

庄司提出的解釋極為實際，他認為目擊到詭異現象的人以前大都是彌勒教的信徒，那些人心裡肯定有鬼，所以才會看到。如果是這樣的話，為什麼高志打從一開始就覺得那座小島非常不對勁呢？

阿姨久美江以前的確是信徒，可是彌勒教早在高志出生的前幾年就解散了，阿姨也停止信教。所以他是在看過那座島好幾次，也近距離接觸過好幾次之後才得知庄三入定的事實。換句話說，從他還什麼都不知道的時候，就已經覺得**那裡**存在著非比尋常的東西了。

高志清清楚楚地記得阿姨曾不小心說溜嘴的這句話。

「或許你有那方面的能力吧。」

「果然還是……血緣的力量嗎。」

他也清清楚楚地聽見了後面這句話。想必與父母有關。他只知道「父親戰死，母親在空襲中殞命」以及父親是某座神社的繼承人，除此之外一無所知。

父親要是看到**那座島**，也會跟我產生相同的心情嗎……。

高志在被窩裡再次反芻問再多次也得不到答案的自問自答，一面隔著緊閉的窗簾凝望從二樓窗戶看出去就能看到池中彌勒島的方向……。

就在這個時候，有股非常邪門的感覺朝他襲來。雖然只有一瞬間，但是真的有股烏漆墨黑、令人頭皮發麻的氣息從他的視線前方傳了過來。

高志不禁打了個哆嗦，然後是一陣惡寒竄上他的背脊。此時此刻，在那個地方有什麼事發生了。

難不成是**那個**……。

雖然身子在被窩裡顫抖不止，但高志無法將視線從窗戶移開。想拉開窗簾，確認看看到底發生了什麼事，卻又覺得天亮之前最好都不要離開床鋪。要是看了外面，他絕對會後悔的。一定會看到什麼不該看的**東西**，從此一輩子都要受到惡夢的糾纏。他一面警告自己，但心裡又有另一個聲音告訴自己，萬一什麼都不做、就這樣靜待天亮來臨的話，肯定會發生難以挽回的憾事。

到底該怎麼辦才好……。

高志煩惱了好一會兒後，靜靜地爬出被窩，慢慢地靠近窗邊。他將一隻手放在窗簾上，悄悄地拉開一條縫，鼓起所有的勇氣，瞇起一隻眼睛，往外窺探。

庭院裡積滿了不知在何時降下的雪，四周白茫茫一片，閃爍著影影綽綽的光芒。

因為只透過一條縫看向外頭，高志的視野中只出現了彌勒島的左半邊。在那塊祭祀庄三即身佛的石碑左側，有個稱之為涼亭也有些過頭的簡單空間。彷彿從地面長出來的四根柱子支撐著如果只是下小雨應該還擋得住的巨大蕈傘狀屋頂，屋頂下有一張單人座的椅子和小小的桌子。

巨大的屋頂之下，**那個**就無聲無息地站在那裡。

漆黑的人影佇立在彌勒島上，頭上蓋著皺巴巴的三角形頭巾，全身包著破破爛爛的屍布。

「……」

高志硬生生地嚥下悲鳴。但**那個**似乎察覺到了他的存在，感覺很是凌厲地望向二樓。

「噫……」

這次是真的脫口而出了。雖然很小聲，但高志還是發出戰慄的叫聲。

那個仍然一動也不動，一瞬也不瞬地凝視著高志。五官藏在陰影之中，什麼也看不見，但還是知道對方正死死地盯著自己，深刻地感受到**那個**的視線。明知應該要別開視線，卻怎麼也辦不到，也無法從窗邊離開。

那個悄悄地舉起右手，在手肘彎曲的狀態下靜止不動，然後慢慢地開始晃動手腕。

來呀，來呀……。

那個朝高志頻頻招手，像是要喚他過去。

看著緩慢搖動的手掌，高志頭昏腦熱地萌生想過去院子裡、想登上池中小島的想法。

……不可以。

高志告訴自己。

……絕對不能去。

高志擠出吃奶的力氣，從窗戶前逃離，然後直接鑽回到被窩裡。他把被子拉到頭頂，只能束手無策地發著抖熬到天亮。

就在高志看到**那個**出現在彌勒島時，刀城言耶已經睡得不省人事了。基本上，他非常好睡。先前在本宮家的本屋西棟之所以會睡不著，是因為被捲入無法解釋的命案，否則平常不論身在何處，他都能入睡。所以今晚庄司留他過夜時，言耶其實也在心裡竊喜，因為他還沒看到最重要的彌勒島。

就寢前，言耶在庄司位於三樓的研究室見識了真正的木乃伊，又去庄一的武器室參觀中世武器的仿製品模型。雖然詳細的說明留到明天再繼續，但庄一顯然比庄司還要更熱衷於講解。

「雖說是中世的武器，但還是以投石機和大砲為主。雖然也有石弓和槍隻，但箇中樂趣截然不同。」

「您是在進行射擊武器的研究嗎？」

「嗯，就連我自己也覺得這個興趣莫名其妙，其實我連蟲子都不敢殺。」

庄一苦笑。

「其實我最有興趣的還是投石機。因為投石機是利用弓和鐘擺的原理扔出石頭，藉此攻破敵人的城堡……」

庄一對著模型比劃，說了一大串的專業術語。

「後來大砲被發明出來，鐵製砲彈取代了石頭，還以火藥的威力取代弓和鐘擺的力量。」

「原始的武器被近代兵器取而代之了呢。」

言耶打算表達理所當然的感想，但庄一的樣子反而顯得有些不以為然。

「大砲剛被啟用的時候，還沒有砲術的概念和技術，命中率也低得可憐。相較之下，投石機已經有悠久的歷史了，所以精確度也相當高。」

或許是覺得心頭肉的研究對象被挑剔，庄一有些不服氣地反駁，但隨即眉飛色舞地撫摸著投石機和大砲的仿製品模型說：

「不管是哪一樣都做得巧奪天工吧。只可惜沒辦法做成一比一的實際大小，但構造都和真正的武器一模一樣。」

「已經夠大了。」

事實上，與其說是模型，外觀看起來幾乎就是貨真價實的武器了。聽到言耶這番感想，庄一頓時眉開眼笑地說：

「而且這些真的都可以用喔。」

「欸，這真是太厲害了……」

「問題在於命中率。不瞞你說，其實十和田小姐比我更善於計算彈道……」

「大砲該不會也能擊發吧。」

「只要有火藥的話。」

隨著話題逐漸往危險的方向發展，庄司打斷他們：「接下來的留到明天再說吧。」言耶便向兩人道晚安，踏進客房。

那天晚上，從圍繞著土淵庄三、令人聽得津津有味的離奇事件到與挖掘木乃伊有關的西洋怪談，言耶聽了很多他最喜歡的奇譚異聞，最後還見識到真正的木乃伊，也參觀了雖為仿製品模型，卻依舊迫力十足的武器。

因此刀城言耶能心滿意足地熟睡也是極為自然的事。

「喂……」

然而，半夢半醒之間，他覺得好像有人正從遠方呼喚自己。

「喂……刀城同學……」

驀地睜開雙眼，豎起耳朵。

「喂，快起床！」

言耶趕緊跳下床，奔向面對南側庭院的窗戶，一口氣拉開窗簾。

「啊，下雪了。」

言耶不由得驚呼。在天色尚未破曉的黑暗之中，浮現出一片銀白色的世界，此時此刻也還飛舞著漫天的雪花，雖然雪下得不大就是了。

不過他只對眼前意外的景致驚喜了一小會兒。因為在通往庭院池塘中央小島的橋上，庄司正站在靠近島那邊的橋墩、抬頭往這邊看。

「出了什麼事嗎……」

——言耶打開窗戶，正打算詢問庄司的時候，突然僵住了。

過橋後的左側、位處生長在小島上的灌木叢另一側，有個感覺像是女性的人倒在那邊。草木擋住了視線，所以看得不是很清楚，但是那個人的頭似乎栽進池子裡，身體一動也不動。

與此同時，言耶也意識到眼前的這番光景。從積雪的庭院一路走到橋上，然後再延伸到彌勒島的腳印，只有兩人份。

四

請你先去報警，然後立刻到島上來——受庄司所託，言耶趕緊衝下樓，在二樓的樓梯間巧遇高志。他拜託高志去請久美江通知警察後，便快步走向建築物南邊的後門。

儘管是後門，但這裡的鞋櫃也擺了所有人的鞋子。言耶猶豫半晌，借了一雙應為共用的木屐，衝向庭院。

兩人份的腳印從後門筆直地延伸到橋那邊，長達十幾公尺。言耶與腳印拉開一段距離，以免踩亂腳印，一路去到橋墩。

「教授……」

言耶出聲叫喚，庄司從灌木叢的另一邊冒出來，臉色鐵青，看起來非常糟糕。

「好像已經死了……」

庄司搖頭說道，身體微微顫抖。

「誰、誰死了？」

遺體就在旁邊，再加上曝露在清晨的冷空氣下，言耶的語尾也在顫抖。

「向我租房子的緣中朱實女士。」

「……難、難不成是他殺？」

庄司瞥了倒在地上的遺體一眼，重新轉回言耶的方向。

「頭部左側有遭毆打的痕跡，看樣子凶器好像是金剛杵③。」

「什麼？莫非是那個密宗的法器……」

庄司回頭看向庄三的墓碑。

「家父的日記裡寫到入定時想帶著金剛杵陪葬，大概是意識到空海的思想吧。但實際上裡頭只找到天皇陛下的肖像，所以後來便請人用與墓碑相同的石材製作金剛杵，供奉在墓前。」

庄三的墓碑比一般日本人的墓石寬，但沒那麼厚，呈現扁平的板狀。前方設置有獻供台和供花處，那把石造的金剛杵聽說就放在獻供台上。

「用金剛杵當凶器……」

「……看起來好像是。這裡除了金剛杵也沒有別的東西。兇手恐怕是情急之下拿起金剛杵毆打她。」

「換句話說，很有可能是一時衝動之下的犯行。」

「嗯。」

「……」

言耶停頓了一會兒，又問庄司：

「請問一下，教授是什麼時候到這裡來的？」

或許從他的語氣裡察覺到什麼，庄司毫不遲疑地回答：

「大概五點半左右吧。在那之前，我一直在三樓的研究室裡看你寫的怪奇短篇小說。」

「呃，您看了一夜嗎？」

「嗯，起初打算只看個一兩篇就去休息，但是一開始看就停不下來了。」

「……謝、謝謝恭維。」

「才不是恭維，是真的很引人入勝喔。」

庄司突然打了一個大噴嚏。

「抱歉。於是我不知不覺就看到最後一篇。那時往外一看，發現下雪了。因為想稍微轉換一下心情，所以我就走到庭院……」

「有人比教授先從後門出去？」

③佛教法器，是消滅煩惱的菩提心象徵，常為護法神手持的武器。兩端若呈槍刃狀為獨鈷杵，表示獨一法界；岔開成三刃稱三鈷杵，象徵三密平等，岔開成四刃再加上中心一刃則為五鈷杵，代表五智五佛。尚有七鈷杵、九鈷杵、裝有寶珠而非槍刃的寶珠杵、裝有寶塔的寶塔杵、由兩把金剛杵組成十字形的羯磨杵等多種形式。

「因為有腳印嘛。而且我順著跟上去一看，發現腳印一路走向彌勒島。但小島那邊卻看不到半個人。我正覺得很奇怪，就在過橋的時候，發現有個人倒在灌木叢的另一邊。」

「所以您就叫我了。」

「我是再稍微靠近一點之後才喊你的……因為我覺得或許請你過來比較好。」

庄司說到這裡，眼神充滿對言耶的期待。

「因為後門到彌勒島之間只有朱實女士和教授的腳印，而且只有去程的部分嗎？」

「不愧是刀城同學，你已經發現啦。」

「是的。」

「警方看到這種狀況，一定會認為我就是殺害緣中朱實的兇手吧。」

「……我想這個可能性非常大。」

話題一進行到這裡，久美江就剛好帶著警察過來了，視線不時瞟向小島，卻又死都不敢直視遺體。

負責偵辦本案的警部姓富士峰，當他正在向庄司打招呼時，旁邊突然傳來高八度的鬼吼鬼叫聲。

「你、你、你……你這傢伙……又是你哦！」

「啊？」

言耶這才發現那個聲音是衝著自己來的，望向尖銳叫聲傳來的方向，也讓他當場愣住了。

「啊！你是——」

負責偵辦發生在本宮家的四隅屋殺人事件、還把言耶當成嫌犯的曲矢，此刻就站在富士峰警部的身後。

「你、你怎麼會在這裡？」

「你傻啦，我是刑警喔，接到報案說出了人命，當然要飛奔過來。倒是你，你怎麼會出現在命案現場？」

「曲矢，你認識這個年輕人啊？」

富士峰露出詫異的表情問道，然而曲矢的下一句話就讓他瞪大了雙眼。

「他就是本宮家命案的**那個**學生。」

「哦，你就是冬城牙城老師的——公子對吧。」

富士峰說到後來頗有幾分後生可畏的感慨，目不轉睛地盯著言耶看。

「是的……」

言耶點頭回禮，但心情不是很平靜。光是聽到父親的名字就已經夠痛苦了，再加上對方還是警察，情緒不由得更加低落。

警察對於冬城牙城——尤其是第一線的警官——的反應大致上可以分成兩種，若不是老老實實地表示尊敬，就是刻意採取視而不見的態度。但這兩種反應其實都來自同一個原因，那就是牙城總能明快地解決令警方束手無策的困難事件或離奇的案子。簡而言之，對於他的名偵探風範，不是表示讚歎、就是反抗。

考慮到警察的威信，會覺得沒面子也是理所當然的事。然而只要親眼見識過一次名偵探快刀斬亂麻、讓人感到暢快無比的推理後，幾乎所有人都會傾心於冬城牙城這號人物。再說了，牙城本來就和警界高層有交情，警方也經常以非官方的立場委託他出馬協助破案，因此第一線的刑警也不至於太排斥他。據說會因此對牙城反感、視他為眼中釘的人只是極少數中的少數。

但是對言耶來說，這些都不重要。他只是不知道該怎麼面對世人——特別是警方——在知道他是冬城牙城的兒子時那種前後態度大翻轉的露骨反應。

從這個角度來說，富士峰警部的應對方式可說是非常在情理之中。雖然曲矢刑警肯定非常不情願就是了。

「既然你們都認識，事情就好辦了。你去問清楚案情的來龍去脈吧。」

富士峰下令，曲矢不由自主地反問：

「我嗎？可是……」

「不只是他，還有其他相關人等的偵訊。」

但富士峰並未收回成命。

「即便如此，也用不著由我來問……」

「你對我的指揮調度有什麼意見嗎？」

「……不，沒有。」

曲矢板著一張臉，要言耶從後門回到屋子裡。這時只見壽乃久美江在玄關前的走廊上徘徊。

出了什麼事嗎？她似乎好奇得不得了。

「請、請問——究竟……」

「可以給我們一個房間用嗎？」

但曲矢只是沒好氣地要求她提供一個可以向所有人問案的房間，然後就開始輪流向每個人問話。在那段過程中，言耶始終被晾在一邊，一晾就是好幾個小時。

在本宮家發生命案時也感覺到了，看樣子這個曲矢就是少數對冬城牙城不抱持好感的警官之一。言耶很樂於見到這個事實，但也在心裡暗忖，但願自己不要無辜掃到颱風尾。

因為偵訊是在客廳進行，於是言耶從同樣位於一樓的圖書室窗戶觀看現場蒐證的狀況。

庄司一直待在富士峰警部身旁，整個人看起來還是很不舒服的樣子。只見他雙手抱住自己的身體，抓緊衣服的前襟，肯定是因為外頭寒氣逼人吧。儘管如此，他既是土淵家的一家之主，又是發現遺體的目擊者，也不得不奉陪到底。

或許不只是這樣。

言耶猜想富士峰警部肯定已經判定庄司是嫌疑最大的人，所以才不讓庄司離開自己的視線範圍也說不定。

「……大哥哥。」

聲音突然從背後傳來，言耶嚇了一跳。他連忙轉身，不曉得是什麼時候過來的，高志佇立在門的附近。

「大哥哥，你是偵探對吧？」

「咦……」

「而且還不是普通的偵探，是比較特別的偵探，專門解決可怕又詭異的案子對吧？」

「不、不對……不是你想的那樣……」

言耶昨晚分享的離奇體驗似乎讓這個少年產生了很大的誤會。

「我只是碰巧解開了謎團……」

「但你還是解決了案件吧？」

「嗯，那只是偶然降臨的運氣而已。」

「……真的只是運氣好嗎？大哥哥不是專門處理怪談的偵探嗎？」

高志臉上頓時浮現出大失所望的神情。

「你為什麼這麼執著於這一點上？」

「……」

少年低著頭，言耶以輕描淡寫的口吻說：

「還有，高志你是知道緣中朱實女士出事才來的？」

「……從阿姨那裡聽來的。」

「你該不會是看到或聽到了什麼跟她有關的事，想告訴我吧？」

高志的身體猛然一震。

「如果是這樣的話，請務必說給我聽聽。」

「可是大哥哥又不是偵探……」

「嗯……可是，你看嘛，或許又會碰上偶然也說不定，線索愈多愈好喔。」

「……」

高志的眼神隱約流露出「相信這個人真的沒問題嗎？」的疑惑。

唉，早知道就回答「對，我就是名偵探」了。

言耶後悔莫及。所幸高志還是想一吐為快的樣子。

「……我看到了。」

「什麼時候、在哪裡、又看到什麼？」

「昨天晚上……從我自己房間的窗戶……窗簾縫隙……往外看的時候……」

「嗯。」

「我看到**那個**……在彌勒島上……」

「……那個是指？」

「屍蠟化的木乃伊……」

「你、你、你說什麼！」

言耶太激動了，高志有點被他嚇到。但言耶完全沒注意到少年的膽怯，一股腦兒地逼問少年：

「你、你、你說你昨天晚上，看、看到屍蠟化的木乃伊從彌勒島的石碑底下爬出來？」

「不、不是的。」

高志拚命搖頭否認。

「我只是看到**那個**在島上……」

繼續聽完少年的解釋後，言耶反而更加亢奮。

「屍蠟化的木乃伊在向你招手……」

雖然也有可能是高志眼花，把什麼影子之類的東西看錯了。可是如果**那個**在向高志招手的話，事情就另當別論了。

「不會是你睡迷糊了吧。」

「不是，因為當時我還沒睡，並不是在不知不覺睡著後才又突然驚醒。」

「原來如此。」

真是個腦筋清楚的孩子啊。言耶覺得很佩服。只可惜高志立刻回到被窩裡，關於這部分就還像是個小孩了。

不，換成我也會做出相同的反應吧……。

「外面很暗嗎？」

「很暗。可是島上裝有戶外燈，但是還不足以看清楚**那個**的臉……」

正當言耶再問清楚**那個**的樣貌時，有個正往圖書室裡探頭探腦的年輕刑警對他說：

「你在這裡啊。」

刑警說有事想請教言耶。言耶反問不是由曲矢負責偵訊嗎？刑警只是一臉困窘地說要找他問案，除此之外就沒再多說了。言耶本來就無意拒絕，見他答應後，刑警顯然鬆了口氣。

待高志離開圖書室後，言耶鉅細靡遺地把從昨晚上門拜訪到今天早上發生過的種種交代清楚。這位刑警的遣詞用字從一開始就很有禮貌，專心地抄下言耶所說的話。

得知言耶與土淵家的關係後，刑警又簡單地問了他對全家人的印象，之後的問題就都集中在今天早上發生的事，尤其是關於雪地上那兩人份腳印的目擊證詞，反反覆覆地向他確認了好幾次有沒有記錯。

接受完偵訊，還以為終於可以回家了，對方卻要求他留下來。言耶也想了解案情——特別是庄司的嫌疑——會有什麼進展，所以並不介意再多待一陣子。

然而，無論他怎麼旁敲側擊，也無法從刑警口中問出任何有益的情報，言耶感到非常沮喪。至少也想知道庄司的嫌疑是什麼狀況，但問著問著他也逐漸明白，不是這名年輕刑警口風太緊，而是關於案情，他好像真的什麼都不知道。或許因為還是個菜鳥，現在頂多只能負責幫上司或前輩跑跑腿而已吧。

「請稍等一下。」

刑警丟下這句話，便頭也不回地離開圖書室，而且遲遲沒有回來。

之後輪流向其他人打聽吧。

只要找已經被警方問完話的人詢問，應該或多或少能掌握住警方在想什麼。本宮家的命案發生時，他也嘗試過這種方法。只不過，言耶這次沒有嫌疑，庄司才是嫌犯，而且言耶只是在本宮的介紹下登門造訪，並沒有義務為他洗刷嫌疑。

問題是，土淵教授已經拜託過我了。

當庄司無意間發現房客的遺體，意識到自己置身於何種狀況時，或許就想到唯有刀城言耶才能解開不可思議的腳印之謎。昨晚才剛聊過兩起與奇妙腳印有關的案例，所以庄司會想到他也誠屬自然。

我還是得幫忙想想辦法才行……。

就在言耶打開門、正要走出圖書室的同時，與剛好要走進來的曲矢碰個正著。

「你要去哪裡？不是叫你在這裡等嗎。」

「原來是曲矢先生要我在這裡等啊。」

「別喊得那麼親密。」

言耶被逼著退回圖書室，坐到椅子上。

「真是的，你這個人到底怎麼回事？」

「呃……」

曲矢一張嘴就以咄咄逼人的語氣質問，言耶不禁無言以對。

「本宮家的事件和這次的命案為什麼偏偏都發生在你去別人家做客的時候？而且兩邊的案子都是在下雪後發生的殺人案，劈頭就得面對留在現場的腳印問題，真讓人傷腦筋……」

「從這句話聽來，你似乎不認為目擊者土淵教授是殺害緣中朱實女士的人？」

「你這傢伙，到底有沒有在聽我說話。」

「有啊，所以土淵教授的嫌疑——」

「我可沒這麼說！我是在問你，為什麼三番兩次捲入類似的案件。本宮家的命案可是才剛在正月發生喔。」

其實中間還有箕作家的那起事件，也同樣出現了腳印之謎，但言耶當然不打算告訴曲矢。要是被曲矢知道了，百分之百會被他當成死神吧。

「就算你這麼說，我也只是剛好在場……」

「或許你以非常扭曲的形式繼承了令尊身為名偵探的血液。」

「什麼意思？」

曲矢並未覺察言耶的表情和語氣突然變得冷若冰霜。

「因為名偵探處理的淨是些莫名其妙的案件啊。不只是受到委託，就連自己私下遇到的也幾乎都是同時伴隨著不可思議謎團的凶殺案，所以你也自然而然地將那種案子吸引過來……」

「所以呢，你還在懷疑土淵教授嗎？」

言耶不僅對他的話置若罔聞，還沒頭沒腦地打斷他說話，令曲矢面有慍色。

「你這小子……」

不過，曲矢這下子總算留意到發生在言耶身上的變化了，一臉費解地盯著他看了好一會兒。

「算了，不跟你計較。」

曲矢乾脆地開始交代起緣中朱實命案的調查經過。

「起初所有人都認為兇手就是土淵庄司，你也是吧。」

「畢竟我趕到現場的時候，現場是那種情況……」

「極為正常的判斷。」

「結果不是嗎？」

曲矢一臉難以釋懷地說：

「必須等驗屍報告出來才能斷定，但被害人至少已經死了五、六個小時。」

「所以推測死亡時間是？」

「大概是凌晨一點到兩點之間吧。」

「當時土淵教授應該在三樓的研究室……」

看自己寫在筆記本上的怪奇短篇——言耶想告訴他，在即將開口之際卻又覺得不好意思。但曲矢還是繃著一張臉。

「沒錯，聽說他特地看了你寫的小說。」

「嗯……」

「完成現場蒐證後，在會客室又向庄司問了一次話。他說你的筆記本在三樓的研究室，所以富士峰警部請我們的新人去拿了。」

看來是負責向言耶問案的那位年輕刑警。

「庄司供稱他人在研究室，先翻了一下筆記本，然後從凌晨十二點半到五點過後，從第一篇〈巷子裡的臉〉看到第十二篇的〈霧中迷宮〉，只留下最後一篇〈雨小僧〉還沒看，為了轉換心情，於是想到外面去走走。」

「教授說他去彌勒島的時候，時間大概是五點半左右。」

「昨晚是你第一次讓庄司看你的筆記本嗎？他絕對沒有機會事先知道你寫的小說內容嗎？」

「沒錯，就連我的恩師木村教授和為我引薦土淵教授的本宮教授也都沒看過，裡頭寫了哪些內容，我也都沒和他們說得很詳細。」

「嗯，木村和本宮也證明了這一點。」

「也就是說在案發當時，土淵教授一直在看我寫的那十二篇習作，這個不在場證明已經成立了。」

「警部要庄司當場描述你寫的小說內容，根據我們迅速瀏覽過一遍的結果，可以確定他確實仔細讀過，而不是隨便瞄個幾眼。」

「這樣啊。」

言耶如釋重負。每次提到他的小說，都令他如坐針氈，但庄司洗清嫌疑還是令他鬆了一口氣。

「我們詢問過後才知道，庄司好像也在寫怪奇小說。」

「土淵教授是專業的小說作家。」

「專不專業我不知道啦，但是包括你在內，寫怪奇小說的傢伙是不是都是些奇奇怪怪的人啊？」

「怎、怎麼說？」

「因為發現遺體而受到衝擊，庄司的人看起來很不舒服，可是當警部提起你的小說，他又開始喜孜孜地口沫橫飛、說個不停。」

言耶隱隱約約有所自覺，自己或許也會做出相同的反應。

「警部也沒問，他就分享他覺得〈泥濘〉和〈黏土殺人事件〉寫得特別好，還突然自顧自地詳細解說起來，真的是個奇怪的人。」

自己倒沒有這麼誇張——言耶心裡這麼想，但是注意力全被曲矢這句話的其他部分給吸引過去了。

「真、真的嗎？土、土淵教授評價了那兩篇作品嗎？他是怎麼說的……」

「我怎麼會知道！」

「你以為警部會浪費時間跟庄司討論你寫的小說嗎？」

曲矢破口大罵。

「我不是這個意思……」

「話說回來，那跟這次的命案一點關係也沒有吧！」

「可是，土淵教授的不在場證明——」

「那種不在場證明有等於沒有。」

「因為案發現場的奇妙狀況比什麼都還更難以解釋呢。」

曲矢以尖銳無比的眼神瞪了言耶一眼。

「除了死者跟目擊者的腳印以外，現場沒有留下任何痕跡。不管兇手從哪裡靠近那座小島，完全都找不到兇手往返時應該會留下的腳印。」

「正因為如此，教授也認為自己一定會受到懷疑……」

「我也希望他就是兇手。畢竟他就那麼傻不伶仃地杵在犯案現場，沒有逃走。」

「可是死者的死亡推估時間比教授發現她的時候還早了五、六個小時。」

「除了庄司以外，沒有任何人靠近過現場。」

「也就是說——」

「是你最喜歡的密室。」

五

「什麼最喜歡……我並沒有特別喜歡或不喜歡……」

言耶正要抗議。

「真受不了，要不是跟你扯上關係，原本只是一起很單純的案子。」

曲矢裝模作樣地嘆息，打斷言耶的抗議。

「關、關我什麼事……」

「還不是因為有詭異的腳印之謎。」

「你的意思是說，因為我來土淵家拜訪，所以才會發生沒有腳印的凶殺案嗎？」

「可不是嘛。」

看起來不像是在開玩笑的這點，才是這位刑警最嚇人的地方。

「怎麼這麼亂來……」

「亂來的是你好嗎。去到哪裡，哪裡就會發生匪夷所思的怪事。」

「……」

要是認真與他計較起來，會吵到太陽下山還吵不完。言耶判斷完事情輕重，決定言歸正傳。

「現場的狀況如何？」

「就是你看到的那樣。」

曲矢沒好氣地回答，以非常不情願的態度開始說明案情的細節。

「從後門延伸到彌勒島的腳印一共有三人份。緣中朱實往右側繞了個大圈，留下歪七扭八的足跡，所以我們猜她大概是喝醉了。土淵庄司走最短的距離上島，而你的腳印則是往左側繞道而行。」

「我確實是要避開腳印。」

「朱實從橋的右半部，而庄司則是從左半部通過。相較於朱實一路往前走，庄司則留下在橋的盡頭向後轉的痕跡。」

「大概是停下來喊我的時候吧。」

「嗯。他說他看到有人倒在地上，而且怎麼看都覺得那個人已經死了，所以就叫你過去。被誤以為是名偵探的感覺如何？」

「只能向上天祈求，但願他能早點意識到自己誤會了。」

言耶對他的挑釁不為所動，曲矢感到自討沒趣，隨即用一臉什麼也沒發生過的表情繼續說明現場狀況。

「兩人的腳印走到島上後，繼續朝著那個像是怪物菇的屋頂走去。朱實的腳印沒什麼特別的變化，但庄司的腳印從橋墩開始就顯得亂七八糟。」

「因為他是朝朱實女士跑過去嘛。」

「嗯。雪花幾乎沒飄進屋頂底下，所以只有從屋頂東端的地點——從橋上看過去的左手邊——到朱實的臉栽進去的池塘邊有留下其他痕跡。至於你的腳印則是停在橋的前方。」

「是的。」

「朱實倒臥的四周只有庄司的腳印。」

「有她與兇手爭執過的痕跡嗎？」

「那倒沒有，至少屋頂下沒有。其他只有庄司來回池塘邊緣，距離不太長的足跡。庄司供稱朱實看起來像是死了沒錯，但是為了慎重起見，還是把遺體的頭從池子裡拉起來確認一下。那是當時留下的痕跡。」

「兇手趁朱實女士不備，用金剛杵攻擊她。或許是瞄準後腦勺，但凶器擊中頭部左側，導致她往前仆倒，臉浸在池子裡。從案發現場的狀況來看，大概是這種感覺。」

「差不多吧。涼亭的東端離池塘邊緣不遠，若從後方受到攻擊，倒下的時候，頭剛好會栽進池塘裡。」

「凶器上有指紋嗎？」

「希望渺茫吧。畢竟是塊石頭。」

「死因是頭部受到重擊嗎？」

「鑑識人員看過現場的判斷是溺死。」

「欸……」

「必須等驗屍報告出來才能斷定，但應該八九不離十。」

「兇手沒給她致命一擊嗎？」

「可能以為她已經死了，再加上是一時衝動之下的犯行，所以嚇得立刻逃走也未可知……。

不過要是真的逃走，應該會留下腳印才對。」

「說得也是。」

「只不過，以一時衝動鑄下大錯來說，兇手的行為未免也太莫名其妙了。」

「怎麼說？」

「死者口中塞有揉成一團的舊報紙。」

「……為什麼要這麼做？」

「所以我才說莫名其妙啊！」

言耶不理會氣得跳腳的曲矢，提出一個他很好奇的問題：

「舊報紙是兇手特地帶去現場的嗎？」

「……這倒不是。」

曲矢隔了一會兒才回答。

「次男庄次在就讀的高中參加校刊社。」

「我聽說他也同時加入了棒球社。」

「嗯。聽說是備受矚目的選手。但他對校刊社也有興趣，所以拜託兩個社團的顧問，讓他可以兩邊都參加。因此他蒐集了很多舊報紙，做成剪報。昨天白天的天氣很暖和，他在小島的桌子上剪報。用剩的舊報紙和使用完畢的漿糊、剪刀，就這樣忘在那裡。」

「那把剪刀——」

「並不是凶器。」

言耶還沒問完，曲矢就趕在他前面否決這個可能性。

「不過，如果兇手是女人，情急之下或許會抓起剪刀行凶。從兇手用的是金剛杵來看，兇手是男人的可能性大多了。」

「那把金剛杵是獨鈷杵、三鈷杵還是五鈷杵？」

「你連這個都知道啊。」

「略懂而已。所以是哪一種？」

「是三鈷杵。用石頭做的，既不是鐵也不是銅。而且做得比實物還大，不管形狀或重量都很適合讓男人單手拿起來揮舞。」

「原來如此。舊報紙的量有多少？」

「還不少。雖然沒有全部塞進朱實的嘴，但是看起來兇手**其實想塞滿**她的嘴。」

「揉成一團再塞進朱實女士嘴裡嗎？」

「因為池子裡還浮著好幾團塞不進去的舊報紙。」

言耶不解地問道：

「兇手是為了不讓朱實女士發出聲音來嗎？」

「就算是這樣，有辦法突然把揉成一團的舊報紙塞進對方嘴裡嗎？」

「而且如果要堵住死者的嘴，兇手應該會事先準備好破布之類的東西。」

「換句話說，雖然不知道原因，但兇手應該只是碰巧利用了現場的舊報紙。」

「會不會是因為發生了什麼意料之外的事？雖然現在還不知道是什麼事。」

言耶講到這裡，重新整理脈絡。

「關於昨晚到今天早上的降雪狀態——」

「我調查過了。」

曲矢掏出記事本，邊翻邊說。

「昨天從午夜十二點過後開始下雪，下到一點半左右才完全停止。不過下得最大的時間其實只有十二點半到一點之間的那三十分鐘，之後就只是飄雪的程度而已。」

「如果趁午夜十二點半到一點這段期間往返後門與彌勒島之間，就不會留下腳印了。」

「可是緣中朱實的腳印很清楚，從預估的死亡時間倒推回來，她是一點過後才到小島上的。」

「今天早上呢？」

「五點左右開始下雪，但也不大。因此朱實和庄司的腳印輪廓儘管有些模糊，但還是可以看出是他們的足跡。」

「朱實女士於凌晨一點到兩點之間去彌勒島，假設兇手當時已經在島上了，這個觀點如何？」

「有道理！」

曲矢從記事本裡抬起頭來。

「倘若兇手一點前即已上島，就不會留下腳印——問題是兇手要怎麼回來？」

「我還沒想到。」

「你這小子，只是隨口說說而已嗎。」

「是的，我只是把想到的可能性說出來。」

「……」

就在曲矢還想說些什麼之前，言耶就先聲奪人：

「不論怎麼說，兇手都不可能預測正確的降雪時間。」

「這不是廢話嗎。」

「既然如此，兇手在下雪的時候先到島上，朱實女士則是在雪停以後才去的可能性相當大。這比思考為什麼兇手明明比朱實女士還晚上島，卻沒有留下足跡這點還來得自然許多。」

「……好吧。我知道你只是把想到的可能性都說出來，然後呢？」

「問題是，兇手在那之後要怎麼順利脫身。」

「啊？我還以為你有什麼高見——」

眼看曲矢就要發怒，言耶連忙解釋：

「這家人的鞋子都好好地擺在後門那邊的鞋櫃裡。對了，朱實女士腳上穿的是什麼？」

「共用的拖鞋。因為沒有她自己的鞋子。不過啊，其他人的鞋子都還在喔。也就是說，要是留下腳印，就會被發現自己是兇手——」

「與其解釋自己的清白，不如先下手為強。」

「什麼意思？」

「只要拖著腳在雪地上走，或是走回屋子裡再拿掃帚回去抹平腳印就行了。」

曲矢思考了半晌。

「不是應該會想盡可能去避免這家人被嫌疑嗎？」

「與其那樣，不如邊抹去腳印，繞建築物一圈回到北側的玄關，直接從門口出去還比較不會受到懷疑。」

「兇手要如何邊消除腳印邊回到家中？」

「只要離開現場的時候別留下腳印就行啦，這種事一點也不困難吧。」

「啊，聽不懂你在說什麼！」

曲矢正要發牢騷，言耶搶先一步問他：

「這麼說來，你剛才說若不是兇手沒有留下腳印的密室狀態，這其實是一起很單純的案子，這句話是什麼意思？」

「緣中朱實其實是私娼。」

被害人是娼妓的事實說明了一切——曲矢的表情盡在不言中。

「雖然還不知道詳情，但聽說她是華族出身。」

言耶心裡一驚，因為刀城家也同樣出身華族。但因為父親牙升痛恨特權階級，離家出走，被老家斷絕了親子關係。

「緣中也是假名，她其實姓一內。因為這個名字太特別了，只好改名換姓。漢字雖然不一樣，但『ichinaka』與『fuchinaka』④的發音其實大同小異不是嗎。人類這種生物真的很有趣，與生俱來的咒縛可不是那麼容易就能擺脫得了。」

「原來是華族的千金啊……」

「因為是私娼同伴的證詞，還必須經過仔細的調查確認，但這種事其實並不稀奇吧。」

「以戰後來說……是不稀奇。」

「另外，聽說父親在她小時候就失蹤了，大小姐不得不插手不熟悉的事業，結果一敗塗地。後來她只好把家裡所有能賣的東西都拿去典當，方能勉強糊口，可惜空襲燒光一切，最後流落到這步田地。」

④前者為「一內」（いちなか）、後者為「緣中」（ふちなか）的拼音。

「所以是情殺嗎？」

「朱實懷孕了，小孩的父親是庄司的長男庄一。」

「什麼……」

「他很乾脆地招認了，而且朱實逼他結婚，所以庄一有足夠的殺人動機。」

「原來如此。」

「父親庄司同樣也有動機，他雖然跟你一樣都醉心於怪奇小說，但除此之外都與你大相逕庭，是一位非常認真且死板的學者。這種人是不可能接受私娼當自己媳婦的。」

「就算是這樣，也不至於動手殺人吧……」

「正因為是這麼一板一眼的教授，要是朱實威脅他如果不同意兩人的婚事，她就要殺去庄一的學校，將他們家的醜事公諸於世，或許就會產生強烈的動機了。」

「……也有道理。」

「庄司還說著『庄一不可能……』否認了兒子與朱實的關係，但看在警部眼中，庄司應該就是想保護自己的兒子。這也表示他以前就隱約察覺到庄一與朱實的關係。」

「庄一先生有受到朱實女士具體的威脅嗎？」

「這個本人也承認了。」

「這樣啊……」

「十和田祥子也有相同的動機。」

「這話怎麼說？」

「因為她喜歡庄一。」

那位端莊嫻雅的女性……言耶大為震驚。不過局外人本來就很難理解他人的愛恨癡纏。

「庄一先生那邊的意思呢？」

「因為祥子有空就會去幫他做研究——所以他也隱隱約約察覺到了。」

「有殺人動機的竟然有三個人啊……」

「不止，是四個人。庄次也有動機。」

「怎麼可能，那個庄次小弟……」

「明明毛都還沒長齊，卻人小鬼大地與朱實發生關係。他說是朱實勾引他，但天曉得是不是真的。」

「真想不到……」

「朱實勒索庄次，要他交出零用錢，否則就要告訴他爸和其他人。而且庄次好像對祥子有意思，所以他知道哥哥是祥子的心上人，也知道哥哥與朱實有關係，受到朱實的威脅。」

「你居然只花了半天就能調查得如此仔細。」

言耶坦率地表現出佩服之意，曲矢卻一臉不領情地說：

「你可別小看警察。要撬開閉得比蚌殼還緊、不諳世事的一家人的嘴巴簡直易如反掌。要是連這點小事都辦不到，也別想幹什麼警察了。」

「是喔。」

「對了……」

曲矢好像還有話要說，但是在開口前先重重地吐出了一口大氣。

「這個家裡沒有動機的人，大概就只剩幫傭的壽乃久美江和她的外甥高志了。」

「其他房客呢？」

「今時今日，會把蓋得這麼富麗堂皇的建築物出租，房租肯定不便宜，用來開麻將館應該也很容易攬客吧。所以有本事住進來的人不是像朱實那種私娼，就是黑市的頭子等等，都是心裡有鬼、手中有錢的人。」

「話說回來，能被朱實女士盯上，庄次小弟的零用錢還挺多的嘛。」

「是啊。言歸正傳，那種傢伙回家的時間都不太正常，昨晚好像一個人都沒回來。今天早上要對所有人的房間進行搜查，但每一戶都沒人在家。當然事後已經向所有人確認過了，目前房客們姑且都沒有嫌疑。」

「因為他們都沒有動機嗎？」

「不是，如果要吹毛求疵，動機要多少就能找出來多少。可是啊，從現場的狀況來判斷，實在不像那些人幹的。根據久美江的證詞，彌勒島是庄司和庄一看書的地方，房客基本上不會靠近。若想殺害朱實，應該會把她約到外面去再解決她，而不是在土淵家的腹地裡殺人。」

「那朱實女士是──」

「大概是被叫過去的吧。說穿了，推估被害人死亡的凌晨一點到兩點之間是她做生意的時間，在這個時間出現在彌勒島上，想也知道是去赴約。」

「有沒有留下書信之類的東西？」

「沒有，被害人身上沒有，現場也沒找到。」

「……」

「關於這一點，我們會繼續向其他私娼打聽，問她們是否曾聽朱實提起過這方面的話題。」

「你不覺得很奇怪嗎？」

言耶陷入沉思，曲矢反問：

「哪裡奇怪？」

「兇手為何要把朱實約到彌勒島。從那個時間不會有任何人上島的角度來說，或許很適合幽會也說不定。但是從位於建築物南側的房間窗戶就可以將那座小島的情況一覽無遺。」

「如果是夏天倒有可能，但是現在這個季節，而且還是半夜一點，會有人往庭院看嗎？而且所有人都把窗簾給拉上了。」

「說到這個——」

言耶將高志告訴他的目擊內容轉述給曲矢，而且盡可能引用少年原本的用字來描述。

「喂……」

曲矢默默地聽著，但是一等言耶說完，立刻以非常低沉的音調表示不滿。

「我有什麼地方得罪過你嗎？」

「咦？」

「現在不只是出現了莫名其妙的腳印之謎，你還想讓屍蠟化的木乃伊在這個案子裡登場嗎？」

「怎麼這麼說……」

曲矢的刁難令言耶不敢恭維，但是仍從刑警口中打聽出每個人在昨天晚上的行動，將結果整理成以下的總表，不過關於時間的部分只是抓個大概。

一內朱實（被害人）

週日凌晨一點前回家？

一點過後前往彌勒島，兩點之前遇害。

土淵庄司（發現遺體的人兼嫌犯）

午夜十二點到十二點半，在三樓的研究室及武器室裡。與庄一分頭帶言耶參觀自己的房間。

十二點半到五點，待在研究室看言耶的小說。

五點半前往彌勒島，發現朱實的遺體。

土淵庄一（嫌犯）

午夜十二點到十二點半，在三樓的研究室及武器室裡。與庄司分頭帶言耶參觀自己的房間。

十二點半到一點半，在武器室保養模型。

一點半後在自己位於二樓的寢室就寢，被今天早上的騷動吵醒。

土淵庄次（嫌犯）

午夜十二點過後在自己位於二樓的寢室就寢。

被今天早上的騷動吵醒。

十和田祥子（嫌犯）

午夜十二點過後在自己位於二樓的寢室看書。

一點半就寢，被今天早上的騷動吵醒。

壽乃久美江（關係人）

週六晚上十一點就寢，週日清晨五點起床。

今天早上在廚房準備早餐時，告知高志關於命案的事情。

高志（關係人兼目擊者？）

午夜十二點過後在自己位於二樓的寢室就寢。

一點半左右（？）目睹彌勒島上出現了屍蠟化木乃伊。

五點半被庄司的喊聲吵醒，衝出房間。

「只有土淵庄司教授有不在場證明呢。」

言耶再次確認，視線落在筆記本上整理出的各人行動時間。

「還不是拜你寫的小說所賜。」

曲矢不假思索地出言嘲諷，但隨即又苦著一張臉說：

「話雖如此，只要沒留下腳印的雪地密室一天不解開，就等於每個人都有不在場證明。」

「以不在案發現場的證明來說，確實殊途同歸。」

「你解得開這個謎嗎？」

「咦……我、我嗎？」

曲矢問得理所當然，言耶連忙反問。

「難道你以為我只是因為愛講話，才告訴你這麼多案情的細節嗎？」

「這、這個嘛……」

倒也不是完全沒有這麼想過，但是做夢也沒想到這個曲矢會毫不掩飾地提出這種要求。

「為什麼是我……」

「都到這個節骨眼了，你還在說什麼傻話。」

「呃？」

「這就是你的宿命啊。」

六

當天晚上，刀城言耶在土淵家三樓的客房裡又住了一晚。警方已經確認了他的身分，所以言耶其實已經可以回去了，但庄司希望他能待到案子水落石出。

土淵教授也期待我能解開這個沒有腳印的命案謎團吧。

這實在太為難我了——言耶心想。而且他還來不及確認庄司的想法，因為警察一走，庄司就發高燒病倒了。他明明很不舒服，卻一直在忍耐的樣子。

「教授的情況還好嗎？」

言耶逮住壽乃久美江剛從庄司二樓的寢室踏出來的機會，向她詢問。

「剛剛睡著了，睡得很熟……所以我那時候才會死命地勸他嘛。」

「勸他什麼？」

「老爺先是在那麼冷的戶外應付那些警察，後來又在會客室接受偵訊，我端熱茶過去的時候，就注意到他的臉色很不好，勸他最好稍微休息一下，老爺也答應了，沒想到一個年輕刑警又拿了一本看起來髒兮兮的筆記本過來……」

言耶實在不好意思承認那是自己的創作筆記。

「老爺接過來後，興奮得八匹馬都拉不住。我也拜託那位警部大人，可是他還有問題要問老爺，不放老爺走，任憑我說破了嘴……」

考慮到警方的偵辦作業，這也是沒辦法的事。

「搞到最後就害老爺病倒了，這全都是警方的責任，但要是我當時能再強硬一點……」

言耶想方設法躲開久美江沒完沒了的抱怨，這次換去敲十和田祥子的房門。

「不好意思，可以耽誤妳一點時間嗎？」

「請進。」

祥子言簡意賅地回答，言耶開始向她請教關於緣中朱實的事。其實應該說是一內朱實才對，但沒必要和她解釋得那麼仔細。不過祥子表示自己和朱實只是點頭之交，印象中從來不曾說過話。

祥子的房間位於二樓的西端。換言之，案發時刻她是離案發現場最遠的人。

我沒有出去過……。

而且如果她昨晚從庭院去了彌勒島，應該會留下腳印才對。

言耶一無所獲，便向祥子告辭，接著前往庄次的房間。

「我沒臉見父親……」

庄次垂頭喪氣地喃喃自語。

對他而言，該說是不幸中的大幸嗎，當警察一離開，庄司就病倒了，所以案發之後，庄次都還沒見過父親一面。

「父親會高燒病倒也是因為我的關係，我真的很愧疚……」

「別急著下定論喔。令尊一直在寒風中陪著警方進行現場蒐證也是原因之一，而且說不定令尊早就留意到你的事了。」

「那麼正經八百的父親嗎……有點難以想像。我猜他一定不知道那個女人是在做什麼工作的。不只是她，父親根本也不關心其他房客的背景。」

意思就是只要能準時交房租，就不過問你的職業來歷吧。

「父親只對工作和家人一絲不苟，不會去管其他人的事情，所以關於她的營生也……」

庄次又垂下頭去，這讓言耶也不曉得該怎麼說下去才好。換作是曲矢，肯定就連處在這種場面下也能毫不留情地繼續追問更尖銳的問題。

反正我就只是個業餘偵探，還是比不上專業人士啊……。

與庄次道別後，言耶就離開他的房間，爬上三樓。

果不其然，庄一人在武器室裡。在詢問的過程中，發現兄弟倆都是同樣的想法。朱實的死也同樣沒讓他們受到太大的打擊。比起這個，他們更對一無所知的父親為此大受打擊而打從心底感到深切的懊悔。

望向夜已深的窗外，彌勒島的形貌影影綽綽地浮現在右前方的黑暗裡。正下方是庄次的房間，往右數過去第二間則是高志的房間。順帶一提，言耶位於三樓的客房在高志右側房間的正上方。

在庄司缺席的晚餐結束之後，言耶洗了個澡，就窩進圖書室裡。原本是想思考案情，但視線總是動不動就瞟向窗外，望著彌勒島所在的方向。

十點前，只有曲矢一個人回到土淵家，他大步流星地踏進圖書室。

「聽說庄司病倒了？」

「你們警察離開之後，他馬上就倒下了。」

言耶也極其自然地回答。

「我被幫佣的壽乃久美江數落了好久，抱怨警方拖著他們家老爺到處跑。」

「因為她很生氣嘛。」

「畢竟他是嫌疑最大的人嘛，我又有什麼辦法。」

曲矢又說了久美江一番壞話之後才進入正題：

「我向緣中朱實的那些私娼姊妹確認了她昨晚的情況……」

「你是特地過來告訴我這些事的嗎？」

「蠢蛋，別自以為是！」

曲矢大發雷霆，言耶只好拚命地安撫他。心想這個人雖然跟阿武隈川烏不是一個路子，但個性同樣陰晴不定，十分難以捉摸。

「——懂了嗎。再說你這個人……」

「是的，我錯了，以後我會注意。言歸正傳，關於朱實女士昨晚的情況是？」

言耶極為乾脆地道歉，催促曲矢繼續往下說。

「……知、知道就好。」

曲矢愣了一下，然後才說：

「聽說MP與警察這幾天好像取締得很嚴格，她們也不敢出來做生意。」

MP是MILITARY POLICE的簡稱，意指進駐美軍在日本的憲兵隊。因為日本的警方對於在日美軍的犯罪無法行駛警察權，所以就會由MP負責取締。

然而，讓進駐軍最感到畏懼的，其實不是自家士兵會犯下什麼罪行，而是擔心他們得到性病。因此他們經常與日本的警察配合，一同出動取締流鶯。

「雖說昨晚的風頭終於沒那麼緊了，但還是不能輕忽大意，所以大家都在觀望。」

「意思是說，如果可以做生意的話，朱實昨晚就會去接客了？」

「姊妹們都這麼覺得，但是也無從核實，頂多只能說可能是這麼回事。結果還是不曉得她是因為害怕被取締，所以提早回家，還是因為和某人有約才提早回去。」

「可是——」

「嗯，朱實明明沒事還在半夜一點的時候登上彌勒島，再怎麼想都不可能這麼做。所以應該還是被人叫過去的。只是對她而言，那不是非常重要的事，所以如果可以上工的話，她其實會以工作優先。」

「因為把她約出去的人，並不是土淵教授或庄一先生嗎？」

「這個方向也有可能……無論如何，兇手與死者之間或許起過什麼爭執。」

如此這般，緣中朱實令人費解的行為又多了一個新的謎團。

送走曲矢後，言耶回到客房準備就寢，但是他並沒有馬上上床，而是裹著毯子，坐在窗邊的椅子上，屏氣凝神地從窗簾的縫隙觀察著池中的那座小島。正確地說，是目不轉睛地盯著豎立在島上的石碑。

他只有一個目的，就是為了監視屍蠟化的木乃伊今晚會不會出現。

然而，言耶的努力全都打了水漂。後來什麼事也沒發生，待他意識過來，天已經亮了。不過，因為他在過程中不小心睡著了，所以也不能斷定**那個**絕對沒有出現過……。

「真傷腦筋。」

言耶伸了個大大的懶腰，推開窗戶。突然沐浴在清晨的冷空氣下，讓他冷不防地打了個噴嚏。

「這樣會感冒的。」

庭院裡蒙上一層白霜，雖然不到積雪的程度，但是放眼望去一片雪白。別說腳印了，什麼痕跡也沒有留下。

就在言耶心不在焉地望著那片白茫茫的風景，然後接連打了好幾個噴嚏的下一瞬間。

「啊！」

他覺得自己好像解開沒有腳印的命案之謎了。

七

富士峰警部和曲矢、土淵庄司、刀城言耶四個人齊聚在土淵家的會客室。警方抵達時，言耶偷偷告訴曲矢，他覺得自己好像已經解開命案的謎底了。他本來只是想先告訴刑警，聽聽他的意見，沒想到曲矢召集了所有相關人等，搞得場面像是名偵探破案時要向大家陳述自己的推理一樣。

「折、折煞我了，我什麼也……」

言耶提出抗議，但是被曲矢四兩撥千斤地堵回來：

「有什麼關係嘛，省得我還得再向警部轉述你的推理。我也請土淵教授代表相關人員出席，這麼一來後續處理就省事多了。」

順帶一提，曲矢之所以尊稱庄司為教授，大概是因為他本人也在場，又或者是當著警部的面，不得不給點面子。

幸好庄司的燒已經退了，臉色也比昨天好看許多，但因為是瞞著久美江下床，萬一被發現了，肯定還是會被帶回去。

「你對命案有什麼看法？」

富士峰也語帶暗示地催促他趕快說，言耶無可奈何，只好以欠缺自信的口吻吞吞吐吐地娓娓道來。

「事情發生在今天早上。」

「嗯。」

曲矢附和。

「清晨，當我看著這個家的庭院時，地上覆蓋著一層霜，變得一片雪白……」

「你起得還真早啊。」

「其實我——」

整夜沒睡，一直在監視彌勒島。聽到言耶這麼說，曲矢一臉詫異地反問：

「為什麼？」

「……我覺得屍蠟化的木乃伊說不定會再出現，所以就……」

「你啊……」

曲矢聽得目瞪口呆，似乎想犯嘀咕，然而卻被富士峰打住了。

「現在先聽聽他怎麼說。」

「……是。」

曲矢心不甘、情不願地閉嘴，富士峰又催促言耶繼續往下說。

「所以呢，你看到什麼？」

「什麼也沒看到……」

「哈！我就知道。再說了，就連高志看到的東西……」

「我剛剛說了吧，先讓他把話給說完。」

被富士峰瞪了一眼，曲矢便把臉轉向一邊，再次閉上嘴巴。

「然後呢？」

「我什麼也沒看到。不過我是監視到一半就睡著了，所以無法確定是不是真的什麼都沒出現……」

「……」

曲矢又想開口，但警部斜睨了他一眼，讓他把話吞了回去。

「原來如此，接下來呢？」

另一方面，富士峰則是耐著性子等言耶說下去。

「到了早上，當我看到一片白茫茫的庭院時，就突然想到——**兇手該不會根本沒去彌勒島吧**，所以才沒留下往返的腳印。」

「這樣的確能解釋兇手沒有留下腳印的原因。問題是，倘若兇手沒登上彌勒島，是該怎麼殺死被害人？」

「兇手可能是寫信或口頭約了朱實女士，在前晚的凌晨一點至兩點之間到彌勒島見面。」

「然後呢？」

「兇手事先從土淵庄三先生的石碑那裡偷走金剛杵，然後從別的地方朝朱實女士扔過去。」

「從哪裡丟？實際上又是怎麼辦到的？」

曲矢忍不住發問。但這次富士峰並沒有怪他，眼神中也流露出相同的疑問。

「從三樓的武器室運用投石機射擊。」

「你、你說什麼？所以兇手是……」

「庄一先生。」

言耶望向庄司。庄司也凝視著言耶，以眼神示意言耶繼續推理下去。

「比起大砲，庄一先生對投石機更有興趣。如果是他的話，使用金剛杵代替石頭，命中站在彌勒島上的死者頭部，我認為是很容易的。」

「武器室與小島的相對位置為何？」

「高志位在二樓的房間正對著彌勒島，往東再過去兩間是庄次小弟的房間，武器室就在上方。只要把投石機放在窗邊，面向彌勒島，就能剛好瞄準蓋在小島東側區域那個類似涼亭的空間。也就是說，從武器室射過來的金剛杵擊中朱實女士的左側頭部，令她的意識變得模糊，因此就直接往前仆倒，一頭栽進了池塘裡。」

「雪又該怎麼解釋？就連氣象專家也無法準確地預測下雪的時間及雪量吧。」

「下雪是個巧合。用投石機殺人並不是為了布置成沒有腳印的場面。因為一般人根本不會想到這一點。之所以會使用投石機，是因為連蟲都不敢殺的庄一先生實在無法親自動手殺人。」

「所以就採取遠距離殺害的方法嗎？」

「庄一先生表示自己在午夜十二點半與土淵教授和我分開後，就在武器室裡待到一點半。也就是說，他能在一點到一點半之間用投石機殺害朱實女士。」

「嗯……」

曲矢念念有詞，一旁的富士峰問道：

「假使兇手沒去現場的話，塞在死者嘴裡的報紙又該怎麼解釋？」

「那是……土淵教授做的。」

富士峰和曲矢同時把臉轉向庄司。庄司始終沉默不語，專注地聽言耶推理。

「是共犯啊。」

對於曲矢的喃喃自語，言耶卻搖了搖頭。

「不是這樣的。教授恐怕是在發現朱實女士遺體的當下，就立刻對兇手和殺人手法心知肚明了吧。為了包庇兇手，情急之下就將手邊現有的舊報紙塞進被害人的嘴裡，好製造出兇手來過島上，並直接與死者有所接觸的假象。」

「土淵先生，是這樣嗎？」

富士峰向庄司詢問，但庄司一聲也不吭。

「但是……」

這時，言耶露出不解的神情說：

「明明被庄一先生約出去了，朱實女士為何還要在同伴面前表現出如果沒有ＭＰ和警察的取締，她就要繼續做生意的樣子呢？」

「這是什麼意思？」

曲矢冒出疑問，言耶便繼續說明：

「她曾逼庄一先生娶她，如今對方要約她出去，你們不覺得她的反應太過於平淡了嗎？不是應該不管發生什麼事都要趕去嗎？」

「……你的意思是？」

「約她出去的不是庄一先生。」

「那會是誰？」

「是十和田祥子小姐。」

「那個女人……」

曲矢驚訝歸驚訝，隨即又說：

「可是那個女人會用投石機嗎？」

「庄一先生說過，實際使用那具投石機模型時，命中率才是關鍵，而祥子小姐比他更精於計算彈道。」

「他說過這種話啊……喂！你怎麼沒告訴我？」

言耶不理會曲矢的大聲抗議，接著說下去。

「祥子小姐說她午夜十二點過後就在自己位於二樓的寢室內看書，在一點半的時候就寢。一點半正是庄一先生離開武器室的時間。」

「你是說她接在庄一後面踏進武器室嗎？」

富士峰向言耶確認，言耶點點頭。

「只不過……」

「還有什麼問題嗎？」

富士峰接著追問，看樣子他似乎開始對言耶的推理刮目相看了。

「就算祥子小姐比庄一先生更擅長操縱投石機，真的能那麼準確地讓金剛杵擊中朱實女士的側頭部嗎？」

「問題就出在這裡吧。」

「可以百分之百地預測到朱實女士會去彌勒島的東側，因為那裡才有椅子。問題是她不一定會坐下，而事實上她就是站著的。而且也無法保證她會一直站在同一個地方，什麼時候突然走開都不奇怪。究竟要如何用投石機瞄準這麼不安定的目標呢？」

「所以是怎麼辦到的？」

這種直來直往的問題很符合曲矢的風格。

「我認為投石機這種工具很難因應那種細微的變化。」

「喂喂，所以到底是用了什麼東西？」

「人類的手。」

「什麼？」

「如果是高中隸屬棒球社、被大家寄予厚望的庄次小弟，想必能精準地投出凶器。」

「怎麼可能……」

「他的房間就在武器室正下方，除了樓上樓下的差異以外，與彌勒島的相對位置幾無二致。」

富士峰這時探出身子、曲矢則是聽得目瞪口呆，唯有庄司一臉泰然自若的模樣，十分冷靜。

「如果是棒球社的社員，就能配合朱實女士的動作，在扔出的瞬間做出調整。」

「嗯……」

這次換警部念念有詞。

「只是……」

聽言耶又冒出這兩個字，曲矢氣沖沖地說：

「你這傢伙，難不成……」

「既然如此，為何要選金剛杵這麼難控制的東西當凶器？就算用投石機也會出現相同的問題……」

「——什麼問題，這不都是你的推理嗎！」

富士峰制止火冒三丈的曲矢，代替他回答：

「難道不是因為金剛杵就供在彌勒島上，為了讓人以為兇手是直接上島殺人的嗎？」

「是的，這麼做確實有誤導的效果，但是如果因此降低凶器的命中率，豈不是本末倒置嗎？即使偽裝不像選用金剛杵時那麼完美，但利用庭院裡的石頭應該也能製造出差不多的效果。」

「確實是這樣。」

與接受這套說詞的警部相反，曲矢緊咬著言耶不放。

「你不是說今天早上看到院子裡的一片白霜，就想通了命案的真相嗎？」

「是的。那一瞬間，腦海中便一口氣浮現出到目前為止向各位提出的解釋。」

「哦，一瞬間嗎。」

不同於流露出佩服的富士峰，曲矢則是繼續咄咄逼人地追問：

「可是你一面推理，又一面推翻自己的推理，到底想做什麼啊？根本完全沒有解開謎團嘛。」

「不，在那之後我總算注意到真相了。」

「在那之後？是什麼時候？」

「當我看著眼前雪白的庭院，連續打了好幾個噴嚏的時候。」

「你這小子……居然敢瞧不起警察……」

「當時我終於明白土淵教授的臉色為什麼會那麼難看，還有為什麼會發高燒病倒了。」

「什麼？」

言耶的視線從啞口無言的曲矢掃到富士峰，再從富士峰掃到庄司臉上。

「因為從緣中朱實女士在凌晨一點到兩點之間被金剛杵毆打倒地，因而溺死在池塘裡，一直到叫醒我的五點半，教授在這段時間裡都**一直都待在彌勒島上**。」

「喂喂喂……」

曲矢正要發難，富士峰下意識地阻止他。

「這是怎麼回事？」

「教授並不是看完我寫在筆記本裡的那十三篇怪奇短篇小說中的十二篇後才去彌勒島的，我認為應該是才讀完開頭的一兩篇就上島了。」

「為什麼要這麼做？」

「教授看完前一兩篇時，不經意望向窗外，發現積雪了，於是打算在彌勒島上閱讀剩下的部分。教授好像真的很欣賞我的作品，這真是無上的光榮。」

「等等，在二月裡的大半夜嗎？」

曲矢一副「你在說什麼傻話」的口吻，言耶露出有些靦腆的笑容說：

「熱愛怪奇小說的人，通常都喜歡離奇又充滿幻想性的氣氛。現在眼前就有個在下過雪的池中小島上、就著戶外燈昏暗的光線閱讀怪奇短篇故事的機會，怎麼可能不去付諸實行。」

「可是啊——」

「當然，教授起初也沒想到會一看就看到早上，而是打算看個一兩篇就夠了，或是如果太冷的話就打算立刻回到房間裡。」

「那麼就不是他約死者出去了。」富士峰指出矛盾之處。

言耶同意他的說法。

「我猜朱實女士只是擔心被MP或警察取締，所以才提早回家。當她踏進玄關時，剛好看到教授從後門走出去的背影。」

「從玄關那邊的確可以看到後門呢。」

「當我和曲矢刑警回到後門，撞見久美江女士在玄關前的走廊上走來走去。案發當天晚上則是相反的狀態。」

「兇手比死者更早留下腳印嗎？」

「教授採取最短距離從後門走到橋上。另一方面，朱實女士雖然喝醉了，還記得取道於教授的腳印右側。那應該是因為她下意識地不想踩在教授的腳印上。假設是她先到彌勒島，明明要去位於小島東側那個像是涼亭的地方，還刻意從橋的右側通過，這不是很不自然嗎？」

「被害人跑去彌勒島是為了勒索兇手嗎？」

「大概認為這是個好機會。」

「沒想到反而死在兇手手裡。」

「拿金剛杵當凶器，再加上沒有給死者致命一擊，都看得出來是一時衝動的犯行。」

言耶說到這裡，便閉上嘴巴，兩眼注視著庄司。富士峰和曲矢兩人似乎也在等他開口。然而庄司始終不發一語，只以手勢示意言耶接著往下說。

言耶微微頷首。

「庄一先生和庄次小弟都說父親不可能發現他們和朱實女士的關係，但警部在偵訊庄司教授的時候，卻認為教授應該早就知道了。」

「嗯，你說得沒錯。」

富士峰回答。

「因為教授是幾個小時前才從朱實女士口中知道的。」

「所以怎麼著？」

曲矢難以置信地說：

「難道說這位教授在幾乎毫無遮蔽物的小島上，看你寫在筆記本上的作品看了四、五個小時嗎？」

「教授一時衝動毆打了朱實女士以後，一時半刻還搞不清楚自己現在置身於什麼狀況。就算抹去腳印回房，也無法消除凶手往來於屋子和彌勒島的事實。一旦受到警方的偵訊，庄一先生和庄次小弟肯定會承認與朱實女士的關係，如此一來，他們倆就會變成頭號嫌犯。無論如何都不能讓這種事發生。於是教授只好留在島上，以不變應萬變地觀察情況，看會不會再下雪。」

「然而並沒有下雪，就算下了，也只是飄著細雪。」

曲矢補充說明。

「教授當然也考慮到這個可能性，因此也同時在思考該如何讓自己變成發現者、藉此度過眼前難關的備案，並且付諸實行，也就是假裝自己一整晚都在三樓的研究室閱讀我的作品，同時把案發現場布置成密室，不只保護了自己，也成功保護了庄一先生和庄次小弟。」

「你是說他巧妙地利用了沒有腳印的狀況嗎？」

「五點過後開始飄雪，但積雪的程度不足以蓋過腳印，於是教授踩亂自己的足跡，回到橋邊，喊我起床，偽裝成剛剛才從後門走過來的假象。」

「可是啊——」

富士峰突然插話。

「你的筆記本確實放在三樓的研究室裡。」

「是那位年輕刑警在教授說的地方找到的吧。」

「……你想說什麼？」

「那是教授的筆記。我聽本宮教授說過，土淵教授也曾經用筆記本來練習寫作。教授情急之下，利用了自己的筆記本。」

「自己的筆記本……」

「教授這次的計畫有一個最大的問題，那就是我的創作筆記所放的位置。要是警方發現他帶著我的筆記本去彌勒島，那一切就完了。或許也因為外頭真的很冷，所以教授合攏上衣的前襟，雙手抱在胸前，將筆記本藏在衣服底下。」

「這麼說來……」

「這時，最大的**難關**來了。必須請刑警從三樓的研究室取來我的創作筆記。幸好是由那位新人刑警負責這個任務，所以他沒檢查筆記本的內容，就算真的看了，也會因為內容都是小說，或許能打馬虎眼搪塞過去。教授大概是決心賭一把吧。」

「的確在那之後，筆記本就馬上交給他了。」

富士峰瞥了庄司一眼，那完全是看著兇手的眼神。

「可是，他真的有辦法在我們眼前偷天換日嗎——」

「教授起初肯定也打算以假裝掉在地上的方法掉包兩本筆記本。」

「問題是沒發生過那種事喔。」

「沒錯，因為絕妙的機會自己從天上掉下來了，教授只是加以利用而已。」

「什麼絕妙的機會？」

「久美江女士端茶來的時候，吵著要教授休息。教授便趁她吸引住警部你們的注意力時，迅速地交換筆記本。」

「原來是那個時候啊。」

「久美江女士說那是一本髒兮兮的筆記本。但我的筆記本還很新，並沒有那麼髒。而教授的那本筆記本想必也歷史悠久了吧。」

「這也太大膽了……」

「無論如何都得度過這個難關才行。正因為難如登天，才更要硬著頭皮上。更何況現場的狀況原本就對教授極端不利，但隨著朱實女士的推定死亡時間出爐，頓時讓教授從唯一的嫌犯，變成嫌犯之一。這時教授提出自己的不在場證明，所以嫌疑又更輕了。因為誰也想像不到，居然會有兩本大同小異的筆記本，而且還在過程中被悄悄替換了。所以此舉或許比我們認為的還更容易辦到也說不定。」

一直默默聽著言耶說明的曲矢開口：

「那在死者嘴裡塞滿舊報紙又是為了什麼？」

「為了處理掉那些報紙。」

「有必要處理掉嗎？那單純只是庄次製作完剪報後忘記帶走，留在那裡的報紙不是嗎？」

「因為教授用漿糊把舊報紙黏起來，代替外套穿在身上。」

「什麼……」

「為了盡可能禦寒，只能利用手邊現有的舊報紙。但是已經用漿糊黏起來了，無法恢復原狀，也不能就這樣留在案發現場。兇手只好模糊焦點，誤導我們判斷舊報紙是為了塞住朱實女士的嘴。」

「喂，難不成……」

「高志看到的那個木乃伊，就是教授把用舊報紙做成的外套蓋在頭上的身影。舊報紙吸收了夜晚的濕氣，就變得皺巴巴的，看起來就像破破爛爛的裹屍布。」

「之所以對他招手……」

「教授察覺到高志了，所以故意嚇唬他，好讓他離開窗邊。」

「又或者是——」

這時庄司終於開口。

「那天夜裡，家父屍蠟化的木乃伊真的出現了……」

八

高志嚇壞了。因為土淵庄司成了殺害緣中朱實的重要嫌犯，被警察帶走了。

沒想到庄司老師居然是兇手……。

久美江阿姨氣得半死，堅決認定是警方弄錯了。事實上也缺少了最關鍵的證據。而且據說庄司始終保持沉默，讓案情完全陷入膠著狀態。

然而這時卻發掘出了新的事實，使得庄司的嫌疑愈來愈大。根據警方的搜查結果，緣中朱實失蹤的父親，原來就是以前在彌勒教教團擔任幹部的那三個人之一。

所以警方好像開始懷疑，當時那個出現在幾名幹部眼前的屍蠟化木乃伊，或許就是庄司動的手腳。動機當然是為了報復他們對庄三入定的背叛。但是對於這些過去的事件，庄司依舊不發一語。

這段期間，庄一到處奔走，向父親的朋友及舊識求救，終於讓庄司得以返家。

「看吧，老爺果然是清白的。」

久美江阿姨覺得很欣慰，然而事實並非如此，事實上只是因為有力人士向警方施加壓力，再加上研判庄司沒有逃亡之虞，才讓他得以暫時獲釋返家。

高志是從刀城言耶口中聽說這些來龍去脈的。在庄司被警方帶走後，他就經常造訪土淵家。言耶得知緣中朱實的父親是彌勒教的教團幹部之一時，看起來非常不甘心的樣子。問他原因，他的理由是——

「本宮教授曾簡稱那三位幹部為甲乙丙，當時他告訴我那些倒也不是全然無關的簡稱，以甲為例，他的名字裡就有個水田的『田』字。」

「因為『甲』這個漢字裡面帶有『田』這個字嗎？」

「沒錯。所以『乙』的名字裡應該也有『九』、『丸』或是『乾』這些字才對。」

「這樣的話，甲和乙都和朱實女士的姓名無關呢。」

「嗯。她是『丙』。因為『丙』這個字拆開來就是『一』和『內』，而『一內』正是她原本的姓氏。」

我怎麼就沒發現呢……言耶後悔莫及。但也只後悔了那麼一時半刻，因為言耶的好奇心由始至終都在那座彌勒島上。

「你後來還有再看到**那個**嗎？」

言耶每次來訪都會問他這個問題。高志反而想問他為何如此在意，只見言耶露出諱莫如深的表情說：

「因為土淵教授說的話簡直就是承認了**那個**的存在……」

庄司老師自返家以來就一直關在三樓的研究室。他不見任何人，三餐也都要人送過去，晚上就直接睡在研究室裡。

庄司老師回來後的第三天晚上，天空降下了白雪。好討厭啊，讓人想起了那件命案——抱持這般想法的高志，突然就在深夜驚醒過來。

啊……。

感覺窗外正傳來與案發當晚一模一樣、令人不寒而慄的氣息。

不會吧……。

想起當時看到的黑影，高志在被窩裡撲簌簌地發抖。言耶告訴過他，那個黑影的真面目其實就是庄司，但高志無法接受這個說法。

那個才不是庄司老師……。

此時此刻不就是確認的好機會嗎？但想是這麼想，高志卻無論如何也不敢離開床鋪。

可是得救救庄司老師才行……。

高志好不容易鼓起勇氣，拖拖拉拉地走下床，接著直接走到窗邊，但這次卻怎麼也不敢拉開窗簾。因為他很怕在窺看外面的時候，**那個**也正抬起頭望向自己，那實在太令人害怕了，於是最後也只能動彈不得地呆站在窗前。

時間究竟過了多久呢？當他猛然回過神來，窗外那股毛骨悚然的氣息已經消失了。回去了嗎……。

但是還來不及放下心中大石，高志又為時已晚地反應過來，**那個**已經進了這棟屋子，而且正在從一樓爬上二樓。

高志連忙衝向門口，用背頂著門，手繞到背後握緊門把。自己絕不能讓**那個**進來，而且也不打算偷看走廊上到底發生了什麼事。

沒過多久，他感覺到**那個**的氣息經過二樓，接著爬上三樓。又過了好一會兒——

「嗚嗚唔唔唔唔……」

樓上隱約傳來令人汗毛倒豎、從頭頂涼到腳底的呻吟聲。

剛、剛才那是……？

確實是呻吟的聲音。可是所有的家人和房客們都在熟睡著，感覺沒有人醒過來。

這時，**那個**從三樓下來了。從三樓到二樓，再從二樓到一樓，踏出了屋子，走進庭院，再朝著彌勒島前進。**那個**回去了。

第二天早上，久美江阿姨在研究室裡的行軍床上發現庄司已然冰冷僵硬的遺體，她趕緊通報警方。起初懷疑是自殺，但死因證實是心臟痲痺。

那個來懲罰庄司老師了……。

高志是這麼想的。即使是自己的兒子，**那個**也不會寬恕犯了罪的人。

只不過，他並沒有告訴任何人。記憶依然清晰，在那天夜裡，當**那個**的氣息消失之後，他便往窗外窺探，一幕光景就此映入眼簾。

那是往返於彌勒島與屋子之間、印在積雪上的腳印。腳印在高志的凝視下，一點一滴被下個不停的細雪掩埋，逐漸消失得無影無蹤。

孤島下的骨骸

木乃伊（mummy）是在自然條件、或人為條件下對遺體進行生物化學處理，達到長期保存外觀的效果。人類已知、現存最早的一具木乃伊，是在智利北部阿他加馬沙漠（Atacama Desert）所發現的，名叫 Acha Man，為西元前七千年的新克羅文化（Chinchorro）所製，距今有九千年的歷史了。除了精良的人工技術外，還需要高溫、乾燥的環境，抑制細菌避免身體腐敗，才有可能保存這麼久。這也是古埃及人製造木乃伊的主要方法。話雖如此，木乃伊的外型早已乾枯。

若遺體放置於高濕度環境，脂肪分解出脂肪酸，和蛋白質分解後的氨結合後，並與環境中的鈣、鎂離子反應而皂化，就會形成屍蠟（adipocere），約需時半年。一九二〇年，一位義大利西西里島的一歲女嬰羅沙麗亞・倫巴多（Rosalia Lombardo）因肺炎過世，其家人請託一名醫生設法讓她容貌永駐。據聞，醫生所使用的即類似屍蠟的技術。歷時一百年，女嬰外貌幾無改變。

一九二二年，英國考古學家霍華德・卡特（Howard Carter）發現了埃及法老圖坦卡門（Tutankhamun）的陵墓，聲名大噪。卡特的贊助者卡納文（Caernarvon）伯爵，因為在開棺時被蚊蟲叮咬，引起感染，數月後逝世。不久，有謠言指出，這是法老的詛咒。此一事端，以訛傳訛，最後變成「挖墓者陸續猝死」的死亡傳說。

雖是無稽之談，卻成了小說家的創作靈感。理查・奧斯汀・傅里曼（Richard Austin Freeman）《死神之眼》（The Eye of Osiris，1911）、阿嘉莎・克莉絲蒂（Agatha Christie）

《白羅出擊》（Poirot Investigates，1924）的〈埃及古墓的詛咒〉（The Adventure of the Egyptian Tomb），均以木乃伊的詛咒為主體。其後，美國恐怖電影《木乃伊》（The Mummy，1932）上演了木乃伊復活害人的戲碼，成為木乃伊怪談故事的決定作。

日本推理方面，橫溝正史《八墓村》（1949）與漫畫《金田一少年事件簿》〈金田一少年的敢死之行〉（2000）都有提及木乃伊屍蠟——主要是基於戲劇效果，比骸骨更有衝擊力。而，以木乃伊復活為題的推理故事中，本作應是聚焦於「屍蠟」的首作。

事實上，遣唐僧空海回到日本後，開創了真言宗，並提出「即身成佛」的理論，後發展出由肉身昇華為佛身的「即身佛」，為求佛者在追求修行、悟道的過程中，使肉身達到永世不滅的至極境界。從生理學的觀點來說，這是一種憑藉自身的力量，化為木乃伊的機制。

這段過程非常嚴苛，必須歷時數年，透過禁食、飲漆，徹底去除體內肌肉、脂肪、水分、菌類，使身體處於不致在死後腐敗的狀態。最後，由旁人將其封入石室中，靜坐入定、等待圓寂，終至成佛。日本自11世紀以降，無數高僧企圖透過這種方法成佛，但許多人中途放棄，即使最終圓寂，也不能確保不朽，成功者寡。至一八七七年，明治天皇認為這是一種加工自殺，頒法禁止。

然而，依本作的設定看來，彌勒教教主追求成佛，但做法似乎反其道而行，身體保留了足夠的脂肪，又置身於充滿濕氣的池中小島，骸骨原應腐敗，最後居然化為屍蠟木乃伊，只能說是必然失敗中的偶然成功了。

如生靈
雙身之物

生霊の如き重るもの

一

「刀城同學，你知道什麼是生靈①嗎？」

「生靈……嗎？是寫成生命的生、靈魂的靈嗎？」

「哦，不愧是刀城同學，果然名不虛傳。」

谷生龍之介一臉佩服，目不轉睛地打量著刀城言耶。兩人坐在神保町的「Hill House」咖啡廳最後面的角落位置。

在時間進到昭和初期左右，咖啡廳和電影院出現了。原本就擁有「學生之街」這般面貌的神保町，到了戰後也繼續稱職地扮演著學生集散地的角色。最重要的是這裡聚集了許多舊書店，對言耶他們這些學生來說，是可以耗上一整天沉浸在其中的好去處。

逛了好幾家舊書店，在茫茫書海裡尋找自己感興趣的書，看一下內容、買下中意的書，再走進鍾愛的咖啡廳，一面喝著香氣迷人、風味醇厚的咖啡，一面悠閒地翻起書頁，實乃人生一大樂事。這也是窮學生們唯一可以享受、微不足道的奢華樂趣。

然而，這天的情況卻不太一樣。下午在學校上完木村有美夫教授的課後，言耶被木村教授找去。這位恩師說：「可以的話請和他談一談吧。」接著向他介紹了旁系的學長——谷生龍之介。

「談談……請問是發生了什麼事情嗎？」

「當然是你拿手的領域。」

「啊？」

「算是一種『Doppelgänger[②]』的問題吧。」

與此同時，好奇心與警覺心在言耶心中各占一半。老實說，他不確定應該就這麼照恩師所說的答應幫忙，還是要隨便找個理由拒絕。

因為木村有美夫先前曾經為言耶介紹了國立世界民族學研究所的本宮武教授，言耶也參加了由本宮教授主辦的「怪談會」，結果被捲入詭譎的殺人事件。不僅如此，本宮教授後來又介紹城南大學的教授，同時也是怪奇幻想小說作家的土淵庄司給他認識，孰料言耶又因此碰上不可思議的命案。這些當然不能怪罪木村，但不免也讓言耶覺得恩師似乎是這一切的始作俑者。

再加上……言耶最困擾的其實是這一點。

由於兩起命案都在機緣巧合的情況下被言耶解決了，恩師好像誤以為自己的學生有這方面的天賦。事實上，言耶的父親正是素有「昭和名偵探」美譽的冬城牙城，也難怪木村會有此誤會，對於與父親之間存在著難解心結的言耶來說，再也沒有比這個誤會更讓人討厭了。可是他很清楚恩師並沒有惡意，雖然自己矢口否認，但一想到木村是那種想幫助學生將優點發揚光大的性格，恐怕也只會認為言耶是謙虛罷了。

① 意指尚在人世者靈魂離體的現象。但亦有本人毫無異狀，但是和該人完全一樣的生靈卻在他處被目擊的情況。
② 意指尚在人世者出現和本人一模一樣的分身，被自己親眼所見，或是在不同地方被目擊的神秘現象。

問題是……言耶內心開始猶豫了。

看樣子木村是真心相信言耶具有特殊的偵探才能，也是認真地想打磨他這項才能，所以才覺得必須為這個學生提供更多奇奇怪怪的案子。現在之所以會介紹谷生龍之介給他認識，想必也是基於這個原因。

話雖如此……言耶不禁苦笑起來。

之所以決定聽聽看谷生碰到的問題，也是源自自己無論如何都克制不住熱愛怪談的天性。自從聽到恩師口中冒出「Doppelgänger」這個字眼後，潛意識大概就已經決定要接受這個請託了。

「這麼突然真不好意思，你該不會已經有別的安排了？」

負責居中牽線的木村有美夫離開後，谷生龍之介以充滿歉意的表情問言耶。言耶老實回答自己正打算前往神保町，龍之介便說要陪他去。但言耶婉拒了，表示自己並沒有什麼重要的事，可以改天再去，但龍之介還是堅持同行。問題是和剛認識的學長一起，根本無法專心挑書。最後言耶只好草草收工，轉進了「Hill House」。

從大學到咖啡廳的路途中，谷生龍之介說的都是些無關緊要的話題，等到真的坐下來、點的咖啡也送上桌了，見言耶加了砂糖和牛奶，喝下第一口後，他才總算進入正題。

「刀城同學，你知道什麼是生靈嗎？」

腦海中之所以能不假思索地浮現出「生靈」這兩個漢字，或許是因為方才先從木村口中聽到了「Doppelgänger」這個名詞，才會馬上聯想到「言靈③」，然後再延伸思考。

不管怎樣，這個回答顯然讓谷生龍之介一下子就決定相信眼前的學弟，否則就算是透過教授介紹，長相態度都有點像哪家少爺的刀城言耶還是難免給人一股靠不住的感覺。

言耶本人則是在聽到生靈這個陌生詞彙的瞬間，熱愛怪談的血液就開始騷動，一想到即將耳聞自己還不知道的詭異現象或故事，內心就不禁湧起難以言喻的興奮感。無論對方是誰，他都會緊緊咬住不鬆口，直到對方把整件事的來龍去脈說得明明白白。在他宛如好青年的外表底下，其實還藏著相當難纏的一面。

幸好事前已經稍微接收到「Doppelgänger」這個訊息了，所以這時才能壓抑住脫韁野馬般的衝動，不像往常那樣一頭撲向生靈這個字眼。

「不，那是木村教授誤會了。」

言耶盡量以冷靜的語氣回話。

「他對你讚譽有加呢。」

「肯定不是讚美我的學業表現吧。」

「那方面也有，但主要還是關於你的特殊能力。」

③ 意指寄宿在文字和言語中的靈力。信奉此道的日本人認為經由聲音發出的詞語會對現實的事物帶來影響，成為祈福、約束、下咒的力量。在許多文化圈中，雖然或多或少在名稱上有所差異，但是也都存在著類似的思維與信仰。

「關於我外行的推理能力嗎？」

言耶難掩自嘲地反將一軍，龍之介則是正經八百地回答：

「不不不，是愈是奇也怪哉的案子，就愈能發揮你名偵探才華的天分喔。」

「……」

言耶不禁啞口無言，他解釋完恩師的誤會之後，盡可能克制地表態：

「如果學長不嫌棄的話，我倒是可以陪你聊聊……」

「沒問題，那麼就麻煩你了。」

龍之介行禮如儀地低頭致意。

「你剛才提到的生靈——」

既然對方已經理解，就沒必要多所顧忌了，接下來只要盡情地討論令他在意得不得了的怪談就行了。

「是指什麼現象呢？類似木村教授所說的『Doppelgänger』嗎？」

龍之介似乎被言耶突然變得興致勃勃的反應搞迷糊了。

「不好意思，我不清楚那個好像德文的單字……」

「換成英文的話就是『double』。在日文中的類似詞彙，就是分身吧。單從現象來解釋的話，也可以用日本古老文獻中曾提到的離魂病來稱呼它。當然，我認為生靈也屬於分身的一種。」

「意思是說假設某人當時在某地，卻有人目擊到與這個人長得一模一樣的人物出現在另一個地方……」

「沒錯，就是這種現象。一八四五年發生在拉脫維亞的艾蜜莉・薩吉事件是相當有名的分身例子。艾蜜莉是法國人，前往拉脫維亞的學校任教，剛開始的幾週什麼事也沒發生，但不久之後學生們紛紛在各種不同的地方看到她，像是明明剛才還在這裡、現在卻出現在那裡。」

「一模一樣……」

龍之介宛如呻吟般地呢喃著。但言耶明明在進行說明卻自己沉醉其中，根本沒留意到。

「起初學生都以為是自己眼花看錯了，直到後來發生了決定性的現象，正在上課的艾蜜莉突然分裂成兩個人。」

「在學生眼前？」

「沒錯，學生們都親眼看到講台上出現了兩個艾蜜莉，包括服裝在內，樣貌看起來一模一樣，據說手裡也同樣拿著粉筆。」

「……」

「不只如此，某天學生們在二樓的教室上另一位老師的課時，當時艾蜜莉就站在從教室往外看就能映入眼簾的花壇邊，正在照顧花草。因此有很多學生都從教室裡居高臨下地看到她的身影。過了一會兒，上課的老師才剛離開一下，艾蜜莉就突然走進教室，問題是外面的花壇邊也還能看到她的身影。不過，站在黑板前的艾蜜莉很不對勁，動作十分遲鈍。有個學生鼓起勇氣上前摸了她，卻什麼也摸不到，感覺就像手直接穿過身體一樣。」

「……是幽靈嗎？不對，她還活著，所以果然是生靈嗎？」

「只能這樣理解了。這個事例讓我覺得最恐怖的部分，是有個學生曾和艾蜜莉單獨在一起，就在艾蜜莉正在為學生整理儀容的時候，學生竟在鏡子裡看見了另一個艾蜜莉，當場就嚇昏過去。」

「她……艾蜜莉後來怎樣了？」

「因為此事鬧得沸沸揚揚，被學校解僱了。聽說她之所以會從先前的學校調來這一所學校任教也是因為相同的理由。」

「然後呢？」

「只知道據說她後來去了俄羅斯，從此沒了音訊。」

「……」

「這件事還被美國的女作家海倫・麥克洛伊寫成名為〈Through a Glass, Darkly〉的短篇小說。這個標題是出現在《新約聖經》的〈哥林多前書〉第十三章的字句，或許可以直譯為『猶在鏡中』。」

「……」

「啊，順便告訴你好了，愛爾蘭的恐怖小說作家拉芬努有一本名叫《In a Glass Darkly》的短篇小說集……」

「刀城同學，那本小說跟生靈有關嗎？」

「無關。」

「……」

看到龍之介目瞪口呆的表情，言耶這才言歸正傳。

「呃……其實其他國家也有類似的傳說，例如蘇格蘭稱這種現象為『伴走者』，視其為死亡的前兆，人人聞之色變。據說被人目擊到伴走者的當事人不久後就會死去，而且伴走者還會出現在本人的葬禮上，很可怕吧。」

「……」

龍之介的臉色大變，只不過言耶還是沒留意到。

「日本有些地方稱這種現象為『影病』，與其說是發生在個人身上的現象，普遍被視為是出現在某些特定家族的疾病……」

「一模一樣……」

饒是言耶也總算聽見了龍之介第二次的喃喃自語。

「一模一樣，是指和谷生學長最初提到的生靈一樣嗎？」

龍之介慢慢地點頭說：

「不管是出現在葬禮的伴走者，還是被視為家族問題而非個人問題的影病，都跟我接下來要提到的生靈一模一樣。」

「請恕我失禮，谷生學長所謂的家族，難不成是你的……？」

龍之介又點點頭。

「說得更正確一點，並不是我家，而是我父親的老家……」

這種說法顯然還有更深一層的涵義，事情似乎很複雜。言耶有些遲疑，不知是否該繼續追問下去。

「戰前，我住在大森。」

龍之介以平靜的語氣開始娓娓道來。

「東京瓦斯電氣工業在附近蓋了巨大的工廠，自我懂事以來，就和母親兩人住在那個狹小的家裡。」

「提到大森，一般人都會直接聯想到河邊的魚市場，但內陸那一帶其實蓋了很多小工廠呢。」

言耶適時搭腔，但龍之介不知道是不是正沉緬於過去的回憶，感覺有點心不在焉。

「我家附近有條大水溝，每次颱風大雨過後，經常有鯉魚或鯽魚浮在水面上。」

「可以直接用網子撈起來嗎？」

「沒錯，所以每次颱風要來的時候，我都特別期待。」

「真是美好的回憶啊。」

「戰爭時，我在品川區鮫洲的舊制都立電機工業學校讀書，左鄰右舍有交情的叔叔伯伯們幾乎都在鎮上的小工廠上班，所以我也認定自己長大後將會和他們一樣從事工廠的工作。現在回想起來，那些叔伯對我來說就跟父親沒兩樣。」

這讓言耶對他親生父親的情況感到很好奇，但也相信谷生遲早會提到，所以就不插嘴了。

「沒多久後，空襲變得愈來愈頻繁激烈，上頭開始要學童疏散④到鄉下，就連已經從國民學校畢業的孩童也大都疏散到親戚家去，鎮上再也看不到小孩的身影。但我們家只有我和母親相依為命，沒有任何親戚可投靠。其實一直到現在，我都還不知道母親的娘家在哪。更重要的是，當時的我壓根兒也沒想到要與母親分開。」

「如果還是小學生的話，萬一沒有親戚可投靠，也可以加入集團疏散……」

「嗯，所以這個方法當然行不通。」

「那後來又怎麼樣了？」

龍之介有些欲言又止。

「……我媽要我去神戶投靠父親。」

「你是指奧多摩的神戶地區吧。」

④ 原文為「疎開」。在軍事用語中意指將行動中的軍隊分散，避免遭受集中性損傷，同時也增加敵方攻擊難度的行動。戰時的都市大多會成為主要攻擊目標，因此也會讓都市區的非戰鬥人員分散到鄉下避難。「學童疎開」是以學校為單位的團體疏散，屬於後續提到的集團疏散之一。而前往依附親戚或熟人的類型，則稱為「緣故疎開」。

「這時我母親才首次告訴我，媛首川上游那一帶有好幾個村落。其中有個名叫蘆生的村落，而位居蘆生村落地主之首的谷生家，就是我父親的老家。」

「你從未見過令尊嗎？」

言耶終於輸給了好奇心，開口問道。

「在我小的時候，經常有個男人會來我家。等到我進了工業學校時，才慢慢意識到那個人可能就是我父親。現在回想起來，不免也覺得自己真的是個相當遲鈍的孩子。」

雖然面帶苦笑說出了這番話，但龍之介臉上的表情卻意外地雲淡風輕。

「換句話說，我母親是外面的女人。」

「……這樣啊。」

這下反而是言耶顯得不知所措。

「家父名叫谷生猛，在大森有座工廠，聽說在其他地方也有店鋪和房地產之類的，所以應該還有其他女人。他一個月難得來我家一次，嗯，總之是個氣力旺盛的男人。」

「……是噢。」

言耶只能唯唯諾諾地應聲，畢竟也不能點頭附和。

「我母親要我去投靠谷生家，說她已經和那邊談好了，要我一個人過去。我當然不肯，可是母親完全不理會我的抗議，硬要我疏散過去。就算我說『既然如此，那我們一起去。』但母親也堅決不答應，堅持自己不能過去。以我母親的立場，的確很難帶著小孩，厚著臉皮去正室——其實人已經過世了——的地盤讓人收留，遺憾的是當時的我就連這種人情世故也不懂。」

「這也不能怪你。」

「……不，我們母子相依為命固然也很辛苦，但我真的是什麼都不懂的少爺。差別只在並不是住在有錢人家、而是窮人家的少爺就是了。」

龍之介略帶自嘲的笑容已不復見先前那種淡薄如雲煙的從容。

「我之所以不想獨自前往，其實也不是擔心母親的安危，而是無法承受一個人在陌生的土地、而且還是個陌生的家庭裡生活的恐懼。」

「那是因為……」

你還是孩子嘛——言耶正要開口，就被龍之介以手勢制止了。

「不好意思，話扯遠了。最後母親還是決定留在大森的家，只有我去投靠谷生家。就在母親送我到車站後，臨別之際，她說了一句莫名其妙的話。」

「令堂說了什麼？」

「她交代我……去到谷生家之後，萬一在不同的地方看到同一個人，也要假裝沒看見。」

「令、令堂知道這件事嗎？」

與興奮的言耶互為對照，龍之介極為冷靜地回應：

「肯定是聽家父說的，再不然就是……」

龍之介說到這裡，突然噤口不語。

「再不然？」

「再不然就是母親曾經不只一次看到家父的生靈……」

「欸——！」

言耶還沒來得及細究，龍之介就搖起頭來。

「不過，我不記得母親提過這方面的事，所以在車站聽到她這麼說的時候，我完全搞不清楚這代表什麼意義。」

「你沒問令堂這句話是什麼意思嗎？」

「根本來不及問。谷生家派了一位名叫豬佐武的人來接我，所以她是在電車就要開走的那一刻，突然附在我耳邊交代的。」

雖說是小妾的孩子，畢竟也是谷生猛的親生兒子。蘆生的老家不僅擔心龍之介的安全，其實也做好了要接受他的心理準備不是嗎？言耶認為特地派人來接就是最好的證明。

然而，或許是猜到言耶在想什麼，龍之介苦苦一笑。

「是因為我媽苦苦哀求家父，他才派豬佐武來接我，而且並不是因為有多重視我。當時谷生家已經有長子熊之介和次子虎之介這兩位繼承人了。」

「熊之介和虎之介嗎？」

然後老三叫龍之介。應該是因為自己的名字是「猛」，所以才偏好這類勇猛威武的名字吧。

「當時熊之介大概是二十二、三歲，虎之介則小他一歲。明明我們是兄弟，卻連他們正確的年齡多大都不清楚，真的很怪吧。」

「不會，畢竟箇中有很多曲折……」

「是有很多曲折沒錯，因為就連熊之介和虎之介也是同父異母的兄弟。」

「什麼，你那兩位兄長也不是同一個母親生的嗎？」

言耶很驚訝，龍之介倒是一臉沒什麼大不了地說明：

「虎之介的母親智子和我母親的立場半斤八兩。啊，這麼說肯定會惹火那位阿姨，要我別把她跟工廠小鎮的女人相提並論。智子原本是神樂坂的藝伎，是猛為她贖身的。所以年紀雖然比我媽大，但是還風韻猶存。」

「也就是說，智子和虎之介在那時候還比你早一步疏散到位於蘆生的谷生家嗎？」

「虎之介當時已經上戰場當學生兵[5]了。」

「啊，剛好是那個年齡和時期嘛。」

[5] 原文為「學徒出陣」，也稱為「學徒動員」。第二次世界大戰來到尾聲時，日本面臨了兵力不足的問題，原先被暫緩徵集的大學文科學生因此被徵召上戰場。相對於此，大多數的理工科學生因為能在軍備與後勤生產上有所貢獻，因此以「勤勞動員」的形式投入軍需產業。

言耶邊回答，一面就想到了熊之介。

「這麼說來，身為長子的熊之介應該更早就出征了吧。」

「不，他還待在谷生家。」

「怎麼會？」

「因為熊之介從小就是個身體孱弱、動不動就生病的孩子，因此徵兵檢查時判定為第二乙種，不用當兵。」

根據昭和二年公布的兵役法，男子年滿二十歲就有接受徵兵檢查的義務，檢查時只能圍上一塊兜襠布，量過身高、體重、視力等項目後，還要在軍醫面前脫光，檢查身體是否有痔瘡或梅毒等疾病。除此之外，還會調查身家細節。最後區分成甲乙丙丁戊各種體況，其中以甲種體況最受到尊敬。

只不過，隨著戰局惡化，國家不僅調降接受檢查的年齡，就連合格的判斷標準也愈來愈寬鬆。

「當時沒通過徵兵檢查的人非常不見容於社會，唯獨熊之介沒有這個問題。鄉下地方從以前就視體弱多病的孩子為負擔，其他小孩也會欺負身體虛弱的孩子，但熊之介因為是谷生家的繼承人，所以被家人和村民們捧在掌心裡呵護。」

「所以養成了驕縱任性的性格嗎？」

「沒錯，就是你說的這樣，他的個性有點唯我獨尊，但也只侷限於谷生家和蘆生當地而已，說穿了就是內弁慶[6]啦。」

「我能理解。」

「猛對於自己的孩子如此弱不禁風感到很遺憾，再加上還頂著熊之介這個名字，所以大概更難釋懷。不過，熊之介再不濟仍是個長子，這個事實也讓猛認定只有他能繼承谷生家。」

即使戰後施行民主主義，這種觀念在鄉下地區的大家族依舊屢見不鮮，更何況是戰前，就更不足為奇了。

「然而如此重視的長子本人卻體弱多病，連兵都當不上。當然，萬一繼承人死在戰場上的話也很傷腦筋。只是當時的風氣更加推崇唯有通過徵兵檢查，而且還是甲種體況的人才是獨當一面的日本男兒。」

「猛的心情想必很矛盾吧。」

「剛好就在這個時候，智子找上門來了。」

「不是因為疏散的關係嗎？」

「疏散當然也是原因之一，不過最主要的目的還是為了在谷生家等待虎之介回來。換言之，她打算在由猛當家的谷生家迎接為祖國而戰的兒子凱旋回來，好藉此強調虎之介才是配得上谷生

⑥ 武藏坊弁慶是平安時代末期的僧兵、也是源義經的家臣之一。因其忠義與豪勇，成為許多後世創作偏好的高人氣人物。而「內弁慶」一詞即從他的威猛所衍生而來，意指在自家或熟悉的領域威風凜凜，在外卻相對低調怯懦的人。

家的繼承人。」

「……原來如此。」

「為了彰顯她的兒子比體弱多病的熊之介健康，虎之介年紀還小的時候就常被智子帶去谷生家露臉。」

「聽起來是個精力充沛的母親。」

「與我母親簡直是天壤之別。」

龍之介無力地笑著說。

「熊之介的母親，也就是猛的正室名叫千鶴，在熊之介七、八歲的時候就病死了。從此以後，智子就一直想坐上谷生家正室的寶座。」

「這也算是一種豪門紛爭呢。」

「就是說啊。問題在於千鶴嫁入谷生家時帶了一位名叫茜的奶媽陪嫁，這位茜媽認為只有去世的小姐才配當谷生家的正室，因此奮不顧身地擋在智子面前。」

「這個茜媽只不過是區區一個奶媽，以她的立場來說有這麼大的權力嗎？」

「千鶴死後，熊之介等於是由茜媽一手帶大的，所以連猛也要敬她三分。」

「話說回來……」

言耶提出從剛才就一直很好奇的問題。

「學長對谷生家的內幕還真清楚啊。身為猛先生的第三個兒子，知道這些或許理所當然，但你是因為疏散的關係才第一次去到那裡吧？請恕我失禮，硬要說的話，你的立場其實更接近外人……」

「你說得沒錯。」

龍之介不僅沒動怒，還爽快地承認。

「我之所以會這麼清楚，全都是從熊之介那裡聽來的。」

「這麼說來，你與令兄的感情非常好嘛。」

龍之介看似有些迷茫地側著頭，然後回答言耶。

「該怎麼說呢……要說感情好我也不否認，但又覺得好像不完全是這樣。因為熊之介的脾氣相當陰晴不定，正當我對彼此良好的關係感到開心時，他又會突然對我很冷淡；或者是先找我麻煩，再突然變得很友善。」

「聽起來真是難為你了。」

言耶發出同情的安慰，只見龍之介臉上掛著極為複雜的表情。

「可是，我猜就是因為這樣。」

「學長是指？」

「我才會看到熊之介的生靈……」

二

蘆生位於神戶地區，谷生家是當地首屈一指的地主。龍之介因為疏散不得不前往投奔的那一日，剛好是日本已經開始露出敗象，暑氣逼人的某一天。當然，彼時的他和母親做夢也料想不到日本會戰敗。只是拜疏散所賜，得以不用經歷一次又一次慘絕人寰的空襲。不過這也要等到戰爭結束、待一切都稍微告一段落之後，他才逐漸體認到這一層感受。

和前來接他的豬佐武一起搭電車時，龍之介只感到難以言喻的不安，一點也不覺得自己正要前往安全的場所，反倒是一想到要離開住慣的大森、離開從小保護自己到大的母親，踏上全然未知的土地、進入一個陌生的家，就憂鬱到無以復加。一想到自己的母親是谷生猛的小妾，而他的正室和長子正在接下來要前往的谷生家等著自己，就想跳下電車逃回家。空襲雖然很可怕，但與其要在那種環境生活，不如住在大森的家還輕鬆一點。

但他不能就這樣下車逃走，如果跑回去，肯定會讓母親很傷心吧。考慮到母親決定讓自己的兒子去投靠谷生家的心情，就知道現在不是說喪氣話的時候。無論如何，自己現在只能在谷生家生活了。

隨著電車駛離都心，龍之介開始在如同蒸氣浴般悶熱的車廂內產生這樣的念頭。這麼一來，就必須先了解那一邊的事情，才能安身立命。

　　豬佐武是個二十歲左右的寡言男子，一條腿有點行動不便，微微拖著腳走路，因此他沒有被軍隊徵召，留在谷生家負責處理雜務。

　　他肯定知道龍之介的身世，但是既沒有因此怠慢龍之介、也不曾表現出特別殷勤的態度，只是忠實地執行自己奉命前來接龍之介的任務。

「那邊的家裡都有些什麼人？」

　　當龍之介提出這個問題時，他也是不卑不亢地回答：

「有大老爺和熊之介少爺、還有茜媽……」

　　他口中的茜媽似乎是熊之介的奶媽，是千鶴嫁給谷生猛時帶來的陪嫁。千鶴是熊之介的生母、也是猛的正室，在十五年前病死了。聽到這裡，龍之介嚇了一大跳，卻也同時鬆了一口氣。

　　試想，當正室看到自己的丈夫和小妾所生的孩子出現在眼前時，不知道她會做何感想、又會怎麼對待這個孩子呢？先前一想到這些，龍之介就擔憂得不知該如何是好。

　　據豬佐武所說，茜媽的年紀大到可以當熊之介的祖母，自從千鶴死後就代替母職拉拔他長大。

「然後，智子女士現在也待在谷生家。」

　　聽說她無論如何都打算待到出征的兒子虎之介回來。除此之外，豬佐武也告訴他，熊之介因為從小體弱多病的關係，沒有被徵召上戰場。

那位智子會怎麼看待自己呢？

第二個讓龍之介開始在意的，就是這個立場與母親相同的女人。智子恐怕不會給另一個小妾生的孩子好臉色看吧。

話說回來，父親……猛又是怎麼想的……。

猛每次出現在大森的家裡，都會帶禮物給他和母親。然而除此之外，龍之介再也沒有從猛那裡獲得任何東西的記憶。猛確實讓他們母子過上衣食無虞的生活，但是作為丈夫也好、作為父親也罷，自始至終也沒盡過一件該盡的責任。

既然如此，為何現在又願意讓我去投靠他了？

龍之介無法猜透猛到底在想什麼。就算是自己的兒子，猛也不見得是真心地歡迎龍之介。能不能就此安心地和這位父親好好相處，目前完全還是個未知數。

不過，最大的問題還是熊之介吧。

谷生家只有他的年齡與龍之介相仿，而且他還是正室的兒子、也是這一家的長子。

會不會被欺負呢……。

對方已經是個大人了，但也不能因此斷定心智是否成熟，說不定因為久病的關係，反而特別難伺候，或許吃飽沒事就會找自己麻煩。

龍之介早已有所覺悟，倘若問題不嚴重，忍一忍就海闊天空了。但是如果對方太過分，他也不會忍氣吞聲。若是和母親兩人一起或許還能忍耐，要是只有自己一個人的話，就算被趕出去也無所謂。

當電車抵達大垣外的車站，龍之介已經做好心理準備了。

奧多摩的神戶地區是片高地，但是海拔不到一千公尺，所以只能算是所謂的低山地帶。然而地形極為複雜，蜿蜒曲折的山路與迷宮無異，有些地方甚至連木炭公車⑦都開不進去。

龍之介在大垣外下車，坐上來接他的馬車，先進入一個名叫初戶的地方，在那裡稍事休息後，繼續開拔前往位在深山裡的蘆生。

隨著愈往山裡走，戰爭的陰影也逐漸淡去，這令龍之介很意外。他還以為整個日本都籠罩在戰時的氛圍之中，沒想到初戶的村落卻洋溢著大森一帶看不到的寧靜悠閒，到了蘆生之後，這股寧靜悠閒的感覺愈發強烈。

想當然耳，初戶和蘆生肯定也有大批的男人為國出征，出乎龍之介想像的是留下來的人既不用擔心空襲、也不愁沒東西吃。最重要的是周圍一望無際的大自然，也讓戰爭這種愚蠢至極的人類行為顯得微不足道且毫無價值可言。

谷生家的大宅座落在蘆生西端的山腳處，由雖然是平房、但面積極為寬敞的主屋再加上好幾棟偏屋構成，腹地內還有許多倉庫。龍之介不禁被眼前壯觀的景象嚇得說不出話來。

---

⑦因應戰時能源管制，在抑制民間消費、確保軍用燃料的方針下所推出的「代用燃料車」，燃燒木炭或薪柴等作為動力來源。

與大森的小房子未免差太多了……。

踏進正門的那一刻，不安與恐懼再度襲上心頭，在電車上事先做好的心理準備早就被吹得煙消雲散。

因此，在他踏進谷生家的玄關、被最初前來迎接的茜媽領著，穿過了長長的走廊後抵達書房，站在這棟大宅的主人、亦即他的親生父親猛的面前時，龍之介已經完全嚇得手足無措了。

沒想到猛的反應淡然得令人跌破眼鏡。

「哦，你來啦。」

他顯然壓根兒忘了龍之介會在今天到的樣子，直至本人出現在眼前，才好不容易想起來這件事。

「光世……你媽呢？」

而且最先問起的還是他母親。

「……母、母親她留在大森。」

龍之介硬是從乾巴巴的喉嚨裡擠出聲音來回答，猛長嘆一聲說：

「果然還是不肯來啊。別看她那樣，倔起來簡直頑固到不行。」

比起與龍之介對話，猛更像是在自言自語。

的確，說到這次的事，母親跟平常很不一樣，她完全不顧龍之介的感受，死活都要兒子去投靠谷生家。但這件事輪不到猛來說長道短。這個男人與母親共度的日子遠不及自己，所以猛說出的這番話也讓龍之介感到不快。

只可惜，龍之介還來不及開口抱怨，父親與兒子的會面就結束了。

「你需要什麼都可以跟茜媽說。」

猛最後只交代了這句話。谷生家有沒有龍之介這號人物，這個人肯定都無動於衷，肯定都是這副德性。

退出書房後，茜媽就帶著龍之介來到主屋的一個小房間。

「接下來原本要先帶你去向熊之介少爺問候，但他表示吃過晚餐後再說。」

茜媽也只丟下這句話就消失得無影無蹤。

龍之介突然就這麼孤零零地被留在應該是為他準備的房間裡。他從大森帶來的包包和行李都已經放在房裡了，大概是豬佐武幫忙拿進來的吧。但是除此之外就沒有其他東西了，真是個煞風景的房間。

推開窗戶一看，山壁就近在眼前。抬頭仰望，前方的斜坡上可以看到成群的墓碑，再往下的山腳似乎也有墓地，這兩邊想必都是谷生家的墓園。母親一旦亡故，會在其中一邊入土為安嗎？

就在龍之介仰望山腰上的墓碑時，背後突然傳來拉開紙門的聲響。

他心裡一驚，連忙轉過頭去。

「哎呀，長得一點也不像大老爺呢。」

有個女人大搖大擺地走進房間，從頭到腳來來回回地打量他。看到她的外貌後，龍之介又嚇了一跳。

因為女人穿著東京都內絕對看不到、也絕對穿不上的華麗和服。這好像也讓她看起來比實際年齡還要年輕，總之散發出一股異樣妖冶的女人味。女人懷裡抱著黑貓，這也更突顯出她的妖豔。

「請、請問……」

女人不理會一頭霧水的龍之介，自顧自地說下去：

「正所謂血濃於水，我們虎之介和這裡的熊之介都長得很像大老爺喔。他們的名字固然勇猛，但長相其實都很英俊瀟灑……」

如她所說，猛的名字和身材雖然都很勇猛結實，五官卻很精緻，年輕的時候肯定十分風流倜儻。母親也好、眼前的智子也罷，或許都不只是被他的財力所吸引。

「男人光有錢還不夠，長相也必須好看才行。」

智子的話正好坐實了龍之介的猜測，未免也太巧，龍之介不由得苦笑。

「不過熊之介因為生病的影響，白白糟蹋了與生俱來的男子氣概。」

智子緊接著又補上這句話，令龍之介心裡一凜，彷彿窺見智子這個人的本性，讓人感覺非常不舒服。

然而，該說是理所當然嗎……。

只要熊之介這個正室的兒子兼谷生家長子不在了，智子的兒子虎之介幾乎毫無懸念地就會成為這個家的繼承人。說穿了，對智子而言，熊之介無疑是不折不扣的眼中釘、肉中刺，就如同字面上的意義那樣、光是映入眼簾就讓人覺得非常礙眼，如果可以的話，肯定會希望他從這個世界上消失。

我呢……？

智子是怎麼看待自己的呢？同樣都是小妾的孩子，而且還是老三，所以完全威脅不到他們的地位嗎？還是跟熊之介一樣，都是擋在他們母子路上的絆腳石？電車上掠過心頭的不安忽又轉醒。

「可是你就不一樣了，看樣子是得到光世小姐的遺傳多一點。」

智子再次盯著龍之介看，然後噗哧一笑。

「不過說也奇怪，絕不服輸的千鶴夫人和我生的孩子都比較像父親，凡事低調退讓的光世小姐所生的孩子反而比較像母親。」

說到這裡，智子這才猛然想起似地說：

「光世小姐呢？你母親上哪兒去了？」

「……家母沒來。」

「是嘛。」

智子收起笑意，露出剽悍的表情。

「真不愧是品格高尚的光世小姐，就算天塌下來也不肯接受谷生家的照顧，哪怕千鶴夫人早就死了。你知道嗎？大老爺連這一帶的女人也不放過。」

龍之介大吃一驚，但仍忙不迭地搖頭。

「要是谷生家最後落入這種鄉下地方的女人手中，我可受不了。光世小姐也真是的，根本不需要這麼客氣。要是我就逮住這個機會，帶著兒子明目張膽地住下來。」

妳不是已經明目張膽地住下來了嗎。想是這麼想，當然沒有說出口。

智子直勾勾地凝視龍之介的雙眼，冷不防開口問他：

「那你呢？」

「咦……」

「你甘願一輩子當個地下情人的孩子、當個小妾的孩子嗎？難道你不想成為大老爺的繼承人，將谷生家的一切收在自己麾下嗎？」

「……」

「堂堂一個大男人，連這點企圖心都沒有嗎？」

「……」

「別悶不吭聲，給我說清楚。」

「因、因為我也已經好久沒見到父親了……」

下一瞬間，智子就笑了出來。她捧腹大笑了好一會兒，以不可一世的眼神斜睨著龍之介。

「看樣子，你不只長相，就連性格也跟你母親很像。也罷，這樣對我們雙方都好。因為你只有兩條路可以走，不是老老實實待著，就是跟我們站在同一邊。」

「您是什麼意思？」

「瞧你年紀輕輕，腦袋卻不太靈光呢。」

智子好像覺得龍之介傻呼呼的，以略顯得意的語氣開始為他指點迷津。

「雖然很可憐，但病成這樣的熊之介恐怕活不了多久。不過他的病大概有一半只是在耍任性，所以搞不好能長命百歲也未可知……不過就憑他那德性，再怎樣都無法擔起谷生家一家之主的重責大任。和他比起來，虎之介可是極為健康的日本男兒，還以甲種體況通過兵役檢查，不用說也知道誰比較適合繼承谷生家吧。」

「可是……」

龍之介無意反駁，但還是忍不住提出一個單純的問題。

「熊之介哥哥畢竟是這個家的長子吧。」

「那又怎樣？」

智子的聲色突然變調。

「就算是長子，派不上用場豈不是白搭。國家正值危急存亡之秋，熊之介卻一點忙也幫不上。另一方面，虎之介為國出征、英勇地在戰場上抗敵。你看著好了，只要能立下戰功、凱旋歸國，大老爺一定會很高興，重新考慮繼承人的人選。不，應該說我一定會讓大老爺重新考慮繼承人的問題。」

她顯然完全不考慮虎之介戰死沙場的可能性。

「若與我們母子為敵，對你可是一點好處也沒有喔。對吧，小虎。」

智子最後對著懷裡的黑貓，指桑罵槐地撂下這句話，然後就與出現時的情況一樣，把自己的話說完後就自顧自地走出房間。

「呼……」

當她的背影消失在門口，龍之介不由得如釋重負地吐出一口大氣。

好可怕的阿姨啊。

不過，只要他別輕舉妄動，對方應該也不會對自己怎樣。不管是猛還是智子，都沒把龍之介放在眼裡。茜媽想也知道是將照顧熊之介的生活起居擺在最優先。

至於熊之介嘛……。

谷生家的繼承人對這個同父異母、年紀也差很多的弟弟到底會做出什麼反應呢？

現在龍之介吃飯的地方，是位於廚房附近的房間。意外的是，這裡只有他和智子兩個人共進晚餐。正確地說，還有她走到哪裡帶到哪裡的貓咪小虎。

順帶一提，猛好像是在後面的房間裡，在女佣的服侍下用餐，熊之介則是在偏屋由茜媽照顧吃飯，父子倆也是分開吃。

為什麼不全家人聚在同一個房間裡吃飯呢……。

龍之介心裡閃過這個念頭，隨即意識過來，若是那樣的話也很尷尬。固然和智子獨處很讓人討厭，但比起全家人一起，或許和智子獨處還沒那麼痛苦。以正面的角度來說，她的性格很乾脆，只要別牽扯到繼承人的問題，應該也不至於傷害自己。

吃完晚飯，茜媽帶龍之介前往蓋在主屋東側的偏屋，踏進前段的房間裡，熊之介就坐在顯然是剛才用來吃飯的大桌子對側。

「你就是龍之介嗎？」

「……是的。」

龍之介總之先正襟危坐地行了一禮，熊之介則是目不轉睛地盯著他看，目光彷彿在看什麼珍禽異獸。

「嗯哼……」

過了好一會兒，熊之介發出奇妙的聲音說。

「長得跟老爸完全不像呢。」

說出口的話卻跟智子如出一轍。

不過令龍之介感到疑惑的是，在熊之介本人身上幾乎看不到猛的影子。智子說他們很像，根本沒有這回事，所以她那句話是什麼意思呢？

這時，熊之介突然劇烈地咳了起來，茜媽為他順氣，勸他躺下來休息，但他不予理會，堅持自己沒事。

「今晚的狀況還不錯。」

熊之介說完這句話，抬起頭來。龍之介看到他的臉，險些驚呼出聲。

好像……。

剛才還沒發現，熊之介確實有幾分猛的影子。大概是因為久病的關係讓他過於憔悴，沒能一下子就看出來。

「見過老爸了吧。你們很久沒見了。感覺如何？」

熊之介緊迫盯人的追問模樣一點也不像病人，看來身體狀況的確不錯。

「我也……不太清楚。」

「他可是你的親生父親喔。」

「……就算您這麼說，我也沒什麼真實的感受……」

「原來如此，這也怪不得你。那你對智子有什麼感覺？」

「我認為她是位很精明的女性。」

熊之介發出「嘿嘿」的詭異笑聲，接著就問起龍之介在大森的生活。

沒想到他與熊之介居然一聊就聊了一個小時以上。若非茜媽出面制止，肯定還會繼續聊下去。

難不成熊之介還挺喜歡自己的？

從偏屋回房的路上，龍之介一直在思考這個可能性。雖然完全不曉得理由何在，或許是因為自己不像虎之介那樣長得有如跟猛用一個模子印出來的，而母親光世也沒像智子一樣入住這裡，這種狀況讓熊之介感到很滿意也說不定。

事實上，龍之介從第二天起，每天至少都會被叫去東側的偏屋一趟，每次到那邊去，熊之介都會向他問起大森居民的生活、國民學校的課程與遊戲、他與母親相依為命的狀況等等。愈是枝微末節的小事，愈要仔仔細細地說明，這樣熊之介就會很開心。

話雖如此，也並非永遠都是龍之介在說話，如果身體狀況比較好的話，熊之介其實非常健談，內容主要是他看過的書。對於過去就算想看小說也沒得看的龍之介而言，這位長兄所說的故事非常有趣，總是轉眼間就吸引住他的注意力。

緊張刺激的冒險故事、毛骨悚然的怪談、想要跟著動腦的推理故事、讓人捏一把冷汗的間諜故事……龍之介打從心底純粹地享受眼前這些故事。

偏屋前段房間的後頭是熊之介的書房，由木板釘成西式風格。房裡除了西式的書桌和椅子以外，只有塞滿大量書籍的書櫃。再後面好像是熊之介的寢室。

因為書房裡只有一張椅子，所以兩人通常都在前段的空間裡聊天。熊之介有時候也會借書給龍之介，但大部分的時間還是比較喜歡由自己來講故事。或許弟弟專心聽他說故事、不時屏住呼吸聽得入神的模樣，讓他感受到了難以言喻的暢快樂趣也未可知。

換句話說，龍之介來描述現實生活中的世界；熊之介則是創造出一個虛構的世界，兩人都藉由自己口中的故事來取悅對方。

結果，龍之介在電車上對未來在谷生家的人際關係所抱持的不安徬徨，幸好幾乎只是杞人憂天。之所以說幾乎——是因為他偶爾還是會被熊之介的任性、陰晴不定或壞心眼耍得團團轉，但也還不到無法忍受的地步，畢竟也算不上欺負，所以龍之介決定不要往心裡去。

只不過，他無論如何都受不了熊之介故事說到一半，突然不說下去的捉弄。尤其是當劇情發展到最高潮的時候突然來這麼一下，總是讓龍之介無法壓抑想快點知道後續的渴求。事情一旦演變成這樣，無論他再怎麼苦苦哀求，熊之介也絕不會再繼續講下去。有時他會低聲下氣地拜託熊之介把書借給他，但熊之介願意出借的次數仍寥寥可數。

每次遇到這種狀況的晚上，龍之介肯定會在被窩裡蜷縮成一團，滿腦子都在想著中斷的故事接下來又會怎麼發展。

仔細想想，熊之介大概很樂於看到弟弟這種反應吧。不知是與生俱來的性格使然，還是長年接受治療的生活造成的，總之他可能具有某種施虐的傾向。

這種刻意為難的狀況一再發生，雖然龍之介也為此煩惱不已，但是他決定轉換一下思維。就當成是在蒐集今後絕對必讀的有趣書籍吧。

他決定從正面的角度思考，接下來只要一本一本地慢慢增加就好了。如果不像這樣換個觀點來看事情的話，實在撐不下去。

只要能克服熊之介的陰晴不定與壞心眼，龍之介的疏散生活其實可說是過得非常平靜。至於那個不可思議的奇妙體驗開始發生，是在他來到谷生家一個半月後的傍晚。

龍之介當時正在自己的房間裡看書。熊之介難得心血來潮地借他海野十三[8]寫的《深夜的市長》（春秋社）。顧名思義，書中對「深夜」的描寫引起了他的興趣，看得十分專注，所以他不確定自己花了多少時間才注意到**那個**。

原本側躺在榻榻米上看書的龍之介，突然感受到一種異樣的氣息。

有人在看我……？

感覺有人正隔著紙門，從走廊上目不轉睛地注視著自己的背後。

⑧作家，作品類型擴及科幻、推理等領域，亦經手科學刊物解說、作品翻譯等工作。被譽為日本科幻小說創作的先驅之一。

他沒想太多就直接回頭，只見紙門開了一條縫，確實有個人正從縫隙間窺視著房內。

咦……就在龍之介感到莫名其妙的同時，背脊也不禁打起冷顫。

自己到底被看了多久？

更重要的是，外面那個人是誰？

龍之介維持著躺在榻榻米上回首觀望的不自然姿勢，就這樣僵在那裡。

然後，原本從紙門縫隙間隱約可見的那個人也一溜煙地消失了。與此同時，龍之介從榻榻米上跳起來，走到紙門前，躡手躡腳地拉開紙門、提心弔膽地窺看走廊的情況。

一個貌似熊之介的背影正從轉角處那裡消失。

欸，真是難得啊。

那位兄長很少離開偏屋，就算有什麼事，通常也都是由茜媽來處理。如果茜媽無法處理的話，就會讓豬佐武代勞。

他找我有事嗎？

問題在於，每當熊之介有話要跟他說的時候，都會把他喚去偏屋。熊之介本身從來就不會特地過來找他。

不管怎樣，還是去問個究竟比較好。

龍之介決定直接去偏屋走一趟。都注意到兄長過來了，如果被他覺得自己竟然沒有任何反應，事情就糟糕了。萬一讓熊之介不高興，搞不好還會把借給自己的《深夜的市長》拿回去。

「打擾了，我是龍之介。」

等了好一會兒，才等到熊之介的回答。先聽到「咳、咳、咳……」的咳嗽聲，然後是微弱的呻吟聲：「來了。」當龍之介走進前段的房間時，熊之介也打開書房的紙門，穿著睡衣走出來。

「怎麼了？」

「您……您在睡覺嗎？」

「嗯，看也知道吧，有什麼貴事？」

熊之介看起來很不高興，顯然是睡到一半被吵醒。

「呃……沒什麼……」

「沒事還叫醒我？」

熊之介顯然以為他在開什麼玩笑，一副隨時都要大發雷霆的模樣。

「不、不是的。」

「那你到底來做什麼？」

「因為……我以為您找我。」

「我找你？」

見龍之介點頭，熊之介一臉詫異地問：

「是茜媽說的嗎？」

「不是。」

「那到底是——」

眼看熊之介又要發怒，龍之介連忙解釋：

「其、其實是我以為大哥來過我的房間……」

熊之介的表情頓時凝固在臉上。龍之介這輩子還沒看過人類的表情可以在瞬間出現這樣的變化。

會被罵死！

龍之介下意識地繃緊身體，但很快就發現自己誤會了。浮現在熊之介臉上的並非怒氣，而是驚訝的神情。而且不知道為什麼還夾雜著恐懼與膽怯，非常令人費解。

「您、您沒事吧？」

但是現在沒空研究熊之介的表情。龍之介大驚失色地看著彷彿隨時都要昏倒的兄長。

「先躺下來比較好——」

「告訴我。」

「什麼？」

「我去你房間找你的事，盡可能詳細地說給我聽。」

熊之介似乎不是在開玩笑，迅速地坐到他固定的位置。龍之介也無可奈何地坐下來，細述發生在自己房裡的事。

「你只看到背影嗎？」

「對，所以可能是我誤把誰看成是大哥了。」

「你真的這麼想嗎？」

被熊之介接二連三地追問，龍之介不假思索地輕輕搖頭。

「果然是我吧？」

「……看起來是的。」

「從衣服來判斷呢？除了我以外，有人穿著類似的衣服嗎？」

這麼說來，龍之介才想起他在走廊轉角看到的熊之介穿著白襯衫和深藍色的長褲，但此時此刻的熊之介穿的是睡覺時換上的浴衣。或許時間足夠讓他換衣服，但是做這種惡作劇又有什麼好玩的？而且如果是惡作劇，他應該不至於認真到這個地步。

「我見您穿過好幾次，所以才認為那是大哥的衣服。」

「……這樣啊。」

「會不會是有人偷偷拿走您的衣服，故意捉弄我這個疏散來的人……」

他試著提出能想像到的可能性，但立刻遭到熊之介的否認。

「五斗櫃在我房間裡，不可能在我沒發現的情況下就把衣服拿出去。就算我沒發現，茜媽也一定會留意到。不過為了慎重起見，我稍後會再問清楚。」

熊之介倏地移開視線。

「既然如此，那個人影又是什麼？」龍之介問道。

「可能是生靈。」

「生靈？」

「寫作有『生』命的『靈』魂，顧名思義就是活人的靈魂。」

「那、那我看到的難不成是你的……」

他在熊之介面前講話總是畢恭畢敬，如今卻不小心把「您」喊成「你」。

熊之介絲毫不以為意。

「嗯，可能是我的生靈。不，不是可能，應該八九不離十。」

「……」

「你母親送你離開的時候就說過了吧。」

「咦？」

龍之介不知他所指為何，但是聽到熊之介接下來說的話，不由得悚然一驚。

「告訴你在谷生家，就算在不同的場所看到同一個人出現，也要裝作沒看見的樣子。」

母親那句話原來是指這麼可怕的事。

「你的母親似乎知道谷生家特有的毛病。」

「……病？這是一種病嗎？」

「而且還是會遺傳的病。」

龍之介嚇得動彈不得，熊之介以嘲笑的口吻對他說：

「放心吧，沒有遺傳到你身上。」

「……」

「這種生靈只會出現在谷生家的繼承人身上。當然，一家之主也不例外。」

「也就是說，老、老爺也……」

跟別人提到猛的時候，因為不想喊他「父親」，龍之介都稱他為「老爺」，但若稱他「大老爺」，又跟下人沒兩樣，所以權衡之下只好這麼叫。

「沒錯，老爸他遲早也會發作。」

熊之介說得很隱諱。

「您的意思是說，老爺的生靈尚未出現嗎？」

「算是吧。也有可能已經出現了，只是還沒有人注意到。因為會看到當事人生靈的，好像就只有和那個人關係親近的人。老爸或許沒有推心置腹到那個地步的對象。」

即使是身為繼承人的熊之介也無法敲開猛的心門嗎。

龍之介感覺有些淒涼，這時熊之介又說出令人耿耿於懷的話：

「也有說法認為要是一再被人目睹生靈出現，可能是某種前兆。所以對於當事人來說，生靈還是不要出現比較好。」

「什麼前兆？」

「那個人……死亡的前兆。」

三

自從那天以後，龍之介時不時就會在谷生家的宅子裡看到兄長的生靈。

有一次是被熊之介叫去偏屋時，因為熊之介正在前段的房間交代豬佐武一些事，龍之介想說待會兒再過來，然後回房途中就在陰暗走廊的前方，目擊到熊之介輕飄飄地從右邊打橫晃到左邊的身影。

另一次是撞見熊之介穿著看慣的衣服，極為罕見地走向後院的身影。龍之介下意識追出去，院子裡卻沒有半個人。而且從院子這邊可以看到熊之介的偏屋，當時熊之介本人正從窗戶往外看。體弱多病的熊之介不可能瞬間從後院衝回偏屋，而且那麼短的時間也絕對不夠讓他這麼快就回到偏屋。

熊之介囑咐龍之介，每次看到生靈都一定要向他報告。龍之介起初謹守著兄長的交代，但是熊之介每次喃喃自語的話語，都令他愈來愈難以忍受。

「這樣啊，你又看到啦……看樣子，我離死期真的不遠了。」

雖然龍之介想否定兄長這種想法，但是身為看到生靈的人，實在沒什麼說服力。他曾戰戰兢兢地找茜媽商量，茜媽則是大驚失色地衝向熊之介的偏屋。

茜媽回來後，便劈頭將龍之介罵了個狗血淋頭。

「你這個笨蛋！」

「欸……」

「都怪你說什麼看到熊之介少爺的生靈，真是太觸楣頭了。」

「妳、妳誤會了，生靈是——」

「你不知道就是因為你胡言亂語，才會危害到熊之介少爺的身體健康嗎？」

「請、請聽我解釋，生靈的事其實是大哥告訴我的。」

「混帳東西！有哪個蠢蛋會把病人說的話當真，還陪著一起胡鬧的！」

「所、所以說，不是我——」

「聽清楚了，從今以後不准你再提起任何與生靈有關的事！」

「關於生靈的事情都是大哥杜撰出來的嗎？」

茜媽忽然噤若寒蟬，既不承認也不否認，但龍之介認為她的默認反而是一種回答。

「還是真的就像大哥所說的，那是谷生家一脈相傳的？」

「像這種世家——」

不同於方才滔滔不絕的氣勢，茜媽以略顯沉重的語氣開始娓娓道來。

「難免有一些代代相傳、極為特異的傳承。好比在蘆生這裡的地位僅次於谷生家的嘉納家，也有這方面的傳說。不過嘉納家的情況並不是發生在繼承人身上，而是由母親傳給女兒，也就是只有女人會繼承這種血統。」

「這種血統是指……生靈嗎？」

茜媽搖頭，說出龍之介有生以來從未聽過的奇妙詞彙。

「是一種叫隙魔⑨的東西。」

「隙、隙魔是什麼？」

茜媽並未正面回答龍之介的疑問。

「每個歷史悠久的家系都存在著只有那個家族的人才知道的特殊傳承，那是絕對不能草率應付、更不能拿來當成閒談時的玩笑，一定要慎重看待的傳承。」

所以說——龍之介還想為自己辯解，卻又把話吞了回去。

他想告訴茜媽，自己只是在熊之介的要求下，一五一十地向熊之介報告自己看到的情況，但是仔細想想，在茜媽心中，熊之介永遠是對的。所以就算再不情願，他似乎也有義務為這次的騷動負起責任。

向茜媽保證今後絕對不會在熊之介面前提起生靈後，茜媽總算放過龍之介。

自己有辦法假裝沒看見死亡的前兆嗎……。

老實說，他沒有把握，但也不是不能理解茜媽的顧慮。熊之介原本就體弱多病，再讓他想起生靈這種谷生家的沉重負資產，對他只有百害而無一利。但若因此就對代代相傳的疾病視而不見，究竟是好是壞呢？

令人毛骨悚然的是從這陣子開始，死亡的預兆也開始在蘆生地區擴散開來。只不過，那並不是暗示一個大家庭繼承人這種屬於個人的死亡，而是對於更大的傷亡——亦即一整個國家存亡的預感。

一切的開端，始於村子裡一個四十三歲的男人收到了村公所兵役課發出的召集令。那個人第一次被徵召入伍已經是二十多年以前的事了，後來也從過兩次軍，這次已經是第四次了。自此，即使是戰爭氣氛如此淡薄的地方，也開始出現為日本的戰況感到憂心的人。當然他們不會表現出來、也不會說出口，但是，「已經不行了……」這種戰敗的預感正靜悄悄地、卻也確實地在大人

⑨相關故事請見收錄於《如密室牢籠之物》一書的〈如隙魔窺看之物〉。

之間瀰漫開來。

龍之介當時壓根兒沒有意識到這點，他與大多數的小孩一樣，都相信受上天庇蔭的神國日本一定能打勝仗，對此深信不疑。

然而，谷生家只有一個人表現出與村子裡的大人截然不同的反應，那就是智子。只見她幾乎唯恐天下不亂地到處宣揚：

「蘆生這裡從二十多歲到四十多歲的男人都從軍去了，其中甚至還有第四次為國效力的人，真令人佩服。另一方面，也有年輕人正值大好年紀，卻什麼也不做、安穩地過他的太平日子呢。身為這方土地首屈一指的地主，這樣根本起不了帶頭作用嘛，谷生家的顏面都被他丟光了。」

聽到這些耳語，讓茜媽氣得火冒三丈。

「妳、妳在胡說八道些什麼！」

有一天，茜媽衝到正與龍之介共進午餐的智子面前，破口大罵。

「妳在說什麼啊？」

但智子鎮定得很，反應十分冷淡。

「少在那邊給我裝傻，妳不說話沒人當妳是啞巴，不要故意搬弄是非，說得好像谷生家的繼承人熊之介少爺派不上用場似地——」

「哦，那妳倒是說說看，他派上什麼用場了？」

「他背負著大老爺繼承人的重責大任——」

「說得也是，這個責任實在太重大了，體弱多病的熊之介少爺怕是負擔不起。」

「妳、妳、妳說什麼！像你這樣毫無用處的小妾，對谷生家的繼承人再不敬也該有個限度。」

「我確實是妾沒錯，但是真要比起來，妳也只不過是熊之介少爺小時候的奶媽罷了，再也沒有什麼東西能比小時候的奶媽更沒用處了。」

「是嘛，那要不要請大老爺來裁決，看看如果小妾和小時候的奶媽只能有一個人留在谷生家的話，是誰要被趕出去呢？」

「……」

智子被堵得說不出話來。因為茜媽不僅將熊之介撫養長大，現在也還負責照顧他的生活起居，顯然占有壓倒性的優勢。

然而，發現這個話題討不到便宜之後，智子立刻拉回正軌。

「我現在說的是兩位繼承人的問題，不是我跟妳誰比較重要。」

「能繼承谷生家只有熊之介少爺。」

「就憑他那個身體，怕是難以勝任吧。關於這點，我們虎之介可是為了國家投入軍旅，英勇地在沙場上征戰呢。」

「……」

「從這個角度來看，還有一個人是不是也完全派不上用場呢？」

還有一個人……？

龍之介聽得一頭霧水。除了熊之介和虎之介，還有第三個人捲入這場繼承人之爭嗎？

難、難不成是在說我？

龍之介下意識地望向智子，但她的視線筆直地射向茜媽，從她的態度來看，顯然完全沒把自己放在眼裡。

不是我嗎？那會是誰？

智子打從見到他的那一刻起，似乎就沒把龍之介列入繼承人的名單中，而且看樣子也真的沒把他當一回事。可是除了自己以外，應該沒有其他繼承人選了。

龍之介還在抱頭苦思時，智子的砲火也持續蔓延。

「這麼說來，谷生家為國奮戰的男丁還真的只有虎之介呢。」

「……」

「還是只有讓那孩子來繼承這個家，擺到世人面前才真的是有頭有臉。」

「光是身為小妾的兒子，就已經是谷生家的恥辱了！」

「只要在戰場上立下功勳，是不是小妾的兒子就會變得微不足道，只要受到偉大軍方肯定的話——」

「那也只能證明妾生的兒子比谷生家的嫡長子更適合野蠻的軍隊罷了。」

「哎呀，瞧瞧妳說的是什麼話，要是讓憲兵大人聽到了，這事情可大可小喔。」

這句話顯然是茜媽一時口快，但智子可不會放過她的失言。

「茜媽妳大概會被關進大牢，熊之介少爺則是會被徵召入伍，你們應該會各自接受嚴格的拷問與訓練吧。」

「妳、妳敢——」

「妳知道嗎，聽說在軍隊的訓練中死亡稱之為戰病死⑩呢。」

「妳、妳敢去告密就試試看吧，到時候看大老爺會氣成什麼樣，保證妳吃不完兜著走。」

結果這場口舌之爭在勢均力敵的狀態下平手收場。茜媽也知道智子只是嘴巴說說，絕不會真的去向憲兵告密。只是無論從哪個角度來看，被狠狠地戳到痛處都是事實，想也知道茜媽肯定會因此氣到腸子都打結了。

龍之介心驚膽戰地在一旁觀望著兩個女人的戰爭，非常擔心會不會下一秒就發生難以挽回的憾事。

但沒想到引起爭端的原因，後來居然以出人意表的方式消失了，龍之介的不安也因此瓦解。因為就在幾天之後，熊之介竟然毫無預兆地病逝了。

⑩原指在作戰過程中因為疾病而死亡，也泛指因為非直接戰鬥行為而殞命的情況。

事後回想起來，也不是毫無預兆，但並不是因為龍之介又看到了生靈。

某天傍晚，熊之介病到下不了床。於是跟往常一樣，從初戶那邊請了一位名叫浦邊的醫生來看診，但浦邊在房裡待了很久，比平常花了更多時間看診。而且好不容易等到人出來、還以為他要離開了，但這次卻要求與猛見面詳談，接著又在猛的書房裡待上好長一段時間。

非同小可的氣氛在龍之介內心激起一陣騷動。兄長臥病在床是常有的事，但這次的狀況太不尋常了。

浦邊離開後，茜媽向谷生家所有人轉述醫生的囑咐——熊之介需要完全安靜的休養環境，因此除了她以外，暫時不見任何人。

第二天起，浦邊每天下午兩點都會前來看診。考慮到熊之介的病情可能會突然產生變化，茜媽也留在偏屋前段的房間裡過夜。

從茜媽臉上看不出任何情緒，但她肯定很難受。正因為她在轉述熊之介必須靜養時的語氣淡薄到聽不出半點情緒的波瀾，反而更能讓人感覺到她的哀戚。

相反地，智子毫不掩飾她的欣喜。當然不至於表現得太喜形於色，但她連著幾天都眉開眼笑，非常符合她喜怒哀樂全寫在臉上的性格。

龍之介則是受到很大的衝擊，雖然並不是因為有多仰慕這位兄長，但他也絕不討厭在偏屋前段房間與熊之介一起度過的時光。所以他打從心底真誠地希望熊之介能趕快好起來。

豬佐武大概也很擔心吧，看起來顯得有些心浮氣躁。仔細想想，這個人的立場也很特別，明明是谷生家的下人，卻幾乎只幫熊之介和茜媽兩個人做事。

據說他生下來就沒有父親，原本在谷生家幫佣的母親也在他很小的時候就去世了。

「我母親長得很美……」

有一次龍之介不經意地提起大森的話題時，豬佐武也難得提到了自己與母親的回憶。由於豬佐武不僅沉默寡言，還帶了幾分陰鬱的氣質，看起來非常沒有存在感，但他的五官其實生得十分俊俏，肯定是得自母親的遺傳吧。

母親死後，他先和外公外婆生活了一段時間，但是在外公外婆相繼去世後，靠著母親生前的關係，豬佐武住進了谷生家、成為包吃包住的長工。因為年紀比熊之介小兩歲，也就自然而然地扮演起少爺的玩伴，也因此順理成章地變成他和茜媽的專屬佣人。

換句話說，他和熊之介的關係既是從小一起長大的朋友、又像是兄弟。話雖如此，熊之介小時候貪玩爬樹、差點從樹上掉下來時，豬佐武為了救他，結果反倒讓自己摔了下來。當時受的傷沒徹底治好，導致他從此得拖著一條腿走路，由此可見，主從關係在這兩人之間還是較為強烈優先的。

這種特殊的關係也能套用在他與以前時不時會來谷生家露臉的虎之介身上。想當然耳，熊之介的地位最高，其次才是虎之介，但虎之介並未對豬佐武表現出主子的態度，總是遠遠地看他們玩，這時豬佐武反而會主動過去找虎之介，拉他一起玩。也就是說，豬佐武甚至扮演起友誼的橋梁，將這對同父異母的兄弟牽繫在一起。

熊之介和西媽都沒事交辦的時候，豬佐武還得處理谷生家的雜事，所以幾乎沒有時間休息。但是他很喜歡看書，一旦有時間休息，總是在閱讀。差別在於只要龍之介想看，熊之介通常都會讓他閱讀書房裡的藏書，偏偏絕對不會借給豬佐武。雖然只有一半、但依舊血脈相連的兄弟，對比雖然情同兄弟一起長大、但實際上並沒有任何血緣關係的外人，這之間仍然存在著一條明確的界線。

熊之介臥病不起四天後，龍之介突然被叫到偏屋，在西媽的帶領下，第一次走進後面的寢室。一路上，西媽始終板著一張臉，顯然並不樂見他與熊之介會面，恐怕是兄長不顧她的反對，硬要把自己找過來吧。

「大哥，您身體如何？」

龍之介坐在熊之介的枕畔問道。

「還好，今天感覺挺不錯的。」

熊之介的回話意外地相當有精神，給人的感覺甚至會讓龍之介覺得，兄長應該明天就能下床了。

「希望您早日康復，再多講些有趣的故事給我聽。」

「說得也是，我知道很可怕的怪談，還是你要聽……」

「不不不，說點快樂的故事嘛。」

龍之介忙不迭地抗議，熊之介被他逗笑了。

「你很害怕恐怖的故事呢。」

「對，如果是偵探小說，有點離奇怪異的情節還不要緊，但如果是會讓人頭皮發麻的恐怖故事……」

「那好吧，下次講冒險故事。」

熊之介心情大好地說。

「請別聊得太久……」

茜媽在一旁出言提醒，於是熊之介換上嚴肅的表情，正色地說：

「我有東西要給你。」

「……什麼東西？」

「全都放在隔壁書房的書櫃裡。」

熊之介從加伯黎奧的《勒滬菊命案》、格林的《萊文沃思案例》、柯林斯的《白衣女郎》、柯南．道爾的《血字的研究》等海外作品到押川春浪的《塔中怪》、瀧澤素水的《怪洞奇蹟》、小原柳巷的《惡魔之家》、山本禾太郎的《小笛事件》等國內作品等等，舉了出了好幾本書名。

龍之介從書房拿來那些書給熊之介過目後，立刻被茜媽趕出偏屋的寢室，雖然兄長似乎還想再多聊一會兒，但茜媽死都不答應。

回到自己的房間後，龍之介開始一本一本拿出來翻閱，接著便「啊！」地驚呼一聲，因為不管是哪本書的內容，都是熊之介講到一半就不肯再講下去的故事。

簡直就像是在分配遺物。

腦海中閃過不吉利的念頭，不由得悚然一驚。只不過龍之介馬上否定這個可能性，雖然一定要保持靜養，但熊之介看起來很有精神，肯定只是茜媽太小題大作了。

第二天，在浦邊例行的下午診療結束後，龍之介始終靜不下心來，內心一直暗自期待能趕快見到熊之介。

但是等了又等，茜媽始終不放行。龍之介等得不耐煩了，就跑到能看見偏屋的後院裡閒晃，頻頻窺探偏屋裡的狀況。

看著看著，窗簾不曉得在什麼時候拉開了，只見熊之介穿著睡衣，頂著蓬亂的頭髮、鬍子也沒刮，就這樣魂不守舍地站在偏屋的窗邊。

已經可以下床了嗎？

龍之介走上前去，正要喊人，卻猛然停下腳步，因為熊之介的樣子很不對勁。正如自己看到對方，對方這時應該也看到自己了，但不知道為什麼，熊之介一點反應也沒有，只是木然地站在那裡，視線凝望著虛空中的一點。

身體不舒服嗎……。

但如果身體不舒服，應該要躺下來休息吧，不太可能特地爬起來眺望窗外。

就在這時，熊之介的身影突然消失了。正確來說，看上去就好像躲到窗簾後面，只是他的動作再怎麼說都太不自然了。彷彿「咻！」地一聲往旁邊移動，委實不像正常人會有的動作。

難不成是……生靈……。

因為這陣子都沒看到的關係，龍之介還以為是因為本人病得太重，導致生靈反而不容易出現，顯然是猜錯了。

龍之介在暮色低垂的後院思考這個問題，不禁愈想愈毛骨悚然，感覺熊之介隨時都會「咻！」地一聲又從窗簾後面冒出來。而且就算真的是熊之介本人，這種景象他也不想再看到第二次了。

龍之介小跑步離開後院，逃進了主屋。就在他打算直接回房時，感覺到好像有客人上門，於是便往玄關一看，下午剛來看診過的浦邊正形色慌張地在門口脫鞋。

怎麼了?是茜媽找他來的嗎?

龍之介尚未回神，浦邊就已經和出來迎接的茜媽一起急如星火地奔向偏屋。

敢情是熊之介的病情突然惡化了嗎……。

問題是，他明明才剛在偏屋窗邊看到熊之介的身影，難不成**那個**真的是生靈嗎？
浦邊一直待在偏屋。過了好一會兒，只有茜媽一個人出來，帶著猛再次回到偏屋。
「熊之介——熊之介——」
不多時，偏屋裡傳來猛的叫聲，聽得龍之介大驚失色。因為在枕邊呼喚兒子的名字實在太不像猛會做的事了。
然後又過了幾分鐘，茜媽走出偏屋，向眾人宣布熊之介的死訊。
茜媽說她傍晚去探視熊之介時，他已經沒有呼吸了，所以趕緊找浦邊過來看看。根據醫生的判斷，熊之介大約是在四點左右辭世的。
「咦……？」
龍之介忍不住驚呼出聲。
「怎麼了嗎？」
茜媽間不容髮地追問，龍之介只能把頭搖成一個波浪鼓，兩條手臂也不知在何時冒出了雞皮疙瘩。
這麼說來，我剛才看到的是……。
當時熊之介應該已經過世了，龍之介卻看到他站在寢室窗邊的身影。
那果然是熊之介的生靈嗎？就算本人已經死掉了，生靈也會像那樣繼續出現嗎？

四

龍之介想問茜媽關於熊之介生靈的事，但現在顯然不是時候，因為茜媽已經開始指示要如何準備守靈夜的工作了。

「你在這裡也只會礙手礙腳。」

茜媽趕龍之介離開，龍之介只能和茜媽及豬佐武保持一段距離、遠遠地目送熊之介走完人生最後一里路。

偏屋的寢室裡，熊之介頭朝西，躺在翻到另一面的墊被上。龍之介戒慎恐懼地詢問茜媽，頭不是應該朝北邊嗎？沒想到茜媽也爽快地回答這是為了要讓逝者前往西方淨土。墊被之所以要翻面，則是為了表示這次並非日常的就寢，所以採取與平素不同的使用方法。

茜媽事後還告訴他，猛大聲呼喊兒子的名字是一種和死亡有關的儀式，作法是在往生者的枕邊，面向西方而不是對著往生者、大喊他的名字，如此一來就能喚回朝西方淨土前去的靈魂，讓死者復活。然而這一切終究徒勞無功，熊之介並未死而復生……。

當下人在遺體的頭頂和左右兩旁立起屏風時，智子出現了。她依舊穿著華麗的和服，懷裡抱著黑貓小虎，臉上流露出滿意的神情。

在剛往生的死者房裡微笑的女人……智子的反應讓龍之介嚇壞了，同時也開始擔心她與茜媽之間免不了又是一場刀光劍影。

然而，即便是智子，在這種場合也不好說出對死者不敬的話。她以心口不一的語氣致上哀悼之意。

「沒想到走得這麼突然……這次真是……」

但是茜媽一看到她就破口大罵：

「滾出去！」

「什麼……」

「快給我滾出去！」

「我、我是來致哀的……」

「我是指貓！快讓這隻黑貓出去！」

「小虎嗎？這孩子又沒怎樣……」

「萬一讓貓跨過遺體，可是會發生屍變的！所以快點帶著妳的黑貓滾出去。」

龍之介沒有選擇，只能擋在怒不可遏的茜媽與因為愛貓被形容成妖怪而義憤填膺的智子之間，安撫雙方的情緒。但這兩個人都不是他能安撫得住的對象。

該怎麼辦才好……。

就在他感到一籌莫展的時候，豬佐武過來請示茜媽該如何進行遺體的安置，分散了茜媽的注意力，龍之介總算能乘隙帶走智子。

「真是個迷信的死老太婆。」

智子的氣還沒消，但也意外老實地隨龍之介離開。大概就連她也覺得再怎麼為熊之介的死竊喜，最好也不要在這時候與茜媽大小聲。

當龍之介再回到偏屋後，枕邊已經供上枕飯和枕糰子⑪，遺體的胸口還擺了一把磨得極為銳利的鎌刀。

「這把鎌刀是？」

龍之介戰戰兢兢地問道，茜媽惡狠狠地瞪了他一眼，但這次還是為他說明：

「用來除魔的工具。靈魂昇天的遺體就跟空殼一樣，不好的東西很容易趁虛而入，像是貓的魂魄或其他死靈之類的。」

圍住遺體的屏風和放在胸口的鎌刀都是為了防止邪靈入侵。話說回來，死者的靈魂還有可能，但貓的魂魄會進入人類的遺體嗎？龍之介原想繼續追問，但還是打住了。萬一煩到茜媽受不了，把他從這裡轟出去，那才真是得不償失。

⑪ 皆為往生者安置在家中時，於遺體枕邊設置的供物台「枕飾」的供物之一。枕飯是一碗盛得尖尖、插上兩根筷子的白飯、枕糰子則是擺放在鋪了白紙的供物小桌或盤子上的白色糰子。兩者都象徵著逝去之人在前往另一個世界途中的糧食。

截至目前的規矩龍之介都還能理解，不過真正令他瞠目結舌的景象還在後面。

完成簡單的弔唁，接下來要為遺體淨身。因為要讓遺體一絲不掛，洗淨全身，顯然不是什麼讓人看了會覺得心情愉快的東西，於是龍之介暫時躲到書房避難。但還是能聽見在臉盆裡擰乾手絹的聲響，令他感覺如坐針氈，但事到如今也不好再逃離偏屋。

不能快點結束嗎？

龍之介邊觀察寢室的狀況，邊瀏覽書櫃上的藏書。明明有好多看起來很有趣的書，此刻卻提不起勁來看，只能任由書名從眼前掠過。

「綁那麼緊的話，熊之介少爺太可憐了。」

過了一會兒，耳邊傳來茜媽不可思議的發言。

淨身儀式大概結束了，龍之介提心弔膽地拉開紙門，卻被屋內匪夷所思的光景嚇得倒退三尺。

熊之介的遺體已經換上壽衣，以雙手抱住雙腳的姿勢坐著，脖子上圍著粗麻繩圈，從這裡延伸出的麻繩還綁住雙手，然後整個身體又被棉被裹著，外層繼續用麻繩在身上圍了好幾圈——眼前就是這麼令人驚恐的畫面。

「你、你、你們在做什麼？」

豬佐武遵照茜媽的指示，正在調整粗麻繩的緊度，雖然臉上浮現出困擾的神情，但仍舊向他說明：

「這個地區在下葬時用的是桶棺，所以必須在遺體僵硬之前調整成可以入棺的姿勢。」

換句話說，就是要在死後僵直前，配合桶棺的內部空間，事先將死者調整成蹲踞的姿勢，否則將會發生無法納棺的慘事。因此用來捆綁死者的麻繩據說也稱為往生繩或極樂繩。

意思是理解了，但是用繩子捆綁才剛離世的往生者遺體，而且還另外用棉被包裹，最後再次以粗麻繩綁上好幾圈，眼前這個景象實在太詭異了。也難怪就連個性如此剛毅的茜媽也都忍不住說出「熊之介少爺太可憐了」這種話。

被告知接下來會先這麼放著，然後靜待遺體開始死後僵硬即可之後，龍之介就回到了自己的房間。

生靈的傳說是真的嗎……。

龍之介在榻榻米上滾來滾去，反覆思考這個谷生家代代相傳的疾病。自己目擊過好幾次的生靈，果然就是家族繼承人的死亡預告嗎？

對了，說到繼承人……。

熊之介死後，繼承家業的權利顯然直接落到了虎之介的頭上，問題是虎之介本人不在的話，饒是智子也巧婦難為無米之炊。不過也可以想見，從此以後她所說的話肯定更有聲量。

到了守靈夜，不光是蘆生的在地勢力，鄰近的初戶及奧戶也來了很多有頭有臉的人物。不過因為時局的關係，不方便徹夜守靈，所以龍之介也照平常一樣的時間回房就寢。

虎之介一旦復員[12]歸來，茜媽又將何去何從呢？

居然擔心起這種事，就連龍之介自己也大吃一驚。

那個老婆婆對自己也沒多友善，龍之介其實並不在乎她會有什麼下場……。

想是這麼想，但還是有點在意。畢竟她對以前曾經服侍過的千鶴之子熊之介是那麼忠心耿耿，讓人想恨也恨不起來。

想必還是會被掃地出門吧。

就算虎之介不介意，智子肯定也容不下她。既然熊之介不在了，新的繼承人又不需要奶媽，恐怕會不念舊情地攆她走吧。到時候，猛想必會毫不留情地做出冷酷的決定。

在谷生家工作到這把年紀，大概也沒有其他地方可去。

就在他猜想茜媽今後的出路、為她感到同情的時候，突然有一股奇妙的感覺籠罩著他，讓龍之介嚇得在被窩裡縮成一團。

好像有什麼東西……？

不是在房間裡，否則應該早就注意到了。所以是在走廊那邊嗎？

龍之介翻身，將頭朝向走廊的方向，以習慣黑暗的雙眼望向紙門，頓時嚇得全身動彈不得。

有人在看這裡……。

有人正從沒關緊的紙門縫隙窺視著這邊。當然他無法明確地掌握對方的身影，但龍之介非常確定有某個人正站在走廊上，目不轉睛地凝視自己。

生靈……。

問題是，熊之介已經死了。還是即便本人已經死了，生靈也會繼續出現嗎？

對了……不是早就出現過了嗎……。

龍之介猛然想起，當自己還不知道熊之介已經過世、從後院那裡望向偏屋的時候，就目睹過站在窗邊的生靈。

……可是，為什麼要來找我？

莫非是還記得生前與弟弟的情誼嗎？但如果是這樣的話，他與茜媽的關係還更加親密吧。

讓許多想法竄過腦海，其實都是為了沖淡恐懼的感受。這時龍之介也立刻從紙門上移開視線，但**對方**依舊直勾勾地注視著他。

快給我消失……。

龍之介目前唯一能做的事就是緊閉雙眼，專注地在心裡默念這句話。

不知過了多久，當他微微睜開雙眼望向紙門時，**那玩意兒**已經不見了。

---

⑫ 原本意指軍隊從戰時體制回歸到和平體制，讓軍人從動員上陣狀態轉為待機的行動程序。在一些與日本相關的場合提到「復員兵」時，通常多特指第二次世界大戰結束後，從當時的大日本帝國領地以外的佔領地除役、回歸日本的軍人。

「呼……」

龍之介長嘆一聲，暫時放下心中大石，但是一想到**那玩意兒**可能還會再出現，就翻來覆去地難以入眠，直到天快亮的時候才好不容易進入夢鄉。

第二天，龍之介一起床就把熊之介彷彿當成遺物交給他的書——其實看完的只有《小笛事件》——放回偏屋的書櫃。他昨夜輾轉反側得到的結論，就是說不定熊之介還留戀那些書，所以生靈才會出現在自己面前。雖然他也覺得這種想法很荒謬，但既然想到這種可能性，還是採取對策比較好。

熊之介的葬禮從一大早就開始舉行，如同守靈夜的盛況，這附近一帶的有力人士都出席了。以現在的局勢來說，在都心早已看不到這麼風光的葬禮。

終於到了要出殯的時刻，茜媽命豬佐武打開桶棺的棺蓋，在前方設置了獻花檯，檯面上不只有花，還有各式各樣辦喪事要用到的器具。

龍之介心驚膽戰地往棺木裡偷看，只見熊之介身穿壽衣、胸口抱著頭陀袋蹲著，那模樣簡直像極了正在忍耐刻苦修行的小和尚。幸得事先用往生繩綁好，再加上他本身很瘦，桶棺裡的空間其實還綽綽有餘。

親友和地方上的代表們紛紛在空隙放入經書、佛珠、六文錢、飯糰、糕餅等物，龍之介依照茜媽的指示，事先剪下自己的頭髮和指甲，用半紙包起來放進去。

這些出殯前的儀式聽說是蘆生的喪葬習俗。龍之介也知道六文錢是三途川的過路費，但是為什麼還需要頭髮和指甲，他就不清楚了。除了他以外，只有猛做了同樣的事，可見這大概是有什麼象徵意義，而且還是只有血脈相連的親人才要進行的儀式。

所有的物品都放入桶棺後，豬佐武再度蓋上裝飾著紙花的新棺蓋，終於要向墓地出發了。猛身為喪主，不僅穿上與死者相同的服裝，脖子上還套著麻繩圈，雙手捧著綁在繩子另一端的牌位。這看起來與綁在遺體身上的往生繩相似，所以大概不只是為了解決死後僵直的問題，也代表某種咒術上的意涵吧。

最前方的人高舉熊熊燃燒的火把，長長的送葬隊伍浩浩蕩蕩地從谷生家出發。原本還以為會直接前往墓地，隊伍卻在蘆生聚落裡繞了一圈。墓地位於谷生家西北方，因此如果取最短距離的話，無疑可以更快抵達目的地。

既然如此，為何要大老遠……。

根本不用在蘆生繞來繞去啊。鄉下地方特有的習俗禮法，讓龍之介在驚訝之餘也不免感到有些厭煩。

說到讓人驚訝，埋葬的場所也不遑多讓。龍之介原先還以為會葬在從他的房間往上看、位於谷生家西側的山地，但據說那裡只有歷代祖先的墓碑。那麼，難道是山腳下的墓地嗎？但看起來也不是那邊。

在這塊土地上往生的人，最初會先埋葬在分布於村落各地的臨時墓地，等到辦完一周忌⑬——谷生家則是三周忌——再遷到正式的墓地。絕大部分的往生者大抵會就此安身立命，不再遷葬。但是像谷生家或嘉納家這種世家會在過七周忌、乃至於十三、十七、二十三、二十七、三十五、四十九周忌後再次遷移到歷代祖先的墓地，據說死者這時會逐漸變成祖先的靈魂。光用聽的就覺得有夠麻煩。

最初埋葬的地點會看方位做決定。先取幾根類似算命仙使用的筮竹那種細細的竹棒，在家裡測量方位，但這可不是件容易的事，要是指示的方位有墓地可埋葬還好，要是沒有，就得硬生生地鑿出一個洞來，依場所而異，據說某些地方要埋葬起來可是件相當浩大的工程。

熊之介的方位是由茜媽找的，因為不知道竹棒怎麼滾動才是正確的，龍之介在旁邊看著也是一頭霧水，但茜媽虔誠地一再擲出竹棒的模樣看起來十分駭人。

龍之介從送葬隊伍偷溜出來，走向谷生家西北方那處決定用來當成埋葬地的雜木林，只見兩個年約五十的男性村民正專心地挖洞。所幸選中的是沒有樹長在那裡的平地，土質看起來很鬆軟，所以用不了多久就挖出一個大洞來。萬一最後選中的方位是在河川附近的話，肯定沒這麼順利。

沒過多久，送葬隊伍也抵達了這處埋葬場所。光是想到熊之介要一個人被埋在這種寂寥的荒郊野外，直到過完三周忌，龍之介就覺得毛骨悚然。雖然死去的人已經什麼都不知道了，但還是難以釋懷。

不對，還有生靈……。

熊之介的生靈該不會是因為要被埋在這裡太孤單寂寞，想念起這個年紀相去甚遠的弟弟，所以才會像昨天那樣出現吧？比起對藏書的不捨，唯有死去之後才能體會到的寂寥感受，才是讓他出沒得更頻繁的要因也說不定。

桶棺被放入墓穴，蓋上土，逐漸堆成一座土丘，正中央插上祈求死者能死而復生的息衝竹⑭，四周種下拉上繩子以防止野獸闖入的竹子，四邊的繩子也掛上驅魔用的鎌刀……在前述埋葬儀式進行的過程中，龍之介始終雙手合十，在心中反覆祈禱。

請安心地去吧，請安心成佛吧。

之所以這麼專心地祈禱，當然是不想再看到生靈了。龍之介也因此每天陪著茜媽去祭祀，直到過了頭七。雖然有時候也會遇到村子裡的人，但是除了茜媽以外，最熱心祭祀的莫過於自己了。

茜媽每次抵達墓地，一定會先抓住息衝竹，邊搖邊說：

「熊之介少爺，茜媽來看你了。」

然後供上米等穀物、茄子或南瓜等蔬菜，還有糕餅類等等，再將水壺裡的水注入息衝竹，過程中不斷叨念著谷生家的狀況、蘆生的新鮮事、戰爭的話題等等。直到頭七為止，這些也都成了

⑬ 死後滿一週年的忌日，以及於當日舉辦的法事。
⑭ 打通竹節的竹管。

龍之介每天必做的功課。

可能是努力有了回報，生靈從守靈夜以後就再也沒有出現過。熊之介這個唯一的聊天對象就這樣離開了，雖然對自己竟然會萌生這樣的情緒感到很意外，但坦白說龍之介覺得很寂寞。不過比起撞見兄長的生靈，或許忍受孤獨還比較好一點，總之心情十分複雜。

想也知道，失去繼承人的谷生家籠罩在一片愁雲慘霧的低氣壓裡，只有智子看起來還生龍活虎，所幸也很識相地不再生事，想必是認為由虎之介繼承家業已經拍板定案了，不如安分守己地裝個服喪的樣子，還能給猛留下好一點的印象。因此龍之介在谷生家的生活過得還算平靜。

然而就在熊之介即將做尾七之前，豬佐武竟然收到了兵單，讓谷生家引發一場不小的騷動。不只本人大吃一驚，連周圍的人也都很驚訝，大人們紛紛陷入「日本大概已經不行了……」的絕望感之中，就連龍之介也開始擔心日本的戰況。

豬佐武的從軍行從谷生家出發，猛不僅親自出面送行，還對他說了一些話，真令人意外。或許是因為熊之介剛死，猛才會判若兩人地沉浸在傷感的情緒裡。

雖然豬佐武一向寡言少語，然而一旦不在了，也使得谷生家更加死氣沉沉。茜媽整天一副憂慮不安的樣子。熊之介的葬禮表面上由茜媽一手包辦，但實際四處奔走的人其實是豬佐武，要是沒有他幫忙，喪事肯定無法辦得如此順利。

如此一來，谷生家就只剩龍之介這個年輕男性了。或許也因為這樣，打從疏散到這裡的那一天至今，龍之介還是第一次有受到仰仗的感覺。不過也只有下人表現出這種態度，猛、智子以及茜媽都還是老樣子。

不對，茜媽有一陣子不是老樣子。葬禮結束後，她變得非常沒精神，而且食不下嚥，成天關在熊之介以前住的偏屋裡。做完頭七後，還以為她會好一點，沒想到又突然病倒了。谷生家立刻請初戶的浦邊醫生來診斷，還持續了好一陣子來來回回複診的日子，後來才慢慢有了食欲，直到為豬佐武送行時已經確實康復了。

「真是個命硬的老太婆啊。」

看樣子，智子似乎暗地在期待茜媽能尾隨熊之介而去。

緊接著迎接了新年。然後到了三月，龍之介得知東京遭受大規模空襲的消息，因此非常擔心母親的安危，但猛只說了句：「不會有事的。」似乎是確實掌握到大森的狀況才會如此確信，所以龍之介也只能相信。後來大森的工廠作業員來拜訪猛的時候，也將母親託付的信轉交給龍之介，這才讓他真正鬆了一口氣。

然而就在兩個月後，美軍對橫濱及鶴見進行集中式的砲火攻擊，回程時還將剩下的燒夷彈投擲在大森，結果母親因此過世了。

母親不是死於戰爭衍生的災禍，母親是被殺死的。

這是龍之介第一次產生這麼強烈的念頭。不管是以學生兵身分踏上戰場的虎之介、蘆生那個四十三歲的男人、還是豬佐武，萬一他們都因此戰死了，都不是榮譽的為國捐軀，而是單純的命案被害人。

還不到茅塞頓開的地步，只是有一股原本沉甸甸地壓在頭上的濃霧突然散開的感覺，交織著痛快與失落感，是一種非常複雜，難以形容的感受。

然後是八月，戰爭終於落幕。那一天，龍之介坐在收音機前，拚命想聽懂天皇所說的話，但終究什麼也聽不懂。直到聽到猛說：「日本輸了……」才明白戰爭已經結束了。

失去母親、無家可歸的龍之介陷入了困境，對於接下來該何去何從絲毫沒有頭緒。幸好貌似沒有人要趕他出去，所以他也就繼續留在谷生家。

後來猛要他回去上學，他也就從善如流地在都心過起住宿生活。谷生家為他出學費、也會寄生活費給他，內心雖有一股拿人手短的感覺，但又想到要是母親看到自己現在的模樣，一定會很欣慰。

過年與中元節，他也會回到谷生家，因為母親就葬在西邊山腳處的墓園裡。

在戰爭結束的一年多後，竟接獲了虎之介戰死沙場的通知，於是龍之介連忙趕回谷生家。

智子固然悲痛逾恆，但更多的是憤恨不平的情緒。

「事到如今才說戰死！這是在開哪門子玩笑！」

她尤其不能接受陣亡通知書上寫的「直到最後都為國家拚盡最後一口氣的故人遺志」這句

話。

「強迫我的虎之介上戰場，這算什麼故人的遺志啊！」

以前那個大放厥詞「我兒子從軍報國、奮勇作戰」的女人已經不復存在，剩下一個只是單純希望孩子平安回來的平凡母親。

日本全國肯定到處都是和她一樣同聲哭喊的母親，只是應該沒有太多人敢像智子一樣說得這麼口無遮攔。

龍之介發自內心地為智子的慟哭感到心痛。

儘管送回家的白木盒裡裝的並不是虎之介的遺骨，而是普通的石頭，但即便如此也必須為他舉行葬禮才行。只是智子說什麼都不答應。

「這、這玩意兒才不是我的虎之介！」

反而是茜媽好聲好氣地勸她，她才終於點頭。智子主持葬禮的時候簡直可以用魂不附體來形容。龍之介回想發生在自己身上的生離死別，比起黑髮人送白髮人，白髮人送黑髮人或許更讓人在精神上難以承受。

辦完喪事，龍之介繼續在谷生家待了一陣子。既然熊之介已經病逝、虎之介也已經戰死，眼下能成為繼承人的，就只剩下龍之介一個了。

萬一再也不能回學校……。

龍之介心裡七上八下，直到做完頭七，或許因為還是學生的關係，也沒有人攔著不讓他走，於是他順利地回到學校。

下一次再有什麼騷動的話，應該會發生在他從學校畢業的時候。

龍之介在回到學生宿舍的同時也做好了心理準備。

然而，就在同一年的秋天，虎之介居然復員歸來了。

智子當然欣喜若狂，不光是她，還有猛、甚至就連茜媽都心無芥蒂地為此感到高興。因為這對谷生家來說，真的是久違的好消息。

雖然是件喜事，但因為戰爭的折磨，虎之介不只肉體，就連心靈也憔悴不堪。他已經不再是那個智子引以為傲的開朗又善良，而且身體非常強壯的兒子，如今只剩下一個全然陌生的青年，在弱不禁風的肉體深處藏著陰鬱又偏激的靈魂。

虎之介回到谷生家之後，開始在其中一個偏屋裡過起了療養生活。因為智子實在照顧不來，結果這個重責大任就在猛的命令之下，落到了茜媽的頭上。

如智子所願，虎之介成了谷生家的繼承人。但諷刺的是兒子的健康狀態幾乎與曾被她嘲笑得一無是處的熊之介無異，而且照顧兒子的工作，還只能由原本水火不容的茜媽幫忙。再加上經由浦邊醫生的診斷，認為虎之介的身心需要相當長的時間才能恢復正常。浦邊醫生甚至還宣告，無法復原的可能性也很大。

龍之介卸下肩上的重擔，鬆了一口氣。這麼一來就不用擔心畢業後的事，可以好好地享受校園生活。但問題是，他又再次看見了。這次出現的，是虎之介的生靈……。

他的目擊經驗，也可以解釋為這位二哥正式成為谷生家的繼承人一事，已經是註定的事實，所以才會出現這個現象。可是萬一跟熊之介那時候一樣，一旦開始頻繁地看到生靈，不也意味著虎之介會在不久的將來死去嗎？

不會吧……。

幸好龍之介只有在回到谷生家，與生還歸來的虎之介會面的那段時間看到過一次二哥的生靈。

所以只要別再繼續看到二哥的生靈，等到猛退居幕後的那一天，谷生家無疑是要由虎之介來繼承的。

五

然而，就在虎之介復員返家約兩年半後，這個家又來了另一個虎之介。

「另、另一個……？」

就在龍之介的漫長回顧到此告一段落的同時，刀城言耶忍不住驚呼。

「沒錯，就在上個禮拜，第二個虎之介回來了。」

「難、難不成是生靈……」

「不是生靈，是有實體的人類。」

「第二個人長什麼樣？長得跟先前復員歸來的虎之介一模一樣嗎？」

「不瞞你說，一開始的虎之介剛回來的時候跟以前判若兩人，第二個也是這樣。而且第二個虎之介不僅臉上受了傷，左手左腳也不太靈便，就連智子想在他身上找到虎之介出征前的影子，也煞費苦心。」

「欸？你的意思是說，智子女士認為第二個人也是虎之介嗎？」

「就是這點麻煩……兩個人站在一起比較時，確實可以分得出差異，可是再仔細觀察，總覺得又有幾分神似。」

「這也太棘手了吧。」

「大概就連真正的母親也難以從容貌和身材來區分。」

「即使無法從外表上區分，只要和智子女士聊起往事，問題不是一下子就能解決了嗎？」

龍之介無力地搖頭。

「難就難在這兩個人幾乎都不記得出征前的事，尤其是與母親一起生活的部分，就像是記憶的一角憑空消失了。再加上智子原本就不太關心小孩，所以與母親的回憶才會少之又少也說不定，另一方面，他們卻能零碎地記得與谷生家有關的事，真是太諷刺了。」

「既然如此，軍隊裡的話題如何？可以問虎之介的部隊出兵地區發生的事。最理想的方式是找到同一個部隊的人，讓兩人當面對質……」

龍之介再次搖頭。

「一提到戰場相關的話題，兩人都會陷入恐慌。所以浦邊醫生也下了禁令，千萬不能提到與那方面有關的事情。」

「嗯……」

言耶低吟半晌之後說：

「可是必定有一個是假的對吧？」

「沒錯，只有這點是無庸置疑的。」

「動機是為了奪取谷生家嗎……稱為復員詐欺的犯罪在戰爭時與戰爭後都是層出不窮，但是像這麼明目張膽的例子還是很少見呢。」

「其實智子也說過同樣的話，她覺得一定是茜媽無法接受熊之介在戰爭時過世，虎之介卻在戰後平安歸來，所以不曉得從哪裡弄了個冒牌貨來騙人。」

「一路聽你這麼說下來，這也不是不可能。」

「確實如此。換句話說，智子認為第一個人真的是自己的兒子，第二個是冒牌貨。」

言耶原本同意這個假設，這會兒卻又馬上加以反駁：

「可是這樣不是很奇怪嗎？第一個虎之介早在兩年半前就復員了，後面的冒牌貨出現得也太晚了吧。」

「照智子的說法，茜媽可能花了一點時間才找到長得像虎之介的人……」

「問題是又沒有特別像，不是嗎？」

「……嗯，果然很奇怪。」

「假設茜媽真的找人偽裝成虎之介，毋寧說第一個才是冒牌貨吧。」

言耶的說法讓龍之介聽了大吃一驚。

「你是說她特地準備一個冒牌貨來偽裝成敵對陣營的兒子，送進谷生家嗎？如果是因為虎之介活著回來，她嚥不下這口氣才找人假扮倒還有可能，但為什麼要反其道而行？」

「你說的也有道理，事實上是有點勉強。更何況智子還不疑有它地接受了第一個虎之介。再怎麼希望兒子活著回來，有可能這麼容易被騙嗎——我自己說著說著也覺得很心虛。」

「我愈聽愈迷糊了。」

龍之介開始用右手的手指揉捏起自己的太陽穴。

「兩人之中，肯定有一個是冒牌貨。只不過，倘若是茜媽在幕後主使，遲早會出現破綻。」

「所以是單獨犯嗎？」

「如果是單獨犯，第一個才是冒牌貨。」

「你是指那個人不曉得在哪裡聽到虎之介戰死的消息，於是就趁機想混入谷生家嗎？」

「畢竟要主張自己才是本尊，如果要闖入本人已經復員的家庭，成功率再怎麼想都太低了。」

「說得也是。可是這麼一來還是無法回答剛才的疑問，他是怎麼騙過智子的？而且我不是說兩人對谷生家都只有斷片式的記憶嗎。至於那些內容，智子雖不情願，卻也同意他倆說的都是事實。」

「兩個人都是嗎？」

「對，茜媽分別問他們同一個問題，答案幾乎一模一樣。」

「比對指紋呢？」

「智子母子以前住的地方因為空襲付之一炬，而且她帶來谷生家的器物上，裡頭沒有一件東西沾到過虎之介的指紋。」

「聽起來真是太不可思議了，居然沒有任何一樣東西能分辨本尊與冒牌貨。」

「不僅如此……」

龍之介一臉有苦難言的表情說。

「兩個人的實體都太真實了，所以也無法視其中一方為虎之介的生靈。」

「說到生靈，學長見過先復員返家的虎之介生靈對吧？」

「沒錯……」

「當時的狀況如何？」

龍之介是這麼說的——

留在谷生家的第三天傍晚，龍之介打算明天早上就回學校。於是他向猛報告此事後，便準備回到自己的房間，這時就看到虎之介站在走廊上的紙門前。

是來找我的嗎？

心裡這麼想，正準備打招呼的時候，龍之介不由得怔住了，因為二哥的樣子有點奇怪。

虎之介從頭到尾就只是一動也不動地站在紙門前，也沒有往屋內窺探的跡象，只是魂不守舍地呆站在走廊上。而且不知道為什麼，他始終直勾勾地望著龍之介房間的方向。

一把冷汗順著背脊往下淌的瞬間，他連忙縮回從走廊轉角探出去的臉。

難、難不成**那個**是……虎之介的生靈？

猶豫半晌之後，他再次提心弔膽地探頭張望，虎之介的身影已經消失了。在走廊上行走一定會發出腳步聲，但是他什麼也沒聽見。一走到房門前，便發現紙門開了一條縫。

這時女佣從走廊的另一頭走來，龍之介就問她有沒有遇到虎之介，女佣表示一路上她誰也沒遇到。

既然如此，**那個**該不會從眼前的紙門縫隙鑽進屋裡了吧。

龍之介怕得不敢進屋，因為剛才的**那個**或許正在屋裡等著他。

原地踏步了老半天，他終於鼓起勇氣拉開紙門，但裡頭空無一人。

吃完晚飯，龍之介前去虎之介的偏屋向他道別時，忍不住問起他傍晚的時候都在做些什麼，得知二哥一直待在偏屋裡看書。當然，除了他自己，沒有人能證明這件事，不過龍之介認為虎之介沒必要騙他。

「說得也是。」

聽完龍之介的描述，言耶對他最後這句話表示贊同。

「我也認為那應該是虎之介的生靈。」

「那麼第二位虎之介呢？他的生靈有出現嗎？」

「沒有，倒是沒看見。」

「話雖如此，也不能把有沒有目擊到生靈當成是不是虎之介本尊的證據……」

「沒錯，是不能這樣。」

「話說回來……」

言耶雙手環抱在胸前，露出非常感興趣的表情說：

「對於現在有兩位虎之介的谷生家而言，生靈的現象可以說是非常具有象徵意義的傳承呢。」

「就是說啊。可是那兩個人都有實體，所以更令人頭大。」

「我很喜歡一位名叫約翰．狄克森．卡爾的作家……」

無視龍之介詫異的表情，言耶繼續說。

「一路聽下來，我不禁想起他的作品《歪曲的樞紐》。」

「哦，兩者有什麼共通之處嗎？」

「約翰．芳雷爵士是肯特郡的貴族，有一天，他們家來了一個男人，自稱『我才是如假包換的約翰．芳雷』男人說他小時候搭乘鐵達尼號時，與馬戲團成員派翠克．高爾變成好朋友，兩人都很羨慕對方的生活。後來鐵達尼號遇難，男人聲稱派翠克利用沉船時的混亂打暈自己，待他醒來，人已經在救生艇上了。後來抵達美國時，約翰．芳雷和派翠克．高爾皆已被當成失蹤人口，於是他假冒派翠克．高爾的身分進入嚮往已久的馬戲團，而且還功成名就。沒想到卻也有個自稱是約翰．芳雷的人繼承了自己在英國的貴族爵位，他心想這一定是與自己交換身分的派翠克．高爾幹的好事，為了揭穿他的詭計，才不得不跳出來澄清自己才是真正的約翰．芳雷。」

「兩個約翰．芳雷裡，誰是本尊，誰又是冒牌貨——關鍵謎團出在這裡嗎？」

「是的，我覺得這個設定很有趣。」

「所以呢，哪個是冒牌貨？」

龍之介單刀直入地問道，言耶拒絕回答。

「這我不能說。絕對不能把偵探小說的真相告訴還沒讀過作品的人。」

「我是不介意啦。」

「在小說裡，約翰．芳雷和派翠克．高爾在鐵達尼號上相遇，說不定那兩位虎之介之前也曾見過面。」

「在戰場上嗎？」

「沒錯。在戰場上聊起彼此對故鄉的回憶，所以冒牌貨才能回答茜媽的提問。」

「嗯……倒也不是不可能。」

「但如果是這樣，真正的虎之介應該也知道對方的真實身分才對吧。」

「也對，可是家裡並沒有讓他們兩個碰過面。」

「兩個人都沒見過對方嗎？」

「據浦邊醫生所說，要盡可能避免讓兩人想起戰爭時的種種。」

「這也不難理解，關於真假這方面的問題，他們各自的說詞又是什麼？」

「兩人都說自己才是本尊，對方是冒牌貨。」

「原來如此，話說還有一件事——」

言耶提出一直耿耿於懷的問題。

「事到如今還問這種問題也很莫名其妙，但學長為什麼會想告訴我這件事？」

龍之介臉上浮現出意外的表情，一臉「你在說什麼啊」的反應。

「當然是希望你這位名偵探能幫忙戳破誰才是冒牌的虎之介啊。」

六

當週星期六的下午，刀城言耶與谷生龍之介一起跳上了宛如沙丁魚罐頭般的電車，拜訪位於神戶地區的聚落之一——蘆生的谷生家。

大多數的乘客都抱著空襲中倖免於難的衣物等家當前往鄉下的農家，大概是為了與農家交換食物吧。想也知道這是違法的黑市交易，所以回程時若被警察抓到，就會全數遭到沒收，不管你說什麼都沒用。都已經散盡家財了，要是連好不容易換來的食物都被沒收，落到這般處境肯定會讓人很想去死吧。雖然不合法，但當時不管是誰都在做這種事，考慮到不這麼做就會餓死的事實，會不會遇到取締可以說全憑運氣也不為過。

整輛車都是為了每一天的生計、為了全家人的死活出門交易的人，所以唯有言耶與龍之介在其中顯得特別格格不入也說不定。

「如同我上次說的，待在谷生家的期間，至少不用擔心糧食的問題。」

龍之介顧慮到周圍的氣氛，小聲低語著。

「那可真是謝天謝地了，可是……」

「可是什麼？」

龍之介不明就裡地看著言耶困惑的表情。

「就算學長希望我能扮演起偵探的角色……」

「你還在為這件事糾結啊。」

龍之介不當一回事地說。

「是木村教授推薦你的喔。」

「我一開始就解釋過了，木村教授太看得起我了。」

「我跟木村教授其實並不是很熟稔，但是既然他那麼賞識你……」

「請等一下。」

龍之介這句話讓言耶覺得不太對勁。

「這麼說來，谷生學長跟我們不同系，又是在什麼情況下認識教授的？」

「……」

龍之介臉上浮現出「糟糕了」的表情。

「教授他好像知道谷生家發生了跟生靈有關的事，但如果他和學長並沒有什麼交集的話，怎麼會知道這件事呢？」

「那是因為……」

龍之介有些欲言又止。

「其實對方叫我不要告訴你的，嗯，不過現在說了也無妨吧，反正你現在已經要陪我去谷生家了。」

言耶腦海中飛竄過一股不祥的預感。

「其實把你的事情告訴我的，是阿武隈川烏。」

「唔……」

言耶也沒想到這麼不祥的預感居然就給他猜中了。

阿武隈川烏是刀城言耶的大學學長，性格古怪又難搞，對別人非常嚴苛、對自己卻無比寬容，尤其是找言耶麻煩的時候，更是能讓他獲得至高無上的喜悅，總之是個危險人物。

「你認識阿武隈川學長啊。」

言耶心驚膽戰地問道，但答案卻荒唐到出乎他的意料。

「我們在朋友的宿舍煮火鍋吃的時候，他也在那裡。先不說他壯碩的身材充滿存在感，還完全掌握了吃火鍋的節奏，所以我起初還以為他是誰的朋友，後來一問之下才發現根本沒有人找他來，甚至現場根本沒有一個人認識他，大家都覺得很莫名其妙。」

言耶很篤定阿武隈川烏當時之所以會出現在那個宿舍、那個房間裡，恐怕只因為剛好是晚餐時間、剛好又路過附近、剛好敏感地聞到火鍋的香味，如此而已。

真不愧是黑兄，還是老樣子，對食物具有異於常人的執著。

話說回來，就算是學生宿舍，但他居然敢隨便闖進陌生人的房間裡，還控制了煮火鍋的主導權，真是太可怕了。順帶一提，「黑兄」這個暱稱是從阿武隈川名字裡的「烏」字轉化而來。

言耶打從心底慶幸自己當時沒在那裡。

「阿武隈川在席間提起發生在武藏茶鄉某大戶人家的靈異事件。我後來想起了這件事，所以就找他商量這次的問題，結果他說這種小事用不著他親自出馬，交給他的徒弟刀城言耶就夠了。」

誰是他的徒弟啊——言耶火冒三丈，卻也只是在心裡默默抗議。

「這麼說對你有點過意不去，不過他說你曾經馬失前蹄，後來是由他出馬，才順利地解開謎團，所以我其實有點擔心。」

是誰解開的謎團啊——言耶繼續在心裡默默抗議。

「據阿武隈川所說，因為你嫉妒他的推理才華，所以與其由他自己介紹，宣稱是由誤會大到對你賞識萬分的木村教授介紹的，應該會比較好。」

誰嫉妒誰的才華啊——言耶心裡很不服氣，但已經為之愕然、完全無言以對了。

「他說他已經先跟教授說好了，要我別提到他的名字，只要和你商量谷生家的問題就好。」

已經說好什麼的，絕對是騙人的。阿武隈川肯定什麼也沒做，他大概早就料到，只要告訴木村有美夫這件事，以恩師對刀城言耶偵探才能的賞識程度，一定會幫忙介紹的。

「啊！」

「什、什麼事？怎麼了？」

言耶又有不祥的預感。

「那個……阿武隈川學長該不會對這次的事情有向學長要求過什麼報酬吧？」

「哦，我已經請他吃過好幾次飯了。」

果然沒錯……言耶就知道。而且還不只一次，果然是阿武隈川烏的作風……言耶不禁仰天長嘆。

「而且我還答應他，只要他的徒弟，也就是你能解決這次的問題，接下來的三個月到半年之間，谷生家都會寄糧食給他。」

「欸……」

「他起初要求一年的糧食，但是以我在谷生家的立場，實在有點力不從心，所以才改成三個月到半年，還不敢把話說死呢。其實我比較想縮短成一個月，但阿武隈川顯然不太樂意，所以才取中間值，總算讓他勉為其難地答應了。」

「不、不太樂意嗎……」

明明是「天上掉下來的餡餅」，居然還敢對條件有意見，全天下大概再也找不出比他更厚臉皮的男人了。

「我當然也會準備謝禮給你……」

「不，不用費心了。」

「那怎麼行呢。」

龍之介十分堅持，最後總算在「要是真的能解決問題再來討論」的前提下達成共識。

沒過多久，電車就滑進了大垣外的車站，兩人改搭戰後才通車的木炭公車，先抵達初戶，再轉乘來接他們的馬車，朝著蘆生前進。

明明不是高山地區，卻有很多低谷，再加上地勢十分複雜、山路蜿蜒曲折，到處散布著稱為天險也不為過的地形。也因為這樣，就在言耶心想這種地方怎麼可能會有村落時，山谷中段那僅由幾戶人家構成的村落便突然映入眼簾，令言耶眼前為之一亮。

從初戶前往蘆生的路程中就看到好幾個像這樣的小村落，或許是印象過於強烈，在抵達蘆生時，言耶又大吃一驚，因為雖然比不上初戶的程度，但這裡其實也很熱鬧。

馬車在聚落中前進，接著就看到谷生家出現在前方。此時剛好是日落時分，谷生家背後的山被夕陽西下的餘暉染紅，看起來竟有幾分血色殘陽的氣氛，形成世界末日般的光景，彷彿預告著接下來不曉得又會發生什麼事。一思及此，言耶突然變得惶惶不安起來。

一抵達谷生家，言耶就被帶到客廳。

「請在這裡稍事休息，我馬上回來。」

龍之介丟下這句話後就先行離開，過了好一會兒才回來，而且臉上罩著一片愁雲慘霧。

「我去見猛……見我父親，才知道他病倒了。」

「怎麼這麼突然，還好嗎？」

「浦邊醫生似乎認為沒有大礙，只是也不能掉以輕心。」

「這麼重要的時刻，像我這種外人……」

「別這麼說，正因為這個節骨眼，才需要像你這樣的偵探。」

再否認也只會陷入雞同鴨講的迴圈，言耶乾脆放棄掙扎。

「但家父勃然大怒，叫我不要做無謂的事。」

「那我還是——」

「我事前就告訴過谷生家的人，為了分辨兩個虎之介孰真孰假，我會帶偵探回來。」

「欸……」

言耶嚇壞了，龍之介由始至終沒提過這件事。

「家父說遲早會分出青紅皂白，在那之前就靜觀其變——這種想法未免也太過於樂觀了。」

「是、是這樣沒錯啦，可是既然如此，就不應該期待我能解決問題，我又不是真正的偵探……」

「而且啊——」

言耶委婉地抗議，但龍之介一個字也聽不進去。

「萬一臥病在床的家父就這麼死了，你猜怎麼著？那兩個虎之介無疑會馬上開始爭奪繼承人的位子。」

「他們知道令尊……」

「大概不是很清楚狀況，聽說只告訴他們父親身體抱恙，暫時需要臥床靜養。」

「學長該不會跟令尊提了繼承人之爭的事吧。」言耶慎重其事地問道。

「說了啊。」龍之介不假思索地回答。

「跟病人說這種事，不、不要緊嗎？」

「那個人才不會放在心上，不過，就算他會介意也與我無關。」

雖說是親生父親，但是從猛和龍之介過去的關係來看，龍之介會表現出這種反應或許也無可厚非。至少這不是外人可以指手畫腳的問題。

「可是，猛先生都覺得沒必要了……」

常識告訴言耶不能在谷生家輕舉妄動，不過龍之介顯然不這麼認為。

「我告訴他，接下來就包在我身上，病人不用操這些心。」

「也就是說……」

「沒錯，請你先去洗澡吧，然後我們一起用晚餐，吃飽飯後再麻煩你見一下那兩位虎之介。」

「還是要這麼做嗎……」

「一個一個見比較好吧。」

「可是就算我和他們見面也……」

「還是要兩個一起？」

「不，要見面的話，當然還是一個一個來比較好……」

不知不覺間，言耶已然騎虎難下。

「事到如今說什麼都來不及了，沒想到事情會變成這樣。」

言耶聽從龍之介的安排，邊洗澡邊忍不住自言自語。

「光是牽涉到大家族的繼承問題，我的一舉一動就必須慎重再慎重……」

他甚至覺得，與其如此，攤上不可思議的殺人事件或許還好一點。

洗好澡後，他被帶到一個房間裡與龍之介單獨用膳。餐桌上擺滿了平常的住校生活連做夢也不敢奢望能吃到的山珍海味，而且連酒都準備了，言耶不勝惶恐。

黑兄沒一起來真是萬幸。

要是阿武隈川烏一起跟來的話，肯定會把虎之介的雙胞案推給言耶一個人處理，自己專心地大吃大喝。

用餐時，龍之介遞給言耶一張照片。照片中有個身穿軍服的精悍青年，他說這是向智子借來的虎之介照片。

吃飽喝足後，等到酒意稍微退去，言耶終於要去和兩位虎之介碰面了。這兩人各自坐擁一個偏屋，所以等於是要拜訪他們各自的房間。

先去第一位虎之介的偏屋，茜媽和智子已經在場了，正等著言耶他們到來。

「晚安。」

龍之介向他們打招呼，茜媽還算慇懃地點頭致意，視線隨即掃向言耶。那肆無忌憚上下打量的眼神擺明就是在秤秤他的斤兩，令人感覺如坐針氈。

「你好，晚安。」

另一方面，智子則是禮數周到地回應，但是頻頻打量言耶的態度倒是和茜媽如出一轍。

「哎呀，你說有偵探要來，我還以為是個不苟言笑的男人，沒想到是這麼可愛的俊小子。」

只不過，她觀察言耶後顯露出的那種喜上眉梢的反應，與茜媽截然不同。而且看樣子應該是猛告訴過她關於言耶的事。

這真是太尷尬了……。

言耶原本打算用龍之介學弟的名義出發，不著痕跡地與兩位虎之介接觸，盡可能以自然而然的態度蒐集線索。沒想到一開始就暴露偵探的身分了，這下可真是束手無策。

第一位虎之介就坐在言耶他們的正前方，茜媽與智子分別坐在他們的左斜前方和右斜前方，兩人把虎之介夾在中間，在場眾人，形成一個稍嫌歪斜的五角形。

兩個女人還是以嚴苛的視線緊盯著言耶不放，唯有虎之介看起來似乎有點坐立不安。或許是因為之前就聽說有偵探會過來，而如今真的出現在眼前了，難免感到緊張。

總而言之，偏屋前段的房間裡瀰漫著一觸即發的氣氛，所以必須先驅散這股異樣的氛圍才行。

不料——。

「這位是我們學校大名鼎鼎的名偵探，刀城言耶同學。」

龍之介的介紹讓氣氛更加劍拔弩張。他可能沒有惡意——說不定反而是為了吹捧學弟——但這完全是反效果。

言耶也陷入要是現場有個地洞就想馬上鑽進去的困窘。

「那麼刀城同學，有勞你了。」

然而，龍之介無情地將主導權移交給言耶，讓他不由得慌張起來。

「那、那個……呃……我是刀城言耶，這次突然上門打擾……那個……請、請各位多多關照……」

說話的同時也能充分感受到其他三個人的銳利視線。茜媽狐疑、智子期待、虎之介則是不安，雖然從這三個人身上所感受到的情緒都不一樣，但言耶實在無法在他們的注視之下保持泰然自若。

言耶打起精神，開始請教第一位虎之介問題，只不過他沒想到會比自己預期的還要困難。因為對方相當沉默，不管問什麼都只回答一句話，不僅說來說去都談不到重點，而且答案不外乎是「我不知道」、「不記得了」、「我沒有印象」這種有說等於沒說的回答。尤其一提到與戰爭有關的事，還會加上「我不願意再回想」這個新穎的否定句，對話根本無法成立。

就算言耶是真正的名偵探好了，或許也只能舉手投降。也因為這樣，從他口中問出的訊息少得可憐。

關於小時候的記憶，最令眼前這個虎之介印象深刻的，是獨自在神樂坂家中的狹小庭院裡玩耍的回憶。

至於軍旅的部分，除了透露他在滿洲作戰外，什麼都不肯多說。

因為目前還在休養，所以時間多的是，於是他訂了好幾種雜誌，其中特別期待橫溝正史剛開始在《新青年》連載的作品〈八墓村〉。

頂多只能問出這種程度的訊息而已。而且之所以還提到了橫溝正史的新連載，也只是言耶出於自己的興趣才問的。光憑這些根本無法判斷是否為虎之介本人。

那張關鍵的照片也完全派不上用場，要說像也不是完全不像，但要說是兩個不同的人，也無法否定。最重要的是，如果光用照片就能判斷，問題早就解決了。

記取從第一位虎之介身上得到的教訓，言耶希望獨自與第二位虎之介面談。只有龍之介心不甘情不願地同意，智子則是一副大失所望的樣子，她似乎覺得言耶處處碰壁的推理非常有趣。反而是茜媽似乎早就看穿言耶的偵探天分到底有幾兩重了。

龍之介領著言耶來到第二位虎之介住的偏屋，不過這次只介紹一下言耶之後就趕緊離開了，把互動空間完全留給他們兩個。

坐在另一位虎之介面前，言耶感覺到一股難以形容的詭異。因為兩位虎之介確實有些細微的相似之處，但也還不到完全分不出來的地步。假設第一人為甲、第二人為乙，他還是能區分出甲乙的不同。換句話說，只要有人認識虎之介——既然是母親就更不用說了——應該也能分辨出哪個才是自己的兒子才對。

怎麼會分不出來呢……。

然而，這也證明了戰爭會給一個年輕人帶來多大的傷害，不是嗎？否則就算智子再怎麼不關心虎之介，基本上也不可能會弄錯。

第二位虎之介臉上有條偌大的撕裂傷，從左邊的額頭跨過鼻梁延伸到右邊的臉頰，導致顏面扭曲，長相確實跟以前相去甚遠。

儘管如此，他總覺得兩人之間有些相似的地方，也不知道箇中原因何在。

言耶百思不解地反過來研究這個問題。

不不不，正因為如此才相像不是嗎？

腦海中突然浮現出完全相反的解釋方式。不就是因為第二位虎之介臉上受了重傷，容貌才變得與第一位虎之介有些神似嗎？

遺憾的是他一時半刻還無法釐清這種思考的轉換意味著什麼。雖然想細細思量，但眼下必須先與第二位虎之介聊聊。

這位虎之介眼中也流露出不知該如何形容的不安。言耶無法判斷那是因為經歷過戰爭毀天滅地的記憶所致，還是擔心自己會被揭穿是個不折不扣的冒牌貨。他在第一位虎之介身上也感受過一模一樣的氣息，所以更加難以判斷。

若是要說有什麼共同點，那就是第二位虎之介同樣惜字如金。雖然感覺比第一位虎之介好親近，但幾乎不曾主動開口；雖然會回答言耶的問題，但還是以「我不知道」、「不記得了」、「我沒有印象」的答案居多，問了半天也掌握不到重點。

最終從第二位虎之介口中問出來的內容，其實也跟第一位差不到哪裡去。

孩提時代的記憶，印象最深刻的是豬佐武從谷生家院子裡的大樹上掉下來受傷的事。

參戰的地方同樣是在滿洲，但也同樣只有片段的記憶，只要試圖去回想就會讓他頭痛欲裂。因為同樣也處在閒暇時間很多的療養階段，所以正樂於閱讀熊之介書房裡的書，例如柯南．道爾的《血字的研究》或瀧澤素水的《怪洞奇蹟》等作品。

頂多只有在提到小說相關的話題時，他才願意多說幾句話。因此言耶離開偏屋時，簡直就快要走投無路了。

回房途中，言耶在走廊上被龍之介叫住。接著人被帶進附近的房間裡之後，只見茜媽和智子都在那裡，看樣子是在等他。

「如何？」

龍之介充滿期待地問道，言耶不由自主地低頭不語。

「到底誰才是真正的虎之介，誰又是冒牌貨呢？」

說得儼然言耶已經知道答案般篤定。

「……我不知道。」

言耶遲疑了半晌，但眼下也只能據實以告。

「一點頭緒也沒有？」

「是的，完全沒有。」

茜媽不以為然地把頭轉向一邊，智子樂不可支地哈哈大笑，龍之介大失所望，像一顆洩了氣的皮球。

「對不起，沒幫上忙……」

言耶低頭道歉。

「別這麼說，對於這件事，或許我們根本就無計可施。」

龍之介有氣無力地搖頭。

「就連認識虎之介哥哥的人都無法區分清楚，你們才第一次見面，就要你分出真偽也太強人所難了。」

「非常感謝你能理解……」

「……那你師父阿武隈川烏有辦法分辨誰是本尊，誰是冒牌貨嗎？」

不，他只會讓谷生家的糧食在轉眼之間減少而已。但言耶實在說不出口，只好無可無不可地回答：

「黑兄體積那麼龐大，要帶他來這裡，想必不是一件容易的任務。」

「原來如此，他不喜歡出遠門啊。」

「對。」

其實只要有飯吃，不管是上刀山還是下油鍋，那個男人都會奮不顧身地前往，但這個事實也無法讓人說出口。

「如果不是像冬城牙城那樣的名偵探，這問題恐怕是無解了吧。」

聽到龍之介抬出父親的名字，言耶趕緊岔開話題。

「我想請教一件事——」

不同於剛才那種沒自信的口吻，言耶的語氣突然變得胸有成竹。

「各位對兩位虎之介先生有什麼看法。」

「什麼意思？」

大概是一時之間不明白他所指為何，龍之介露出了詫異的表情。

「雖說兩位虎之介先生的容貌與性格皆和出征前相去甚遠，但是谷生家之中最了解虎之介先生的人不外乎在座的兩位女士，再來就是猛先生。」

「怎麼著——」

智子以挖苦的語氣回答。

「你的意思是說，連我們這些家人都暈頭轉向，所以你也不可能分辨得出來是嗎？說得也是，畢竟就連母親也分不出來嘛……但你不是名偵探嗎？」

「我不是，像冬城牙城那種人才稱得上名偵探。」

「既然如此，就把他找來——」

「我想說的是，應該事先向各位打聽清楚你們對那兩個人的印象，以及所有與虎之介先生有關的線索才對，我現在正為此深刻地反省。」

「你說的也有道理。」

龍之介顯然被他說服了。

「是我不對，沒頭沒腦地就安排你們見面，真是抱歉。」

「所以明天我想和那兩個人再見一面。」

「看樣子，偵探先生總算有幹勁了。」

智子又語出譏嘲，但她對言耶似乎並無惡意，看起來反而像是單純覺得現在這種情況很有趣。

「在那之前──」

言耶輪流看著他們三個。

「任何小事都沒關係，請告訴我出征前的虎之介先生是個什麼樣的人，像是喜歡什麼、討厭什麼、性格如何，但凡與他有關的個人回憶，希望你們不管想到什麼都能全部告訴我。」

「可是啊，偵探先生。」

智子正經八百地說。

「先不論哪一個才是真正的虎之介，那孩子真的已經完全變了一個人。」

智子的樣子看起來有些哀莫大於心死。

「例如哪些部分？除了外表以外。」

「虎之介才不會看書，不對，應該說他其實很愛看書，但是不看小說，他曾嘲諷小說那種東西都是虛構杜撰的。」

「但是兩位虎之介先生如今都很愛看小說呢。」

「這也怪不得他們不是嗎。」

龍之介有如外國人似地聳聳肩。

「畢竟休養中有大把大把的時間，這裡又沒有別的事可做，再加上在戰場上體會過真實的死亡擦身而過的恐懼，現在會渴望在虛構的世界裡尋求身心的安頓也無可厚非。」

「問題就出在這裡。」

智子大聲地強調。

「我完全想不通是基於什麼原因、又改變了他哪些部分。既然如此，就算我們告訴偵探先生出征前的虎之介是什麼樣的人，結果也幫不上忙，只是白費工夫不是嗎？」

「或許正如妳所說，」

言耶暫且同意她的意見。

「但我認為還是有姑且一試的價值。只是我無法保證什麼，所以不敢把話說得太滿……」

「那好吧。」

智子乾脆地點點頭。

「誰叫我站在偵探先生這邊呢。」

話雖如此，天曉得她會願意認真協助到什麼地步。

「茜媽意下如何？」

言耶也詢問茜媽的意願，但她顯然沒這麼好說話。大概是因為自己和第一位虎之介過招時實在太不中用了，雖然言耶向她保證不會再犯相同的錯誤，但茜媽依舊遲遲不肯點頭。

在智子與龍之介的協助下，茜媽總算心不甘、情不願地答應幫忙。

接下來的幾個小時內，直到茜媽累得叫苦連天為止，言耶向他們問了許多問題。內容全部記錄在筆記本裡，就寢前還在客廳裡看了好幾遍，思考該以什麼樣的順序拋出哪些問題，才有助於判斷誰是本尊，誰是冒牌貨。

孰料第二天早上，龍之介跑來告知了一個石破天驚的消息，讓言耶從床上蹦了起來。

「虎、虎之介死掉了……第二個虎之介吊死了。」

七

第二位虎之介死在他那間偏屋中段的房間，脖子被綁在五斗櫃上層抽屜把手的皮帶勒住，雙腳跪在地上，以非常異樣的姿勢死去。

「這、這應該……不是被人殺死吧？」

讓言耶確認過，證實已經回天乏術以後，龍之介以高八度的嗓音問道。

「這要經過法醫驗屍才能確定……啊，報警了嗎？」

「我去叫你起床前，就已經先差人去村子裡的駐在所通報了，所以警察大概很快就會趕到。」

言耶點點頭，龍之介接著說：

「有沒有可能是他殺？」

「被皮帶勒住的脖子好像有用右手指甲抓過的痕跡。」

「難、難不成是被人勒死的……」

「還不能確定，因為有些上吊自殺的人也會下意識掙扎。」

「這樣啊，所以還不確定是自殺或他殺——」

「倒也不盡然。」

「咦，所以你弄清楚了嗎？」

「不管是上吊自殺，還是被人絞殺，脖子都會留下繩子的勒痕，像現在的情況就是皮帶的勒痕。」

「……是這樣沒錯。」

「上述的勒痕會依上吊自殺或被人絞殺而異。」

「有什麼差別？」

「如果是上吊自殺，勒痕會從頸部前面，也就是喉嚨上方延伸到兩隻耳朵的下方，留下幾乎呈斜角的痕跡。另一方面，如果是被人絞殺，由於死者的脖子被兇手用皮帶勒住，所以勒痕會繞脖子一圈。」

「原來如此。」

「單就我的觀察，這具遺體上的勒痕顯然是上吊自殺留下的狀態。」

「自殺啊……」

「死者穿的長褲沒有皮帶呢。」

「所以是用自己的皮帶啊。」

「還有遺體的對面——」

言耶指著五斗櫃前方。

「榻榻米上那個摺好的東西不是壽衣嗎？」

「咦？啊，真的耶。」

「看樣子好像是有所覺悟的自殺。」

「也就是說，這傢伙是假冒的嗎？」

就在龍之介如釋重負地鬆了一口氣的同時，女傭剛好領著駐在所的員警走了進來。

親眼確認過真的有一具吊死的遺體後，員警借用谷生家的電話向終下市警署報告，接著就封鎖了偏屋這個命案現場，開始向龍之介等人問案。然後攔住了彼此看來是舊識的茜媽，不知正在向她打聽些什麼。

言耶等員警問完龍之介後，就私下拜託他。

「可以請你告訴終下市署的負責人，我是你大學的學弟，這趟只是來玩的嗎？可以的話，最好不要提到我的名字，如果非要說明不可，我想想……就說我的姓寫成東邊的東加上城字的『東城』，而不是刀子的刀加上城字的『刀城』。」

「我是無所謂啦，但為什麼要這麼做？」

「像這種時候，要是告訴警察我是偵探，等於是在挑釁警方，肯定會讓事情變得更複雜。」

「……說得也是。」

言耶的理由根本沒解釋到為什麼不能讓他的名字曝光，所幸龍之介並無異議。真正的原因其實是擔心警方可能會從他的名字聯想到父親冬城牙城。

名偵探的兒子牽涉到這起命案——。

才不要因此落人口實。這是他從過去遭遇到的事件中學會的教訓。

「話說回來，虎之介的冒牌貨怎麼會以這麼詭異的方法自殺。」

比起言耶莫名其妙的請求，龍之介更在意死者的姿勢。

「如果要上吊，直接把繩子綁在橫梁上不就好了嗎？把皮帶綁在五斗櫃抽屜的把手上，萬一死不成該怎麼辦？」

「不，上吊自殺的原理在於氣管被繩索之類的工具阻斷，所以加諸於繩索的重量只要相當於當事人體重的四分之一左右即可。」

「這樣啊。」

「老人自殺時，因為爬上板凳、把繩子綁在高處有執行上的困難，因此過去也發生過好幾起像這樣利用五斗櫃把手的自殺案例。」

「可是那個冒牌貨還很年輕。」

「第二位虎之介的左手左腳不方便，我猜跟老人的自殺案例一樣，要把脖子吊在高處對他們來說都不是件容易的事。」

「……這樣啊。」

龍之介乍看之下似乎接受了這套說詞，但隨即又以充滿疑慮的語氣問道：

「根據你在偏屋的說明，就算先勒住脖子殺死他，再布置成上吊自殺，脖子留下的痕跡也不一樣嗎？」

「是的。如果是絞殺後再偽裝成上吊自殺，死者頸部會留下兩道勒痕，所以一眼就能分辨出來。」

「那如果是一開始就先做好要用來上吊的繩圈，然後用它來勒死對方呢？」

「這麼一來，繩圈的另一頭，也就是繩索的部分便會成為問題所在了。如果事先綁在高處，一看就知道是要用來吊死人的繩圈不是嗎？」

「……也是啦。」

「在這種情況下，該如何將繩圈套在被害人的脖子上，這可是個難題。另一方面，假設繩子的另一頭尚未固定住，或許就能趁被害人不注意的時候套在他的脖子上。不過這時就必須繞到被害人背後，手裡還得拿著那條已經綁好的繩圈，怎麼看都不對勁的繩子，被害人再怎麼天真也會有所防備吧。」

「如果是小心翼翼地不讓對方發現，偷偷靠近呢？」

「然後再用被害人長褲的皮帶勒死他嗎？」

「也就是說，從現場的狀況來看，那傢伙都不會是被殺死的嘍。」

龍之介為求謹慎，再次向言耶確認。

「我不知道警方會怎麼判斷，但認為他是自殺的可能性應該不低。」

言耶解答到這裡後，換他提出了疑問。

「學長認為第二位虎之介是遭人殺害的嗎？」

「……」

龍之介欲語還休，默不作聲地點頭。

「何以見得呢？」

「偵探都來了，還是無法分辨哪一個才是冒牌貨……啊，我並不是在責備你，只是如果有人這麼想也不奇怪吧。」

「是有這個可能。」

「所以我認為，說不定……」

「學長認為哪種可能性比較高？是冒牌貨殺死本尊，還是本尊殺了冒牌貨？」

「這還用說嗎——」

龍之介說到這裡，露出困惑的表情。

「難道兩者都有可能嗎？」

「假設兇手是冒牌貨，可能是打算趁自己的身分還沒曝光前先殺害本尊，再布置成自殺的假象，好藉機成為繼承人。」

「沒錯，我就是這麼想的。」

「假設兇手是本尊，也有可能是因為對遲遲無法分辨真偽的僵局失去耐性，乾脆親手制裁冒牌貨。」

「原來如此……也有這種可能性啊。」

「說是這麼說，但還是以兇手是冒牌貨、死者是本尊的可能性高一點。因為再怎麼想都是冒牌貨受到的壓力比較大，動手殺人的急迫性比較高。」

「雖然沒能一下子就分辨出來，但是連偵探都出馬了，而且你明天還要再和他們過一次招。」

言耶接在龍之介後面說下去。

「只要別說話，其實不太需要擔心自己是冒牌貨的事穿幫，但是冒牌貨可能會擔憂萬一另一位虎之介被驗證是本尊時，又該怎麼辦。」

「也就是說，還活著的第一位虎之介是假的，遇害的第二位虎之介才是真的……」

龍之介說得言之鑿鑿，儼然這就是結論，言耶趕緊補充：

「不過，這只是建立在被害人是他殺的情況下所做的假設，我剛才也說過，單就被害人的狀態來看，不太可能是他殺……」

「如果是這樣的話，第二位虎之介果然是假冒的吧，因為害怕明天還要與你對質，所以自殺了吧。」

終下市署的員警在接近中午時才陸續趕到，顯然花了很多時間在迷宮般的山路上鬼打牆。等他們抵達谷生家時，所有人看上去都累壞了。

儘管如此，他們還是立刻進行現場蒐證，依序向谷生家的每一個人問話。言耶自然也無法置身事外，不過在得知他是龍之介的大學學弟，只是剛好來這裡玩以後，就很乾脆地結束了對他的身家調查，另一方面，針對他前往偏屋，看到遺體時的狀況倒是刨根究底地問了個仔細。

第二位虎之介的推測死亡時間大約在昨天晚上十一點到今天凌晨一點之間。順帶一提，谷生家的所有人都沒有不在場證明。但這個時間有不在場證明反而顯得奇怪。

警方當然也留意到谷生家有兩位虎之介的狀況，眼下難分真偽的局面固然令他們震驚又困惑，但不管是自殺還是他殺，顯然這就是命案的動機。

如此一來，就不能不把言耶模仿偵探查案的行徑告知警方了。無可奈何之下，龍之介只好在實話裡摻雜了一些謊言，告訴刑警們這個碰巧來家裡玩的學弟很崇拜偵探，於是請他站在純屬第三者的立場來和那兩個人談談。

幸好警察感興趣的就只有言耶與兩位虎之介的談話，而不是他本人。言耶一五一十地向警方說明整個見面過程，連原本預定要見第二次面的事也說了。

警方初步做出的結論也是自殺。正式結果則是要等司法解剖的報告出爐後才能判斷，但終下市署的警部似乎認為他殺的可能性微乎其微——這是當地駐在所員警偷偷告訴茜媽的。

那天夜裡，言耶吃完晚飯、也洗好澡後，就待在客廳看木木高太郎的《恐怖的三面鏡》。好不容易能下床的猛、茜媽、智子三人則聚集在後面的房間裡。龍之介也被叫去了，言耶猜他一時半刻大概脫不了身，所以才開始看書。

不料才過沒多久，龍之介就回到客廳。

「好快啊。」

言耶略感驚訝，龍之介苦笑著說：

「家父只是要大家認同先復員歸來的那個虎之介是本尊。」

「想必沒有人會反對吧。」

「沒有，連智子也同意了。」

「畢竟她也覺得第二位虎之介是茜媽送來的冒牌貨——」

「所以她大概很滿意這個結局吧。」

「這麼一來也算是塵埃落定了。」

言耶如是說，龍之介向他低頭致意。

「這都是託刀城同學的福，讓你費心了。」

「別這麼說，我什麼也沒做。」

「不，這都要感謝你扮演了偵探——」

龍之介說到這裡，或許是意識到這麼說的話，等於是暗指那個冒牌貨之所以會自殺都是因為言耶的緣故，所以趕緊把話吞了回去。

「光靠這個家的人，肯定只會一直原地踏步，事情永遠無法水落石出。多虧你打破僵局，是你扭轉了局勢。」

「沒有這回事——」

「你就不必謙虛了，接下來請好好悠閒地享受——我很想這麼說，但繼承人一確定，我好像又變回多餘的人了，所以我打算明天就離開。」

「就這麼辦吧。」

言耶立即附和，然後提出一個令他耿耿於懷的問題。

「話說回來，那個自殺的冒牌虎之介，遺體要怎麼處理？」

「因為沒有人來認領，應該會由谷生家收拾殘局，也會為他辦場簡單的喪事。」

「那就好。」

「居然為那種復員詐欺犯擔心，刀城同學也太異於常人了。」

龍之介的臉上再度浮現苦笑，不過言耶則是換上嚴肅的表情說：

「雖然事情告一段落了是沒有錯，但其實還留下了一個無論如何都讓我相當介意的謎團。」

「是什麼？」

「當然是假的虎之介到底是何方神聖，還有他特地潛入谷生家的動機。」

八

第二天，刀城言耶吃過早飯後，就和谷生龍之介一同踏上歸途。

「你看起來好睏的樣子。」

看到言耶在晃動的馬車上打哈欠的模樣，覺得奇怪的龍之介便問道。

「因為我昨晚鑽進被窩裡以後還一直在想事情。」

「難不成是在想那個冒牌貨是打哪兒來的？」

言耶點了點頭，龍之介對此感到詫異。

「你真的很異於常人耶，還是說所有的業餘偵探都會像你這樣？」

「……呃，其實我壓根兒沒有要當偵探的意思，只是有點耿耿於懷——」

「這不就是所謂的偵探習性嗎？」

龍之介像是在看什麼有趣事物似地盯著言耶的臉。

「所以呢，你知道冒牌貨是何方神聖了嗎？」

「……好像有點頭緒了。」

「你、你是說真的嗎？」

大概是萬萬沒想到言耶會給出肯定的答案，龍之介看起來真的很驚訝。

「不過我沒有任何物證，充其量就只有間接證據而已——」

「事到如今，也不能把他交給警察了，所以只有間接證據也足夠了。」

龍之介的興奮溢於言表，繼續向言耶追問。

「那傢伙到底是誰？」

「現在說沒關係嗎？」

言耶顯然是擔心隔牆有耳，萬一被車夫聽到，又傳到村民耳裡，可能會引起不必要的流言蜚語。

「哦，不用擔心，這位老爺爺有點耳背，而且應該聽不見馬車後面的對話。」

「好吧。」

話雖如此，言耶還是稍微壓低了音量，一字一句地緩緩道出昨晚徹夜未眠、反覆思量後的分析。

「首先是兩位虎之介在某些地方有幾分神似的問題，如果逆向思考的話，其實再自然不過了。」

「逆向？」

「因為是以虎之介的身分潛入谷生家，當然要跟本人長得差不多才行。」

「哦，說得也是……所以你的意思是說，有人把這個長得跟虎之介有幾分神似的人送進谷生家。或者沒有其他共犯，他是單槍匹馬混入谷生家？」

「是的，只有這兩個可能性。只不過，如果是前者，幕後黑手除了茜媽以外，不作第二人想。」

「也沒有其他人了。」

「問題是，如同我先前說過的，距離真正的虎之介復員返家也已經過了兩年半之久，如果要準備一個假冒的人，時間未免也拖得太久了。而且從他們長得其實也沒有那麼神似的事實來看，也很難以『那是為了找到和虎之介相像的人』來解釋。如果要用臉上的傷痕模糊焦點，多的是傷得更嚴重的復員兵可以李代桃僵。」

「從這個角度來看，那個冒牌貨的傷痕確實有點兩頭不到岸。也就是說，這件事沒有人在幕後操控嗎？」

「是的。只不過這麼一來，又會出現無法解釋的問題。」

「什麼問題？」

「就是冒牌貨擁有關於谷生家的記憶這點。倘若茜媽真的是幕後黑手，大可提早灌輸他這方面的情報。再說了，發問的也是她，可以動手腳的機會太多了。」

「確實如此。所以你接著就假設兩個虎之介是戰友，或許曾經在戰場上討論過以前的事。」

「是的。只不過這麼一來，本尊應該會立刻識破冒牌貨的真實身分。」

言耶接著說。

「就算本尊沒發現，但是在茜媽的質問下，肯定會出現幾個絕對答不出來的問題。一旦答錯，假冒的遲早會露出馬腳。」

「既然如此，果然還是茜媽在幕後操縱——」

「如果是這樣，就像我剛才解釋過的，又說不通了。」

喂喂……龍之介臉上浮現出被打敗的表情。

「這麼一來不就陷入無限迴圈了嗎？」

「我介意的是——」

言耶接著說。

「冒牌貨提到最令他印象深刻的孩提時代回憶，是豬佐武從谷生家庭院的大樹上摔下來受傷的事。」

「為什麼在意起這件事？」

「當然，就算這起意外在虎之介本人的記憶裡留下強烈的印象也不足為奇，畢竟親眼看到年紀和自己相仿的小孩從樹上掉下來，任誰都會印象深刻吧。」

「嗯，並沒有哪裡不對勁。」

「我也這麼覺得。可是，這時我突然閃過一個想法。若是要說還有哪個人對這段過往會比虎之介還要記憶猶新的話，肯定就是摔下來的**本人**……」

「咦……」

「如果是豬佐武的話，就算記得與智子女士一起造訪谷生家的虎之介小時候曾發生的事，也沒什麼好奇怪的，因為他從小就很機靈地撮合熊之介和虎之介玩在一起。」

「你的意思是說──」

「豬佐武因為從樹上摔了下來，一隻腳從此變得不良於行，那個冒牌貨也有跛腳的問題。倘若他那隻腳是出征前就有舊傷，只有臉和左手是在戰場上負傷的呢？」

「可、可是──」

龍之介顯然完全沒想到有這個可能性，聲音都分岔了。

「假設這個冒牌貨是豬佐武好了，但是這個人和虎之介有點相似，這一點該怎麼解釋？這不是很奇怪嗎？」

「會不會是因為冒牌貨的臉受了重傷，才變得與本尊有些神似呢──我不禁想到這種反向解釋的可能性。」

「我不懂你的意思。」

「學長曾說過，你在第一次見到熊之介的時候，也看不出來他和令尊到底哪裡像了，但是從不同的角度來看，又覺得有幾分相似。」

「嗯，確實如此。」

「同理可證，豬佐武會不會是因為臉上受傷的關係，反倒讓他變得與令尊有幾分神似了呢？」

「喂，難不成……」

「豬佐武會不會是學長同父異母的兄弟呢？我猜或許他才是谷生家的三男，學長其實是第四個孩子。」

「……」

龍之介聽得目瞪口呆。

「他的母親是個美人，曾經在谷生家工作過。豬佐武對父親的事情完全不清楚，但是卻遺傳了母親的美貌。母親和外公外婆相繼去世後，谷生家就讓他寄居在這裡工作。當他收到兵單時，也是從谷生家出發的，當時令尊還特地出面為他送行。」

「因為他是家父的兒子嗎……」

「智子女士也說過『大老爺連這一帶的女人也不放過』。」

「嗯，她確實這麼說過。」

「還有，她在數落體弱多病的熊之介時，也說過『還有一個人是不是也完全派不上用場』這種意味深長的話。」

「她指的是一條腿不良於行的豬佐武……」

「她是令尊的小妾，就算知道有其他與自己境遇相同的女人存在也不奇怪。更何況以智子女士的個性，肯定會特別盯著其他女人生的孩子。」

「如果是那個女人的話，肯定會這樣做沒錯。」

「豬佐武喜歡閱讀，但熊之介從不把自己的藏書借給他。而冒牌貨又說他看熊之介書房裡的書看得很高興。」

「難道那個冒牌貨就是豬佐武……」

龍之介啞然失語，但是言耶卻緊接著說：

「不過還是很奇怪。」

「……咦？」

「假設冒牌貨就是豬佐武的話，就會出現一個非常大的問題。」

「又會出現什麼問題……話都是你在說。」

龍之介的臉上盡是疑問的神色。

「有的，我在思考冒牌貨是誰時，想到了豬佐武的可能性。老實說，我也認為這個想法應該八九不離十，只是我想來想去，就是想不到動機。」

「……動機？」

「我前面也說過，既然真正的虎之介已經復員回到谷生家了，還有特地以他的名義混進谷生家的必要嗎？」

「的確很不合常理……」

龍之介沒什麼自信地說。

「可是也不是毫無動機吧。明明是猛的親生兒子，豬佐武卻是長年被當成下人使喚，於是便萌生了總有一天要向谷生家報仇的念頭。復員回鄉之後，聽說回到谷生家的虎之介與出征前簡直判若兩人，就連過去的記憶也變得模糊不清，於是豬佐武便計畫冒充虎之介，盤算著要奪取谷生家的繼承權──」

「這個動機不是不可能，但如果是這樣的話，他應該要更積極地強調自己就是貨真價實的虎之介才對。」

「……說得也是。」

「因為那才是他混進谷生家的目的。而且考量到豬佐武的性格，我覺得他應該不會是對谷生家抱有怨恨的人。」

龍之介也陷入沉思。

「因為他從孩提時代，就試圖在龍之介與虎之介之間搭起友誼的橋梁嗎？」

「或許被戰爭改變的可能性並非是零，但是他混進谷生家之後的言行舉止就會讓人覺得不太合理了。」

「既然如此，那個死掉的冒牌貨到底是誰？」

「是真正的虎之介。」

「你、你說什麼！」

龍之介忍不住激動起來，言耶則不急不徐地回應。

「轉個方向來思考的話，一切都兜起來了。」

「你是說，第一個虎之介是假的，第二個才是真的？」

「戰爭結束後，又過了一年多才收到虎之介陣亡的通知，但是那一年的秋天，第一位虎之介就回來了。換個角度來想，簡直就像是在等谷生家一收到陣亡通知就馬上返家，不是嗎？」

「所以這個說法裡的冒牌貨，他的真面目就是豬佐武嗎？」

「從他的性格來看，不太可能自己策畫這一切。這麼說來，背後可能就是茜媽在操控——」

「可是為什麼茜媽要如此大費周章地把虎之介的冒牌貨送進谷生家？」

「很不可思議對吧。」

「怎麼說？」

「因為這麼做只會白白便宜凡事與她作對的智子女士。」

「刀城同學，我說你啊——」

龍之介快被言耶拐彎抹角、自相矛盾的說明惹毛了，但言耶還是死性不改地繼續兜圈子：

「再說了，第一位虎之介的兩條腿都很正常，因此不可能是豬佐武。」

「……」

此時此刻龍之介看著言耶的眼神與其說是對學弟的不信任，更貼切的形容詞是有如看到人類以外的異樣生物。

「學長見過第一位虎之介的生靈。」

「……嗯。」

龍之介耐著性子應聲。

「因此學長認為第一位虎之介是真的。」

「或許該說……雖然無法因此斷定，但我相信生靈的傳說。」

「問題是，整理一下我剛才提出的那些解釋，反而讓我更有理由懷疑第二個才是真的虎之介。」

「這不是相互矛盾嗎？」

「不，有個解釋可以說明一切。」

「什麼解釋？」

儘管充滿疑慮，龍之介仍耐著性子反問。

「這個解釋就是，第二位虎之介確實是本人，而第一位虎之介的真實身分其實是熊之介。」

「什麼……！」

「熊之介是長子，自然是谷生家的繼承人。基於這個家的傳承，你看到他的生靈也合情合理

——」

「等、等、等一下……」

龍之介似乎猜到言耶要說什麼了，忍不住打斷他。

「你別忘了，熊之介已經死了，還舉行過守靈夜和葬禮，我當時也參加了。」

「如果那些全都是一場戲呢？」

「怎麼可能。」

龍之介不敢置信地盯著言耶，喃喃說道。

「他確實納棺下葬了。不，在那之前還先用繩子五花大綁了個嚴嚴實實。」

「茜嫣在那個時候曾經說了句『綁那麼緊的話，熊之介少爺太可憐了』，會不會是因為熊之介在那個時候其實還活著呢？」

「……」

「下葬的方法大致分為兩種，分別是讓屍身平躺的直肢葬和捆綁死者手腳、讓屍身呈現蜷曲狀態的屈肢葬。直肢葬使用的是一般的棺木，但本地採用的屈肢葬則是使用桶棺。桶棺比一般棺木狹窄得多，但是以熊之介來說，空間還綽綽有餘，可以在縫隙裡放入各式各樣的供品，其中不乏飯糰或糕餅之類的食物。我猜掛在遺體脖子上的頭陀袋中大概也裝滿了食物和飲用水。」

「你、你的意思是說……」

龍之介一臉活見鬼的表情。

「你是說他活生生地被埋葬，然後在地底下生活了一段時間嗎？」

「沒錯。」

「可、可是就算可以解決食物的問題，也沒有空氣吧？」

「有那支息衝竹。」

「那只是插在土堆上而已，根本無法把空氣送到桶棺裡。」

「把供品放入桶棺裡時，豬佐武曾經打開棺蓋，後來再次蓋棺的時候，不知為何在蓋子上就多放了紙花，那個其實是另外準備的棺蓋，上面應該有孔洞，裝飾在棺蓋上的紙花是為了不讓人看見那孔洞。」

「茜媽每天將水注入息衝竹也是為了讓桶棺裡的熊之介喝嗎？」

「事實上的確有這種習俗，水也確實能送到地底。我猜他應該是一直被活埋到做完頭七、村民們也不再前去致意為止。」

「排泄那些問題該怎麼解決？」

「假如棺材的上蓋有機關，底部或許也動了手腳。」

「你是說打洞嗎？」

「要完全排出來可能有點困難，但我想他也吃不了太多東西就是了……」

「……有道理，在那種情況下怎麼可能會有食欲。」

大概是想像到桶棺裡的情況，龍之介大皺其眉。

「總之得忍耐一個星期。」

「然後再挖出來……」

「考慮到挖出來的狀況，茜媽在決定要葬在哪裡時應該下了許多工夫，最後選擇了一個土質鬆軟、人煙罕至的地方。」

「那裡確實很偏僻，而且就我觀察挖坑時的感覺，土質看起來也很鬆軟。」

龍之介眼看就快接受這套說詞了，但馬上又搖起頭來。

「不對不對，熊之介的身體那麼孱弱。最重要的是，他有什麼必要非得裝死不可？」

「熊之介的身體真的有那麼不好嗎？智子女士也曾說過，他的毛病應該有一半是在耍任性吧。」

「確實也有這一部分的因素。」

「而且假死計畫執行的前一天，學長也說過他看起來很有精神。換句話說，茜媽是算準熊之介身體狀況還不錯的時候才進行這個計畫。」

「浦邊醫生也和他們是一夥的嗎？」

「猛先生、浦邊醫生、茜媽、豬佐武，這四個人大概都跟這件事脫不了關係，我認為出謀畫策的應該是茜媽。」

「目的是什麼？」

「為了躲避兵役。」

「等等，身體那麼虛弱的熊之介，要被徵召根本……」

「不可能，是嗎？在那種戰爭末期的狀況，學長能拍胸脯保證嗎？」

無言以對的龍之介，此時只能微微地搖著頭。

「茜媽之所以會開始擔心起這個可能性，大概是看到村子裡那個四十三歲的男性竟然收到了第四次的兵單。而真正讓她痛下決心的關鍵，想必是智子女士脫口而出的那句『戰病死』。」

「她肯定認為，如果真的被送往戰場的話，根本不用真的上陣殺敵，光是經歷軍隊裡的生活就足以輕易地害死熊之介了。」

「因為現實中的確發生過這種令人痛心疾首的例子。」

「是啊……」

「豬佐武收到兵單這件事，無疑是為茜媽的先見之明打了包票。熊之介再怎麼弱不禁風，畢竟四肢都健全，若是繼續像這樣待在谷生家，可能遲早還是得被徵召。」

「有這個可能嗎？」

「辦完喪事後，茜媽之所以顯得精神萎靡，可能是在熊之介被埋進去後，擔心他的身體不知道會變得如何的緣故。」

「可是這也未免太……」

「直到做完頭七，把熊之介挖出來並加以照護後，她才恢復健康。」

「確實沒錯。」

「可是沒多久後她又病倒了。」

「這又是為什麼？」

「為了塑造一個把浦邊醫生找來的藉口。醫生實際上診治的人其實是熊之介。」

「這都是些什麼事啊——」

龍之介聽得目瞪口呆。

「難道熊之介在那之後就一直躲避大家的目光，偷偷躲在原本的偏屋裡生活嗎？」

「或者是隨便一個倉庫裡。谷生家的宅子那麼大，想必不愁沒地方藏身吧。」

「說得也是。」

龍之介姑且表示同意，隨即又一臉詫異地問：

「可是，為什麼熊之介沒有在戰爭一結束後就馬上現身呢？」

「怎麼可以讓別人知道治理蘆生的頭號地主家繼承人，竟然為了逃避兵役、甚至不惜假死呢。在這個村子裡應該也有為國捐軀的人吧，就算戰爭已經結束了，也不好意思就這麼厚著臉皮跑出來。」

「……這麼說倒也是。」

「還沒想到妥善的辦法，唯有日子一天天過去。然後就在戰爭結束一年多後的當口，收到了虎之介戰死沙場的通知。」

「所以就想到了這個主意嗎？」

「讓熊之介假扮成虎之介，再裝成復員返家的手段，應該不是猛先生就是茜媽想到的。原本兩個人的臉都長得跟父親有點像，再加上被活埋的恐懼，恐怕也讓熊之介的容貌產生了很大的變化。」

「原來不是因為戰爭的關係啊。」

「戰爭只是被拿來運用的藉口罷了。為了瞞過智子，就推說他不只是身體，就連精神都出了問題。」

「真是用心良苦啊。」

「虎之介在出征以前對小說根本不屑一顧，復員後卻變得很愛看小說。雖然聲稱是戰爭帶來的變化，但因為熊之介本來就是小說愛好者，所以這也是理所當然的。」

「有道理。」

「可是從他們兩個的閱讀習慣，也能夠察覺到本尊與冒牌貨的差異。」

「這話怎麼說……」

「復員後才變得愛看小說的虎之介，總之就先從手邊現有的熊之介的藏書開始讀，這是極其自然的反應。然而，熊之介本人卻特別期待橫溝正史剛開始在《新青年》連載的〈八墓村〉，為此還特地每個月訂購《新青年》。箇中原因，就在於他自己的藏書都是已經讀過的內容了。」

「你居然連這些細節都注意到了……」

「稍微拉回到之前的話題，辦完虎之介的喪事後，谷生家竟然完全沒有想留住前輩的意思，這也很不合邏輯吧。」

「……嗯，我也覺得有些怪怪的。」

「長子病逝、次子陣亡，實際上的三男豬佐武還沒復員歸來，在這種情況下，谷生家等於只剩下學長這根獨苗了，怎麼可能就這樣放你回學校去呢。」

「因為長子其實還活著……」

龍之介感慨萬千地說，但旋即又繃緊表情。

「等等……假使第一個虎之介的真面目其實是熊之介的話，那第二個就是真的虎之介吧。」

「是的。」

「這麼一來，他就不是自殺了。」

「沒錯。」

「兇手是熊之介、還是家父嗎？但你和警察都判定是自殺不是嗎？還說在那種情況下不可能是他殺……」

「可是啊，推理到這個階段，也只能承認虎之介是被人害死的。從這個角度再重新檢視一下，甚至還能看出作案的手法。」

「到底是誰殺了他？又是怎麼辦到的？」

「我認為兇手是茜媽。」

「……騙人的吧，那個老婆婆？」

「因為只有她能在最不牽強的情況下用那種方法殺人。」

「怎麼做的？」

「關於猛先生病倒的事情，熊之介和虎之介都知道，但並不清楚實際上病得有多重。」

「嗯，是這樣沒錯。」

「茜媽謊稱猛先生已經病入膏肓，並說明萬一猛先生有個什麼三長兩短的話，必須由真正的虎之介來主持喪禮。這時她騙第二位虎之介說：『我認為你才是真正的虎之介少爺，為了避免你突然扛下喪主的責任會不知道該如何是好，所以我得先教你谷生家辦喪事的習俗。』」

「什麼習俗？」

「熊之介假死出殯時，擔任喪主的猛先生不是得穿上與死者相同的壽衣、脖子還套著繩圈、雙手捧著被繩子前端綁起來的牌位嗎？」

「啊，所以命案現場才會留下那套壽衣。」

「茜媽假裝向虎之介說明這種特殊的習俗，聲稱自己忘記帶繩子，所以向虎之介借了身上的皮帶，做成繩圈，套在他的脖子上，然後以迅雷不及掩耳的速度穿過五斗櫃上層抽屜的把手，用盡全身的力量，一口氣收緊。」

「徵得被害人的同意，再把絞殺用的凶器套上對方的脖子……」

「因為用的是本人的皮帶，最後只要再將皮帶綁在把手上，就能讓他殺看起來像是自殺的情況。」

「茜媽做的這一切都是為了千鶴的兒子、為了自己一手帶大的繼承人嗎？」

龍之介不由得仰天長嘆，然後又盯著言耶說：

「話說回來，你居然能從我看到第一位虎之介生靈的體驗就能推理到這個層面。這麼說或許很失禮，但我對你真的是刮目相看啊。」

「不，我只是剛好靈機一動。」

「才沒有那回事呢，這完完全全就是你的實力。」

「那是因為當事人自掘墳墓。」

「咦？」

相較於一臉好奇的龍之介，言耶雲淡風輕地回答：

「熊之介起初先被活埋了一週，在重見天日後又得過上超過一年近似閉關的生活，最後好不容易能出來見人了，卻必須以虎之介的身分活下去。為了排遣心裡的鬱悶，忍不住故技重施，對學長惡作劇。」

「故技重施，你是指——」

「生靈都是龍之介幹的好事。」

「怎麼會說是惡作劇。」

「既然本人與生靈不曾同時出現，那就存在著兩人分飾一角的可能性。」

「可是熊之介和豬佐武在偏屋說話的時候，我在主屋的走廊看見他了。而且當我追著走進院子裡的熊之介時，他又馬上出現在偏屋窗邊。」

「只要有豬佐武幫忙，要玩以上的把戲根本輕而易舉。前者是豬佐武的獨角戲，後者是豬佐武穿上熊之介的衣服假扮成他。」

「那第一個虎之介的生靈又怎麼解釋？」

「倘若沒有經過走廊的跡象，那肯定是進到學長的房間裡，然後從窗戶逃走了。紙門會稍微打開一條縫，如果不是為了增加戲劇效果，就是因為急著離開，沒有完全關緊。」

「以惡作劇來說，未免也太過火了吧，做到這種地步到底是為了什麼——」

「因為整學長會讓他覺得很開心吧。」

「就只因為這樣？」

「請學長回憶一下熊之介的性格，但是這次要把學長的性格也一同考慮進去。」

「我的性格？」

「熊之介明知道學長很害怕恐怖的故事，卻故意講一些怪談之類的內容，就是因為他很享受看到學長畏懼的模樣。」

「是有這種感覺……不過，還是兜不起來。我是先看到生靈之後，才聽熊之介提起生靈的事。就算要惡作劇，對於什麼都還不知道的我使出偽裝生靈的把戲，這不是毫無意義嗎？」

「熊之介早就知道學長對這個現象並非一無所知。而且不是因為生靈這個詞彙，而是源自別的因素。」

「什麼意思？」

「學長在跟熊之介聊起母親的話題時，應該曾提過令堂送行時告誡過你，萬一在谷生家『不同的地方看到同一個人，也要假裝沒看見』對吧。」

「你這麼一說……」

「你向茜媽問起生靈的事，她就臉色大變地跑去找熊之介，回來後還痛罵你一頓說：『絕不能拿來開玩笑。』也是因為她知道那是熊之介在惡作劇。說到谷生家的生靈，不僅是一家之主與繼承人的證明，同時也意味著那個人命不久矣。因為絕不能拿這麼重要的事來開玩笑，所以她才會勃然大怒。當然，她生氣的對象是熊之介，學長只不過是運氣不好被連累了而已。」

「很有道理。」

「一家之主與繼承人的死亡預兆——依照谷生家的生靈傳說，人剛過世的時候還可以理解，但是就連守靈夜的時候也出現，實在很不合邏輯。」

「沒有必要……是嗎。」

「因為熊之介的目的只是要嚇唬學長。考慮到隔天辦完喪事後就得忍受長達一週的活埋生活，如果不做點什麼轉移注意力的事，只怕會撐不下去。」

這時馬車剛好抵達初戶的村落。因為馬匹的速度比去程時要放慢許多，所以這段路花了不少時間。

「講了這麼多，你也累了吧，要不要稍微休息一下。」

龍之介四處找尋可以坐下來歇腳的店，言耶遲疑半晌，還是婉拒了。

「不了，謝謝。其實我還有一個不知道該不該說出口的解釋……」

「咦？還有啊！」

龍之介半是驚訝半是傻眼地追問：

「是什麼樣的解釋？」

於是乎，言耶終於下定決心開口：

「這個解釋就是——殺死虎之介的真兇，其實就是你，谷生學長。」

九

刀城言耶與谷生龍之介在從神社往小山丘上延伸的長長石階中段，彼此相隔一小段距離坐下。馬車就停在公車站附近的空地，年邁的車夫正津津有味地抽著菸，與路過的行人閒話家常。周圍的田地裡還能看到忙於農務作業的大人與正在幫忙的小孩身影。

從石階往下看的風景十分閑靜，但兩人之間卻散發出難以言喻的氛圍，充滿了隨時就會掀起一場腥風血雨的緊張氣息。

「所以——」

指著神社的石階，要言耶到那邊去談談之後，就一直默不作聲的龍之介，此時終於率先打破了沉默。

「你那個判定我是真兇的推理，到底是在開哪門子玩笑？」

語氣裡隱含著怒氣，但言耶只是不動聲色地回應。

「谷生學長是從阿武隈川學長那裡得知關於我的事。當時黑兄形容我是破不了案的偵探，儘管如此，谷生學長仍委託我來解決虎之介的雙胞案。」

「那是因為木村教授——」

「因為木村教授對我讚譽不絕嗎？可是黑兄已經事先告訴過你，那是木村教授太抬舉我了。不過……就算是第一次見面，應該也能判斷是要相信黑兄還是木村教授就是了——。但我也明明白白地向你強調過，教授他對我有所誤會，即便是這樣，谷生學長卻依舊認為非我不可，這是為什麼呢？」

「……」

「晚餐時還把酒擺出來，這點也很不自然，明明飯後就要與兩位虎之介見面，怎麼還會端出酒來。」

「不就是因為來者是客嗎。」

「要喝酒，等我見完那兩個人再喝也不遲吧。比照帶我回家的目的，這點顯然也不太合理。」

「……」

「與第一位虎之介，也就是熊之介見面時也是，學長劈頭就介紹我是『我們學校大名鼎鼎的名偵探，刀城言耶同學』。忘了先跟你統一一下說詞的我也有過錯，但學長當時的這句話實在令人費解。」

「你、你到底想說什麼？」

面對龍之介的咄咄逼人，言耶毫無懼色，繼續以冷靜的態度回答：

「你明知我是連本尊與冒牌貨的差別都分不出來的蹩腳偵探——不，正因為如此，你才會把我帶回谷生家。因為你根本不希望我看出誰是真的、誰是假的，只是為了要讓谷生家的人相信我是名偵探，以便在事後殺害真正的虎之介，並且偽裝成自殺。換句話說，你只是想營造出身為冒牌貨的他，因為害怕身分揭穿，所以才選擇上吊自殺的假象。」

「上吊自殺的詭計除了茜媽——」

「你也可以辦到。更何況，茜媽算是屬於第一位虎之介那邊的人，第二位虎之介大概不會輕易相信她。學長在這方面保持中立，只要謊稱因為茜媽會教第一位虎之介該怎麼做，所以你也會將谷生家辦喪事的習俗傳達給第二位虎之介，要用上那個詭計其實並不難。」

「……」

「在我解釋頸部留下的勒痕會因為上吊或絞殺而有所不同時，你明明早就知道了，卻還假裝佩服地頻頻點頭。」

「你、你憑什麼這麼說?」

「就憑熊之介在講了故事後才借給你看的那些書之中,有山本禾太郎的《小笛事件》⑮。那本以真實案例為背景描寫的犯罪紀實作品裡,詳細地敘述了自縊而死的人與被勒死的人各自呈現的遺體狀況。」

「我不是說我馬上就把熊之介借給我的書全部還回去了嗎。」

「但你也說過那些書裡你只看了《小笛事件》。」

「……」

「既然如此,你問我是不是他殺,也只是需要我這個蹩腳偵探幫忙背書,證明你成功地讓他殺看來像自殺,這大概是兇手特有的心理所致。」

「但、但是我沒有動機啊。」

龍之介再次逼問言耶,言耶倏地撇開視線。

⑮ 一九二六年發生在京都的四名女性命案。該年六月三十日,居住在京都市北白川的平松小笛,被人發現和自己的女兒,以及兩名朋友的女兒一起死在自家中。現場情況狀似小笛帶著其他三人一同輕生,但因為小笛的遺體上出現了兩道繩索痕跡等疑似他殺可能的跡象,警方因此將小笛的愛人廣川条太郎列為嫌犯。但針對鑑定的結果,出現了分別支持自殺說和他殺說的兩方論點,纏訟兩年後,廣川被宣判無罪,全案終結。四年後,曾任法院書記官、以自現實事件取材廣為人知的推理作家山本禾太郎於神戶新聞與京都日日新聞連載名為《頸子的繩溝》的小說創作,便是以此事件為主體。這部連載於一九三六年改題為《小笛事件》,於專門出版偵探類刊物的ぷろふいる社出版。

「有的。」

「我哪來的動機？」

「學長自己心知肚明吧。」

「把話說清楚。」

「你的動機在於先復員回來的虎之介，其實就是理當已經過世的熊之介，而第二個回來的人才是真正的虎之介。扣掉茜媽，谷生家與熊之介交情最好的就只有你。假設你已經看穿生靈的詭計，想必也能輕易察覺到第一位虎之介的真實身分。再想到智子女士身為親生母親，居然無法分辨哪個虎之介才是自己的兒子，就覺得好諷刺。」

「……」

「第二位虎之介回來時，學長擬訂了以下的計畫——殺死真正的虎之介，再偽裝成自殺，並且讓大家誤認為他是冒牌貨，好讓實際上的冒牌貨以本尊的身分成為谷生家的繼承人。而這個冒牌虎之介其實是體弱多病的熊之介，就算他的病有一部分只是心病，但身體孱弱也是事實，可能用不了多久就會病死了，到時候你就搖身一變成為了谷生家的繼承人——。我的推論有錯嗎？」

「……」

「學長疏散到谷生家時，智子女士曾經問過你：『你甘願一輩子當個地下情人的孩子、當個小妾的孩子嗎？難道你不想成為大老爺的繼承人，將谷生家的一切收在自己麾下嗎？』」

「……」

「學長一直忘不掉這句話。當你發現第一位虎之介的真實身分後，再加上第二位虎之介也回來了，於是這句話便在腦海中甦醒了——我是這麼推測的。」

「你有證據嗎？」

言耶一聲不響地搖頭。

「所以你只有間接證據吧。」

「對。只要從熊之介的書房採集指紋，比對第一位虎之介的指紋，應該就能釐清他的真實身分，只可惜就算是這樣，也無法證明人是學長殺的。」

「你在前往蘆生之前就開始懷疑我了嗎？」

「那倒沒有，如果我對你起了疑心，就不會跟你一起去了。」

「所以是在什麼時候？」

「在馬車上與你討論這一連串解釋的過程中。」

「……」

「話說回來，你似乎沒留意到豬佐武的身世之謎。」

「他大概已經戰死了吧。」

「即使假扮成虎之介的熊之介病死了，一旦豬佐武回來，谷生家也有可能會由他繼承喔。」

「……」

「因為戰爭足以改變一個人。」

「刀城同學——」

龍之介慢條斯理地站起來。

「感謝你幫我這麼多忙，我們就在這裡道別吧。」

龍之介說完後便走下石階，叫上還在休息的車夫，跳上馬車，折回蘆生的方向。由始至終不曾回頭看向被迫目送他離開的言耶一眼——。

如此這般，言耶不得不搭乘木炭公車回到大垣外，獨自踏上歸途。懷抱著或許因為自己去了谷生家，才害一個人因此遇害的罪惡感……。

幾天後，他聽說了龍之介休學的傳聞。至於人是不是回到谷生家一起生活則不得而知。自從在初戶的神社石階上一別，龍之介在返回蘆生後到底又發生了什麼事，言耶也一概不知。

回歸大學生活的言耶被阿武隈川烏糾纏了好一陣子，雖然不勝其擾，但言耶依舊守口如瓶。

「喂！那傢伙什麼也沒送來耶。」

每次看到言耶，阿武隈川都會氣極敗壞地衝上來抱怨。

「所以我不是說過了嗎，我失敗了，沒解開謎團——」

「少騙人了，你怎麼可能失敗。」

明明一天到晚都把言耶的推理能力踩在腳底下，唯有這種時候就對他深信不疑，真是個自我中心的傢伙。

「啊，你該不會是要他把食物寄去你的宿舍吧？」

「才沒有，谷生家也不可能寄東西來。」

「不可以一個人霸占喔。」

「我才沒有——」

「我給你十分之一，其他的還給我。」

「聽我說，黑兄——」

直到那年的秋天接近尾聲，阿武隈川才總算放他一馬。

秋去冬來的某一天，言耶一如往常地前往神保町的舊書店尋寶，那時他正在某家舊書店裡專心閱讀與送葬儀式有關的民俗學書籍。

就在這個時候，他突然感受到有股視線朝自己傳來。於是言耶反射性地將頭抬起，往旁邊一瞧，只見書架邊緣探出了半張臉、正望向他這邊。

在言耶為此嚇一大跳的同時，那張臉也隨即縮回書架後面。

「……谷生學長？」

言耶趕緊走到書架角落，往另一邊看，可是別說龍之介了，那裡根本沒有半個人，只有被舊書填滿的書架，從牆的這端一直往後延伸到另一端，連個人影都沒有。

這時，刀城言耶確信谷生熊之介已經不在人世了。然而，他也不想前去確認。至於谷生家今後會由誰來繼承，他決定讓自己維持在一無所知的狀態。

至少，在龍之介的生靈，再次映入自己的眼簾之前……。

繼承者的魂魄

世界各地文化，都存在「分身」（double）的民間傳說。例如，德國稱為Doppelgänger，意思是「雙重的行者」（double walker）；瑞典則有vardøger一詞，為「先行者」（predecessor）之意，指的是一個與自己相同的形體，會提早抵達你動身前往的地方，使當地的目擊者認為你早就來過了，雖然也是分身，但定義略有差異。事實上，早在原始部落時代，就有分身信仰了，認為分身即是人類的靈魂，是肉體的投射。

一般認為，看到自己的分身，意味著死亡即將在不久之後到來，所以被認為是一種不祥之兆。比較特別的是，在愛爾蘭的傳說中，分身稱為fetch。當fetch出現在夜晚，代表的是死亡的預兆；不過，若出現在清晨，代表的則是長壽。

埃及文化認為，靈魂也有自己的影子，即是分身，稱為ka。當人死亡以後，靈魂會前往冥界，而ka則留置在墳墓，代替靈魂守候軀殼，並回應生者對死者的祈求、祝禱。

日本平安時代，經遣唐交流後，書法領域承襲了王羲之、王獻之的風格，名家輩出，前期有「三筆」之稱的空海、桔逸勢、嵯峨天皇；中期有「三跡」之稱的小野道風、藤原佐理、藤原行成。當代談話錄述《江談抄》曾收有〈佐理生靈惱行成事〉一節，說藤原行成接受委託，到某地為匾額題字——自然，這是肯定其書藝才能之舉，不料，卻遭藤原佐理的生靈騷擾。

同作，又有〈小藏親王生靈煩佐理事〉一節，提到皇族兼明親王，博學多才，且擅書法，在他隱居山林的期間，藤原佐理經常受命於朝廷，委託題字，兼明親王多次化為生靈騷擾。兩則記事，生靈都出於嫉妒心而現形。

關於分身成形的原因，目前尚未找到科學性的合理解釋。傳統有一種普遍的說法是，分身其實就是脫離肉體的靈魂。大限將屆之人，較容易發生靈魂出竅體驗（out-of-body experience），從而透過靈魂看到自己的肉體。若以腦部機能的角度來解釋，或許可以把靈魂出竅體驗視為一種腦部認知的障礙，不過，單靠這種說法，卻不能解釋分身被其他人目擊的原因。對此，英國靈媒艾琳・嘉瑞特（Eileen J. Garrett）則提出一套理論，說是由於心靈感應（telepathy）與千里眼（clairvoyance）的混合機制，才導致第三者看到分身。

收錄於《太平廣記》的唐代傳奇、陳玄祐所撰的〈離魂記〉，描述衡州官吏張鎰的愛女張倩娘，與表兄王宙私奔生子，最後才發現，張倩娘臥病在床數年，足不出戶，離家私奔的是她的靈魂。生靈產子，可說是這類創作中絕無僅有的設想了。

在推理小說中，分身通常發生於無法解釋、涉及幽靈的謎團。島田莊司《寢台特急 1/60 秒障礙》（1984）的死者，遭人殺害後，竟有人見到她搭乘了次日的夜行列車，還被其他乘客拍下照片；島田的另一部作品《靈魂離體殺人事件》（1989），則描述了一名凶案嫌犯，在意識矇矓之際見到自己動手殺人。兩部作品，同屬島田筆下的吉敷竹史探案，恰巧一部是第三者看見分身，另一部是當事人看見自己的分身。

如無臉
擄掠之物

顏無の如き攫うもの

一

「我也不知道這能不能算是怪談啦……我七歲的時候，有個鄰居小孩在一個死胡同的空地消失了。」

四個人之中最沉默的學生平山平太，以四平八穩的語氣娓娓道來。

「我小時候住在大阪，出生地是攝津的能生箕，山陽道的支線西國街道穿過那裡的中心地帶，是個窮鄉僻壤的農村。大部分居無定所、在全國各地流浪旅行的人都會走這條西國街道，因此我從小就看過許多朝聖的旅人、四處雲遊的賣藝人、擺攤的旅行商人。雖然那件事拿到現在來說還是令人毛骨悚然，但我也不確定事情的真相和那些行走各地的賣藝人究竟有沒有關係——畢竟是小時候的體驗了。」

不同於在他之前分享故事的人，平太身上完全感受不到要讓聽眾嚇破膽的企圖心，所以大家反而更專注傾聽，就連剛剛才因為**某種原因**加入這場臨時「怪談大會」的刀城言耶也不例外。

上完大學的課後，言耶吃飽了撐著，漫無目的地走在綿綿陰雨中。如果硬要說明為何要在雨中散步，或許只能這麼解釋。曾經付之一炬的帝都，看著看著就逐步復興發展起來，讓人忍不住想在幾乎每天都會出現的嶄新風景中，尋找不經意落在眼角的戰前殘像。

但是他並沒有特別意識到這一點，只是興之所至地時而拐彎、時而鑽進巷子裡，總之就是漫無目的地一直往前邁步。倘若走著走著能遇見懷念的風景自然最好，但即便沒有也無所謂，因為隨意亂走本身也是一種樂趣，這就是言耶的散步習性。

正當言耶跟平常一樣，在某條街上踽踽獨行時，他的視線不經意地瞥到陰暗的巷子，發現有個小男孩站在路中間。

咦……？

定睛一看，男孩貌似正在看著眼前的窗戶。那裡看起來像是學生宿舍之類的建築物一樓，少年正心無旁鶩地凝視著其中一個房間，從微微打開的窗戶縫隙往室內窺探。

看得這麼專心，那孩子到底是在看什麼啊？

受到好奇心的驅使，言耶停下腳步，不由自主地望向因為陰雨綿綿而顯得更加陰暗的小巷。接著，或許是驚覺附近還有別人在場，那個男孩子突然就消失了。

是因為自己的關係嗎？

他並沒有要打擾少年的意思，只是想知道是什麼勾起了少年的興趣，如果很有趣，自己也打算一起看看而已。

言耶一邊自我反省，然後踏進了巷子，這時卻不經意地聽見有人在說話的聲音，想必是從那扇少年窺探的窗子裡傳出來的。

「……名叫板婆的妖怪……」

刀城言耶在大學裡主修民俗學，他的動機極為單純，就只是為了蒐集流傳在日本各地、各式各樣的奇聞怪談，並進行分類與研究。因為他非常熱愛怪談，熱愛到決定當成一門學問來研究，沒想到他的天分會因此**展露**鋒芒。

言耶出身自原為華族的刀城家，看起來非常有家教，具有一股與生俱來的天然氣質，不會冷冰冰地擺出一副架子。形容得誇張點，說是可以從他身上感受到貴族氣場也不為過。話雖如此，但他並沒有孤芳自賞的毛病，性格非常討人喜歡，對每個人都一視同仁，所以就算對方很難相處，通常也能很快就打成一片。

這點在進行民俗田野調查時發揮了非常大的作用，無論對方多討厭外地人、多頑固、多不善言詞、多怕生，言耶都能撬開對方的嘴巴。當然，有時可能需要花點時間，但是大抵很少人能一直保持沉默到最後。幾乎所有人都會不經意地助刀城言耶一臂之力、在不知不覺的情況下與他相談甚歡。也會在言耶的要求下知無不言、言無不盡地透露當地流傳的怪談。

簡而言之，刀城言耶長相端正，再加上性格討人喜歡，是個非常符合好青年這個形容詞的學生。但是，就只有一個美中不足的缺點。不對，應該說是在持續進行民俗學的田野調查之際，不小心顯露出來的壞習慣。

那就是當他聽到自己沒聽說過的奇聞異事，例如某個地區特有的妖怪名稱時，便會陷入渾然忘我的狀態，然後逼問分享怪談的人一大堆問題，直到滿意為止，否則他絕對不會放過對方——

這個壞習慣就是如此麻煩。

在這之前一直彬彬有禮地聽著自己說話的青年，突然吃錯藥似地態度大變，大部分的人都會被嚇得退避三舍，甚至因此拔腿就跑的人也在所多有。問題是刀城言耶一旦陷入這個狀態，就絕不會讓對方逃走。即便對方已經嚇得魂飛魄散，或是氣得開始破口大罵，除非把言耶想知道的怪談一五一十地交代完畢，否則休想逃出他的手掌心。因為言耶會死纏爛打地追問每一個細節，所以幾乎所有人都會放棄掙扎，反正遲早都是要和盤托出的。真是個讓人畏懼的壞習慣。

如今，偶然從路上的窗戶另一頭傳出來的聲音勾起了這個壞習慣。

「那個板婆到底是什麼妖怪啊？」

言耶衝向窗戶，劈頭就朝室內的人詢問。

屋子裡十分昏暗，明明是細雨紛飛的黃昏時分，四個男人卻沒開燈，在裡頭圍成一圈坐著，不知在討論些什麼。有個寫著英文的盒子和罐頭放在他們的正中央，周圍散落著香菸、蘇打餅乾還有巧克力，看樣子是有人從黑市弄到了美軍的K口糧。

方才的少年可能是住在附近或者是宿舍房東的小孩，大概是看到洋里洋氣、平常沒機會看到的盒子和罐頭，才會像個好奇寶寶似地往屋子裡探頭探腦，結果讓熱愛怪談的言耶撞個正著。

順帶一提，K口糧指的是美軍在第二次世界大戰中使用的單兵攜帶式軍用口糧。用蠟紙做成的盒子裡有主食罐頭、果乾以及餅乾、即溶咖啡及沖泡式的果汁粉等等，分成早、中、晚三餐，個別包裝。當日本兵還在戰場上洗米煮飯準備用餐時，美軍早就吃完簡單又營養均衡的一餐了。聽說有很多日本人在戰後看到這種 K 口糧，便深刻地體認到「難怪我們會打輸」。

能在黑市買到這玩意兒，表示這群學生裡有人出身富裕的家庭。因為 K 口糧並不是一般食材，會買回來大抵是出於年輕人的好奇心。

可是當言耶探頭進去出聲叫喚的瞬間，所有人的目光都從稀奇的戰鬥口糧上移開，一齊望向窗口，看上去完全被言耶嚇住了……。

「板婆的婆，意味著老婆婆，是那個意思吧？」

另一方面，言耶對那四個人的反應，還有散落在榻榻米上、令人大開眼界的食物全都不放在心上，從窗戶探進一顆頭，滔滔不絕地追問：

「名字有個婆字的妖怪多得很，光是隨便想想就有小豆婆、蛇骨婆、納戶婆、白粉婆、撒砂婆、疱瘡婆、古庫裏婆、手長婆、箕借婆等等，要是再加上山姥這種名字裡雖然沒有婆字，但外貌就像老婆婆的妖怪就更多了。但我還是第一次聽到板婆這種妖怪，那個板到底是哪個字？木板的板？坂道的坂？還是出版的版？嗯，聽起來都很有意思——」

「你、你是……」

這時，終於有個學生開口了。

「你、你是哪位啊？」

「啊，我不是什麼可疑人物。」

言耶笑容可掬地回答。

「已經夠可疑了。」

第二個學生自言自語地嘀咕。

「啊！」

就在這時，第三個學生突然大叫起來。

「你、你是……你是刀、刀、刀城言耶吧！」

「沒錯，我就是。」

見言耶乾脆地承認，只見第一個開口的學生向第三個學生詢問。

「你認識他嗎？」

「不認識，只是聽過他的傳聞。比起我，龜井，你真的不認識他嗎？雖然不同系，但他是你大學的學弟喔。」

第一個開口、姓龜井的學生難以置信地瞪大了雙眼。

「你說他和我同一所學校……問題是，這個人有那麼出名嗎？」

「從某個角度來說是沒錯啦。提起你們學校民俗學系的刀城言耶，應該沒有人沒聽過他的大名。」

「這回答等於沒有回答嘛，你還是沒說這傢伙為什麼那麼有名？」

「話說，關於那個板婆……」

明明他們都在討論自己的來歷，言耶卻只想繼續討論妖怪的話題。第三個學生看著他的眼神充滿驚恐，然後面向另外兩個人，輕聲說道：

「事到如今，只能讓這傢伙加入了。」

「為、為什麼？」

龜井大驚失色地說。

「為什麼非得讓這個突然闖進來的傢伙加入我們？就算是我大學的學弟——」

「是對象太糟糕了。」

「這傢伙確實很詭異沒錯，但是看起來也不像是壞人，我反而認為他給人的感覺還滿有家教的。」

第二個學生如是說，第三個學生則皺著眉頭，似是在說「你什麼都不知道」。

「大家都被他的外表騙了。佐佐塚，你也沒聽過這傢伙的傳聞嗎？」

名為佐佐塚的第二個學生一臉興味盎然地說：

「就連不是念同一所大學的你也聽過他的傳聞，想必是個不得了的人物。話說你認識他嗎？」

佐佐塚最後轉頭看向至今尚未說過半句話的第四個學生，但那個看起來很文靜的學生也搖搖頭。看樣子他們各自就讀不同的學校。

「喂，你倒是說明一下啊。」

龜井沉不住氣地催促，第三個學生總算言歸正傳。

「這傢伙的人生目標是蒐集日本各地流傳的怪談，因此只要聽到自己沒聽過的怪談奇聞，就會不分青紅皂白地黏上去要對方說個明白，除非知道那些奇怪事件的人把整個故事都說得清清楚楚，否則他就會死纏爛打、追著對方到天涯海角。就像個背後靈一樣纏著對方不放，直到對方鉅細靡遺地交代清楚來龍去脈。這傢伙的這個惡習非常可怕。」

「你講得太誇張了吧。」

佐佐塚露出不太相信的表情。

「才不誇張！」

第三個學生大聲強調。

「龜井，你們大學的哲學系上不是有個以難以取悅、又以急性子聞名的今西教授嗎？那位今西教授在教授會議後的懇親會上提到了故鄉罕見的怪談，但是因為喝醉了，所以沒把話講完。刀城言耶從其他教授口中得知此事，卻又聽不全完整的故事，於是他在那之後每天都去找今西教授報到。」

「欸，跑去那個今西的研究室嗎？」

「連他家都去了。」

「……」

龜井頓時啞口無言。

「問題是教授當時喝醉了，根本不記得自己說過什麼，就算刀城言耶向教授重複一遍自己聽到的內容，教授也完全想不起來，直說自己根本不知道那種事。」

「……然後呢？」

「他無論如何也不死心，搞到最後都把教授惹毛了，這傢伙還一步也不退讓，完全處於被鬼附身的狀態。結果是教授屈服了，打電話回故鄉把整個怪談的全貌都問了個一清二楚。」

「明明長了一張溫和敦厚的臉，真是不容小覷的傢伙。」

佐佐塚目不轉睛地盯著窗外的言耶。

「可是啊……」

一陣瞠目結舌後，龜井又不以為然地表示。

「今西也太沒用了，居然被一個自我中心的學生耍得團團轉。我可沒那麼好說話，這是我的房間，我不打算放沒被邀請的人進來。」

「可是……」

「再說了，我們又不認識，也不先打聲招呼就突然從窗外問我們問題，再沒禮貌也該有個限度吧。」

「關於這點，我不是已經解釋過了嗎。」

「我能理解這是他的壞習慣，可是，憑什麼我們一定要理他？」

「我說過啦，為了不被這傢伙纏上。」

「別理他不就好了。要是他無論如何都不肯離開的話，就用武力——」

「最好別這樣。」

「澤本，你為什麼一直幫這傢伙說話？」

龜井不可思議地看著姓澤本的第三個學生。只不過，澤本本人露出絕望的眼神，望向他在場的朋友們。

「撇開讓人傷腦筋的壞習慣不說，聽說這傢伙是很有常識的正常人。不僅如此，性格還很坦率，說他是個好青年也不為過。」

「既然如此……」

佐佐塚打斷龜井說到一半的話，幫澤本打圓場：

「只有那個壞習慣不能一笑置之，所以還是快點把他想知道的怪談告訴他，打發他走人，方為上策對吧。」

「這也是理由之一。」

澤本的肯定不上不下，佐佐塚不解地歪著脖子。

「還有其他理由嗎？」

「有個更重要的原因。」

「什麼原因？別吊胃口了，快說。」

「這傢伙背後還有個靠山。」

澤本突然壓低音量，佐佐塚同樣用竊竊私語般的音量問道：

「是黑道老大嗎？還是台灣黑幫的頭目？難不成是ＧＨＱ①？」

戰後，日本的生產及物流體系皆受到破壞，包括糧食在內，所有的物資都處於不足的狀態，總之就是個物質匱乏的時代。儘管如此，只要手上有錢，幾乎想買什麼都能在走一趟黑市之後買到。當時大部分的黑市都開在瓦礫遍野的空地，但是銀座的步道上也出現了林立的攤販，盛況空前。

黑市固然大行其道，但終究是不折不扣的不法地帶。原本不應該出現的物資都不知打哪兒源源不絕地運來這裡，被標上天價公然販賣，完全是目無法紀的行為，因此控制黑市的都是些作奸犯科的傢伙。然而，不管這些買賣背後都是由什麼樣的人在操盤控制，黑市之中終究充斥著那些不可或缺的生活物資。因此戰後的那幾年，為數眾多的人們都會聚集在這些黑市裡。

說是這麼說，一旦這些人離開黑市，介入到自己的日常生活就又另當別論了。佐佐塚擔心的顯然是這點。

「不是，不是那種人。更何況我聽說這傢伙的老家——刀城家——過去還是華族。」

「是噢。」

不同於感到佩服的佐佐塚，龜井失去耐性地說：

「既然如此有什麼好怕的？到底是誰在這傢伙背後撐腰啊？」

聽到這句話，澤本不禁苦著一張臉，萬般不情願地講出那個名字。

「阿武隈川烏。」

「欸……」

「你、你、你、你說什麼！」

不光是佐佐塚和龜井兩人的反應非常大，就連原本一直默不作聲的第四個學生也嚇得兩眼發直。看來阿武隈川烏的大名在東京的大學生之間可以說是無人不知、無人不曉，早已跨越學校的藩籬。

「阿武隈川宣稱這傢伙是他徒弟，逢人就說刀城言耶雖有偵探的資質，但是將這份資質發揚

① 駐日盟軍總司令，原名Supreme Commander of the Allied Powers，簡稱SCAP，在日本又稱為總司令部（General Headquarters），簡稱GHQ。太平洋戰爭結束後，美國依據「波茨坦宣言」，派遣麥克阿瑟於日本設置、進行接管的組織，對日本實行相當程度的管制。

光大的是阿武隈川。事實上，這傢伙好像真的解決過好幾起發生在現實中的殺人事件。」

「真的假的啊。」

和坦率地發出驚歎聲的佐佐塚不同，龜井則是緊張不已地說：

「萬、萬一之後被那個阿武隈川知道我們瞧不起他的徒弟……」

「不曉得他會對我們做出什麼事情來。」

澤本這句話讓龜井嚇得簌簌發抖。

「喂、喂，你這傢伙……不對，這位同學！刀城言耶同學，請到這邊來。」

龜井開始拚命地朝言耶招手。

「你要問板婆的事對吧？我全部告訴你，請從那邊繞過玄關，趕緊進屋裡來。」

言耶也聽見這些學長們剛才的對話了，不管是自己蒐集怪談的習慣被形容得太過誇張，還是他們誤會自己是阿武隈川烏的徒弟，想反駁的點實在太多了，但眼下最重要的還是問清楚「板婆」這件事。

言耶隔著窗戶行了一禮，接著繞出巷子，鑽進宿舍面向馬路的大門，穿過一樓走廊，快步走向龜井的房間。

「打擾了。」

言耶進屋之後草草地打了聲招呼，便立刻逼問四位學長。

「事不宜遲，關於那個板婆……」

「冷、冷靜點，你先喝杯茶吧。」

龜井正要伸手拿起茶壺，言耶微微欠身，委婉拒絕。

「不忙，茶就不用了。」

「那要不要吃點什麼？這裡有巧克力、牛奶糖，還有口香糖喔。」

「比起吃東西，還是先告訴我板婆的事吧，板婆到底是什麼？」

「好、好啦，請等一下，馬上為你說明。喂，可以吧？」

龜井往旁邊瞥了一眼，看樣子開啟這個關鍵話題的就是佐佐塚。

「所謂的板婆是——」

佐佐塚一打開話匣子，言耶立刻被吸引住了。

「在橫跨信州、飛驒、越中的三叉岳出沒的妖怪。如你所說，寫成木板的『板』和老婆婆的『婆』。」

即使其他三個人都對他投以畏懼的眼神，但言耶卻毫不在意。

「登山者攀登壁立千仞的岩壁時，這傢伙會神不知鬼不覺地出現，突然就抱住登山者的腰，登山者受到驚嚇，再加上突如其來的重量，就會從岩壁上失足墜落。就算能順利甩開，板婆也會像蜘蛛一樣，順著岩壁爬上來，為了擺脫這傢伙……」

言耶一直默默地聽佐佐塚敘述，然後又提出一大堆問題，好不容易心滿意足了，才終於回過神來。

「啊……不、不好意思。突然這樣闖進來，對此我感到非常抱歉。各位不僅寬容大度地原諒我這麼無禮的行為，還仔細地告訴我這麼多事情，真的非常感謝。」

「……」

看到言耶深深地低下頭去，四個學長全都一臉啞口無言的表情，沒人說得出一句話來。

半晌後，龜井附在一旁的澤本耳邊低語：

「這麼一來，應該沒事了吧？」

「……大概吧。」

「附在這傢伙身上的東西消失了嗎？」

「……或許吧。」

「我們這下子可以放心了吧？」

「……應該吧。」

澤本不乾不脆的回答聽起來好沒信心，龜井不禁盯著言耶問：

「順利蒐集到你想知道的怪談了嗎？」

「是的，託各位學長的福，才能聽到這麼讓人感興趣的故事。」

「那就好。也就是說，我們有幫上你一點忙嘍。」

「豈止一點，有幸得到各位學長的鼎力相助，我打從心底感激不盡。」

「那就好，那就好。」

龜井臉上終於浮現笑意。

「既然如此，我想拜託你一件事。」

「什麼事？」

「請你絕對不要跟阿武隈川烏提到我們，包括今天在這裡見到我們，而且還和我們說過話的事，可以都不要讓他知道嗎？」

「哦，這倒是無所謂……」

雖然言耶這麼答應，但臉上也浮現出難以釋懷的表情。

「他已經恢復正常了吧？」

龜井再次附在澤本耳邊問道。

「嗯，看起來好像恢復正常了。」

「那好。不瞞你說——」

龜井轉頭面向言耶。

「因為我們擔心只要給阿武隈川烏一點可趁之機，他就會打蛇隨棍上。聽說只要被他纏上一次，宿舍的食物就會全部憑空消失，就連鄉下老家寄來食物的時候，他也會突然出現，然後搶了東西就跑。」

龜井以怯懦的表情說明緣由，另外三個人嘴裡也「嗯嗯」不斷地點頭如搗蒜。

看到那四個人的反應，言耶羞愧得無地自容。因為他很清楚就算阿武隈川烏本人在場，也絕不會感到羞恥，所以才更覺得丟臉。

「我明白各位的顧慮，我絕不會告訴阿武隈川學長，請大家盡管放心。」

「這樣啊！那就好，真是謝謝你。」

見他們全都笑逐顏開，言耶喃喃自語地說：

「因為那個人就跟天災一樣嘛。」

「咦……什麼意思？」

所有人的表情頓時凍結在臉上。

於是言耶告訴他們上個月發生的一件令人難以置信的事。阿武隈川烏混進完全不認識的學生們所舉辦的火鍋聚會，宛如主辦者那樣指揮著一切，還吃得比誰都飽，最後拍拍屁股回家，根本就是私闖民宅及吃霸王餐的恐怖犯罪事件。但言耶沒告訴在場幾位學長，也因為這樣，自己才在神戶地區蘆生聚落的谷生家捲入了與生靈有關的復員兵殺人事件。

「只是聞到學生宿舍飄出火鍋的味道，就、就幹出那種事嗎？」

龜井匪夷所思地驚呼，言耶正經八百地糾正：

「正確來說，是從類似學生宿舍的建築物裡飄出了很像火鍋的味道，整個就是十分不明確的狀況。」

「即、即便如此，他還是肆無忌憚地闖進別人家裡，和別人一起吃火鍋嗎？喂、喂——」

龜井欺身上前，以嚴肅的眼神直視著言耶。

「你真的絕對、絕對、絕對不能跟他提到我們喔。」

「好，我保證。」

或許是言耶真誠的態度令他們如釋重負，四個人因此重拾笑容。然而，四人心裡其實都浮現出一個念頭，那就是刀城言耶剛才的言行舉止基本上也沒比阿武隈川烏好到哪裡去，但是誰也沒打算告訴當事人這個想法。

「話說回來，你們怎麼會討論起板婆的話題？」

言耶提出自己內心的疑問，龜井重振精神，一邊苦笑、一邊告訴他：

「我們其實是在黑市裡認識的，當我表現出對Ｋ口糧感興趣、被擺攤的老闆叫住時，澤本剛好也經過那裡。他曾在美軍設施工作過，所以幫我向老闆討價還價，說老闆開的價碼是獅子大開口。老闆氣極敗壞地罵他多管閒事時，佐佐塚來了，他也開始幫我說話。然後不知道從什麼時候開始，平山也站在旁邊……」

龜井看了一眼至今還沒說過半句話的第四個學生。

「不知不覺間，四個不同大學、不同科系的學生有志一同地向攤商老闆討價還價，雖然平山由始至終只是默默地向老闆施加無言的壓力就是了。」

包括平山本人在內，龜井這句話讓其他三人都笑了出來。

「不過託大家的福，我才能以合理的價格買到K口糧。難得在這種因緣際會下結識，為了加深彼此的友誼，我才邀請他們來我的宿舍。」

龜井指著眼前的蠟紙盒和罐頭。

「起初我們針對這個討論得很起勁，大家都很佩服，說這玩意兒做得真好。可是綿綿細雨一直下個沒完，太陽下山，天色漸暗後，大家就不約而同地聊起跟怪談有關的話題。然後又想說既然要聊怪談，乾脆各自說說故鄉那些不為人知的怪異故事。」

「聽起來很有趣呢。」

原本還默默地聽著龜井說話的言耶，眼睛就在這個階段突然為之一亮。

「可以也讓我參加嗎？」

那一瞬間，四個人面面相覷，看得出來他們希望言耶趕快離開，卻又害怕在言耶背後操控的阿武隈川烏。

「可、可是……要是你又像剛才那樣失控……呃，不是啦，我是說……」

「失控……嗎？」

佐佐塚見言耶一臉莫名其妙的模樣，喃喃自語：

「你沒有自覺啊。」

「這不是更恐怖嗎。」

澤本不住點頭，贊同龜井的意見。

「那麼作為板婆的回禮，接下來就換我說故事吧。」

東拉西扯間，言耶開始談起各種自己知道的怪談，顯然已經完全當自己是這場臨時組成的怪談大會一員了。

起初四個人都感到不勝其擾，迫於無奈地聽言耶說故事。大家心中所想的肯定都是姑且先讓他說完，趕快讓他打道回府再說。

然而，隨著言耶的故事一路推展下去，在場的每一個人都被帶進了故事的情境裡。聽完他嘗試對某個詭異現象提出合理的解釋，所有人都深深地呼出了一口氣，並同時熱烈地鼓掌叫好。

接著龜井、佐佐塚和澤本也都爭先恐後地發表怪談。就在言耶打算接在他們後面繼續高談闊論時，龜井對平山說：

「喂，平山平太，你不要只是一聲不吭地光顧著聽，也講個可怕的故事來聽聽嘛。」

「我也不知道這能不能算是怪談啦……我七歲的時候，有個鄰居小孩在一個死胡同的空地消失了。」

於是乎，平山開始說起接下來這個令人不寒而慄的體驗談。

二

平山平太在攝津的能生箕出生、長大，上小學的時候從綠意盎然的大阪北部搬到高樓與工廠、民宅比鄰而居的南部。

戰前那段時間，農村、山村與都市的現代化差異非常大。就連市區地帶也存在著相當顯著的階級差距。環境的氣氛會隨住宅區而異，同時也反映在當地住戶的食、衣、住等層面上。

搶先一步接受西洋文化的富裕階層紛紛在大阪一處被稱為御屋敷町的地方築起氣派的圍牆，蓋起了獨棟住宅。另一方面，貧窮的庶民階級只能蝸居在下町那些隔成一小格一小格的長屋，全家人擠在面寬只有兩間到三間②的狹小居住空間裡。

雖然都統稱為長屋，但長屋的樣式其實相當多元，從對外門沿著馬路排成一排、造價便宜但品質粗糙的類型到有著獨立大門、附設玄關的高級建築物，樣式琳琅滿目。

平太搬過去的新家位於鐘埼的釜濱町三丁目，那裡的環境有點特殊，前面提到的高低兩種階層的長屋分別座落在一條東西向道路的兩側。

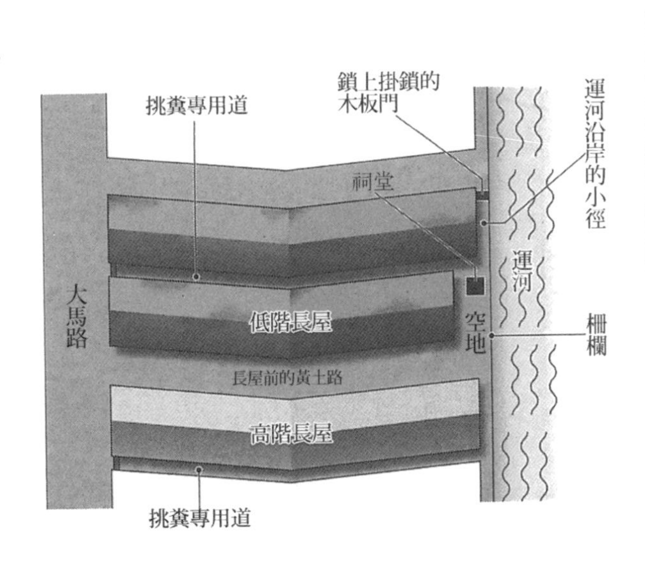

南北縱走的大馬路轉入往東的橫向道路之後，右手邊是位於南方的高階長屋、左手邊是位處北方的低階長屋，這兩座長屋一路延伸到這條橫向道路的盡頭。或許和土地本身的問題有關，黃土路呈平放的「く」字形，以有點彎曲的方式延伸，所以兩側配合地形興建的長屋也呈現出些微的曲度。

兩邊的長屋都是兩層樓建築，北側的長屋因為沒有門柱隔開，家家戶戶連成一整個巨大的長方形建築物。相較之下，南側的長屋因為家家戶戶都有獨立的門，看起來就像是外觀相同的房屋一間挨著一間地緊連在一起。道路盡頭是從北方流向南方的運河，這裡完全沒有路可以通到對岸。平太的家是南側高階長屋最西邊那間，也就是靠近大馬路的第一戶。

②日本特有的長度單位，一間約一點八公尺。

味噌或醬油在左鄰右舍間互相借來借去這種事，對當時的長屋生活來說是司空見慣的情景，住戶們彼此互助合作過日子，婚喪喜慶也不例外。從這個角度來說，長屋的生態其實也跟互助合作的農村、山村發揮了相同的機能。

然而，在這個三丁目的長屋町裡，鄰居的相處方式在北側和南側卻略有不同。北側低階長屋的鄰人交流相當頻繁，但南側的高階長屋則不盡然。南側的居民又分成以下三種，分別是與南北兩邊的長屋都有交情的人、只與自己同一邊的住戶往來的人、幾乎不與鄰居互動的人。

其中以第一種人最多，其次是第二種。第三種只有一戶，那戶人家姓花田，似乎認為自己不該住在這裡，而是住在御屋敷町才比較相稱。因此別說是北側的長屋了，就連南側這邊的居民也被他們瞧不起，是非常惹人厭的一家人。

平山家的父母則是屬於第一種，因此平太與兩邊長屋的小孩都能不分彼此地玩在一起。而且小朋友的人際關係主要建立在玩耍上，就算是素未謀面的陌生小孩，只要一起玩過紙牌、貝陀螺、彈珠、竹馬，通常就能變成朋友。不管大人之間有什麼歧見、父母的交情好不好，小孩子還是會自己選擇朋友。

只不過，也不能小看父母的影響，即使沒有明確地叮嚀「不准和對面長屋的孩子玩」，小孩也會敏感地察覺到父母及周圍的大人在想些什麼，因此釜濱町三丁目的孩子也自然而然地分成幾個小團體。

平太是新來的，所以加入離平山家最近的孩子們所組成的小團體。小團體的成員取決於來自北邊還是南邊的長屋，以及自己幾年級等條件，但最重要的還是彼此住得近不近，而這一點也反映在父母之間的交情上。由此可見，往東西向延伸的長屋在建築面的特徵，也會直接反映在人際關係上。

然而，唯有平太碰到了例外的情況。因為花田家的獨生子優輝與他同學年，所以沒事就跟在他的屁股後面。

小孩其實不像大人所想的那麼懵懂無知，由於花田家受到孤立——正確地說是自以為了不起——導致優輝和南北兩邊的孩子都玩不到一塊兒去，再加上他又是當時少見的獨生子，沒有兄弟姊妹，就在他正感覺孤單的時候，平太一家搬來了。優輝大概也想趁平太還搞不清楚狀況的時候先跟他交上朋友吧。花田家位於高階長屋的東端，與平山家恰巧落在東西兩邊，這或許也正中優輝的下懷，因為如果是在平山家附近，就能避開母親雷達般的監視，與平太一起玩。

這些推測多半出自平太姊姊之口。她很擅長判斷這種細微的人際關係，所以搬過來沒幾個禮拜就歸納出以上的結論。

「雖然他媽媽很討厭，但優輝是無辜的，所以你還是和他做朋友吧。只要你帶著他，別人就不會排擠他了。」

平太認為姊姊說得很有道理，也沒想太多，就帶著優輝加入了鄰近孩子們的聚會。

起初氣氛有點緊張，這也讓平太非常擔心，害怕會不會連自己也被掃地出門，但其他人並沒有欺負他們，很快就跟平常一樣開始玩了起來。年紀較長的孩子甚至還會幫忙照顧優輝，平太打從心底鬆了一口氣。雖然年紀還小，但是也對自己做了件好事感到得意。

只不過，他的得意並沒有維持太久，因為不管玩什麼，優輝都玩得很蹩腳。如果只是蹩腳還有救，因為沒有人從一開始就很會玩紙牌或貝陀螺。大家都是先模仿朋友怎麼玩，私底下再偷偷練習，對紙牌或陀螺加以改良，才逐漸變強的。所有的遊戲都是同樣的過程。

但是優輝卻會把自己玩不好這件事全部怪罪到別人身上，甚至還口無遮攔地說：「我的紙牌和陀螺都是最新最貴的產品，不可能輸給你們那些玩得破破爛爛的便宜貨。」平太聽得目瞪口呆，感覺這句話好像是從自己嘴裡說出去的，心裡七上八下。

即便如此，年長的孩子也沒生氣，大家改玩捉迷藏或老鷹抓小雞、一二三木頭人等只要用到身體就能玩的遊戲。這大概也是為了讓優輝能快點跟大家打成一片的善意考量吧。

只不過這樣做的結果，只讓優輝沒有體力又缺乏毅力的缺點攤在陽光下，優輝也因此鬧起彆扭來，玩到一半掉頭就走，所以不到一個禮拜，大家都不想跟優輝玩了。

這麼說或許不太厚道，但幸好平太自己並沒有受到波及，還是跟以前一樣和大家玩在一起。不過也因此遇到令他頭痛不已的問題，那就是優輝在那之後纏平太纏得愈來愈緊了。

平太束手無策，於是找上姊姊商量這件事。要是優輝一直纏著自己不放，其他人遲早會開始排擠平太也說不定。

姊姊和優輝本人以及附近年長的孩子討論之後的結果，決定平太每週要和花田優輝單獨玩一天到兩天。雖然平太很氣他們完全沒徵求自己的意見就擅自替他做主，但是和優輝一起玩卻給他帶來意想不到的好處。

或許是為了扮演好當時流行的「資產階級」，町內就屬花田家給小孩的零用錢最多了，因此優輝擁有很多昂貴的玩具。每次他都會帶來平山家和平太一起玩。話雖如此，但是在他自己玩過癮之前，絕對不會借給平太。不過因為能玩到那些平常根本沒機會碰到的玩具，平太不僅毫無怨言，反而還舉雙手雙腳歡迎這個問題兒童來家裡玩。

而且優輝帶來給平太的不只是玩具而已，還會帶《少年俱樂部》③月刊給他看。讀了江戶川亂步在月刊上連載的〈怪人二十面相〉後，平太也體會到小說的迷人之處。看完已經刊登出來的部分後，平太對《少年俱樂部》最新一期的期待比任何高級的玩具更甚。雖然用借的得晚一個月才能看到〈怪人二十面相〉的後續，但平太也從未想過要自己買，只是滿心期待地等著優輝帶雜誌來借他看。

隨著與優輝的關係愈來愈好，平太去花田家的機會也變多了。起初從沒給過他好臉色看的優輝母親也逐漸接受平太。或許是因為平太比低階長屋那些吵吵鬧鬧、過於活潑好動的小孩還更加

③一九一四年由大日本雄辯會（現在的講談社）創刊，以小學高年級至中學年齡層的少年讀者為客群的圖文月刊雜誌。

乖巧有禮。

開始在花田家出入後，平太就對某件事感到很不可思議。從釜濱町的大馬路轉進三丁目，南北兩側的長屋明明是從西邊一路延伸到東邊，但不知道為什麼，唯有北側長屋的最後盡頭那間是塊孤零零的空地。明明低階長屋的北邊也背對背地蓋了同一種長屋，而且一路蓋到運河邊。

當時大阪的長屋為了節約屋子正面空間的使用，主要採取將廚房設置在入屋後三和土④地面一隅的「前台所型」格局。從三和土地面往內走即為狹小的玄關空間，旁邊是擺放矮桌的客廳，再進去是中段和後方的房間，最後是院子及廁所，是非常典型的那種「鰻魚的寢床」構造。

因此那塊空地也被分別蓋在它北邊與西邊的兩棟低階長屋的背面與右側、再加上東邊的運河柵欄給圍了起來，形成一處長方形的空間。只要稍微往裡面走一點，從外面的黃土路就看不到那裡的情況了，對於孩子們來說不啻是再適合不過的遊樂空間。

儘管如此，也不知道原因為何，平太從未看過有人在這裡玩。

因為是以鄰近的孩子為主體所組成的小團體，所以幾乎都是把自己家門口當成遊戲場所。從北側長屋的玄關踏出去，首先是一片水泥地構成的狹小空間，隔著一條小水溝、再接續到外面的黃土路。每戶人家前面都將木板架在水溝上，所以玩耍的場地十分有限，不是那塊水泥地、就是這些木板橋。就算跨出到外面的黃土路，也絕對不會侵犯到其他集團的領域。

從這種劃分勢力範圍的角度來看，空地自然屬於低階長屋東端孩子們的地盤，但是那群孩子裡根本就沒有人會踏進那塊空地。

「為什麼都沒有人要去那裡玩啊？」

有一次，平太忍不住開口問道，優輝換上一臉嗤之以鼻的表情說：

「我爸說因為那邊的長屋不論大人還是小孩都既低能又迷信。」

平太不懂低能的意思，但也再次領悟到花田家的人瞧不起北側長屋的住戶。雖然這讓他感覺很不舒服，不過當時他更想知道關於那塊空地的事。

「跟迷信有什麼關係？那裡有什麼問題嗎？」

「那邊的長屋原本是一直蓋到運河柵欄那一邊的。」

花田家在三年前搬來釜濱町，從優輝的口音可以聽出他們原本住在關東。三年過去，應該要很熟悉這片土地的腔調了。大人姑且不論，至少小孩很容易適應，但優輝的說話方式還是跟以前一樣，或許是因為都不跟當地小孩玩的緣故。

「為什麼現在沒有了？」

只有那塊空地上的房屋消失，平太覺得太不可思議了。

「聽說是因為失火燒掉了。」

④將花崗岩等風化後的土壤混合熟石灰、鹽滷一起加熱製成，常使用在土間（日式住宅玄關處供人穿脫鞋、與室內生活空間形成高低差的區域）的地面鋪設。也會直接用來稱呼以三和土製作的土間區域。

「只有那一塊？」
「而且火災發生了兩次喔。第一次火災之後還有重建，後來又被火燒掉了。」
「只有那一塊？」
優輝看著平太，似乎覺得他跳針似的發問很有趣。
「聽說那兩次都有和我們差不多大的小孩被燒死，從此以後就不在那裡蓋房子了。」
這麼說來，平太想起空地後段區域有座小小的祠堂，原來是為了供養在火災中罹難的孩子啊。
「我爸說那兩次火災發生時，長屋其他部分都沒事，就只有那裡被燒光，而且兩次都有小孩死掉，所以鎮上的人都很畏懼那塊空地，認為一定是有什麼東西在那邊作祟。」
然後優輝又露出優越的表情說：
「可是我爸告訴我，這都是迷信。會相信這種事就是沒教養的證據，因為他們很低能。」
平太住在攝津的能生箕時，就是聽著祖父母說的各式各樣民俗傳說長大的，其中也有被視為迷信的風俗習慣，但祖父母從未輕視過那些風俗習慣，還告訴平太，從祖先那代流傳下來的說法一定有其道理，千萬不能小看。
那一天，平太回到家後就向姊姊問起那塊空地的事。還以為她肯定知道些什麼，沒想到姊姊也是第一次聽說。不過等到第二天傍晚，姊姊就已經打聽到關於空地的情報了。她告訴平太：

「那裡以前也是長屋，但是被火災燒毀了兩次，而且那兩次都有男孩子因此被燒死這件事好像也是真的。」

「是什麼時候的事？」

「第一次是六、七年前，第二次好像是四、五年前。原本對面的長屋在興建時，那裡有座地藏菩薩的祠堂，蓋房子的時候被人擅自拆掉了，所以當第二次火災發生的時候，大家都在臆測會不會是沖犯到了什麼。」

「沖犯到地藏菩薩嗎？」

「那個呀，聽說是尊臉被布遮住的奇特地藏菩薩。」

「為什麼要用布遮住臉？」

「現在已經沒人知道了。以前的人都稱之為無臉地藏。不過平太，這件事絕不能告訴爸爸媽媽。」

據姊姊所說，以前就住在這裡的長屋小孩都被爸媽嚴格叮囑，不准他們提起空地的事，尤其是絕對不能告訴新搬來的人。

「所以年紀比較小的孩子都不知道這件事。」

姊姊講到這裡，降低了音量。

「因為什麼都不知道，難免會有人跑去那塊空地玩，可是說也奇怪，用不了多久就再也沒有人去那裡玩了。明明大人和年長的孩子什麼都沒說，卻自然而然地不再踏進那塊空地，真不可思議。」

「……別、別再說了。」

平太向開始用令人頭皮發麻的氣聲說話的姊姊表示抗議，一副想要逃跑的模樣。

「不，我可不是在開玩笑。」

姊姊的表情突然變得很認真。

「大約三年前，對面長屋的男孩好像在那裡失蹤了。」

「咦……。」

「大家都以為他是掉進運河，可是格子狀木柵欄很高，不太可能掉進河裡。而且小菊說，如果是掉進運河裡，住在下游的人應該會發現的。」

姊姊口中的小菊是指住在北側長屋的菊代，平太的姊姊和她還有南側長屋的里子——也就是她們口中的小里是好朋友。

「當時剛好有個馬戲團在郊外的草地上搭了帳篷，所以小菊認為人就是被他們抓走的。」

巡迴全國各地的馬戲團藝人常在造訪村鎮的空地搭起帳篷，就即刻展開演出。倘若票房不好，通常三、四天就會拆掉帳篷，移動到下一個地點。換言之，就是所謂的行旅藝人。

當時有些傳言甚囂塵上，認為替這些馬戲團工作的兒童表演者都是從巡迴演出的地方「抓」

來的。不只在小孩子之間，就連大人也煞有介事地傳得沸沸揚揚。所以就算下落不明的孩子因此被懷疑是讓馬戲團給抓去了，也不足為奇。

「可是啊，小里說馬戲團搭的帳篷離這裡不遠，要是有像人口販子那種形跡可疑的人出沒的話，絕對會被人發現才對。」

基於兩排長屋比鄰而居，而且黃土路的盡頭就是死胡同的立地條件，一旦有陌生人闖入，絕對逃不過住戶的法眼。要在這種情況下帶走小孩，還真的不太可能。

「還有啊，小里說有個女孩看到下落不明的男孩進了那塊空地。」

「從哪裡看到的？」

「從現在花田家隔壁再隔壁的二樓窗戶。那家有個叫伶子的女孩，那天傍晚剛好看到男孩一個人走進空地裡。」

「可是人卻從空地裡消失了？」

「過了好一會兒，男孩的母親從長屋探出頭來叫男孩吃飯，問附近的孩子們有沒有看見男孩，可是大家都搖頭說沒看到。於是伶子從二樓的窗戶告訴那位母親，說自己看到男孩進了空地，可是男孩的母親到空地那邊去找人，卻什麼也沒找著。問題是，伶子一直看著空地那邊。或許當男孩的母親出來找兒子的時候，她的視線就轉到男孩母親這邊了也說不定。但是男孩如果真的離開空地，伶子應該也會看到才對。」

根據里子告訴姊姊的訊息，那片空地似乎不完全是個不通的死胡同。西側是沒有被火災燒掉的長屋側牆、北側則是背對背興建的長屋後牆，但兩座長屋之間有條細細長長的通道，家家戶戶都利用那條路把廁所裡的糞尿運出去處理掉。

當時大阪大部分的長屋都不像京都的町家那樣設有從前門通到後院的長廊，所以會在長屋後面設置一條運出糞尿的專用通道。挑糞業者會用扁擔扛著兩只木桶經過這條通道，向居民收集屎尿、當成肥料來販售。只不過，這條路從東側的入口走到西邊的盡頭——面向大馬路的地方——就沒有路了。因為這裡有面像是把兩座長屋西側這面連接起來的木板牆，因此挑糞專用道的出入口就只有那塊空地的西北角一處而已。

「男孩的母親當然也去專用道看過了，還親自走進去確認，但到處都找不到孩子。」

「可是照妳這麼說，挑糞業者要從哪裡進去？從大馬路經過長屋前面那條路嗎？可是我從來就沒有看過挑糞業者從那裡經過。」

平太提出單純的疑問，姊姊又解釋給他聽：

「空地靠運河那一側的角落有條羊腸小徑，往下走的另一頭有扇門。」

蓋在釜濱町一丁目到五丁目之間的長屋都是東西向的格局，整個長屋町的北半邊是低階長屋、南半邊是高階長屋，剛好以三丁目的橫向道路為界，因此介於兩兩相望的長屋間道路全都只到東邊的運河為止，可是河畔其實存在著一條從一丁目直通到五丁目的小徑，是專門提供給挑糞業者走的路。為了避免一般人不小心誤闖進去，各丁目還會設置不顯眼的木板門。

當時的平太什麼也不知道，也沒有這方面的知識，其實在釜濱町北側有個受到歧視的部落⑤，為長屋挑糞的工作其實是他們寶貴的收入來源。換句話說，那條運河沿岸的小徑不只是為了讓他們能有效率地工作，也是為了盡量不讓長屋的住戶看到他們，其實是一種充滿歧視的「貼心」設計。長屋的小孩對這些內幕幾乎一無所知，只知道父母一天到晚嚴格地叮嚀他們不准接近運河沿岸的小徑。兒童特有的敏銳神經也敏感地察覺到不能提起這件事，所以沒有一個人會跑去運河那邊。對長屋的孩子而言，黃土路的盡頭是所謂的禁忌之地。

姊姊簡單地說明完畢後，又補了一句：

「可是偶爾也有人基於愈受到限制愈想看的心理，抓緊外面路上沒有大人的時機跑進空地，那男孩想必也是這樣。」

平太深深覺得自己絕對不會這麼做。

「不過空地角落那條小徑盡頭的門通常會上掛鎖，只有挑糞業者才能出入。」

順帶一提，不管是挑糞專用道西側的木板牆，還是運河沿岸的那扇木板門，都設計成小孩爬不上去的高度。不知去向的男孩既不可能翻牆，也想不出他有非得翻牆不可的去處。

⑤ 這裡的部落意指日本封建時代賤民階級「穢多」、「非人」後代的聚落。他們代代從事著屠宰、製革、遺體處理、乞討等被人視為不潔、下層的工作。即便隨著時代演變，相關制度崩解、終結歧視的倡導與法令也相繼出現，但對於這類血統出身所抱持的歧視問題仍沒有完全停歇。

有段時間大家都把矛頭指向挑糞業者，可是嫌疑最大、擁有木板門鎖鑰匙的人提出了不在場證明，暫時洗清嫌疑。儘管如此，基於人們歧視部落居民的偏見，據說至今仍有人堅信男孩是被挑糞業者帶走的。

「小里告訴我，認為是挑糞業者帶走男孩的人，大概跟判斷男孩是被馬戲團的人口販子拐走的人各占一半。」

姊姊說到這裡，再度壓低聲線。

「只是啊，那個叫伶子的女孩沒多久之後又看到奇怪的東西了。」

「沒多久之後？」

「男孩的母親確認過孩子不在空地後，有個小孩從理應沒有任何人的空地探出頭來。」

「咦……是那個大家在找的男孩嗎？」

平太一頭霧水地問道，姊姊搖搖頭。

「伶子說她也不確定。」

「怎麼會？」

「因為那個從長屋角落探出頭來的孩子，臉上蓋著類似白色手絹的東西。」

平太腦海中頓時浮現長屋興建前曾經存在過的無臉地藏。

「而且伶子正打算開口叫他的時候，**那個**先抬起頭來望向伶子。」

「……」

「怜子嚇出一身冷汗，什麼也說不出口，只見那傢伙一溜煙地躲進長屋角落。」

「……」

「北側長屋的大人去空地和運河搜索，都找不到男孩。這段期間怜子一直從二樓監視著那塊空地，可是那個奇怪的小孩再也沒有出現，也沒有任何一個大人曾看到他。」

「所以那個蓋著手絹的小孩到底是什麼？」

平太其實並不想知道，但又覺得不問不舒坦。

「跟剛才提到的那尊詭異地藏菩薩有什麼關係嗎？」

「有是有……」

姊姊難得吞吞吐吐。換作平常，姊姊在說這種話的時候一定會故意嚇唬平太，這次不曉得為什麼欲言又止。

「妳知道些什麼吧？告訴我嘛。」

「可是……」

「姊姊好奸詐，都已經說到這裡了。」

「我是怕告訴你之後，你可能會嚇到尿床。」

「什麼……」

平太一時無語，然後馬上氣急敗壞地直嚷嚷：

「我、我才不會！」

「是嗎。」

「妳以為我幾歲啊，我早就不會尿床了。」

「明明前不久還在尿床。」

「才沒有！」

「好好好，我知道了。不過你要是因此尿床，絕對不能向媽媽告狀說是聽我說了不該說的話喔。」

姊姊嘴巴實在很壞，氣得平太七竅生煙。但如果只是一直拜託姊姊告訴自己，姊姊肯定死都不會說。平太上了小學以後，也開始長點智慧了。

「說是這麼說，其實是姊姊你也很害怕吧。」

「我害怕？」

「所以才不想告訴我。」

「你這小子，居然敢瞧不起我——好啊，那我就告訴你。小里的哥哥參加過第二個死於火災的小孩告別式，最後道別的時候，他往桶棺裡一看，那孩子臉上覆著白布。」

「……」

「知道為什麼嗎？因為是燒死的，所以不能讓人看到死者的模樣。」

平太悔不當初，早知道就不問了。

「第一個小孩肯定也一樣。不過誰也不知道是不是因為動了詭異的地藏菩薩才會發生火災……」

背後有某些隱情的無臉地藏、被火災奪去生命的男孩、怜子看到的神祕小孩……這些事情都有一個共通點，就是蓋在臉上的布。

肯定有某種關係吧。

平太嚇得忍不住發抖，姊姊又毫不留情地給他致命一擊。

「從此以後，有好幾個溜進空地的孩子都宣稱他們看到臉上蓋著白布的小孩，於是大家都說那裡有無臉怪物出沒，漸漸地就再也沒有人敢靠近了。」

「……」

「聽好了，如果你不想被無臉怪物抓走，就絕對不要靠近那裡。」

三

第二天，平太奔赴花田家，把從姊姊口中聽到的那些令人不寒而慄的事情告訴優輝。那天並不是約好要跟他一起玩的日子，但現在可不是在意這些的時候。

優輝好像對下落不明的男孩跟無臉地藏的事一無所知，但明明被平太的敘述嚇得魂飛魄散，卻還裝成若無其事的樣子。

「所以我說那些都是迷信嘛。」

優輝重複著向父親現學現賣的觀念，試圖把這一切歸咎於長屋居民的無知。

平太也很清楚優輝只是在逞強，因為從他的態度可以很明顯地感受到他那近似祈求、若不否認就會害怕的心情。

因此優輝絕不會約他去空地玩，而且優輝的父母本來就很討厭與長屋的住戶往來，尤其對北側的長屋甚至還會露骨地投以輕蔑的眼神。既然空地屬於北側長屋的一部分，就更不可能允許兒子去那裡玩了。

在那之後，平太和優輝還是跟以前一樣，兩個人待在花田家的屋子裡玩。

時間來到了年底，準備迎向新的一年，釜濱的長屋町也充滿了過年的氣氛，最顯著的景象，莫過於挨家挨戶上門向長屋居民拜年的門付藝人。

門付藝又稱為祝祭藝或放浪藝，主要是在初春或節分等特別的日子在家家戶戶門口進行喜慶的表演，藉此換取金錢或穀物等報酬的演出。

例如春駒是跨在裝了馬頭的竹子上跳舞、萬歲則是由太夫和才藏一搭一唱地演奏樂器並口誦吉祥話的表演、還有戴上紅色頭巾和大黑天的面具、拿著傳說中揮一揮就能搖出各種寶貝的小鎚子，邊唱祝賀的歌詞邊跳舞的大黑舞等等，如果再加上相關的街頭表演，據說過去曾經多達三百種演出方式。

平太住在攝津的能生箕時，拜西國街道經過附近所賜，從小就很熟悉這類行旅藝人，為他帶來許多美好的回憶，所以當他要搬至鐘埼時，一想到就快體驗不到這些熱鬧喧囂的氣氛，其實有點捨不得。

然而，他不曉得這一帶其實有條從大阪出發、通過堺、再通往和歌山的紀州街道，因此即便搬到這裡，還是有很多機會可以接觸到行旅藝人，令他大喜過望。

言歸正傳，因為過年的關係，這些藝人的數量一口氣暴增，讓平太樂得不得了，不是跟在他們屁股後面從釜濱町的一丁目走到五丁目，就是去向鐘埼神社境內的攤販買東西吃，再不然就是在附近的草地上放風箏，過了三天有如置身夢境的時光。

然而到了第三天傍晚，不知該如何形容的奇妙倦怠感開始籠罩全身，因為從元旦開始就持續處在異樣亢奮的狀態之中，吵吵鬧鬧、蹦蹦跳跳所**預支**的疲憊一下子湧上來。不知是因為春節就要結束，四周瀰漫著一股歡慶後的寂寥落寞，還是因為亂花錢讓原本裝滿壓歲錢的荷包變瘦的關係。

不管怎樣，平太當時正悄然佇立於高階長屋西端的自家門前，無論看到哪種行旅藝人，心情都不再劇烈波動了。

這時優輝突然上氣不接下氣地跑來，說出了令人大感意外的消息：

「有、有、有小偷。」

「真的嗎？在哪裡？」

「剛、剛才還在這裡……」

他口中的這裡好像是指長屋前面的路。

「你怎麼知道對方是小偷？」

「因為我想起以前見過那張臉。」

據優輝說，釜濱町大約從兩年前開始就經常發生闖空門事件。小偷每年展開兩、三次集中式攻擊，除此之外的時間都天下太平。因此警方認為那是遊走全國的竊盜犯所幹的好事。

「可是，並不是那樣的。小偷是利用自己的職業尋找可以闖空門的對象，然後才回來犯案。」

「你的意思是說，來這裡賣藝或修東西、賣東西的人裡面有小偷？」

優輝用力點頭，回應平太提出的看法。

每次逢年過節來挨家挨戶拜訪的不只有行旅藝人，還有專門洗和服的、幫木屐換屐齒的、彈棉被的等修理東西的師父，以及賣藥、賣符咒的商人等等，多不勝數。這些業者平常就會在一般家庭出出入入，但是需求同樣也會在過年期間高漲，因為大家都想在過年前把東西修好，也會想在正月備齊新的器具，人同此心，心同此理。

即使是三日傍晚的此時此刻，賣藝的和修理東西的師父依舊在三丁目這一帶熙來攘往。

「你說你以前見過那張臉，是在這裡嗎？」

「去年一月，我家隔壁再隔壁的人家遭小偷。那天中午過後，**那傢伙**從那戶人家出來時，我看到他的臉，還心想這個人是誰，不過後來想到我們家跟長屋的人一向沒有交集，可能只是來鄰居家玩的親戚，所以當時就沒放在心上。」

優輝說到這裡，突然把臉湊近平太。

「問題是，那傢伙今年又出現了。」

「可是說不定真的是那家人的親戚啊。」

優輝不以為然地猛搖頭。

「我從剛才就一直目不轉睛地盯著那傢伙走進隔壁再隔壁的住戶，如果是熟人，至少會打聲招呼吧，但那傢伙完全沒有要打招呼的意思。」

「話說到底是誰啊？」

平太忍不住追問，但優輝露出心滿意足的笑容說：

「不告訴你，這是我的功勞。」

「我又沒有要搶你的功勞。」

「我要找到那傢伙是小偷的證據，然後再去報警。」

「什麼……」

看樣子優輝是想當少年偵探。

事實上，《少年俱樂部》從今年的新春刊開始，在〈怪人二十面相〉之後又展開了名為〈少年偵探團〉的新連載。平太和優輝都迷上這部作品，特別是優輝更是深陷其中。雖說當時大部分的小孩都差不多，但是對幾乎不在外面玩耍的優輝而言，少年偵探系列裡的世界或許比什麼都還要充滿光彩也說不定。

「別亂來，太危險了。」

「不會有事的啦。」

「還是告訴你媽媽比較好吧。」

原本對平太的忠告充耳不聞的優輝，在聽到這句話之後突然緊張起來。

「不行，絕對不能告訴我媽。」

「為什麼？」

「要是我媽知道我在學偵探辦案，就不會再買《少年俱樂部》給我看了，你也不希望變成這樣吧？」

「……嗯。」

其實一旦報警，肯定也瞞不過優輝媽媽，但當時他們都沒有意識到這個理所當然的事實，腦子裡只有不想再也看不到《少年俱樂部》的念頭。

「那我也去。」

話說只有優輝一個人去冒險的話，平太也不太放心。

「功勞都算你的沒關係。」

「這樣啊，那我就任命你為少年偵探團的團長助手吧。」

這句話讓平太有點冒火，但如果不照優輝說的，他肯定會一個人去找犯人。

「沒問題，助手就助手吧。那花田同學──」

「錯了，該喊我團長吧。」

一把火燒了起來，但平太還是忍下來不發作。

「……團長，你有什麼作戰計畫嗎？」

「作戰計畫……才不需要那種東西。因為我把犯人的臉看得清清楚楚嘛。」

換言之，即便沒有任何計畫，他也打算赤手空拳地面對小偷。

「或許是這樣沒錯……」

但還是太危險了。平太正想再次好言相勸。

「再不快點，那傢伙就要走了。」

可是在優輝的聲聲催促下，平太只好和他一起走向長屋東端。

「那傢伙現在在哪裡？」

「在那塊空地上。」

來到這裡掙錢的藝人或修理東西的師父，在離開之前幾乎都會在那塊空地整理行李、歇歇腳。得知優輝觀察到這一點，平太不禁有點佩服。

「再靠近就太危險了。」

走到長屋前那條路約五分之四左右的地方時，優輝伸出一隻手，阻止平太繼續前進，已經完全是少年偵探團團長的語氣了。

「接下來就包在我這個團長身上，把風的任務就交由你負責了。」

「了解。」

平太裝模作樣地敬禮，但心裡其實打算一見苗頭不對，就馬上去通知大人。

優輝也裝模作樣地回禮，然後筆直地走向空地，直到身影消失在北側長屋的東端。平太只能看到空地面向前面黃土路的那一小角。就在優輝一踏進去後，平太瞬間感到相當不安，也突然膽怯起來，擔心他們是不是做了什麼不可挽回的傻事。

還是叫他回來吧……。

可是這麼做的話，優輝一定會對自己發脾氣吧，看來也只好稍微再放牛吃草一下了。

對了，今天到底來了哪些人啊？

雖然為時已晚，但平太還是想確認一下現在這裡有些什麼人，於是他站在南側長屋兩戶人家的交界處，開始觀察在空地出入的成員。

觀察結果顯示，這時出現在釜濱町三丁目的，有表演角兵衛獅子⑥的門付藝人、賣蛤蟆油的街頭藝人、表演人偶劇的行旅藝人，至於與修理東西有關的則有磨刀的研屋和修傘師父，還有雲遊四海的六部修行僧等非常罕見的組合。

角兵衛獅子是新潟的越後獅子傳到江戶後所取的名稱，從明治初期開始逐漸式微，再加上昭和八年的兒童虐待防止法，幾乎已經消滅殆盡了。那麼，都消失了怎麼還有所謂的角兵衛獅子？所以事實上也只是模仿正牌的假貨。

真正的角兵衛獅子是由被稱為師父的吹笛人和打太鼓的，加上四個頂著獅頭，年紀從七歲到十四、五歲不等的舞獅人構成，基本上需要六個人。但假貨的話通常就只有師父和一個舞獅人。只不過就算是仿冒的，但那位師父舌燦蓮花的話術和各式各樣的特技依舊令觀眾為之沸騰。尤其是小朋友，看到年紀與自己相仿的舞獅人展現神乎其技的身手時，也不禁佩服得五體投地。

來釜濱町表演的角兵衛獅子也是只有師父和舞獅人的二人組，雖然獅子頭和服裝都已經破破爛爛，但表演得非常精采，觀客也都看得津津有味。

⑥以孩童為主要演出者的藝能表演。演出者披上頭頂有小獅子頭的頭巾，配合一旁的笛鼓演奏與吆喝聲表演。後來因為賣藝衰退與兒童虐待防止法的關係，後來演變成鄉土藝能的形式。於二〇一三年被指定為新潟市的無形民俗文化財。

至於賣蛤蟆油，則是源自江戶時代的香具師[7]在節日或慶典時的街頭演出。他們一面向群眾宣傳從蛤蟆身上採集的油具有神奇的功效，可以立刻治好所有的刀傷，同時也會實際用日本刀把自己的手臂割到皮破血流，再表現出用蛤蟆油治好的模樣。當然不可能真的砍傷自己，只是做做樣子而已。如果是江戶時代的鄉下就算了，如今觀眾雖然都知道箇中玄機，但也樂在其中。不過小朋友可就另當別論了，幾乎都深信不疑，看得目瞪口呆。

蛤蟆油其實也不是真的從蛤蟆身上採集的油，而是用香蒲的花粉和蠟、油混合製成的軟膏。不過，關於上述成分眾說紛紜，可能會隨時代及地方而異。

這個來長屋兜售蛤蟆油的人怎麼看都是個非常可疑的人物，令人無法信任。不過從兜售的宣傳詞聽來，他賣的是具有凝血作用的止血傷藥，所以好像也不完全是假藥。

人偶劇則是從扁擔兩頭的箱子裡拿出木偶，邊口誦淨瑠璃[8]邊演出，顧名思義是用人偶演出的戲碼。順帶一提，扁擔兩頭的箱子是以前武家外出洽公之際，用來裝衣服等物的長方形箱子，由隨從負責搬運。箱子也被這個表演人偶劇的拿來充當臨時舞台使用。人偶是一個人即可操縱的串刺型戲偶，所以從頭到尾都是獨角戲。

平太還住在能生箕的時候，每逢春天和秋天的農閒期，就經常有這種演人偶劇的來表演。他對淨瑠璃沒什麼興趣，但很期待在最後場面一定會出現變化的戲偶，印象中曾看了好多次。原本樣貌普通的戲偶會突然變成惡鬼的形相，大概是為小朋友觀眾們獻上的**額外服務**吧。

然而，這天演出的人偶劇在最後出現的戲偶變化，是沒有眼睛、鼻子、嘴巴的無臉妖怪。原本臉上掛著眼睛、鼻子、嘴巴的戲偶突然變得空無一物，台下的小觀眾們全都嚇了一大跳。

這不是無臉地藏嗎……。

現場肯定也有小孩跟平太一樣嚇出一身冷汗。

演人偶劇的男人看起來就很喜歡小孩，或許是很滿意大家看到無臉妖怪的反應，笑得合不攏嘴。

磨刀的研屋主要是幫家庭主婦把平常使用的菜刀、握剪、裁縫剪等刀具磨利。如果是鋸子的話，則有磨齒師父這種業者來負責保養。而男人工作上使用的專業刀刃也同樣另有專人修理。可是這次來到這裡的研屋只要是刀刃類的東西，就連斧頭或柴刀之類的刀具也有辦法處理，因此長屋的人似乎都很看重他的樣子。

修傘師父是以修理破掉的油紙傘或蝙蝠傘⑨來維生。油紙傘是從江戶時代、蝙蝠傘則是從明治時代開始普及。小孩會使用以便宜的油紙和竹子傘骨製作的油紙傘，布製的蝙蝠傘則是給大人用的。不過兩種都很容易破損。

⑦在年節與各式慶典等人潮眾多的場合於寺社周遭或市集擺攤，進行表演攬客再販售薰香物、藥品的人。

⑧以三味線伴奏、口誦詞句的曲藝表演。演出並非單純的唱誦，也蘊含了相當強的作中人物詮釋與敘事表現。除了單獨演出之外，也有在日本舞、人形淨琉璃、歌舞伎等表演場合擔綱伴奏的呈現方式。

⑨與和傘在外觀與材料等層面有所不同的西洋傘，因為撐開的樣子形似飛行中的蝙蝠而得名。因為傘面使用布料，也具備晴雨兩用的便利機能性，被視為進步的產物。到了明治時代的文明開化時期，更成為男性西化打扮的人氣配件。

平太自己就看過好多人到年底都還來不及修傘，連忙叫住這位修傘師父的光景。

最後的六部，指的是將自己抄寫的法華經放入箱篋背起，再旅行全國各地、將抄好的法華經送至六十六個靈場[10]供奉的修行僧，正式名稱為日本廻國大乘妙典六十六部經聖，簡稱廻國或六部。鎌倉時代即已出現，但是當時要從這一國入境到另一個國是很困難的，因此被視為一種極其嚴苛艱苦的修行。

進入江戶時代之後，便出現了別說沒有實際前往六十六個靈場，甚至連法華經都沒認真看過的六部冒牌貨。他們只是挨家挨戶地乞討金錢或器物，說穿了就跟乞丐沒兩樣。這些人裡面當然也有正牌的修行僧，但是曾幾何時，巡迴諸國的修行變成只是為了換取每天糧食的行為。

去平太家搖鈴敲鉦的六部穿著鼠灰色的木棉料子服裝，兩手戴著手背套、雙腳纏著綁腿、腳底踩著草鞋，背後扛著與自己的身高差不多高的細長形箱篋，一手拿著念珠、一手拿著金剛杖。

所謂的箱篋，就是下面裝有四隻腳、收納佛具和衣服的箱型編籠。其形式分成兩種，一種是直接把背帶裝在箱子上的箱笈、另一種是像背負子[11]那樣可以把箱子拆下來的緣笈。箱子裡還設置有小型的佛龕，很多人會在原本用來存放抄寫經書的地方改擺上佛像或佛畫。登門拜訪的六部會打開佛龕給主人看，讓他們對佛像或佛畫頂禮膜拜，藉此獲得一點供養。

平太的母親接待的六部在佛龕裡供奉了地藏菩薩的佛畫，周圍還貼著嬰兒及小孩的照片。母親虔誠地膜拜之後，將微薄的布施包起來交給對方，禮數周到地送對方離開。

住在能生箕的時候，六部也曾來過家裡。平太還記得那時聽附近的老人說過，佛龕裡的照片是父母請求六部貼上夭折的嬰兒照片，由六部代替父母前往各國的寺院，為孩子祈福。

平太上面有兩個哥哥，但是都在襁褓時期就過世了。所以他現在也能理解，母親之所以會對六部那麼親切，肯定是想為長子與次子祈求冥福。

以上就是當時聚集在釜濱町三丁目的外來人士。仔細想想，他們來自五湖四海，除了挨家挨戶賺點小錢以外，並沒有任何的共通點，只是偶然在三箇日[12]最後的一個黃昏聚集在這裡。

問題是，這裡頭到底誰是小偷——曾幾何時，就連是不是真有小偷，平太也開始感到懷疑了。

平太開始覺得，會不會只是因為優輝對少年偵探系列太過狂熱了，所以才憑空想像出根本不存在的小偷呢？就算他以前真的看過有人闖空門好了，說不定這次只是剛好有個人長得像那個小偷，但其實完全不是同一個人。

話說回來，優輝也去得太久了。

自優輝走進空地後已經過了將近二十分鐘，期間每個人至少都進去過空地一次，也有人在那

---

⑩ 意指神佛展現威能與恩德之地，通常是寺社佛閣所在地或與神佛有所淵源的場所。被奉為神聖的領域，受到信徒們的尊崇。
⑪ 搬運用的工具。外觀就像是個短梯，將搬運物以植物纖維或皮革製成的繩子綁在上頭再背起移動。有的款式會在下半部裝設能夠協助負重的平台。
⑫ 意指從正月一日至三日的這三天。

裡進進出出的，可是卻遲遲沒有看到優輝出來。這麼長的時間，他到底在裡面做什麼啊？

難不成……。

犯人該不會對他做了什麼吧？平太不由得擔心起來。雖然優輝說得自信滿滿，但光靠一個小孩還是很難掌握到證據吧。要是對方知道他看到自己闖空門，反而會被小偷給抓住也說不定。

怎麼辦……。

就在平太開始焦慮起來時，背上扛著大方巾布包的角兵衛獅子二人組先行離開了。

那個年紀與自己差不多的舞獅人朝自己揮手，平太也連忙回禮。

「小朋友，太陽快下山囉。」

聽到師父這麼說，平太這才發現在長屋外面黃土路上玩耍的孩子一口氣減少了。從大馬路的方向照射過來的夕陽餘暉也減弱了大半。

接著是那個賣蛤蟆油的人。他的肩膀上背著裝有傷藥的頭陀袋，看也不看平太一眼，逕自從平太面前走過。腳步十分匆忙，大概是接下來還要去別的地方。

演人偶劇的扛著掛了兩個箱子的扁擔，慢條斯理地邁步離去。他嘴裡還嘟嘟囔囔地說著些什麼，然後瞥了平太一眼，但也只是如此而已。

磨刀的研屋拖著拖車踏上歸途，拖車裡裝有用草席包起來的研磨機和不知基於什麼原因寄放在他那裡的刀子。或許是覺得夕陽刺眼，讓他眉頭深鎖。默不作聲地拖著沉重拖車的身影令人印象深刻。

修傘師父騎著腳踏車呼嘯而過，車籃裡是裝有修理工具和材料的皮包。

最後只剩下六部，但是外面的黃土路上到處都沒看見他的身影，看樣子人還在空地裡。

既然如此，他就是……。

正當平太以為他就是闖空門的人而暗自心驚時，六部從北側長屋的陰影處現身了。還以為優輝也會馬上接著走出來，但等了半天也等不到優輝。

那小子到底在幹什麼？

六部注意到平太，略微合掌致意之後即從他面前走過。這麼一來，所有的外來人士都離開釜濱町三丁目了。

搞什麼，結果那傢伙什麼也沒做嘛。

平太認為優輝大概是到了緊要關頭突然打退堂鼓，不敢對那個他認定是闖空門的人說半句話。因此覺得很丟臉，沒臉從空地那裡踏出來。

就算是這樣好了，平太也不會取笑他，只想趕快為這個少年偵探團遊戲畫下句點。

「花田同學，太陽要下山了，我們回家吧。」

平太邊說邊走進空地，倏地停下腳步。

一個人都沒有……。

優輝根本不在空地。

怎麼會……？

平太下意識地轉頭看向花田家。他猜想優輝該不會是因為吹了牛皮卻什麼也辦不到，因而感到無地自容便偷偷溜回家了。

不，不太可能……。

平太隨即推翻這個假設。

目送優輝進入空地後，自己一次也沒移開過視線。雖然為了目送行旅藝人和修理東西的人離開，他確實曾看了反方向的西邊幾次，可是都只有短短的一瞬間，他可以保證那幾秒絕對不夠讓優輝從空地那邊溜回家。如果優輝這麼做的話，平太一定會看到的。

然而，現在空地卻沒有半個人，只看到最後面有座小小的祠堂，除此之外什麼都沒有。

想起在這裡人間蒸發的小男孩，平太的身子頓時顫抖起來。

他望向長屋前的黃土路想找人求救，可是已經沒有小孩在那裡玩了，只剩下微弱的夕陽餘暉陰森森地灑落在滿是塵埃的無人道路上，就連另一頭的大馬路也幾乎沒有人車經過。三箇日的最後一天，人們似乎都急著趕回自己家享受天倫之樂。

該怎麼辦才好。

平太不曉得是該跑去通知花田家，還是回家找姊姊商量。他輪流注視兩個家的方向，左右為難。

這時有股異樣的感覺襲來，平太趕緊將視線拉回空地，只見有個孩子消失在二棟長屋之間的通道上。

咦……是花田同學嗎？

雖然只是驚鴻一瞥，但平太認為那孩子好像是花田優輝。

那傢伙在搞什麼鬼。

先前的不安與恐懼一股腦兒轉換成憤怒。平太不假思索地踏進空地，三步併成兩步地一口氣走到最裡頭，往挑糞專用道張望。

那是一條狹窄又陰暗的路，雖然抬起頭就能看到天空，但兩側都是高聳的木板圍牆，感覺就跟地下道一樣。再加上糞尿的臭味，讓人覺得是個髒到不行的空間。看在平太眼中，根本就是個前所未見的異世界。

在這條狹小的通道中，有個看起來很像是優輝的孩子正在往深處前進。不，那個背影無疑就是花田優輝。

「喂，你在那裡做什麼？」

因為一步也不想踏進去，平太從通道入口處出聲叫喚，但是對方卻沒有任何反應。

「你要去哪裡？那裡沒有路了。」

平太好意提醒，對方依舊一聲不吭，而且還持續地往裡面走。

「別鬧了，快回來。」

平太又喊了一聲，但對方彷彿沒有聽見，腳步須臾不停。

搞什麼鬼……。

起初還以為他果然是不好意思出來，但就算是不好意思，那樣子也太奇怪了。再說以優輝的個性，反而會惱羞成怒吧。尷尬到逃走不像是自尊心比天還高又任性的他會做的事。

「花田同學……」

因為太擔心了，平太雖然遲疑，最後還是鼓起勇氣踏進通道。

「等一下……」

總之得把優輝帶回來才行，但他又不想在這種又窄又暗又臭，最重要的是還陰氣逼人的地方多待一秒。這兩種矛盾的心情讓平太加快了腳步。

兩人腳下的狹窄小路在前方稍微往右彎去，因為左右兩邊呈現「く」字形的長屋在那裡形成了一個轉角的空間，相當於北側長屋的中央地帶。無論如何，得在優輝轉進那個轉角前想辦法攔住他才行。

平太心想，提高了呼喊的音量。

「喂，我不是叫你等等嗎！」

然而對方還是沒有絲毫反應，既沒回頭，也沒出聲，只是一個勁兒地往前邁步。

太奇怪了……。

看著前方的背影，平太逐漸不安起來。

那真的是花田同學嗎？

雖然通道裡很昏暗，但那個人怎麼看都是花田優輝，至少外觀是他。但是一想到這裡，**內在**可能不是的念頭突然在腦海中一閃而過。

如果不是，**那個**會是誰……？

平太停下腳步，幾乎就在同一個時刻，位在前方的背影也消失在「く」字形轉角的另一側。

真討厭，我不想再往前走了……。

總覺得再繼續跟著**那個**繞過轉角的話，就再也回不來了。

啊……。

平太想像到一個非常讓人嫌惡的畫面。那個行蹤不明的男孩，該不會就是跟在**那個**後面走，所以才因此一去不返的吧？

可是現在那個背影明明就是花田同學……。

平太已經分不清什麼是什麼了，兩條腿撲簌簌地發抖，當下他再也無暇擔心優輝的安危，只想立刻轉身逃離這條陰森森的通道。然而雙腳動彈不得，抖得有如秋風中的落葉，一點也派不上用場。

其實只要大聲叫喊，長屋裡的大人應該就會聽見。如果聽到小孩求救，一定會有人過來幫忙的。可惜平太已經完全被逼到絕境，連這麼簡單的事都想不到。

這時，前方的轉角突然探出一張臉。那張垂蓋著白布的臉孔，就從木板牆壁的另一頭窺探著這邊。

「媽呀……」

倒抽一口涼氣的悲鳴脫口而出，平太在瞬間一個轉身，脫兔般地拔腿就跑。

明明空地就在通道的前方，卻怎麼跑也跑不到那裡。雙腳如有千金重，跑不快就算了，還好幾次都腳步踉蹌到快要跌倒。

快點快點！

平太快哭出來了，滿腦子只有必須趕快逃跑的念頭，奈何兩條腿的速度無法跟上，三番兩次被自己絆到，沒跌個狗吃屎只能算他運氣好。

沒救了……。

再這樣下去會被**那個**追上的。萬一落到那番田地，肯定會被拖進這條昏暗通道的最深處，最後被帶往某個恐怖的地方。

不、不要啊……。

淚水奪眶而出，模糊了視線，幾乎看不見前路。當下的狀況真的糟到不能再糟了。但平太依舊奮力往前跑，就連身體撞到兩側的木板圍牆也顧不上，咬緊牙關，拚命壓抑當場癱坐在地的衝動，一心一意地朝空地狂奔。

就在他穿出還以為永遠無法逃離的通道後，平太手腳並用、連滾帶爬地逃到空地中央，接著「哇！」地一聲嚎啕大哭。

兩邊長屋的大人立刻聞聲而來，聚集在空地上。優輝的雙親也在其中。但因平太邊哭邊說，大人們全都不得要領，不知道該拿他怎麼辦才好。

花田同學不見了。他看到小偷。想當少年偵探團。可是進了空地就沒再出來。花田同學進了那邊的通道。可是，那個人不是他。無臉人出現了……平太斷斷續續地一再重複，完全不照順序來。

兩個男子走進挑糞專用道查看，可是裡面不但沒有半個人、也沒有任何可疑之處。接著檢查運河沿岸的小徑，木板門也上了鎖。然而，花田優輝不見了也的確是事實。

至此，大人們終於後知後覺地發現事態嚴重，於是開始安撫平太，試圖從他口中問出事情的具體經過。這時他的父母和姊姊也趕到現場，所以雖然花了點時間，後來總算問清楚事情的全貌。

「是人口販子，被人口販子抓走了。」

現場一有人這麼說，幾乎所有的大人都開始懷疑起那些行旅藝人，甚至有人提議要立刻召集人手去追他們。

「不是……」

即使平太氣若游絲地否定，但起初也沒有人當一回事。平太拉拉姊姊的衣服，告訴姊姊自己看到的情況，姊姊這才替他轉述給大人聽。

「平太說他看到所有人離開的時候，沒有一個人帶走花田同學。」

大人又圍在平太身邊，要他把話說清楚一點。聽完之後，所有人都露出丈二金剛摸不著頭腦的表情。

「如果不是被那些人抓走，原本在這塊空地上的孩子到底去哪兒了？」

就在所有人都靜默不語、現場鴉雀無聲的情況下，開始有人喃喃自語。

「又來了……」

優輝的母親陷入瘋狂，父親跑去報警，讓這場騷動一下子就蔓延到整個長屋區。

平太在父母和姊姊的陪伴下，又向刑警複述一遍剛才告訴大家的內容。畢竟是第二次了，總算能說得有條有理一點。

警方不僅搜索了兩棟長屋之間的通道，為求慎重起見，還檢查了家家戶戶的廁所，就連眼前的運河及其下游也不敢輕忽，甚至還對挑糞業者進行調查，可是都毫無斬獲。

他們當然也想追回行旅藝人和修東西的師父，只可惜根本不知道那些人鳥獸散到哪裡去了，一個也追不上。而且，據說隔年來的人全部換了一批，沒半個是之前來過的人。可見大家都是當時偶然聚集在那裡的流浪者。

最後還是到處都找不到花田優輝。

花田優輝就這麼從一個沒有其他出口的空地消失得無影無蹤了。

與三年前在這塊空地人間蒸發的男孩一樣，優輝的失蹤也成了一個怪談，在鐘埼地區一帶流傳著。

四

平山平太這個篇幅相當長的故事到此告一段落。他花了很多時間在補充說明關於行旅藝人與修東西師父的枝枝節節，但沒有人表示意見。大概是因為不知不覺間，所有人都被發生在十幾年前的神祕孩童失蹤事件給吸引住了。

「也就是說——」

房間主人龜井率先開口。

「帶走花田優輝的犯人，就在當時造訪長屋的那些行旅藝人及修東西的當中是嗎？」

「還不能斷定吧。」

聽過言耶事跡的澤本立刻提出異議。

「或許那裡頭確實有闖空門的人，但是光靠方才的敘述無法判斷那個人把孩子抓走了。」

「問題是有動機。」

「但沒有方法。」

佐佐塚自言自語地說，澤本望向剛講完故事的平山。

「話說回來，這個故事是怪談嗎？」

「……我認為是。只不過，花田同學的失蹤或許也有可能是一起案件。因為就算不清楚他消失的原因，但也不能排除有綁架犯存在的可能性。」

「我就說吧。」

龜井一臉不出我所料地說。

「犯人發現花田優輝認出自己就是闖空門的人，故而殺他滅口。」

「嗯，或許你說得沒錯。但如果是這樣的話，當時出現在挑糞專用道的**那個**……又該怎麼解釋？」

「……」

平山的質問堵得龜井啞口無言，這時澤本望向言耶。

「刀城同學有什麼想法？」

「這是個非常有意思的故事。」

其實在聽平山敘述時，言耶就已不經意地察覺到**一件事**，但先前他刻意不說出口。

「謝謝你告訴我這麼有趣的事。」

言耶向平山行個禮，視線回到澤本身上。

「基本上，我認為聽怪談的時候就是要享受那些不可思議、匪夷所思的轉折，不該多加解釋，破壞好不容易營造出來的氣氛。」

「可是你剛才講的怪談之一，不就是經由縝密的推理做出了合理的說明嗎？」

「那是因為如果不解釋清楚，就會有人受到傷害，這時候就不能單純當成怪談來聽了。」

「原來如此。」

澤本似乎被他說服了。

「從這個角度來看，平山的故事已是很久以前的事了。事到如今就算解開謎團，花田優輝也不會再回來了。」

「假如——」

平山欲言又止地問言耶。

「假如你當時在場，你會解開花田同學的失蹤之謎嗎？」

「……我大概會試著解開吧。」

聽到言耶的回答，龜井探出身子。

「很好，那就請你解開謎團吧。」

「咦……」

「請務必讓我們見識一下刀城同學的推理。」

言耶感到非常困擾，正在不知所措時，佐佐塚出手相助。

「他已經說過了，只有怪談放著不管會造成某些損害的場合，才要推理出合理的解釋。」

「話是沒錯……可是解謎本來就是一種動腦的遊戲，不用想得那麼嚴肅也沒關係吧。」

龜井看起來不太高興。但或許是因為佐佐塚都那樣強調了，也不好再繼續強人所難，所以也沒繼續追問言耶。

短暫的沉默之後，平山再次欲言又止地說：

「如果這樣可以讓我心安……這個理由不知道你能接受嗎？」

「什麼意思？」

龜井立刻逮住這個機會。

「我在小學高年級的時候搬離故事裡的釜濱町長屋，但是在那之前我經常為惡夢所苦。不對，雖然後來次數有減少了，但還是繼續夢到讓人討厭的情境。實不相瞞，即便到現在，那個夢還是會在我快要遺忘的時候再次出現。」

「你夢到什麼？」

言耶問道。平山愁眉苦臉地說：

「夢到花田同學來找我。他的臉上垂蓋著白布，其實認不出是誰，但我覺得這個人就是他，因為會以這種形式出現在我夢裡的，也就只有他了。」

「然後他怎麼樣了？」

「花田同學要我陪他玩，但不是在我們平常一起玩的家裡，而是要我到外面去，感覺就像是要一步一步地引導我走進那條又暗又窄的通道深處。」

「夢中的場所是釜濱町嗎？」

「……我想是的，但無法確定。總之我們是在外面玩，待我意識過來，人已經被他誘導進那條陰暗狹窄、宛如隧道般的通道。」

「你進去過嗎？」

「還沒有。大概是因為每次要踏入之前，腦海中都會閃過『如果走進去就完蛋了』的意識。」

「潛意識的警告……」

「或許是這樣才救了我一命。」

剛剛還屏氣凝神地聽著兩人交談的龜井，這時也開始鼓噪起來。

「刀城同學，請務必用你的推理能力幫助平山吧。」

「可、可是……」
「這樣一來，你不就是在名正言順地幫助別人了嗎？」
「可是……」
「能不能請你助深受惡夢所苦的平山一臂之力，拜託你！」
「……唉。」
言耶有氣無力地長嘆一聲，結果被當成他接受委託的表示。
「是嗎！你願意幫忙啦。」
「呃，不是，那個……」
「我替平山向你道謝。」
龜井大動作地深深低下頭去。
「那就開始吧。」
龜井以充滿期待的閃亮目光盯著言耶，硬要他扮演偵探的角色。
真沒想到事情會變成這樣……。
言耶在心裡嘆了口氣後，無可奈何之下做好了覺悟。
「根據平山學長的敘述，關於三年前那個在同一塊空地人間蒸發的男孩，只有南側長屋那位怜子小姐的目擊情報，所以請恕我無法給予合理的解釋。」

「說得也是。」

「因此接下來我只會聚焦在花田優輝的失蹤案。」

「了解。」

龜井爽快答應，其他三人也同意。

「我想先從這起事件與優輝目擊闖空門有關的角度來進行推理。」

「果然有關啊。」

龜井與高采烈地附和。

「一年前的一月，優輝撞見闖空門的人，但他當時並不知道那個人是小偷。然後是一年後發生失蹤案的三日傍晚，那個人又來到長屋，優輝看見他的臉，發現那傢伙就是當時闖空門的人。於是他自詡是少年偵探團的團長，有勇無謀地打算單槍匹馬去揪出小偷。但他畢竟還是個幼小的孩子，最後就這麼被犯人帶走了。」

「到這個階段應該是沒有問題的。」

「當然事到如今，已經沒有人能知道優輝與犯人之間到底發生過什麼事了。但不難想像實際上會是什麼情況。被人指證自己是闖空門的犯人，或逃走、或裝傻、或惱羞成怒、或是反過來威脅，所以優輝若不是正要大聲呼救、應該就是快哭出來了吧。我猜犯人情急之下就先摀住他的嘴巴。可是光這樣做也逃不掉，就算堵住優輝的嘴、綁起他的手腳，只要把人留在空地，一定馬上就會被發現、引來追兵。」

「怎麼說？」

「當時太陽就要西沉，在外面玩的小孩大多都回家了，因此犯人不太可能沒注意到從外面的黃土路那邊監視空地動靜的平山平太學長。要是優輝一直不回去，學長遲早會進空地找人，屆時撞見他的話也肯定會大聲嚷嚷。」

「他擔心這麼一來，自己闖空門的事實就會曝光，大人們會馬上追上來嗎？」

「正因為如此，犯人必須帶著優輝逃走。根據平山學長的描述來思考當時的狀況，我認為這是最合理的解釋。」

「我沒意見。」

龜井確認在場眾人的想法後接著詢問。

「所以行旅藝人和修理東西的師父裡面，到底誰才是闖空門的人——」

「這種情況下，要找出誰才是闖空門的人極為困難，因為除了優輝的目擊證詞之外，並沒有其他線索。」

「欸……那接下來該怎麼辦？」

「事件現場的那處空地是處在一種密室狀態。」

言耶沒回答龜井的問題，繼續往下說。

「平山學長監視著外面那條相當於出入口的路，鄰接運河的東側是高聳的格狀木柵欄，北邊是另一棟長屋的背面，西邊又有三丁目的低階長屋擋住了去路。位於運河沿岸小徑前方的木板門也上了掛鎖，鑰匙在清理穢物的挑糞業者手上。從空地西北角往西穿過兩棟長屋之間的挑糞專用道，通向大馬路那邊，然後就沒路了。」

言耶輪流看向在場的眾人。

「偵探小說中經常出現密室的謎團，在那種場合，通常會有只重視犯人如何打造出密室狀態這種物理層面的傾向，至於犯人為何要營造那種不可能犯罪的狀況，這類心理層面的說明就相對少。然而，製造密室的方法在物理上愈複雜，就愈需要具有說服力的理由來解釋犯人為何要耗費那麼多的時間心力，來刻意讓現場成為密室。」

「原來如此，那以這個案子的情況來說……」

「沒錯，對犯人而言，完全沒有要塑造成密室的意圖，相反地，犯人必須在極短的時間內想出對應眼前難關的辦法，抓住優輝、再從這塊等同於密室狀態的空地離開。」

「有道理。」

「所有的嫌疑人都在那塊空地進出過，那麼到底誰才有可能抓走優輝？又是誰才有那種辦法呢？如果我們要拆解這個案子，只能從這個角度來思考。」

「你說『我們』，所以連我們也要一起推理嗎？」

在龜井錯愕的驚呼後，澤本苦笑著說：

「剛才是怪談大會，現在是偵探聚會啊。話說回來，刀城同學你一開始就認定那孩子是被抓走的，這樣沒問題嗎？」

「說得也是，『抓走』這樣的說法，意味著是在活著的情況下被帶走的呢。」

「你是指優輝也有可能是在空地遭到殺害，然後遺體才被帶走嗎？」

佐佐塚喃喃自語，原本帶點嬉鬧輕佻的氣氛一掃而空。

「不管怎樣，犯人肯定以某種方法將優輝從那塊空地移動到長屋町外。最先想到的可能性，就是拋入運河。雖然有高聳的格狀木柵欄，但因為是個小孩，應該可以將他扔過柵欄吧。」

「可是這樣會產生很大的水花聲吧？如果平山沒注意到，不是很奇怪嗎？」龜井提出質疑。

言耶點點頭說：

「而且警方也搜索過運河下游。」

「在通過釜濱町的長屋段落後，幾乎每戶人家的後門都向著運河。」

平山回想著當時那一帶的格局。

「運貨的船隻也在運河上來來去去，萬一有個孩子在水裡載浮載沉，運河沿岸的人家或船上的人一定會發現。」

「那運河這條線就不考慮了。其次可疑的是專為挑糞業者設置的小徑。」

「木板門上有掛鎖，所以這個方向根本不需要討論吧。」

龜井反駁，但言耶卻搖了搖頭。

「這也表示只要弄到鑰匙，就能自由進出那扇門了。」

「喂喂。」

「平山學長的故事裡出現了許多存在於當時的日本——不，其實在現今也幾乎毫無改善的階級差異問題，像是御屋敷町的富裕階層和住在長屋的普通庶民。即使同為長屋的居民，高階長屋和低階長屋的住戶恐怕也擁有截然不同的階級意識。問題來了，將這種階級差異轉化為歧視所體現的，就是受到歧視的部落。」

「確實是這樣沒錯，但這跟小孩子的失蹤案又有什麼關係？」

「行旅藝人和街頭藝人、見世物小屋[13]和馬戲團、耍猴戲的演員、旅行經商的人和修理東西的工匠、六部和座頭[14]——這種所謂吃飽了這頓沒下頓的人或多或少都會受到一些歧視性的待遇。」

「是這樣啊。」龜井說道。佐佐塚和澤本也都點了點頭。

---

⑬收取費用後，讓觀眾進入小屋或帳棚內觀賞奇特的表演或展示物的生意。除了常見的賣藝之外，也著重於珍奇、怪異、驚世駭俗、情色等直擊感官、吸引人們好奇的要素。其中有不少演出方式都遊走，甚至逾越了道德與法規邊緣。但也常成為掛羊頭賣狗肉、以宣傳和話術誘騙好奇者上當的斂財手法。

⑭泛指中世、近代外觀為僧侶打扮，以彈奏琵琶、古箏等維生的盲人。也是從事按摩、針灸等職業的人士的泛稱。

「如果是二十多年前左右，聽說若是去到鄉下地方，村子入口還會立起一塊牌子，上頭寫著『乞討的行旅藝人不得進入』。」

「川端康成《伊豆的舞孃》裡也有相同的敘述。」佐佐塚喃喃自語。

澤本表示贊同：「沒錯沒錯。」

龜井貌似也接受這套說法，用手勢催促言耶接著說下去。

「也就是說，我認為擁有運河沿岸那扇木板門鑰匙的挑糞業者，可能認識這起案件的犯人。」

「因為同為天涯淪落人嗎？」

「是的。當然犯人的目的是為了闖空門，只要借道那條只有挑糞業者才會走的路，就能輕易溜進那一帶的人家。」

「挑糞業者是共犯嗎？」

「這倒不是。明知道自己工作的鑰匙會被用來犯罪卻還借給對方，這一點實在很難讓人想像。我猜犯人當時應該是用了什麼冠冕堂皇的理由騙了挑糞業者。」

「既然如此，是哪種人、哪種營生跟挑糞業者最有交集呢……」

「沒錯，當我從這個角度去延伸思考後，便發現此路不通，於是放棄了這個推測。」

「什麼？」

「即使同樣是受到歧視的際遇，那些被歧視的部落居民至少都在鐘埼落戶。另一方面，行旅藝人及修東西的師父中不乏四處為家的人，基本上都是些在全國各地漂泊的流浪人士。實在想不到他們彼此之間會有什麼銜接點，讓挑糞業者願意將那麼重要的鑰匙借給他們。」

「這麼一來，不就無法利用運河沿岸的木板門了？」

龜井傻眼地抱怨：

「既然這樣還有什麼好討論的，為什麼不一開始就排除這個可能性？」

「說得也是。」

言耶誠惶誠恐地回答。

「所謂的推理就是這麼一回事嘛。」

佐佐塚小聲地為他說話。

「嗯，真不愧是刀城言耶。」

因為澤本也站在言耶和佐佐塚那邊，也讓龜井換上一臉不高興的神情。

「接著要討論的，就是那條挑糞專用道。」

儘管有些不滿，但是當言耶打開話匣子時，龜井又被勾起了好奇心。

「但那可是一條死路喔。」

「如果只是要把優輝弄出去，只要從那條路把優輝抬到面向西側大馬路的木板牆壁上再推出去就行了。因為是正月三日的傍晚，大馬路已經沒什麼人車經過，只要動作快一點，或許能在被其他人看到之前帶著優輝逃走。」

「這麼說來，這好像是最單純也最自然的方法。」

「除此之外，把優輝拋過圍牆，丟進某戶人家的院子也是一種可能。」

「不太可能吧。就算他事先知道哪戶人家沒人在，但考慮到之後還得再去帶走孩子……」

「這的確只是把問題往後延而已。就算想等騷動平息的半夜再去帶走優輝，在那之前大家就會發現優輝人不見了。」

「嗯，所以這個可能性也可以排除。」

「是的。只不過，翻越通道盡頭木板牆的方法也要跟著排除。」

「為什麼？只要犯人接在孩子之後也馬上翻過木板牆的話……」

龜井說到一半，就閉上了嘴巴。

「沒錯，因為平山學長看到所有人都是從長屋前面的黃土路離開。假設犯人從通道盡頭把優輝丟到大馬路上，然後循著原路回到空地，再從平山學長面前離開，到外頭回收小孩，顯然要花上很多時間。再怎麼人煙稀少，也無法保證過程中不會被剛好路過的人撞見，很難想像會有人採取這麼危險的行動。」

「不能丟進運河、也不能從運河沿岸的小徑逃走、現在連挑糞專用道也行不通，那到底是用了什麼手法？」

龜井說得一副束手無策，已經不想解謎的模樣，其他三人也都對他的話表示認同，唯有言耶的雙眼異常閃亮。

「到目前為止是為了慎重起見，所以提出全部的嫌疑人都可以使用的手法來評估。現在因為都被排除了，接下來將分別探討每個人犯案的可能性。」

「原來如此。」

澤本佩服地讚歎。

「我懂了，請繼續。」

龜井也從頹喪中復活。

「在分別檢討每個人犯案的可能性時，第一個想到的是每個人持有的收納用箱子或皮包。其中特別引人注目的，無非是六部的箱篋。」

「他那個箱子很大吧？」龜井向平山確認，平山輕輕點頭表示同意。

「箱篋跟六部的身高差不多大，所以塞進一個七歲小孩的可能性相當高。」

「可是——」

「對，裡面裝的東西太礙事了。假設是丟進運河，萬一有人在下游撿到的話，在警方展開調查的階段就會曝光了。可是並沒有發生這樣的事。如果是丟進挑糞專用道兩旁的人家，也會面臨同樣的問題。」

「確實如此。」

「然而其他嫌犯的箱子或皮包、頭陀袋或大方巾布包都無法塞進一個小孩。而且無論裡頭裝了什麼，都必須先處理掉裡面的東西，這點跟六部的箱篋一樣。」

「有道理。」

「單純只討論手段的話，還有一個方法是把六部的行李裝進其他人的箱子或皮包，再把優輝藏在箱篋裡，但是應該沒有人會為了素未謀面、只是在這裡萍水相逢的六部做這種事吧。更別說這事關綁架，搞不好還會成為殺人案的幫兇。」

「嗯，的確不太可能幫這種忙。」

龜井一口斷定，澤本則是不解地說：

「這麼一來，任何嫌疑人都可以把花田優輝從空地裡弄出去的方法和只有特定人物才能把他弄出去的方法，不就同時被否定了嗎？」

「就是這麼回事。」

「那這個謎團不就解不開了……」

「不，現在放棄還太早。」

言耶望向所有人。

「假設截至目前的前提都錯了，據此提出的解釋也都不正確呢？」

「前提？有那種東西嗎？」

不只龜井一臉詫異，另外三個人也都露出相同的表情。

「潛意識的前提。」

「什麼意思？」

「我們難道不是在潛意識中認定花田優輝是在失去行動自由，或者是已經慘遭殺害——在變成遺體的狀態下被犯人從空地搬出去的嗎？」

「這倒是……欸，難不成？」

「他是用自己的雙腳走出去的。」

「什麼時候？怎麼出去？」

「就在角兵衛獅子的師父離開的時候，以舞獅演出者的狀態。」

「你、你說什麼！可、可是……」

面對驚慌的龜井和開始交頭接耳的其他三人，言耶則是以冷靜的語調解釋：

「優輝和舞獅的小孩交換彼此的衣服。看在平山學長眼中，舞獅的小孩和自己年紀差不多，所以交換身分並不牽強。然後優輝以舞獅的打扮離開長屋町。另一方面，那個舞獅的小孩刻意讓前去查看的平山學長看到他的背影，讓你誤以為他就是優輝。」

「啊！」

平山發出短促的驚呼。

「我看到的**那個**是換上花田同學衣服的舞獅小孩嗎？」

「所以就算挑糞專用道的盡頭沒路了，他也能身輕如燕地爬上木板牆。因為小徑中間有個『く』字形的轉角處，不用擔心會被你看見。之所以扮成無臉人嚇唬你，也是為了讓你折回去。」

「他知道無臉地藏的傳說……？」

「只有這個可能性了。釜濱町從兩年前開始遭小偷，所以肯定是師父或舞獅的小孩從居民口中知道了這件事，情急之下利用了這個怪談。」

「他們就是闖空門的人……」

「光靠優輝的目擊證詞，很難斷定他們就是闖空門的，但我其實從一開始就覺得角兵衛獅子的舞獅人很可疑。」

「怎麼說？」

龜井打斷言耶與平山的對話。

「因為優輝說他看到有人從隔壁的隔壁家出來時，以為對方是來這裡玩的親戚之類的，萬萬也沒想到會是小偷。他看到對方的時候是白天，如果對方是大人的話，還會以為是來玩的親戚嗎？」

「這麼說來倒也是。」

「再加上正因為是身手矯捷的舞獅人，才能輕鬆地爬上二樓，找出忘了上鎖的窗戶，再偷溜進去。如果從正面闖入就會被人看到，但只要繞到後面就沒問題了。而且長屋的左右鄰居完全緊鄰，所以就算盯上的目標無法下手，也能馬上接著試試下一家。」

「從這個角度來說，的確是那群嫌疑人之中最適合闖空門的行業。」

雖然龜井坦率地表現出折服之意，但澤本卻以無法接受的語氣提出質疑：

「如果用這個方法，的確能讓花田優輝從空地憑空消失，但他們是怎麼讓他陪同演這一場戲的？他可是自認為是少年偵探團，還打算舉發闖空門的人不是嗎？除非有非常高明的理由，否則就算他年紀還小，應該也不至於這麼容易就被騙過去吧。」

「師父因為做生意的關係，口才想必很好吧。話雖如此，想要籠絡當時的優輝，恐怕就連專業的詐欺師也很難辦到。當然也可以用威脅的方式逼他乖乖聽話，但萬一他大哭大鬧起來，戲就演不下去了。你說得沒錯，這個說明只能解釋物理上的手段，完全沒有解釋到心理層面的動機。」

「欸……這也不對嗎？」

龜井聽得一愣一愣，言耶彷彿要給予致命一擊地繼續說：

「其實在物理層面也還有一個很大的漏洞。」

「什麼漏洞？」

「角兵衛獅子二人組離開時，舞獅小孩朝平山學長揮手的這件事。」

「啊……」

「……對耶。」

平山與佐佐塚幾乎同時低語。

「你當時可曾看清楚那個舞獅小孩的臉？」

平山立刻回答言耶的提問。

「我想我應該有看到臉，但不記得他的長相，至少長得不像花田同學。倘若他就是花田同學，我絕對會發現的，肯定沒問題。」

「等、等一下。」

龜井驚慌失措地輪流打量平山和言耶。

「如果角兵衛獅子的舞獅小孩真的和師父一起離開了，那平山看到的那個像是花田優輝的身影又是誰？」

「那就是……無臉地藏了。」

言耶的回答讓屋子裡頓時鴉雀無聲，窗外的雨聲突然淅瀝嘩啦地敲打著耳膜，大家這才意識到天已經黑了。

「平山的故事果然是貨真價實的怪談。」

佐佐塚喃喃自語的聲音迴盪在陰暗的室內。

「別說那種嚇人的話啦。」

龜井機伶伶地打了個冷顫，站起身來把電燈打開，但也無法驅散瀰漫在房間裡的詭異氣氛。

「偵探聚會看來是開不成了，真遺憾，但實在很有趣啊，是非常有意思的嘗試喔。」

澤本刻意用豁達的表現陳述感想。

「像這樣說給大家聽之後，我的心情也稍微輕鬆了點。」

平山也低頭致謝。

「這都是託刀城同學的福。」

佐佐塚說道，所有人都表示贊成，但言耶本人卻目不轉睛地盯著眼前的K口糧，彷彿壓根兒沒聽見他們在說些什麼。

「怎麼啦？如果有你想要的東西，儘管吃，別客氣。」

龜井對他說話，但言耶仍然毫無反應，只是雙眼發直地望向K口糧。

「喂，你沒事吧？」

「到底怎麼了？」

「這也是他特有的壞習慣嗎？」

「就算是，反應也太詭異了。」

就在眾人還在七嘴八舌地議論時，言耶終於把視線拉回到學長們的身上。

「花田優輝究竟是怎麼從如同密室狀態的空地裡消失的……我終於搞清楚了。」

五

「真、真的嗎？」

「快告訴我們！」

龜井和澤本興奮地一迭聲追問，佐佐塚和平山也滿心期待地直盯著刀城言耶。

「剛才也說明過，我推測犯人因為擔心優輝大聲哭喊，所以打算塞住他的嘴巴。雖然不確定一開始是不是就帶有殺意，但最後還是把他弄死了。」

「花田同學在那塊空地被殺了……」

面對似乎再度受到衝擊的平山，言耶投以充滿歉意的眼神。

「這只是我的猜測，請不要放在心上。還是解謎就到此為止……」

「等等，事到如今還顧慮這些有什麼用。」

龜井立刻打回票，激動地抓住平山說：

「你應該也想過兒時玩伴已經死掉的可能性吧？」

「……嗯。」

平山乾脆地承認。

「那個時候當然接受不了，但是隨著時間過去，也開始思考花田同學是不是遇害了……」

「既然如此，就勇敢面對現實吧！比起現在這種含糊不清的狀態，聽聽刀城同學的推理，搞清楚他為什麼會不見，對你來說絕對比較好。」

「說得也是。」

平山看著言耶說：

「不好意思，我只是有點反應不過來，沒想到是由你這個局外人來解開謎團。請告訴我花田同學身上到底發生了什麼事。」

「……可以嗎。」

龜井沉不住氣地催促還在猶豫不決的言耶。

「既然是當事人的要求，你就沒必要再為難了。」

「就算是這樣，我們也沒有權利強迫他……」

佐佐塚婉言規勸，就在龜井皺著眉頭正要回嘴的時候——

「你們別吵了。」

澤本幫忙打圓場，緩緩地坐正身體，對言耶說：

「刀城同學，平山都這麼說了，方便告訴我們你的推理嗎？」

「我知道了。」

話雖如此，言耶還是把所有人都看過一遍，確定大家都想知道後，才靜靜地開口：

「以下是我對這個不可思議的現象所下的解釋。不慎殺害花田優輝的角兵衛獅子師父，向修傘師父買了蝙蝠傘用的傘布和油紙傘用的油紙。然後向賣蛤蟆油的人買了蛤蟆油，再向磨刀的研屋借來斧頭和柴刀。他把布和油紙鋪在空地深處，脫下優耀的衣服，把遺體放在布和油紙上，用斧頭和柴刀砍斷他的頭以及四肢。因為是死後肢解，所以不太會大量出血。具有凝血作用的蛤蟆油就是用來凝固無法避免的出血。然後再用油紙和布雙層包起屍塊，用大方巾包起軀幹，背在自己身上，頭部和雙手、雙腳共五個部則分別裝進六部的箱篋、人偶劇演出者的箱子、賣蛤蟆油的頭陀袋、修傘師父腳踏車籃裡的皮包、研屋的拖車草席底下——用這種化整為零的方式把優輝弄出等同於密室狀態的空地。」

言耶一口氣說到這裡，屋子裡靜得彷彿連一根針掉在地上都聽得見，所有人都只是呆若木雞地盯著他看，一句話也說不出來。

「平山學長看到的無臉人當然是角兵衛獅子的舞獅小孩扮的，他先和師父一起走到大馬路上，等到沒有人經過的時候，再爬上木板牆壁，鑽進挑糞專用道，然後在那裡換上優輝的衣服，出現在平山學長面前。這麼做有兩個目的，首先是要製造花田優輝是在他們離開空地後才消失的假象。其次是說來有點自相矛盾的如意算盤，一旦平山學長說自己看到無臉人，大人或許會認為優輝在空地失蹤這件事是小孩子的妄想。這麼一來，不管怎樣都不會懷疑到自己頭上。不過，或許師父只有第一個目的，後者可能是舞獅小孩惡作劇，想嚇唬平山學長也說不定。」

言耶說到這裡，又停頓一下。

「姑且不論三位行旅藝人和六部，從隔年開始就連修傘師父和磨刀的研屋也都沒再來了，以修理東西這門生意的角度來看，怎麼想都很不尋常。這種人通常會記住自己修繕過的地區和時期，相隔一年半載，算準東西又需要維修的時候再度上門拜訪。之所以不再出現，肯定有什麼導致他們不願再造訪釜濱町長屋的原因。」

依舊沒有半個人開口。

「還有，那個喜歡小孩的人偶劇演出者離開時，不是口中還念念有詞嗎，我想那大概是在誦經吧，畢竟自己扛的箱子裡有一個裝了小孩的屍塊……」

「請、請、請等一下。」

龜井好不容易擠出這句話。

「你的意思是說，所有的人都是共犯嗎？」

「啊，不是的。」

「可是……」

「闖空門是角兵衛獅子二人組幹的，而殺害優輝的正犯想必是師父，這跟其他人一點關係都沒有。」

「可、可是你說……」

「當時在場的另外五個人，是在師父的逼迫下**成為事後共犯**。」

「怎麼可能……」

龜井相當不以為然，其他人也有同感。言耶依序望向佐佐塚、澤本、平山。

「請問三位學長，你們會在黑市出手幫助龜井學長，是基於雖然就讀的大學不同，但同為學生的同儕意識所萌生出的舉動，沒錯吧？」

「……嗯，算是那樣吧。」

澤本代表大家回答，佐佐塚和平山也微微頷首。

「換成身處在其他的地方，或許情況就不會是這樣了。因為黑市對你們來說也屬於不能掉以輕心的無法地帶，從而激發出各位的同儕意識。」

「喂喂，難不成……」

龜井不敢置信地說。

「你是想說那些行旅藝人和修東西的也產生了同樣的意識，才成為事後共犯的嗎？」

「雖然就同儕意識這個詞彙來說，箇中意涵大同小異，但是讓那五個人產生這種意識的心情，和諸位學長是截然不同的。」

「那是什麼心情？」

「是恐懼。」

「因為受到師父的威脅嗎？可是啊，那可是協助棄屍喔，而且還是小朋友的遺體，不可能隨便答應幫忙。」

「因為師父的威脅方式非常**邪惡**。」

「怎、怎麼說？」

澤本激動地逼問言耶。

「我之前提過，居無定所、只能靠打零工維生的人很容易受到世人的歧視。」

「嗯，你是說過。」

澤本附和。

「也就是說，即使賣的藝或商品不同，他們也總是在畏懼一不小心就會被視為同類。師父就是抓住這種心理威脅他們：『就算你們否認，我也會指證你們也是闖空門的同伙，主張殺掉那孩子是大家一起決定的。』如此個個擊破。」

「嗯……我不覺得這樣說就能讓其他人照辦耶。就算採取個個擊破的手法，只要大家站在一起就形成五對一了。只要五個人團結起來，應該沒必要屈服於師父的威脅吧。」澤本指出盲點。

「我也這麼認為。」龜井附議。

「如果只要恐嚇一個人也就算了，但是要讓五個大男人幫忙遺棄孩童的遺體，怎麼想都不太可能吧。」

「不，五個人愈團結，師父那惡魔般的算計才愈有效。」

「什麼意思？惡魔般的算計又是什麼？」

「肢解優輝的遺體。」

「……我不懂你的意思。」

「兇手為什麼要分屍之後再分別包起來？」

「……」

「最大的原因在於**兇手要製造出分成六塊的遺體是師父和另外五個人為了能一塊一塊運出去，才選擇肢解的事實**。不，正確地說是為了讓另外五個人不得不接受『長屋居民和警方都會這麼認定』的事實。所以他殺害優輝後立刻分屍，**然後強迫另外五個人成為事後共犯**。」

「什麼……」

「誰也料想不到明明沒有共犯關係，兇手居然會肢解被害人的遺體再包起來，藏在自己和其他五個人的行李裡運出去——師父就是反過來利用這種顛覆常識的邏輯威脅另外五個人。」

「……」

龜井、澤本、平山都聽得瞠目結舌，佐佐塚則是喃喃自語：

「好可怕的男人。」

「而且修傘師父和賣蛤蟆油的人、磨刀的研屋都提供了自己的布、油紙、蛤蟆油、斧頭、柴刀給師父犯案，雖然那可能是師父向他們借來或買來的，但師父肯定也藉此威脅他們，說那就是共犯的證據。」

「真是個惡魔般的男人……」

已經沒有人對佐佐塚的喃喃自語做出反應了，不過從其他人的表情可以看出，他們也抱持著相同的想法。

言耶不當一回事地打破凝重到極點的氣氛。

「那個……平山學長。」

「什麼事？」

「剛才的推理只是我個人的見解，沒有任何決定性的證據，所以……」

「我知道，你別放在心上。」

平山勉強自己擠出僵硬的笑容。

「無論是什麼樣的解釋，都為那段匪夷所思、令人毛骨悚然的記憶做出了合理的解釋，我真的很感謝你。」

「這樣嗎。」

「這麼一來，我應該終於能擺脫無臉人的惡夢了。」

聽到平山這麼說，龜井和澤本也跟著一口一聲地讚美言耶。

「平山說得沒錯，無論命案的真相有多悲慘，都不是你的責任，別往心裡去。」

「真不愧是刀城言耶，你實在太謙虛了，除了剛才的解釋之外，大概沒有人能解開這個謎團了。你要對自己的推理天分更有自信一點。」

佐佐塚還是老樣子地自言自語：

「好久沒感受到這般讓人興奮的腦力激盪了。」

在四位學長同聲同氣的讚美下，言耶終究沒有提起先前聽平山平太說故事時，在腦海中瞬間閃過的**某件事**，就這樣離開龜井的住處。

言耶走出宿舍，豎耳傾聽始終下個不停的陰雨聲，再望著龜井房間窗戶外的巷子，倏地停下腳步。

我應該終於能擺脫無臉人的惡夢了——。

平山剛才說的話在佇立於原地的言耶腦子裡迴盪。

可是，真的是那樣嗎……。

言耶凝視著龜井房間的那扇窗戶，回想自己經過這裡時所看到的光景。

有個小孩正往窗戶裡窺探……。

那個小孩子的臉……感覺很奇怪……。

就好像有塊被雨水淋濕的布貼在臉上……。

淅瀝嘩啦的雨聲突然變大，言耶下意識用雙手撐住雨傘。雪白的雨絲如注，傾注在狹窄的巷子裡，逐漸占滿言耶的視線範圍。

這時，雨幕前方浮現出了某樣東西。

咦……？

下一瞬間，**那個**從巷子深處迫向屏氣凝神的言耶。

發現靠近自己的身影是個小孩後，刀城言耶加快腳步，頭也不回地離去。

拚命地想把再次憑依在龜井房間窗外的**那個**，正直勾勾地盯著平山平太看的模樣趕出腦海……。

嬉戲時的蒸發

在本作中，「消失」有雙重意義。一是臉孔的消失，也就是「無臉地藏」與「以白布覆面的神祕小孩」；二是行蹤的消失，故事裡受害的兒童消失於出入口受限且有人看守的空地。

《和漢三才圖會》（1712）的〈獸類〉一篇提及，貉生於山野，外型似狸，頭銳鼻尖，皮毛溫厚可製裘衣，晝伏夜出，以蟲類為食。《曾呂利物語》（1663）記述，京都御池町曾出現一種無臉的妖怪；其後，據《新說百物語》（1767）所載，京都二條河原出現了類似的妖怪，無眼、無口、無鼻、無耳，臉如絲瓜，被稱為野篦坊。到了小泉八雲《怪談》（1904），遂將野篦坊描述為貉妖變身，化為人形以驚嚇行人，終成定說。

在中國，亦不乏類似記載。齋園主人編著的《夜譚隨錄》（1791）卷二〈紅衣婦人〉裡寫道，某甲夜飲，二更後，起身去上廁所，半酣半醒之間，在月光下見到一名紅衣婦人，蹲身牆邊。此時，某甲酒醉未退，色向膽邊生，撲身去抱，卻沒想到「婦人回其首，別無眉目口鼻，但見白面模糊，如豆腐然。」把某甲嚇得暈厥，直到友人發現才救了他。

儘管，野篦坊是一種古典妖怪，現代也經常出現。童話、民間故事作家松谷美代子《現代民話考3》（1987）有段計程車司機的親身體驗。某夜，司機載著一名藝妓，提到「聽說這附近會出現一種妖怪，遠看以為是個美女，近看才發現沒眼睛、沒鼻子。」後座的藝妓卻回答：「是像我這樣的臉嗎？」司機一看，真的載到了無臉女！

美國推理作家克萊頓・勞森（Clayton Rawson），是個業餘魔術師，而他筆下的名偵探，也是一位魔術師，名叫「偉大的馬里尼」（The Great Merlini）。想當然耳，其作品必定也與魔術密切相關了。他有個短篇〈天外消失〉（Off the Face of the Earth，1949），描述一樁發生在電話亭裡的謀殺案，兇手在眾目睽睽下失去蹤影，篇幅短小，設計卻極為精妙，是「不可能犯罪」流派的名作。

不過，說到「人間消失」的傑作，我印象最深刻的，莫過約翰・狄克森・卡爾（John Dickson Carr）《青銅燈的詛咒》（The Curse of the Bronze Lamp，1945）了。埃及考古學家的女兒，將一盞青銅神燈帶回英國，人都已經回到倫敦家了，居然在玄關消失無蹤。人間消失的原因，與神燈詛咒的關聯，一體兩面，設計得巧妙至極。

本作的趣味性，來自於戰後時代背景特殊的庶民生活百態，完全體現了克萊頓・勞森的「魔術舞台」的情境——當然，「魔術」是個西洋感較強的名詞，以日本來說，也許使用「奇術」一詞會更合適。而，關於真相的伏線，更是安排得踏雪無痕，可以說是若非把故事放在那個背景，幼童的消失，就不可能以如此的方式發生。

日本現代社會，人間消失已不再是什麼「都市傳說」這類的巷議街談了，而是涉及犯罪或自殺的失蹤事件。二〇〇九年十二月十九日，住在京都旅館的推理作家多島斗志之離開旅館後，隨即音訊全無，經家人報警尋人仍未果，至今下落不明。無論是何種時代，人間消失永遠是存在於這個世界的、猶如黑洞般的謎團。

主要參考文獻

◆內藤正敏『日本のミイラ信仰』法蔵館
◇井之口章次『日本の葬式』ちくま学芸文庫
◆小関智弘『東京大森海岸 ぼくの戦争』筑摩書房
◇伊藤秀雄『近代の探偵小説』三一書房
◆沖浦和光『旅芸人のいた風景』文春新書
◇沖浦和光『「悪所」の民俗誌』文春新書
◆澤宮優『昭和の仕事』弦書房
◇NPO西山夘三記念すまい・まちづくり文庫『昭和の日本のすまい』創元社

各作品初次收錄

◆死霊の如き歩くもの（『新・本格推理（特別篇）』2009年　光文社）
◇天魔の如き跳ぶもの（特装版『凶鳥の如き忌むもの』2009年　原書房）
◆屍蝋の如き滴るもの（『メフィスト』2010　Vol.2）
◇生霊の如き重るもの（『メフィスト』2010　Vol.3）
◆顔無の如き攫うもの（『メフィスト』2011　Vol.1）

TITLE

如生靈雙身之物

STAFF

出版　瑞昇文化事業股份有限公司
作者　三津田信三
譯者　緋華璃
封面繪師　Cola Chen

總編輯　郭湘齡
責任編輯　徐承義
文字編輯　蕭妤秦　張聿雯
美術編輯　許菩真
排版　許菩真
製版　明宏彩色照相製版有限公司
印刷　桂林彩色印刷股份有限公司
　　　紘億彩色印刷有限公司
法律顧問　立勤國際法律事務所　黃沛聲律師

戶名　瑞昇文化事業股份有限公司
劃撥帳號　19598343
地址　新北市中和區景平路464巷2弄1-4號
電話　(02)2945-3191
傳真　(02)2945-3190
網址　www.rising-books.com.tw
Mail　deepblue@rising-books.com.tw

初版日期　2020年6月
定價　480元

國家圖書館出版品預行編目資料

如生靈雙身之物 / 三津田信三作；緋華璃譯. -- 初版. -- 新北市：瑞昇文化, 2020.06
512面； 14.8 x 21公分
譯自：生霊の如き重るもの
ISBN 978-986-401-419-4(平裝)

861.57　109006668

讀小說
Reading Novel